NANFANG SHUIDAO
HEITIAO AISUOBING FANGKONG JISHU

南方水稻
黑条矮缩病
防控技术

陈 卓 宋宝安 主编

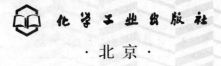
化学工业出版社
·北京·

　　本书反映了当前国内外防治南方水稻黑条矮缩病研究的新成果，在简要介绍南方黑条矮缩病田间病害及特征症状的基础上，详细介绍了南方水稻黑条矮缩病的分子生物学鉴定、病害防控措施、病毒病防控技术研究、病毒病爆发因素分析、病毒病田间小区药效试验方法的探讨、品种抗（耐）性初步分析、应急防控试验探究、各地防治水稻病毒病田间示范试验情况等内容，并对水稻病毒病防治的理论与实践进行了总结，提出防治南方水稻黑条矮缩病的具体措施和方案的建议。

　　本书可供各级农业推广部门与植保部门防控工作人员参考，也可作为大专院校农药学、植物保护、生物技术、环境专业师生及农业推广部门、农资经营人员和农村示范户的参考书。

图书在版编目（CIP）数据

南方水稻黑条矮缩病防控技术/陈卓，宋宝安主编．
北京：化学工业出版社，2011.3
　ISBN　978-7-122-10636-0

　Ⅰ．南…　Ⅱ.①陈…②宋…　Ⅲ．水稻-黑条矮缩病-
防治　Ⅳ.S435.111.4

中国版本图书馆 CIP 数据核字（2011）第 031618 号

责任编辑：刘　军　　　　　　　　　装帧设计：王晓宇
责任校对：蒋　宇

出版发行：化学工业出版社（北京市东城区青年湖南街 13 号　邮政编码 100011）
印　　刷：北京永鑫印刷有限责任公司
装　　订：三河市万龙印刷有限公司
710mm×1000mm　1/16　印张 15¾　彩插 4　字数 290 千字　2011 年 2 月北京第 1 版第 1 次印刷

购书咨询：010-64518888（传真：010-64519686）　售后服务：010-64518899
网　　址：http://www.cip.com.cn
凡购买本书，如有缺损质量问题，本社销售中心负责调换。

定　　价：60.00 元　　　　　　　　　　　　　　　版权所有　违者必究

《南方水稻黑条矮缩病防控技术》
编写人员名单

主　编：陈　卓　宋宝安

副主编：郭　荣　杨　松　杨普云　李卫国　钟　铃

参编人员（按姓名汉语拼音排序）：

毕　亮　柏　松　范会涛　胡德禹　贺　鸣　金林红

李向阳　李国君　刘家驹　于丹丹　岳　敏　王贞超

韦洁玲　刘妤玲　魏　学　薛　伟　朱　凤　庄稼祥

谈孝凤　吴　剑　吴志兵　徐维明　张钰萍

前言 | FOREWORD |

南方水稻黑条矮缩病主要是由白背飞虱传播的一种水稻病毒病，近年来在我国南方多个省份水稻种植中为害严重，该病的病原为南方水稻黑条矮缩病毒，它是斐济病毒属的一种病毒，可通过稻飞虱侵染禾本科植物，如水稻、玉米、小麦以及禾本科杂草等。感染南方水稻黑条矮缩病毒的水稻，可表现出多种症状，如稻株茎部矮缩、拔节困难、在茎部出现蜡白色条状突起、叶片卷曲、抽穗和孕穗困难，早期感染还可导致水稻死亡；同时，感染南方水稻黑条矮缩病的稻株可作为病毒来源，使稻飞虱通过取食活动将病毒进一步的扩散，加之当前生产上缺乏有效的防控措施，因此，该病害对生产的为害极大。

2001年，南方水稻黑条矮缩病首先在我国广东省阳江市发现。此后，该病害在广东阳江地区年年均有较小程度的发生。直到2009年，南方水稻黑条矮缩病在广东、海南、广西、福建、江西、湖南、湖北、浙江和安徽等地均有发生，发病面积530多万亩，造成稻谷损失约6万吨。2010年，南方水稻黑条矮缩病在我国南方省份继续呈加重发生态势，在我国南部多个省份大面积发生，面积超过2000万亩，尤其以中稻受害最为严重。同时，2010年，南方水稻黑条矮缩病在日本、越南等国家的部分地区也有不同程度的发生。针对这一现状，贵州大学绿色农药与农业生物工程国家重点实验室培育基地（教育部绿色农药与农业生物工程重点实验室）在农业部种植业司和农业部全国农业技术推广服务中心指导下，与广西田园生化股份有限公司以及江西、贵州、广东、广西、福建、湖南、浙江、江苏和安徽等地相关植保部门合作进行了防治南方水稻黑条矮缩病药剂的创制、产业化开发、药剂田间综合应用技术和南方水稻黑条矮缩病的综合治理、示范和推广等系列工作。为了更好地总结防控措施，为当前及下一步的防控工作提供技术支撑，我们组织编写了本书。

本书共分为6章，分别从南方黑条矮缩病的田间病害及特征症状、分子生物学鉴定、病害防控方案、田间试验研究、爆发因素分析、水稻病毒病田间小区药效试验方法的探讨、品种抗（耐）性初步分析、应急防控试验探究等方面进行了阐述。另外，还在对水稻病毒病防治的理论与实践进行分析与思考的基础上，提出了初步结论及科学建议。本书的及时出版必将在生产上对该病的防治起到积极的指导作用。

本书能在较短的时间内能完稿，首先要特别感谢中国科学院院士、福建农林大学教授谢联辉先生在本科研工作的过程中以及本书的编写过程中给予的指导。感谢农业部种植业司周普国副司长、朱恩林处长、王建强副处长，江西植保植检局舒畅局长、贵州省植保站金星站长、张忠民副站长等对本项目实施给予的指导和关心支持；项目实施得到了江西、贵州、广东、广西、福建、湖南、浙江、江苏和安徽省等地植保站的大力支持；同时，在本书编写过程中得到了华南农业大学周国辉教授、福建农林大学吴祖建教授、江苏农业科学院植物保护所周益军研究员等帮助，在此一并致谢。

借本书出版之际，感谢国家"973"计划项目、国家"973"前期计划项目、国家自然科学基金项目、国家科技支撑计划项目、科技部农业科技成果转化项目、贵州省农药学国家重点学科人才基地建设项目、贵州省农业攻关项目、贵州省优秀人才省长资金对我们研究工作的资助。

由于南方水稻黑条矮缩病防控难度大，开展的相关工作还不够系统全面深入，加之编者能力所限，时间仓促，疏漏之处在所难免，敬请广大读者和植保同行批评指正。

编　者
2010 年 9 月

|目录| | CONTENTS |

第一章 绪论

南方水稻黑条矮缩病是近年来在我国南方稻区为害极为严重的一种水稻病毒病。2001 年，该病首次在广东省阳江市阳西县发现，此后几年的时间里，陆续有该病毒病在水稻上发生的报道。2009 年至今，南方水稻黑条矮缩病在我国发生态势呈突发加重之势。据报道，2009 年，南方水稻黑条矮缩病在广东、湖南、江西、海南、广西、福建等地均有发生，我国稻谷产量因此损失约 7 万吨。2010 年，南方水稻黑条矮缩病在我国继续呈大面积的发生态势，范围继续扩大。在海南、广西、广东、福建、江西、湖南、湖北、浙江和贵州等地均有发生，其中早、中、晚稻发生面积分别为 150 万亩、590 万亩、1030 万亩。此外，越南北部省份和日本部分县均有不同程度的发生，面积约为 32.41 万亩，占全球本季水稻种植总面积的 2.52%。由此看出，南方水稻黑条矮缩病成为近年来东南亚水稻生产上严重的一种病毒病，对水稻产业构成了严重的威胁。

南方水稻黑条矮缩病的病原为南方水稻黑条矮缩病病毒（southern rice black-streaked dwarf virus，SRBSDV），属斐济病毒属。通过分子生物学试验发现 SRBSDV 不同于水稻黑条矮缩病毒（rice black-streaked dwarf virus，RBSDV）。同时，从分子生物学研究表明其与玉米粗缩病毒（maize rough dwarf virus，MRDV）亲缘性最为接近，其次才是 RBSDV。目前研究发现其传播媒介昆虫主要是白背飞虱（*Sogatella furcifera* Horvath），传毒机制研究表明白背飞虱传播病毒主要是通过取食带毒水稻而获得病毒，再经过昆虫体内循回过程后取食健康水稻等禾本科植株，通过口器将病毒注入植株体内而使植株带毒。目前研究发现白背飞虱携带 SRBSDV 不会经卵传播病毒，这一特性与灰飞虱传播条纹叶枯病毒完全不同。

当前，南方水稻黑条矮缩病的防控没有十分有效的措施，主要还是采用"抗、避、除、治"的防控方针进行综合防控，但总体防控效果不理想。目前存在的主要问题集中在"针对南方水稻黑条矮缩病的抗（耐）性分析和抗耐性品种研究工作不足"、缺乏高效杀虫剂和抗病毒药剂以及相应的田间综合防控技术等。

贵州大学绿色农药与农业生物工程国家重点实验室培育基地（教育部绿色农药与农业生物工程重点实验室）和农业部全国农业技术推广服务中心、广西田园生化股份有限公司等单位合作，针对当前南方水稻黑条矮缩病的为害，分别从白背飞虱和南方水稻黑条矮缩病病毒出发，进行杀虫剂和抗病毒剂的创新研究，获得系列绿色、高效药剂，并开展以创新药剂为主体的田间应用技术研究和集成创新。本书将对南方水稻黑条矮缩病的流行分布、发生特征、病害检测、药剂筛选方法、田间综合防治技术方面的阶段性工作进行概括总结，便于今后生产中为南方水稻黑条矮缩病实现有效防控提供技术参考，并为相关粮食病毒病防控研究奠定基础。

第一节
南方水稻黑条矮缩病对世界水稻的为害现状

一、水稻种植现状

水稻是最主要的三大粮食作物之一，占世界粮食总产量的四分之一，全世界二分之一以上的人口以水稻为主食。同时，水稻又是高产作物，具有较高的营养价值，它的适应性强、种植范围广。据 2009 年联合国粮农组织（FAO）数据表明，全球水稻种植面积约 1.6 亿公顷，其中亚洲、美洲、非洲、欧洲和大洋洲种植面积分别为 1.43×10^8 ha、7.27×10^6 ha、1.0×10^7 ha、6.68×10^5 ha 和 3.55×10^4 ha。亚洲是世界水稻种植主要产区，其中种植面积由大到小依次是印度、中国、印度尼西亚、日本、韩国、菲律宾和泰国，种植面积总和达 1.07×10^8 ha，占世界水稻种植面积的 68.9%[1]，种植情况如表 1-1 所示[2]。我国水稻单产位居世界第一，稻作分布区域辽阔，南自热带 18°9′海南省崖县，北至 53°29′的黑龙江漠河，东自台湾，西达新疆，低自东南沿海的潮田，高至海拔 2710m（云南省宁蒗彝族自治县永宁乡上瓦村）的西南高原，都有水（旱）稻栽培。我国以稻米为主食的人口约占总人口的 50%。20 世纪 50 年代以来，我国水稻种植面积平均占谷物播种面积的 26.6%，稻谷总产占粮食总产的 43.6%，占全国商品粮的一半以上。因此，水稻生产在我国国民经济中具有极其重要的地位[2, 3]。

表 1-1　亚洲主要产稻国水稻生产概况[2]

国名	总产/10^4t	面积/10^4ha	单产/(t/ha)
中国①	17890	2883	6.21
印度	12620	4325	2.92
印度尼西亚	5181	1161	4.46
日本	1109	169	6.54
韩国	673	104	6.46
菲律宾	1337	405	3.30
泰国	2617	1000	2.62

① 含我国台湾省，数据为 2000～2004 年的平均值。

二、水稻病虫害为害

长期以来，水稻病虫害一直影响水稻生产，如果没有进行有效防治，水稻产量将受到严重损失。水稻在整个生长时期，可受各种病虫害的为害。①在水稻病害方面，据报道，目前影响水稻种植的病害有近百种，我国发生的有70余种，为害严重的有20余种。其中，稻瘟病、稻曲病、纹枯病、白叶枯病等发生面积大、流行性强、危害严重；②在水稻虫害方面，主要害虫有二化螟、三化螟、大螟、稻纵卷叶螟、稻飞虱、稻蓟马、黏虫、稻水象甲、水稻潜叶蝇、稻蝗、水稻负泥虫、稻苞虫、稻叶蝉、稻瘿蚊、稻蜻象和稻象鼻虫等。在不同地区、不同年份以及水稻不同种植时期，主要发生的害虫类型各不相同，其中螟虫、稻飞虱、稻蓟马等为水稻主要害虫，对水稻生产有着重要的影响；③在水稻病毒病方面，目前主要的水稻病毒病有稻飞虱传播的水稻条纹叶枯病（rice stripe virus, RSV）、南方水稻黑条矮缩病、水稻锯齿叶矮缩病（rice ragged stunt disease）、水稻白叶病（rice hoja blance）等；有叶蝉传播的水稻黄矮病（rice yellowstunt disease, RYSVD）、水稻普通矮缩病（rice dwarf virus）、水稻黄萎病（rice yellow dwarf disease, RYDD）、水稻东格鲁病（rice tungro disease, RTD）、水稻稻簇矮病（rice bunchy stunt disease, RBSV）、水稻瘤矮病（ricegall dwarf disease, RGDV）、水稻坏死花叶病（rice necrosis mosaic disease）等。在我国，近年主要发生的病毒病有水稻条纹叶枯病、水稻黑条矮缩病、南方水稻黑条矮缩病、水稻普通矮缩病、水稻锯齿叶矮缩病等病毒病，这些病毒病一直对我国水稻生产构成严重为害[4~6]。

三、南方水稻黑条矮缩病为害

1. 南方水稻黑条矮缩病爆发原因

南方水稻黑条矮缩病是一种新病毒病（彩图1-1～彩图1-4），近年其发生呈逐年加重趋势，其发生与几个因素有：①全球气温普遍变暖使得越冬虫源地增多，白背飞虱越冬虫量基数也由此增加，翌年第1代白背飞虱虫量会快速增加。②大面积种植杂交稻对白背飞虱大量增殖也起到重要的推动作用，通过白背飞虱在不同水稻品种上的对比性研究试验发现，白背飞虱喜食杂交稻，在杂交稻上的产卵量大于常规稻。③极端气候的频繁出现使得现代植保技术对稻飞虱防治显得猝不及防，防治效果也不理想。如2009～2010年，处于生育敏感期水稻遭受大量虫量迁入，同时该地区持续降雨，农户难以有效进行常规药剂防治。④当前缺乏有效的防治药剂、防治措施和防治方法，基层农技人员对南方水稻黑条矮缩病防治技术认识不到位以及农民未采取正确的或及时的措施等，这些因素均是导致南方水稻黑条矮缩病大爆发的原因。从发生地域观察，南方水稻黑条矮缩病偏重于长江以南地区，这与该区域气温、水稻种植品种等因素相关。田间零星发生较多，成片发生较少见。同时，地区间病情差异大，同一地区不同年度间病情差异较大，这与白背飞虱带毒率、水稻种植品种及白背飞虱迁入与水稻生育敏感期的吻合度相关。⑤现代栽培方式影响南方水稻黑条矮缩病的发生。研究表明,大量使用偏氮施肥会造成稻飞虱的大量繁殖,这将对水稻病毒病的爆发起着助推作用[7]。

2. 南方水稻黑条矮缩病发生特征

从南方水稻黑条矮缩病发生特点分析发现,中晚稻病害明显重于早稻,其原因是带毒白背飞虱在早稻上大量繁殖,带毒率快速提高;同时,早稻与中(晚)稻交叉栽种的模式使带毒白背飞虱极易扩散到中(晚)稻,造成中(晚)稻病毒病的爆发。

从水稻品种分析发现,杂交稻明显重于常规稻、两系杂交稻重于三系杂交稻。目前尚不明确是水稻品种的特征具体是由抗病性还是抗虫性所造成。从种植模式看,育秧田明显重于直播田,其原因主要是育秧田秧苗密集,白背飞虱对其可能具有喜食的偏好;同时,带毒白背飞虱极易在稻株间扩散繁殖,造成大面积的感染[8,9]。从为害程度分析发现,南方水稻黑条矮缩病以零星发生较多,大面积成片发生较少,主要以子代白背飞虱获毒与传播机制密切相关。

第二节
南方水稻黑条矮缩病的流行与分布

2001年,在我国广东省阳江市水稻种植田中首先发现了南方水稻黑条矮缩病[10],2002～2008年,在我国广东、广西、福建、海南等地均有南方水稻黑条矮缩病小范围发生的报道。2009年,南方水稻黑条矮缩病在我国海南、广东、广西、福建、江西、湖南、贵州、湖北、浙江和安徽等地均有不同程度的发生,一般感病田块失收率在2%～5%,重病田块可完全绝收[11]。2009年相关数据表明,南方水稻黑条矮缩病为害最为严重的是湖南省、江西省和广东省等,数据见表1-2。

表1-2 2009年南方水稻黑条矮缩病发病情况[12]

省(区)	发病面积/万亩	发病程度	省(区)	发病面积/万亩	发病程度
广东	25.81	病株率30%～60%,90%	广西	27	病丛率5%～10%,严重田80%
湖南	116	绝收1.1万亩	浙江	零星	—
湖北	6.28	—	福建	零星	—
江西	38	早稻发病,晚稻严重	安徽	零星	—
海南	5	大发生,约5万亩绝收	贵州	零星	—

2010年,南方水稻黑条矮缩病在我国呈加重发生趋势,发生面积继续扩大,据初步调查统计,南方水稻黑条矮缩病在全国水稻上的为害面积超过2000万亩(1亩=667m², 下同),海南、广西、广东、福建、江西、湖南、湖北、浙江、贵州和安徽等地均有不同程度的发生[13],发生最为严重省份有江西和湖南。同时,通过栽插时期分析发现,早、中和晚稻均有南方水稻黑条矮缩病发生,发生面积分

别约为 150 万亩、590 万亩、1030 万亩，见表 1-3～表 1-5 所示。

表 1-3　2010 年早稻南方水稻黑条矮缩病发病面积及危害情况[12]

省（区）	发生面积/万亩	发生率						发病县数
		<1%	1%～4.99%	5%～9.99%	10%～29.99%	30%～49.99%	>50%	
广西	56.65	51.44	3.22	0.9	0.49	0.18	0.42	8
广东	7.16	5.11	1.44	0.42	0.17	0.008	0.014	11
海南	1.7	—	0.051	0.13		1.32	0.2	5
江西	14.35	4.86	2.09	0.21	0.01	7.1731	—	9
湖南	74.08	35.88	19.56	14.48	3.73	0.43	—	31
合计	153.93	97.29	26.36	16.14	4.4	9.11	0.63	64

表 1-4　2010 年中稻南方水稻黑条矮缩病发病面积及危害情况[12]

省（区）	发生面积/万亩	发生率						发病县数
		<1%	1%～4.99%	5%～9.99%	10%～29.99%	30%～49.99%	>50%	
湖南	355.8	142.5	89.2	60.7	33.91	29.54	5.3	102
江西	60.2	2	40	14	4	0.2	—	49
福建	89	—	—	15	54	19	1	52
广西	53.3	24.94	8.9	6.17	8.02	3.69	1.58	45
广东	19.5	6.15	4.74	4.47	3.105	0.624	0.391	9
湖北	16.4	10.5	5.5	0.3	0.1	—		11
安徽	1.62	1.27	0.33	0.02	0.001	—		10
云南	1.4	0.2	0.3	0.5	0.4	0		2
合计	597.2	187.6	148.9	101.1	103.54	53.06	8.28	280

表 1-5　2010 年晚稻南方水稻黑条矮缩病发病面积及危害情况[12]

省（区）	发生面积/万亩	发生率						发病县数
		<1%	1%～4.99%	5%～9.99%	10%～29.99%	30%～49.99%	>50%	
海南	0.86	0.01	0.8	—	—	0.05		5
福建	35	—	—	16	16	3		11
安徽	20.5	15	4.18	0.58	0.72	0.01	0.01	13
广东	68.84	41.865	16.445	6.155	3.48	0.879	0.016	31
湖北	37.1	25	10	2	0.1	—	—	12
浙江	46.96	24.54	15.14	3.95	2.74	0.44	0.15	46
湖南	448.61	173.9	127.9	95.2	34.24	17.41	1.6	87
广西	41	—	—	35.65	4.82	0.43	0.1	50
江西	340	137.2	111.2	48.9	30.2	9.3	3.2	99
合计	1038.87	417.54	285.64	208.39	92.3	31.52	5.07	354

第三节
南方水稻黑条矮缩病症状与鉴别

一、病害特征症状

南方水稻黑条矮缩病是近年水稻上发生的新病害，目前对它的症状研究还不够系统，其发生的规律尚不完全清楚，但通过当前研究发现南方水稻黑条矮缩病在水稻上呈现的各种症状，部分症状具有典型特征，部分症状与其他水稻病毒病比较相似。总体分析发现，南方水稻黑条矮缩病可在不同的组织部位表现症状，如根系变化：水稻根系在染病后可表现出根系变短、变少，后期变为黑褐色。茎干变化：在染病后期，茎干部有白色瘤状突突起，手摸明显有粗糙感，突起分布呈纵向排列，习惯称为"蜡白条"，后期"蜡白条"的颜色常变为黑褐色或黄褐色，茎干节间的根须生长方向呈朝上生长，与自然生长方向相反，习惯称为"倒生根"或"气生根"，在早期染病后，特别是在苗期，还可导致水稻拔节困难，表现为植株"矮缩"；在较高节间出现分枝现象，习惯称为"高节位分枝"。叶片变化：部分南方水稻黑条矮缩病叶片有明显的皱折突起，往往发生在叶片中间部位两侧，并且延叶片伸展方向发生，感染南方水稻黑条矮缩病后的新生叶片在叶片基部或叶尖部呈现明显的卷曲；同时，叶片颜色深绿。穗部变化：分蘖期染病后，抽穗困难或抽包颈穗，穗小畸形，结实少。通过对多种水稻病毒病症状的比较分析，发现"蜡白条"和"高节位分枝"是该病比较典型的特征（彩图1-5～彩图1-19）[11]。

通过不同生长时期的水稻染病情况分析发现，南方水稻黑条矮缩病在各个水稻感染时期均有相应的症状，染病时水稻生长周期越早，表现症状也越重，可导致水稻明显矮缩、拔节困难、分蘖增多，严重者可导致水稻死亡。此外，水稻感染南方水稻黑条矮缩病后的症状也受水稻品种、水稻生长状态和环境因素等影响，而表现出不同的症状。

二、南方水稻黑条矮缩病的鉴别诊断

我国近年常发生并且与南方水稻黑条矮缩病在症状不易辨别的水稻病毒病有水稻黑条矮缩病、水稻锯齿叶矮缩病、水稻条纹叶枯病等。水稻黑条矮缩病的主要症状有植株明显矮缩，感染越早，矮缩越明显；分蘖增多；叶片短而僵直、叶色变浓变绿，心叶的破下叶叶鞘呈螺旋状伸出、在中上部叶片基部可见纵向皱褶，叶背的叶脉和茎秆在染病初期为蜡白色条状突起，后期变为黑褐色，抽穗迟而小，半包在叶鞘里（彩图 1-20，彩图 1-21）[14, 15]，这些症状大多与南方水稻黑条矮缩病比较相似，其中"高节位分枝"和"倒生根"在水稻黑条矮缩病中出现较少，可以此相鉴别。水稻锯齿叶矮缩病的主要症状有植株矮化，根据水稻品种和染病时期不同，矮化程度各异，分蘖增多，高节位分枝，叶脉肿大，脉肿表面光滑，染病初期即可出现，一般在叶背和叶鞘均可发生，但在叶鞘的近叶枕较多，叶缘常有缺刻，并且呈锯齿状；叶尖卷曲明显，特别是在染病后的心叶叶尖，其中叶脉脉肿和叶缘缺刻是该病的特征性的症状，可与南方水稻黑条矮缩病相鉴别（彩图 1-22）[16~18]。条纹叶枯病在苗期发病之初，在心叶基部呈现断续的黄绿色或黄白色的条状斑，以后病斑扩大合并，扩增成与叶脉平行的黄绿色条纹，条纹之间保持绿色，严重者，苗期可死亡。不同品种在后期症状不同，糯稻和粳稻以及高秆籼稻心叶黄白、柔软、卷曲下垂，呈枯心状，矮秆籼稻不呈枯心状，出现黄绿相间条纹。分蘖期发病，先在心叶下一叶基部出现褪绿黄斑，后扩展形成不规则黄白色条斑，老叶不现病，穗小畸形，结实少（彩图 1-23）[19]。

三、南方水稻黑条矮缩病的寄主范围

南方水稻黑条矮缩病毒可侵染水稻、玉米、薏米、稗草、百草和水莎草等植物。玉米感染南方水稻黑条矮缩病后也表现明显的症状，早期感染可表现为植株明显矮缩，节与节之间粗肿，叶片颜色深绿，并出现皱折不平或有突起，或有蜡白色瘤状突起。中后期感染后的植株矮缩不明显，仅有叶片深绿、叶片皱折等症状，详见彩图 1-24、彩图 1-25[20]。

四、传毒介体

目前研究表明，南方水稻黑条矮缩病毒的传播介质主要是白背飞虱。传播习性研究表明：白背飞虱通过取食染毒株而获毒，然后在取食健康水稻的过程中将病毒传播给健康水稻。同时，当前研究发现白背飞虱不会通过卵传播病毒给子代，子代带毒的唯一方式是取食带毒植株感染病毒。白背飞虱获毒机制研究表明：在人工饲毒条件下，白背飞虱若虫最短的获毒时间为 5min，体内循环期（从获毒至可传毒的间隔时间）为 3~5d，最短传毒取食时间为 5min，若虫获毒后可终生传毒，且若虫传毒效率高于成虫。同时，当前研究发现，褐飞虱和其他刺吸式口器传媒介质，如叶蝉等害虫不会传播病毒。值得重视的是灰飞虱体内可检测出该病毒，但是否可以传播病毒，还有待研究。此外，研究发现感染 SRBSDV 水稻的种子不会传播 SRBSDV[20]。

第四节
南方水稻黑条矮缩病的治理方针

一、我国水稻病毒病传统治理

在传统认识上，水稻病毒病又称为"水稻癌症"，是不治之症，对于水稻病毒病的防治思想一直是"治虫防病"。采用杀虫剂、防虫网、诱杀灯等多种措施，杀灭传媒害虫，切断害虫的传播途径。近半世纪来，我国稻区大面积、间歇性发生水稻条纹叶枯病、普通矮缩病、黄矮病、南方水稻黑条矮缩病、水稻黑条矮缩病等病害，植保工作者为此总结出"预防在前、控制在后"、"治秧田、保大田"、"治虱防矮"、"治前期、保后期"等系列措施，收到较好的防治效果[21]。

二、新形势下的南方水稻黑条矮缩病防治

当前，我国植保科学领域正面临多种学科的理论和技术方面跨越式的发展和交叉互补，这对植物病毒的研究有着重大的推动作用。例如：在植物病理研究方面，明确了传媒害虫及病毒病的致病分子机制；在遗传育种方面获得了系列抗虫、抗病的优良基因；在农药创制方面，发现系列传媒害虫、诱导植物寄主抗性和水稻病毒的新颖靶标，并根据新颖靶标创制了系列高效、低毒、环境友好的新型绿色化学农药和生物农药，有效防治水稻病毒病。同时，我国在耕作模式、种植结构和区域经济发展方面也有了翻天覆地的变化。因此，在防治南方水稻黑条矮缩病方面，我国植保科学也提出了新的治理思想和新的措施。根据近两年的防治实践以及多学科广泛的交流和总结，提出了防控南方水稻黑条矮缩病的中长期、可持续治理的"虫病共防共治"、"减少水稻病毒病为害带来的产量损失"等指导方针[8, 25, 26]。

1. 稻飞虱种群合理兼治的方针

我国近期存在稻飞虱种类有数十种，但主要的稻飞虱种类有三种，即褐飞虱、白背飞虱和灰飞虱。由南往北，我国近年稻飞虱重发和常发区域有广东、广西、福建、江西、湖南、江苏、浙江、安徽等；此外，海南、湖北、贵州、四川、云南、山东、河北、天津、上海、辽宁等地在不同年份也有不同程度的发生。这些区域的稻飞虱发生种群有自身特点，表现为单一发生种群、混合发生种群等。在白背飞虱和褐飞虱混合发生地区，在稻飞虱低龄若虫高峰期，选用噻嗪酮防治，对于田间有一定数量的高龄若虫稻田，可在防治中加用异丙威、速灭威、仲丁威等氨基甲酸酯类药剂，也可使用噻嗪酮与氨基甲酸酯类农药的复配制剂，如5%噻嗪·仲丁威水分散粒剂，并适当提高亩用药量。在褐飞虱为主的地区，对于田间虫龄相对比较整齐的稻田，建议在低龄若虫高峰期选用噻嗪酮或噻

嗪酮与氨基甲酸酯类农药的复配制剂，并适当提高用药量；对于田间虫龄不太整齐的稻田，可选用 20%氯虫苯甲酰胺悬浮剂。对于田间褐飞虱高龄若虫或成虫较多的稻田，可在上述配方中加 40%毒死蜱乳油 $0.12mL/m^2$、80%敌敌畏乳油 $0.15mL/m^2$。

此外，以发生地区为例，近 10 年来，在广东湛江和阳江等稻区以白背飞虱种群为主，在江苏和安徽稻区主要以灰飞虱种群为主，在福建则存在灰飞虱、褐飞虱和白背飞虱。针对这些区域稻飞虱种群生活史上的个体特点、传毒的特殊机制和对杀虫剂的抗药性表现等特点，应采取有针对性的措施。如在广东阳江和雷州地区，可采用对白背飞虱不敏感的老品种药剂，如吡虫啉、毒死蜱等；而在安徽庐江、江苏通州等地，由于长时期大量使用吡虫啉、毒死蜱、噻嗪酮等药剂，灰飞虱对其产生很高的抗药性，因此，可选用抗药性极低的新型杀虫剂品种，如吡蚜酮、乙虫腈等。

2. 与其他水稻害虫合理共治的方针

水稻存在多种重要害虫，如稻飞虱、叶蝉、螟虫等，这些虫害严重影响水稻产量和水稻品质，同时，诸如叶蝉等刺吸式害虫还是水稻普通矮缩病的传媒介质。因此，在防治稻飞虱的同时，尽可能兼顾防治叶蝉等害虫，对保障水稻种植安全具有重要作用。比如，在福建省，针对稻田存在稻飞虱和叶蝉混合发生的现状，可选用氨基甲酸酯类杀虫剂，如甲萘威、异丙威、速灭威等。此外，在我国中东部长江中下游稻区，长期以来，由于过度使用广谱性的杀虫剂防治稻纵卷叶螟等害虫，使得稻飞虱再猖獗。因此，在防治水稻稻飞虱的同时，需要注重与稻纵卷叶螟、二化螟、三化螟的合理共治[8, 25, 26]。

3. 水稻病毒病重点专治方针

水稻病毒病是水稻病虫害中极具特殊性的一类病害，其发生与传媒害虫和病毒两类病原密切相关；同时，水稻病毒病的为害又极端严重。因此，它的防控措施与现有其他病虫害防控措施明显不同，其防控方法和最终实效显得特别的重要。因此，必须形成一整套植保技术，从水稻种子处理出发到最后水稻收获的全过程，覆盖品种选育、物理防控、化学防控、生物防控和生态防治等多种技术措施，强调技术体系与当地区域经济的密切结合。因此，根据近年来在植保科学领域的新成果，强化南方水稻黑条矮缩病需要专一化的防治措施，实现重点有效专治[27~29]。

4. 防控技术需符合区域经济发展方针

我国水稻种植面积广，主要分布在华南稻区、长江中下游粳稻稻区、东南稻区、西南稻区等。由于各区域地理、气候、农业种植结构、当地经济状况、从事农业生产人员素质、生产习惯等因素各不相同，因此，在使用防治水稻病毒病药剂上，应该充分考虑当地各种要素在水稻种植中的作用，形成符合当地区域发展的配套技术。例如，从稻区区域经济和劳动力成本价值分析，在经济状况较好的江浙稻区，可以考虑成本较高的新型杀虫剂，如采用吡蚜酮、烯啶虫胺及醚菊酯防治稻飞虱，采用氯虫苯甲酰胺防治稻纵卷叶螟等；而针对西南稻区中经济欠发达区域，可以采用一些烟碱受体抑制剂、有机磷类杀虫剂和氨基甲酸酯类杀虫剂，比如吡虫啉、毒死蜱、异丙威等。

5. 延缓杀虫剂抗药性方针

大量实践表明，长时期、大量使用单一杀虫剂品种，将会造成稻飞虱对杀虫剂品种的抗药性，这一结果必将造成农药使用成本过高、防治效果下降、粮食品质降低以及环境的污染等恶果。因此，避免和延缓抗药性的产生对防控南方水稻黑条矮缩病也同样重要。在延缓白背飞虱抗药性的防控思想上，采用物理防控、生物防控和化学防控的联合使用的方法，降低杀虫剂在防治稻飞虱中的权重；避免大量使用对天敌杀伤力强、环境风险大的农药，维系稻田生态平衡，减少化学农药杀灭稻田天敌，延长天敌对水稻害虫的自然控制作用，避开一些农药刺激稻飞虱的繁殖，进一步诱发稻飞虱的爆发的情况发生；建立稻飞虱及病毒病的防治指标和风险评估体系，注意用药量、用药间隔期等。同时，尽量做到杀虫剂的轮替使用和多种杀虫剂的联用。

6. 早中晚稻区别治理方针

近年来，我国早、中、晚稻均有南方水稻黑条矮缩病的发生和为害，但其为害程度不同；同时，早、中、晚稻在南方水稻黑条矮缩病的发生和为害中承担不同的作用，比如：早稻在中后期染毒后，通过白背飞虱将病毒传播给相邻种植田的中晚稻。因此，根据其各自的特点，进行早、中、晚稻的区别治理。

7. 实现环境友好和保障粮食品质方针

保护环境生态和保障农产品安全的呼声越来越受大家的重视。长期大量地使用农药使得环境生态更加脆弱和农产品品质降低。因此，在有效防控南方水稻黑条矮缩病的过程中，必须注重保护环境生态和水稻品质。

总之，南方水稻黑条矮缩病的防治是一项系统、艰巨的工程，需要从保障粮食产量、品质、保护环境和实现农业可持续发展出发，集成当前品种、药剂防控、物理防控、生态防控、信息技术、生物学技术等，形成专一化、可操作性强、实用性强的防治技术体系。通过这样的体系的建设和示范推广，能有效控制南方水稻黑条矮缩病的为害。

参 考 文 献

[1] FAO联合国粮农组织统计数据库（http：//faostat. fao. org/site/567/DesktopDefault. aspx？ PageID＝567＃ancor）.

[2] 作物栽培学（http：//wenku. baidu. com/view/5c3fb9c75fbfc77da269b1d4. html）.

[3] 周锡跃,徐春春,李凤博等.世界水稻产业发展现状、趋势及对我国的启示.农业现代化研究,2010,31(5):525-528.

[4] 洪剑鸣,童贤明,徐福寿编著.中国水稻病害及其防治.上海:上海科学技术出版社,2006.

[5] 王法明.水稻病害及其防治.农药,1997,36(9):6-13.

[6] 何家泌.水稻病毒病的种类、分布及其特性.河南农业科学,1999,11:17-21.

[7] 周国辉,温锦君,蔡德江等.呼肠孤病毒科斐济病毒属一新种:南方水稻黑条矮缩病毒.科学通报,2008,53:11-9.

[8] 刘万才,刘宇,郭荣.南方水稻黑条矮缩病发生现状及防控对策.中国植保导刊,2010,30(3):17-18.

[9] 陈卓,郭荣,钟玲等.芦溪县麻田乡南方水稻黑条矮缩病暴发的原因.贵州农业科学,2010,38(10):118-120.

[10] 周国辉,许东林,李华平.广东发生水稻黑条矮缩病病原分子鉴定.中国植物病毒学会2004年学术年会论文集,中国农业科学技术出版社,2004,10-212.

[11] 周国辉,张曙光,邹寿发等.水稻新病害南方水稻黑条矮缩病发生特点及危害趋势分析.植物保护,2010,36(1):144-146.

[12] 全国农业技术推广服务中心防治处.水稻南方黑条矮缩病发生防治情况及防控建议.2010年南方水稻黑条矮缩病防治现场观摩及中长期治理对策研讨会,2010.

[13] 周国辉.水稻南方黑条矮缩病发生规律及防控技术.2010年南方水稻黑条矮缩病防治现场观摩及中长期治理对策研讨会,2010.

[14] 陈声祥,张巧艳.我国水稻黑条矮缩病和玉米粗缩病研究进展.植物保护学报,2005,32(1):97-103.

[15] 章松柏,李大勇,肖冬来等.水稻黑条矮缩病的发生和病毒检测.湖北农业科学,2010,49(3):592-594.

[16] 何愚,柳淑华.水稻齿叶矮缩病及其寄主植物的研究.湖南农业科学,1984,3:19,33-34.

[17] 金登迪,林瑞芬,余舰斌等.水稻齿叶矮缩病的潜育期及介体褐稻虱的传毒特性.浙江农业科学.1987,5:236-237.

[18] 郑璐平,谢荔岩,连玲丽等.水稻齿叶矮缩病毒的研究进展.中国农业科技导报,2008,5:8-12.

[19] 周益军等编著.水稻条纹叶枯病.江苏科学技术出版社,2010.

[20] 王康,郑静君,张曙光等.室内试验证实南方水稻黑条矮缩病毒不经水稻种子传播.广东农业科学,2010,7:95-96.

[21] 谢联辉,林奇英.中国农业百科全书(植物病理学卷).北京:农业出版社,1996,427-430.

[22] 谢联辉,林奇英,吴祖建等.中国水稻病毒病的诊断、监测和防治对策.福建农林大学(自然科学版),1994,23(3):280-285.

[23] 谢联辉,林奇英.中国水稻病虫综合防治进展.杭州:浙江科学技术出版社,1988,255-264.

[24] 郭荣,周国辉,张曙光.水稻南方黑条矮缩病发生规律及防控对策初探.中国植保导刊,2010,8:17-20.

[25] 陈卓,宋宝安,郭荣等.水稻病毒病防治的理论与实践的思考.公共植保与绿色防控,中国农业科学技术出版社,北京,2010,585-596.

[26] 陈卓,宋宝安,郭荣等.水稻病毒病及其防治技术的研究与应用.中国植保导刊,2010,12:13-18.

第二章 南方水稻黑条矮缩病防控技术

第一节
品种选用

一、品种抗性概况

在预防南方水稻黑条矮缩病中，水稻品种的选择需综合几个因素：①水稻的安全成熟期。因为水稻的生育期、生长温度、积温对水稻品种安全成熟至关重要，它影响水稻的品质和产量。②水稻种植方式。目前的栽培方式主要有直播和插秧两类，插秧分人工插秧和机插秧，直播水稻要考虑相对早熟、前期耐低温和出苗好的品种，插秧水稻品种为了保证增产效果，可考虑相对晚熟品种。③水稻种植区域。总体上，纬度由低到高，选择品种生长期由长到短；海拔由低到高，选择能耐昼夜温差大的品种；对于土壤条件，一般盐碱较重的低洼地，品种要耐盐碱，苗期繁茂度要好。④水稻品种的抗（耐）特性。品种对南方水稻黑条矮缩病的抗（耐）性分为抗虫性和抗病性两个方面。理想的抗耐品种既具有抗虫性，又具有抗病性。1989年，肖英方等采用苗期鉴定法对籼稻、粳稻和杂交稻等多种水稻品种的白背飞虱抗性进行研究。结果表明粳稻80079、中国"91"和盐粳2号等粳稻品种对白背飞虱表现出不同的抗性性质，其中粳稻80079对白背飞虱的取食、生存和发育有抑制作用，但对种群为害表现为耐虫作用；中国"91"和盐粳2号对白背飞虱的取食、生存和发育没有抑制作用，但具有一定的杀卵作用[1]。1990年，谭玉娟等采用苗期群体接虫法对广东地方稻种资源进行抗褐飞虱和白背飞虱的抗性分析，表明沙占、早考皮糯、乳源高脚油占、八月白、过命黄、西苗、糯什3、赤壳黄占母、花幼仔、IR13475-7-3-2（RCK）和广陆矮4号（悬浮剂K）具有一定的抗白背飞虱特性，但表现为不同的抗性机制，其中花幼仔和赤壳黄占母两个品种抗性机制主要是耐害性，而抗生性较低[2]。1991年，俞晓平等采用籼稻（汕优6号、汕优63、浙852）和粳稻（秀水48、秀水620和丙664）为稻种资源，评价褐飞虱和白背飞虱对两类稻种的苗期为害、取食、产卵、田间种群等，表明两种飞虱对水稻稻种表现出不同的为害程度和不同种群消长状态，例如：白背飞虱在水稻苗期能为害除秀水620外的所有供试品种，两个粳稻品种秀水620和丙664在成株期能抑制自背飞虱的取食和产卵。这些研究结果及研究方法为进一步研究白背飞虱对品种的抗性奠定基础，同时，也为田间防控提供思路[3]。

2002 年，朱麟等研究褐飞虱和白背飞虱在 4 个抗褐飞虱的水稻品种 ASD7、IR36、JX89 和 Mudgo 上的种群参数，表明这些水稻品种对白背飞虱同样存在抗性，但白背飞虱存在较强的适应性，表现为在 4 个抗褐飞虱水稻品种上具有较高的繁殖率、具有较短的发育时间和较大的种群增长[4]。2003 年，寒川一成等评价中国的 13 个粳稻品种、11 个籼稻品种、13 个杂交稻组合以及 11 个热带粳稻品种对白背飞虱的杀卵作用和拒食抗性，表明仅有粳稻品种具有杀卵作用，其中春江 15 等 4 个粳稻品种表现出明显的杀卵作用。寒川一成等重新评价了来自中国不同省份的 42 份粳稻和 43 份籼稻对白背飞虱的抗性，而籼稻品种对白背飞虱的卵死亡率均较粳稻品种的卵死亡率低。同时研究表明浙江 21 个粳稻地方品种对白背飞虱拒取食和杀卵作用表现出独立性和连续变化。三千黄、长红稻和矮秆稻具有杀卵抗性，鸡脚黄和麻雀青具有拒取食抗性[5]。2006 年，寒川一成等研究发现一粳稻品种—嘉花 1 号对白背飞虱具有很好的抗性，其抗性机制试验发现其具有良好的拒食活抗性和杀卵活性[6]。

关于白背飞虱抗性的分子机制，有不少研究报道，如自 1976 年起，国内外研究发现和命名了 7 个抗白背飞虱基因，分别是 Wbph1、Wbph2、Wbph3、Wbph4、Wbph5、Wbph6 和 Wbph7[7~12]。在这些抗性基因中，Wbph6 是由中国水稻专家李西明在 1987 年报道，李西明等以鬼衣谷、便谷、大齐谷、大花谷、HA79317-7 和滇瑞 3363 等 6 个品种为材料，经抗性遗传分析发现鬼衣谷、便谷、大齐谷、大花谷携带有同一单显性基因，并与 5 个已命名的抗性基因不等位，将其命名为 Wbph6 (t)[13]。1996 年，李西明等对白秆糯等品种进行了抗性遗传分析，明确了白秆糯等的抗性遗传规律[14]。2001 年，李西明等针对农香 16（籼型）、中鉴 96-3（粳型）、9234（籼型）、浙农大 602（籼型）、R40（籼型）、蜀恢 881（籼型）等 6 个水稻新品种对白背飞虱的抗性遗传分析，研究表明浙农大 6022、9234 和中鉴 9633 个品种（系）对白背飞虱的抗性为显性遗传，受 1 对显性基因控制，农香 16、蜀恢 881 和 R40 3 个品种（系）对白背飞虱的抗性表现为隐性遗传，抗性受 1 对隐性基控制[15]。通过试验，杀卵活性水稻表现出另一种抗白背飞虱的抗性，1999 年，Yamasaki M 等[16]通过 Asominori/IR24 的高代重组自交系，发现位于第 6 染色体的抗白背飞虱 QTLs，并发现其对白背飞虱卵具有显著抑制作用。2003 年，Yamasaki M 等[17]发现位于第 6 染色体上，并且对白背飞虱卵具有强作用力的主基因 Ove，另外又检测到分别位于第 1、4、5、5 染色体上的 4 个 QTL（qOVA-1-3、qOVA-4、qOVA-5-1、qOVA-5-1）。

南方水稻黑条矮缩病是当前我国发生的新病害，当前对南方水稻病毒品种抗性的研究较少，因此，缺乏相关的借鉴经验和成果。但目前有不少关于水稻对水稻条纹叶枯病和水稻黑条矮缩病抗（耐）性的研究成果。尽管当前研究发现水稻抗水稻条纹叶枯病和抗水稻黑条矮缩病的遗传机制并不相同，这些研究成果并非不能完全沿用到南方水稻黑条矮缩病的抗性研究中，但在科研中还是值得借鉴。因此，现将抗条纹叶枯病和抗水稻黑条矮缩病的研究成果进行如下简述。当前抗条纹叶枯病的品种有盐粳 9967、扬粳 4277、扬粳 4065、扬粳 9538、镇稻 42、5021036、练 208、连粳 4 号、盐粳 93538、盐糯 12、泗稻 2322、JD09、徐稻 3号、镇稻 88、关东 19、扬引 1 号、93-63、镇稻 44、扬辐粳 4901、扬辐粳 8 号、南粳 4、盐粳 9960、盐稻 1129、盐 9803、盐粳 9932、97108、盐优 422、盐优93005、9 优 115、香优 18、苏优 17、徐稻 3 号、淮稻 9 号、淮稻 11 号等[18~21]。1999 年，林凌伟等[22]对浙江省临海市当地水稻主栽品种—粳糯稻品种（越粳 2号、绍糯 119、秀水 63）和杂交稻品种（协优 914、协优 46、协优 92、杂优 2号、汕优 10 号、协优 963）对水稻黑条矮缩病的抗性分析发现常规粳稻重于籼型杂交稻。2005 年，何国民等[23]对杂交水稻品种安两优 318、粤优 54、富优 2号、协优 963、K 优 818、甬优 6 号、甬优 5 号、加优 99、协优 9308 进行水稻黑条矮缩病的田间抗性试验分析，试验发现安两优 318、粤优 54、富优 2 号为中抗品种，协优 963、K 优 818 为中感品种，甬优 6 号、甬优 5 号、加优 99 为高感品种。2008 年，李爱宏等[24]对不同基因型水稻种质抗黑条矮缩病抗（高抗）品种有明恢 63、R13、HR15、扬稻 6 号、R24、HR17、HR26、HR28、特青、HR14、HR27、HR25、HR20、Gj146、R814、HR12、Gj134、HR16、HR19、R507、HR22、R621、HR21、Gj73、R520、Gj83、R542、HR18、Gj16、Gj119、HR23、Gj116；中抗品种有 97S、Gj18、Gj101、9363、河南新乡粳稻、R419、06W 11、Gj95、GR18、R533、Gj130、盐稻 8 号、Gj52、Gj144、06W10、淮 9801、HR13、Gj23、镇稻 88、Gj142、Gj87、Gj123；中感品种有粤泰A、GR19、Gj89、Gj63、GR13、Gj126、Gj6、Gj16、GR105、GR32、GR34、GR50；感病品种为广占 63S、GR33、GR39、Gj2、扬辐粳 4928、Gj57、Gj14、Gj92、Gj32、Gj76、Gj15、GR36、GR46、宜香 1A、GR44、Gj35、GR41、GR47；高感品种有珍汕 97A、612A、协青早 A、Gj84、Ⅱ-32A、金 23A、505A、Gj64、天丰 A、淮稻 5 号、K17A、扬粳 9538。2009 年，潘存红等[25]利用珍汕 97B/明恢 63 的重组自交系群体，采用自然发病鉴定的方法，以穴发病率为表型值，对各株系进行黑条矮缩病抗性鉴定，试验结果表明水稻黑条矮缩病抗性性状受数量性状基因控制，采用 WinQTLcart 2.5 软件对黑条矮缩病抗性QTL 进行分析，共检测到 6 个 QTL，其中第 6、11 染色体上各有 2 个，第 7、9染色体各有 1 个。2010 年，王宝祥等[26]采用 Koshihikari/桂朝 2 号 RILs 群体为材料，进行抗水稻黑条矮缩病的基因定位研究，结果表明位于第 3 染色体RM7~RM5748 之间有 1 个抗水稻黑条矮缩病的 QTL，而来自 Koshihikari 的等位基因可提高水稻黑条矮缩病抗性。

二、南方水稻黑条矮缩病的抗（耐）性特性品种

南方水稻黑条矮缩病是近年新发现的一种水稻病毒病，目前尚未见有关水稻对南方水稻黑条矮缩病品种具有抗（耐）特性的文献和相关工作报道。根据2010 年南方水稻黑条矮缩病的田间发生状况，本课题组采用内部制定的病毒病调查分级方法，对水稻感病性进行调查分析，发现有如下规律：杂交稻重于常规稻、两系杂交稻重于三系杂交稻，其中江西省芦溪县、大余县和宜黄县三个县的部分中晚稻水稻品种抗病性由高到低为中浙优 1 号、民先富 3020、中浙优 2838、糯米、丰两优 3 号、珞优 8 号、丰两优香 1 号、杨两优 6 号、Ⅱ优 416、天优382、中优 218、东优 962、新两优 6 号、两优 036、荣优 7 号、准两优 527、金优 10 号、华两优 1206、两优 6326、川种 305、全优 527、丰源优 299、德优1254、冈优 725、欣荣优 254、川香 8 号、湘丰优 9 号、菲优 600、中浙优 2838、明优 98、杂交糯稻、宜香 725、佳优 1332、荆两优 10 号、丰两优 4 号、先农 22 号。我国各省植保植检站（局）也对 2010 年种植的水稻品种进行南方水稻黑条矮缩病的抗（耐）性调查分析，发现早稻感病品种有淦鑫 203、华两优 205、金优463、中早 33、T98207、特优 838 等，发现中稻重发品种有扬两优 6 号、丰两优4 号、两优 036、两优 363、新两优 6 号、天优华占、糯稻、准两优 527、两优6326、Y 两优 1 号、宜香 725、皖稻 93、冈优 725、先农 22 号、川香 6 号、欣荣优 254、荆两优 10 号、珞优 8 号、淦鑫 688、金优 408、金优 207、金梅优 167、新两优 6380、新两优 5814、沪优 1256、五丰优 128、宜香 2292、Y 两优 3218、准两优 1141、3 湘优 714、深两优 5814、中优 85、深优 5814、D 优 158、宜香2677、特优 2058、Y 两优 3721 等，发现晚稻重发品种有岳优 9113、天优华占、糯稻、先农 20 号、新两优 6 号、扬两优 6 号、软占、天优 998、丰源 2297、汕优 10 号、T 优 111、株两优 02、两优 036、岳优华 4 号、丰源优 299、黄华占、两优 6326、隆平 207、先农 26 号、丰源 299、中优 481、泰国丝苗、欣荣优 254、博优 8305、博优 253、博优 801、博优 25、博优 1025、博优 273、博优 1102、博优 26、香优 8305、天优 550、Ⅱ优 3550、粤优 938、粤优 735、斗Ⅱ优 1 号、YⅡ优 1 号、络优 8、枝优 8、枝优 88 等。田间调查发现部分水稻品种属较轻发生，如岳优 9113、两优培九、中优洲 481、福优 737、中浙优 1 号、Ⅱ优 1733 和皖稻 153 等。福建农林大学等单位对福建省种植水稻品种调查发现高度感病的品种有花优 63、丰两优 4 号、丰两优 1 号、扬两优 6 号、两优培九、岳优 9113、Ⅱ优 318、Ⅱ优航 2 号、宜优 673、丰优 559、深两优 5814、天优 3301、涌优 6号、特优 716、宜香 2292、天优 10、宜优 672、川优 12 等，丛病率高达 40%～80%，其他水稻品种丛病率在 1%～20%。

三、品种栽培技术概况

水稻栽培包括直播栽培和移栽两种水稻栽培方式，移栽包括育秧移栽和抛秧栽培。直播水稻是将发芽稻种直接播种于大田的一种栽培方式，也是我国生产中最为普及的一种方式。水稻直播根据水分管理方法的不同被分为水直播和旱直播，根据耕作方式的差异又分为浅耕（旋耕）直播和免耕直播（含麦套稻等）。旱直播可分为旱稻和旱播水管两种方式。旱稻是水稻品种通过人工选育而产生的变异型，通常直播于旱地，靠雨养或干旱发展到一定阶段适量补充灌溉的旱作稻。水稻旱播水管是在全旱条件下播种，秧苗期旱管少灌，至4片叶后灌水管理的一种种植形式。直播水稻省去了育秧和移栽环节，具有省工、效益高、生产成本低和生育期短等优点具有节约水资源和劳动力、容易实现机械化、劳动强度低、劳动条件好、生产率高等优点[27, 28]。但存在全苗、除草和倒伏和分蘖发生早、节位低、扎根浅、后期容易倒伏和穗多粒少等缺点。当前我国直播水稻技术的关键问题有播种期的选择、播种密度等问题[29]。育秧移栽是我国主要的水稻栽培方式，有水育秧和旱育秧两种方式，这种种植方式存在劳动强度大、占用人员多。在水育秧中容易有坏芽、烂秧、出苗不齐等缺点。抛秧栽培是指采用塑料秧盘或旱育苗床，育出根部带有营养土块的秧苗，移栽时利用带土秧苗自身重力，采用人工或机械均匀地将秧苗抛撒到大田的一种栽培方式，在分蘖初期抛秧稻的出叶速度比移栽稻快、主茎总叶数多、叶片张开角度大[29, 30]。

四、直播技术

（1）选择合适品种　由于直播稻的全生育期比常规栽秧稻和抛秧稻的生育期短，特别是营养生长期缩短显著，因此，结合各地生产实际状况，选用耐寒性、抗病性、生育期适宜、根系发达、茎秆粗壮、抗倒性好、株型紧凑、分蘖中度、穗大的品种，确保水稻正常灌浆结实，以稳定提高直播稻的品质和产量[30]。

（2）种子处理　早稻常规种每亩4kg左右，中籼常规种2.5～3.0kg，中籼杂交种1.5～2.0kg，中粳常规种4～5kg，晚粳常规种5.0～6.0kg，杂交种2.0～2.5kg。根据天气情况，适时浸种催芽。浸种前要晒种，并用盐水或黄泥水选种。一般要求进行种子包衣或直接购买包衣种子，若无包衣须用强氯精药剂浸种6～8h。采用间歇法浸种：常规稻浸种3d，杂交稻浸种2d，浸种后即可保温催芽。手工撒播种子要求芽长有半粒谷长、根长有1粒谷长为宜。催芽程度以破胸露白为度30,31。

（3）播种方式　播稻类型有水直播和旱直播，水直播可撒播和点播，大面积的直播可用机插播。播种时宜采用与湿润育秧田泥浆播种相同，关键是要确保均匀度。播后轻踢谷入泥，视天气保持畦面湿润、半旱状态或上浅水护芽。旱直播的要保证浅播浅覆盖。

（4）大田准备　对于水直播田：要精细整田，标准达到湿润育秧的秧田标准，播种前 15d 左右耕翻后，浅水诱草，再经耙、耖、平整田面。对面积大的田块应根据地势高低，按"川"字或"井"字形和沿田四周开好排水沟，以便灌排畅通，提高晒田和药剂除草效果。采用免耕直播的要注意灭茬和土壤软化质量。对于旱直播田：整地要做到耙透、耙匀、耙碎、耙实，无明暗坷垃，土壤上虚下实，一般在旋耕后耙平、耙碎土垡播种，秸秆还田的，先翻耕掩茬，再耙碎、耙平土垡播种，旋耕深度 15～16cm，耕翻深度在 20cm 左右。

（5）播种　直播应在日平均气温稳定在 13℃左右时播种，中稻直播期一般在 5 月中旬。大田杂交稻播种量为 15.0～22.5kg/ha，常规稻为 30.0～37.5kg/ha。播种采用手工撒播或机械播种，按 1kg 种子拌 1g 烯效唑进行撒播，可有效促秧苗早发分蘖。为保证播种均匀度，可以采用定畦定量的办法，先稀后补，即先播 70% 的种子，再用 30% 的种子补缺补稀。杂交稻还要提前 7～8d 按种子总量的 10% 育预备苗，以防严重缺苗。在播种后 20～25d 要及时进行田间查苗、补苗工作，移密补稀，使稻株分布均匀，个体生长平衡，避免漏缺空档。基本苗每公顷控制在 120 万～150 万株[31]。

（6）科学管理肥水　播种前施足基肥，三叶期施断奶肥，晒田覆水时酌施穗肥。施肥量视土壤肥力和水稻苗情而定。施肥原则是"少吃多餐"，按重底穗肥、轻施断奶促蘖肥、看苗补粒肥的原则施肥。基肥施 45% 复合肥 225.0kg/ha，3～4 叶每公顷施 45% 复合肥 225.0kg 加尿素 112.5～150.0kg，促高发。八至九叶期秧苗补施分蘖平衡肥。在叶龄余数为 3 叶时，施尿素 75.0～112.5kg/ha、氯化钾 75.0～150.0kg/ha，促进颖花分化，提高结实率和粒重。有机肥占总施肥量 30% 左右为佳。直播水稻的灌溉必须坚持芽期湿润，苗期薄水，分蘖前期间歇灌溉，分蘖中后期晒田够苗或够苗晒田，孕穗抽穗期灌寸水，壮籽期干干湿湿灌溉的原则。具体在播后至二叶一心期，保持沟中有水、畦面湿润；促进扎根立苗，或遇连续晴天，畦面发白出现丝裂，则可在傍晚或清晨灌跑马水，上午灌水上畦，浸透后即排出，避免畦面长期积水。二叶一心期后建立浅水层，干湿交替。当田间总茎蘖数达到预期穗数的 75% 左右，及时排水搁田，搁至田边有细裂、田中不陷脚时覆水，通过多次轻搁，直至主茎倒二叶露尖后建立浅水层，水深 3～4cm，乳熟期后干湿交替，收割前 5～7d 断水晒田[27～31]。

（7）及时除草　一般在播种前和苗期采用除草剂除草。采用"一封二杀三扑"的综合防治技术，封：在播种 1～3d，可用 40% 苄·丙草可湿性粉剂 450g/ha 进行草芽封闭。杀：在水稻处于 2～4 叶时，用 50% 二氯喹啉酸 750g/ha 加 10% 吡嘧磺隆 300g/ha 进行化学除草。扑：对残留的零星杂草，采用人工拔除[31]。

五、移栽技术

(1) 选择合适品种　由于移栽稻的全生育期比直播稻的生育期长，因此，结合各地生产实际状况，选用生育期适宜、抗病性强、产量大和品质好的品种[30]。

(2) 秧苗处理　壮秧必须矮壮带分蘖，叶片硬挺不发披，根系发达有活力，无病无虫无草害。水育秧秧龄 32d 左右，单株带蘖 1.5 个以上，苗高 30cm 左右；杂粳秧龄 35d 左右，单株带蘖 2 个以上。旱育秧秧龄 25~27d，单株带蘖 0.5 个以上，苗高 20cm 左右；机插秧秧龄 18d 左右，苗高 15~18cm。水育秧要坚持水育，做到浅水勤灌，防止水层过深，因苗制宜施好接力肥，栽前 3~4d 施好起身肥，每亩尿素 7.5~10kg。旱育秧要坚持旱育，在大田上水之后，要防止旱秧田积水严重，造成秧苗窜长，影响根系活力。机插秧要合理水浆管理，防止干煞苗，移栽前 2~3d 脱水。同时要全面施好起身药，突出防好灰飞虱、二化螟，防止秧田病虫带入大田。

(3) 移栽　按照叶龄、秧龄，做到适期移栽，主要措施是严格控制基本苗，降低群体起点，控制高峰苗，减少无效分蘖，协调穗、粒关系。行距要根据品种特点和土质肥力决定。一般水稻育秧苗移栽日龄应掌握在 30d 左右，旱地塑盘育苗抛秧日龄应在 25d 左右。一般早稻亩栽秧苗约 2.4 万棵，中晚稻亩栽约 2.2 万棵。移栽时要做到浅水栽秧，水深以 2~3cm 为宜，抛秧田控制浅水 1~2cm 为宜，直播稻籽田应按无水湿润田抛籽，无论是哪种移栽方法都不宜深水移栽。抛秧移栽时大把地抓起秧功，迎风高抛、匀抛，高度 3~5m，先远后近。先抛总盘数的 70%，30% 来回补稀补缺，消灭 0.33m² 的空挡。抛后当天及时将沟内秧苗捡起来补空，3d 内不要下田移苗、扶苗，阴天不灌水，晴天田面寸水，做好平水缺，防止大雨冲刷引起飘秧[31]。

(4) 大田准备　稻田要精耕细作，首先要充分利用晴朗天气翻田晒土，提前做好栽秧平田工作，要求每块稻田耕耘平整，水平线一致，泥土达到深、松、软的要求。一般稻田要进行先耕、后旋再耘平的操作规程，要让上茬残秸杂草翻压到泥土里，力求田面上无杂草和高低不平的泥堆现象存在，为稻秧移栽提供良好的平整田基条件。

(5) 科学管理肥水　移栽水稻施肥技术可分为一次性施肥法，前促、中控、后补施肥法，前稳、中促、后保施肥法，无水层施肥法，叶面追肥施肥法等方法。

① 一次性施肥法　是翻耕时将肥料一次性投入，其优点是省时省工、促进早发，快点是易早衰。该方法适用于大田生育期短、保肥能力强和有机肥多的稻田，砂性田不适用，肥料可采用缓释肥料、控释肥料和无机和有机复混肥。

② 前促、中控、后补施肥法　该方法强调早期施肥、中期控氮、后期补施粒肥，该施肥方法适用于稻田肥力较高、中期易疯长的田块。

③ 前稳、中促、后保施肥法　该施肥技术强调在插足基本苗的基础上，在水稻前期减少施肥量以促进水稻稳健，水稻中期重施穗肥以促进穗大粒多，水稻后期补施粒肥以增加产量，该技术是近年水稻超高产施肥技术，适用于产量水平高的田块，缺点是施肥次数多，费时费力。

④ 无水层施肥法　这种施肥法的特点是施肥时田间无水，一般基肥施后干耕、干耙整地，使土肥相融，大田追肥时田间无水，施后慢慢灌水，以水带肥将肥料带入土中，这种施肥方法的优点是可以减少肥料的流失，提高肥料的利用率。

⑤ 叶面追肥施肥法　这种施肥法的特点是肥料不直接施入土壤中，而是通过喷施于叶面，经叶面吸收供水稻生长需要，其优点是用量小、吸收快、效果明显、肥料利用率高，缺点是较费时费工，一般结合喷药混合喷施，在全生育期都可喷，以孕穗期和灌浆期喷施较多，特别适用于微量元素肥料的施用和水稻受灾后促进恢复时应用，生产上常用的叶面肥品种有快丰收、时雨101、喷施宝、丰户素、叶面宝等。

第二节
化学药剂使用技术

一、杀虫剂防治稻飞虱概况

2007年，朱龙粉等针对江苏常州武进褐飞虱为害，对25％吡蚜酮可湿性粉剂等药剂进行三次系统试验，发现25％吡蚜酮可湿性粉剂（每亩20g）防治2代褐飞虱若虫药后3d和药后6d的防效分别为89.0％和89.7％，而对照药剂10％吡虫啉可湿性粉剂（每亩40g）药后3d和药后6d的防效分别为35.2％和18.4％，25％噻嗪酮可湿性粉剂（每亩40g）药后3d和药后6d的防效分别为63.7％和59.8％。对三类稻飞虱（白背飞虱、褐飞虱和灰飞虱）成虫和若虫的防治研究表明40％毒死蜱乳油和25％吡蚜酮可湿性粉剂对三类稻飞虱成虫和若虫的速效性均好，药后4d防效分别为80.4％和71.1％。在持效性上，25％吡蚜酮可湿性粉剂（每亩20g）和22.5％哒嗪·氟腈悬浮剂（每亩100mL）的防治效果较好，药后10d防效分别为79.0％和71.9％，结果见表2-1所示。对3代褐飞虱成虫防治效果表明25％吡蚜酮可湿性粉剂在亩用20g和30g具有很高的触杀活性，药后4d和8d的防效均在90％以上[32]。

表 2-1 吡蚜酮等药剂防治总稻虱成、若虫效果[32]

处理	药后 4d 的防治效果				药后 10d 的防治效果			
	成虫	若虫	虫量合计	防效/%	成虫	若虫	虫量合计	防效/%
16.5%噻·吡 50mL	72	368	440	67.3	108	468	576	62.2
22.5%哒嗪·氟腈 100mL	64	392	456	66.1	60	368	428	71.8
25%吡蚜酮 20g	16	372	388	71.1	12	308	320	79.0
25%噻嗪酮 40g	160	752	912	32.1	92	876	968	36.5
70%吡虫啉 2g	112	472	584	56.5	52	696	748	50.9
40%毒死蜱 80mL	28	236	26.4	80.4	40	580	620	59.3
CK	188	1156	1344	—	232	1292	1524	—

2009 年，朱龙粉等针对江苏常州武进地区灰飞虱对小麦和水稻的为害，采用 10%烯啶虫胺可溶液剂、50%烯啶虫胺可溶粒剂、25%吡蚜酮可湿性粉剂、10%吡虫啉可湿性粉剂、48%毒死蜱可湿性粉剂、25%噻嗪酮可湿性粉剂，对麦田一代灰飞虱若虫、秧田一代灰飞虱成虫、大田三代灰飞虱进行试验，其结果分别如表 2-2、表 2-3 所示[34]。防治麦田一代灰飞虱若虫测定结果表明在麦田少水条件下，10%烯啶虫胺可溶粒剂和 50%烯啶虫胺可溶性粒剂防治麦田一代灰飞虱效果不理想，而 25%吡蚜酮可湿性粉剂的杀虫效果较好。秧田一代灰飞虱成虫防治试验结果表明 50%烯啶虫胺可溶粒剂在 90g/ha 防治灰飞虱成虫的速效性最好，防效达 80%。大田三代灰飞虱若虫防治试验表明 10%烯啶虫胺可溶性液剂和 50%烯啶虫胺可溶粒剂对 2 龄以上的若虫的防效好，药后 3d 和 7d 均在 70%以上，而 25%噻嗪酮可湿性粉剂对灰飞虱的防治效果不理想，见表 2-4[33]。

表 2-2 药剂防治麦田一代灰飞虱若虫的效果[33]

处理①	药前虫量 基数	药后 2d 的防治效果			药后 8d 的防治效果		
		虫量	害虫死亡率/%	校正死亡率%	虫量	害虫死亡率/%	校正死亡率%
10%烯啶虫胺 450mL	34.5	20.9	39.4	17.6	23.6	31.6	22.9
50%烯啶虫胺 60g	44.3	23.8	46.3	26.9	34.5	22.1	12.2
25%吡蚜酮 300g	50.0	7.7	84.6	79.0	4.7	90.6	89.4
10%吡虫啉 600g	34.7	30.4	12.4	0	29.4	15.3	4.5
CK	33.6	24.7	26.5	—	29.8	11.3	—

① 单位为每公顷处理量。

表 2-3 秧田一代灰飞虱成虫防治效果[33]

处理①	药前虫量 基数	药后 1d 的防治效果			药后 4d 的防治效果		
		虫量	害虫死亡率/%	校正死亡率%	虫量	害虫死亡率/%	校正死亡率%
10%烯啶虫胺 450mL	27.7	39.0	−40.8	61.5	79.3	−186.3	54.1
50%烯啶虫胺 90g	56.7	32.3	43.0	84.4	63.0	−11.1	82.2
25%吡蚜酮 450g	37.3	76.7	−105.6	43.8	132.7	−255.8	43.0
10%吡虫啉 750g	37.0	72.7	−96.5	46.3	136.7	−269.5	40.8
48%毒死蜱 1200mL	57.3	107.0	−86.7	49.0	156.3	−172.8	56.3
CK	33.7	123.3	−265.9	—	210.3	−524.0	—

① 单位为每公顷处理量。

表 2-4 大田三代灰飞虱防治效果[33]

处理①	药后 3d 的防治效果			药后 7d 的防治效果		
	百穴虫量	害虫死亡率/%	校正死亡率/%	百穴虫量	害虫死亡率/%	校正死亡率/%
50%烯啶虫胺 90g	74.0	79.0	73.0	24.7	93.0	77.2
10%烯啶虫胺 450mL	129.3	63.3	52.8	34.7	90.2	68.1
25%噻嗪酮 600g	270.0	23.3	1.4	110.0	68.8	0.0
CK	274.0	22.2	0.0	274.0	69.3	—

① 单位为每公顷处理量。

2009 年，王彦华等采用稻茎浸渍法测定了 2008 年 7 月采自浙江省杭州市和宁波市褐飞虱（*Nilaparvata lugens*）种群对 7 种杀虫剂的抗药性及褐飞虱和白背飞虱（*Sogatella furcifera*）种群对新烟碱类杀虫剂、昆虫生长调节剂、苯基吡唑类、有机磷类、氨基甲酸酯类杀虫剂等 16 种杀虫剂的敏感性。结果如表 2-5 所示[34]。褐飞虱抗药性测定结果表明，与相对敏感品系相比，杭州和宁波两个种群对吡虫啉的抗性倍数分别为 479.0 倍和 366.1 倍；对氯噻啉的抗性倍数分别为 81.1 倍和 50.9 倍；对噻虫嗪的抗性倍数分别为 10.3 倍和 9.4 倍；对噻嗪酮和氟虫腈分别产生了 5.0～8.6 倍和 15.8～17.0 倍；对烯啶虫胺和啶虫脒的抗性倍数在 3 倍以下。针对褐飞虱和白背飞虱的室内毒力测定表明：噻虫嗪、噻嗪酮、烯啶虫胺和毒死蜱具有较高的防治活性。当田间褐飞虱和白背飞虱出现混发种群时，可选用噻虫嗪、噻嗪酮、烯啶虫胺和毒死蜱进行防治，不宜使用吡虫啉、氯噻啉和氟虫腈防治。[34]

表 2-5 白背飞虱 3 龄若虫对 16 种药剂的敏感性[34]

杀虫剂	杭州种群		宁波种群	
	斜率	LC_{50}(95%置信限)	斜率	LC_{50}(95%置信限)
吡虫啉	2.4457	0.26(0.22～0.31)	1.9626	0.23(0.19～0.28)
噻虫嗪	1.9002	0.11(0.09～0.14)	1.9738	0.11(0.09～0.13)
烯啶虫胺	2.4416	0.47(0.40～0.56)	1.9790	0.511(0.42～0.62)
啶虫脒	1.5637	0.97(0.78～1.22)	1.5368	0.934(0.75～1.17)
氯噻啉	2.1155	0.95(0.83～1.17)	1.6061	0.86(0.70～1.08)
噻嗪酮	1.9286	0.27(0.22～0.33)	2.1467	0.20(0.17～0.24)
氟虫腈	1.6557	1.86(1.50～2.39)	2.1173	1.79(1.50～2.18)
有机磷类				
毒死蜱	2.0001	2.48(1.99～3.81)	1.3822	1.976(1.47～3.48)
异丙威	1.8161	24.57(20.24～30.43)	2.0980	25.76(21.61～31.17)
猛杀威	2.0492	21.32(17.82～25.99)	1.7900	22.99(18.81～28.93)
丁硫克百威	2.1020	28.89(24.14～34.79)	2.2417	36.41(30.73～43.88)
仲丁威	2.1875	30.26(25.54～36.29)	2.0812	31.45(26.37～38.06)
混灭威	2.0496	71.87(59.83～87.87)	2.1255	66.94(56.22～81.00)
残杀威	1.8937	29.31(24.31～35.92)	1.7496	31.27(25.61～39.05)
速杀威	2.1256	47.12(39.61～56.83)	1.6753	54.24(43.93～69.21)

2010 年，陆晓峰等对江苏省海安县白背飞虱种群进行 10％乙虫腈悬浮剂、25％吡蚜酮悬浮剂、50％稻丰散乳油、50％烯啶虫胺可溶粒剂、50％烯啶虫胺可溶液剂、25％噻嗪·异丙威可湿性粉剂、25％噻嗪·仲丁威乳油、1.8％阿维菌素乳油、48％毒死蜱乳油的防治效果，结果表明烯啶虫胺对白背飞虱的速效性最好，药后 3d、7d、14d、21d 防治效果分别为 96.0％、85.63％、81.35％、88.85％；吡蚜酮的持效性最好，药后 14d 和 21d 的防治效果分别为 97.65％和100％。此外，毒死蜱的速效性也比较好，药后 1d 和 3d 的防治效果分别为100％和 86.52％[35]，见表 2-6。

表 2-6　不同药剂对白背飞虱的防治效果[35]

处理①/g	药后 1d 校正防效/％	药后 3d 校正防效/％	药后 7d 校正防效/％	药后 14d 校正防效/％	药后 21d 校正防效/％
10％乙虫腈 40	43.53　edBC	55.62　bAB	39.32　abAB	0.00　　cB	13.45　bB
25％吡蚜酮 25	59.77　cdB	68.99　abAB	54.84　abAB	97.65　aA	100　aA
50％稻丰散 120	89.36　bAB	50.33　bAB	7.69　bB	13.15　cB	5.33　bB
50％烯啶虫胺 4	69.77　cB	96.00　aA	85.63　aA	81.35　abAB	96.96　aA
10％烯啶虫胺 20	51.16　cdBC	76.15　abAB	74.40　aA	63.57　bAB	88.85　aAB
25％噻嗪·异丙威 150	15.43　dBC	41.11　bB	39.69　abAB	75.47　abAB	87.54　aAB
25％噻嗪·仲丁威 150	23.87　dBC	51.34　bAB	44.92　abAB	74.41　abAB	83.55　aAB
1.8％阿维菌素 80	7.50　dC	36.47　bB	53.45　abAB	66.33　abAB	26.75　bB
48％毒死蜱 100	100　aA	86.52　abAB	76.05　aAB	38.03　bcB	38.97　bB
CK（百穴虫量）	425　—	359　—	183　—	231　—	176　—

① 为每亩剂量。

二、化学药剂防治水稻病毒病技术

化学药剂是保障水稻产量和品质的一种最主要和最经济有效的植保措施。当前，我国对南方水稻黑条矮缩病的防控的主要措施是采用化学药剂杀灭传媒害虫—白背飞虱，此外，还可采用植物病毒剂抑制病毒增殖，压低病毒数量，采用植物生长调节剂调节水稻生长、促进水稻发芽和增加生根数。目前主要的化学药剂使用技术有药剂浸种技术、药剂拌种技术、药剂喷雾技术等。

1. 药剂浸种技术

药剂浸种对水稻苗期杀灭稻飞虱和提高水稻抗病性是一种辅助防治水稻稻飞虱和水稻病毒病的手段，当前浸种技术主要是采用杀虫剂和免疫激活剂，目的是预防秧苗早期稻飞虱的为害和促进水稻健壮、提高抗病力。药剂浸种技术的关键如下：

(1) 浸前晒种 浸种前需晒种 2～3d，以提高种子发芽势和发芽率。

(2) 药剂浸种 每 6kg 稻种加水 8～10kg，让种子均匀地吸足水分，要求浸种至谷壳呈半透明，腹白和胚清晰可见，一般籼稻浸种 36～48h，粳稻浸种 48～72h，室温越高，浸种时间需缩短，室温 20℃以上时，浸种缩短至 48h。

(3) 药剂选用 注意选择药剂的剂型药剂浸种用的是药剂的稀释液，所用药剂一定要溶于水。目前溶于水的药剂加工剂型有可湿性粉剂、水剂、乳剂和悬胶剂。不能用粉剂浸种，因为粉剂不溶于水，药粉浮于水面或下沉，种子粘药不匀，达不到浸种灭菌效果。准确配制药液浸种所用的药剂浓度不是根据种子重量计算的，一般是按照药剂的有效成分含量计算。浸种的药剂浓度一般和浸种时间有关，浓度低浸种时间可略长一点，浓度高浸种时间要缩短，如果不准确掌握好浓度，就容易发生药害或降低浸种效果。常用浸种防治稻飞虱的药剂有吡虫啉、氟虫腈、丁硫克百威等，对于吡虫啉，常用的浸种剂型有 10%吡虫啉可湿性粉剂和 5%氟虫腈种衣悬浮剂，推荐使用剂量分别为2000 倍和 160 倍的浓度。研究表明吡虫啉在较高的浸种浓度杀灭稻飞虱的效果较常规浓度的效果要好，但过高的药剂浓度会抑制稻种出芽率[34,35]。对于生长调节剂，有两方面的作用，一是提高植物寄主的抗性，二是促进生长。常用的浸种药剂品种有矮苗壮、926 植物生长调节剂、利丰收、呋苯硫脲等[41～44]。

(4) 注意事项 按次序操作，先配药，后放种子，切不可先浸种子后放药剂；控制药剂用量，严格按配方要求配制药液，防止药害；浸种后不需要淘洗即可催芽播种。

2. 药剂拌种技术

是药剂处理水稻种子的另一常用技术，也是防治白背飞虱及南方水稻黑条矮缩病常用技术措施，具有药量小、操作简便、使用经济成本低、病害防治针对性强、对天敌杀伤力小等优点。操作步骤如下：

(1) 种子浸泡催芽 稻谷浸泡至水稻种子吸水充足，腹白和胚清晰，浸泡时间根据室温酌定，一般在 24h 内，沥干稻谷后避光催芽至露白。

(2) 药剂使用 药剂经适量水稀释后，喷洒到稻谷上，搅拌均匀，可采用拌种筒上下颠倒混匀。防治稻飞虱的常用拌种药剂有 10%高渗吡虫啉可湿性粉剂、25%吡蚜酮可湿性粉剂。种谷催芽露白后播种前用 25%吡蚜酮 10g 或 10%吡虫啉 10g 与少量细土或谷糠拌匀拌芽谷 5kg，拌匀后用塑料袋装好封闭闷 20min 后即可播种。

(3) 主要事项 用水量根据种子吸收量大小确定，水量过大或过小均可影响拌种效果。

3. 药剂喷雾防治技术

药剂喷雾防治是防治南方水稻黑条矮缩病的一种重要技术措施，常用的喷雾药剂有针对白背飞虱[36~39]、南方水稻黑条矮缩病病毒和植物生长调节[40~43]等环节。

(1) 白背飞虱

① 常用药剂　当前常用的防治药剂品种有吡虫啉、噻虫嗪、烯啶虫胺、噻嗪酮、仲丁威、异丙威、速灭威、吡蚜酮、敌敌畏、毒死蜱、三唑磷等。通过药剂作用持效性质分析发现，具有快速杀灭的杀虫剂有烯啶虫胺、异丙威、速灭威、吡虫啉，具有持久杀灭作用的杀虫剂有噻虫嗪、吡蚜酮、噻嗪酮等；抗性分析发现白背飞虱对这些药剂的抗药性均明显低于灰飞虱和褐飞虱。关于这些药剂的使用剂量、使用浓度和使用间隔期如表 2-7 所示。

表 2-7　常用防治白背飞虱药剂及其用法[32~36,44]

品种	特性	作用最佳时期	用法	注意事项
毒死蜱	速杀性较好	若虫	40%乳油每亩 60~100mL 对水 50~60kg 喷雾	具有蜜蜂毒性，注意避开花期使用，不能与碱性农药使用
速灭威	击倒快，残效期短	若虫	25%可湿性粉剂每亩 100~200g 对水 40~50kg 喷雾	不可与碱性农药混合使用，不宜在花期使用
异丙威	击倒快，残效期短	若虫	20%乳油每亩 150~200mL 对水 40~50kg 喷雾	不可与碱性农药混合使用，不宜在花期使用
仲丁威	击倒快，残效期短	若虫	25%乳油每亩 100~150mL 对水 60~80kg 喷雾	
醚菊酯	击倒快，持效期较长	成虫、若虫	10%悬浮剂每亩 80~100mL 对水 40~50kg 喷雾	不可与碱性农药混合使用
噻嗪酮	没有速效性，持效期长达 30d	低龄若虫	25%可湿性粉剂每亩 50~60g 对水 50kg 喷雾	对同翅目害虫选择性高，虫口密度高时，必须与速效性好的药剂混合使用
吡虫啉	击倒快，持效期较长	成虫、若虫		
烯啶虫胺	击倒快，速效性好，持效期较长	成虫、若虫	10%可溶性液剂 2000~4000 倍液喷雾	
噻虫嗪	击倒快，持效期较长	成虫、若虫	25%水分散粒剂每亩 8~16g 对水 40~50kg 喷雾	
乙虫腈	选择性高，击倒快	成虫、若虫	100g/L 悬浮剂每亩 30~40mL 对水 40~50kg 喷雾	
吡蚜酮	发挥作用慢，持效期较长	成虫、若虫	25%可湿性粉剂每亩 15~20g 对水 40~50kg 喷雾	不能与碱性农药混用，在虫口密度高时，可与速杀性杀虫剂混用

② 适用指标 （a）使用时期：在稻飞虱大量迁入时期，建议使用快速杀灭作用和击倒能力强的药剂；对于第二代飞虱幼虫，建议使用几丁质酶抑制剂类药剂，如：噻嗪酮等；对于带毒飞虱第二代，建议使用新颖作用机制的杀虫剂—吡蚜酮，以破坏稻飞虱口器，阻断稻飞虱传播病毒，对于不同龄期混合发生的稻飞虱，建议增加使用一些持效性好的杀虫剂，如：噻虫嗪等。（b）防治指标：田间调查发现百丛虫量 1500 头以上应施药防治，如果有带毒飞虱，防治指标可适当下降。（c）注意事项：由于部分药剂对蜜蜂、家蚕和鸟等环境生物具有一定的毒性，建议使用这些农药时，注意避开花期、远离蚕室和水源等。

（2）南方水稻黑条矮缩病

① 常用药剂 当前防治药剂品种有毒氟磷、宁南霉素、氨基寡糖素、香菇多糖、三氮唑核苷、盐酸吗啉胍、乙酸铜、NS-83、E-30 等。通过药剂作用方式分析发现，具有钝化病毒的病毒剂有宁南霉素、嘧肽霉素等，具有治疗病毒的病毒剂有毒氟磷、三氮唑核苷、盐酸吗啉胍、乙酸铜等，具有诱导保护的病毒剂有毒氟磷、氨基寡糖素和香菇多糖等。关于这些药剂的使用剂量、使用浓度和使用间隔期等如表 2-8 所示。

表 2-8 防治南方水稻黑条矮缩病药剂及其用法[44]

品种	特性	作用最佳时期	用法	注意事项
宁南霉素	病毒钝化	发病初期或带毒飞虱大量迁入	发病初期,2%水剂 3000 倍液喷雾	不能与碱性农药使用
嘧肽霉素	病毒钝化	发病初期或带毒飞虱大量迁入	发病初期,4%水剂 200～300mL 对水喷雾	不能与碱性农药使用
葡聚烯糖	诱导寄主抗性	苗期或秧田期	0.5%可溶性粉剂每亩 10～12g 对水 40～50kg 喷雾	
香菇多糖	诱导寄主抗性	苗期或秧田期	0.5%水剂 12.5～18.8g/ha 对水喷雾	不与酸性或碱性物质混用
氨基寡糖素	诱导寄主抗性	苗期或秧田期	2%水剂 50～80g/ha 对水喷雾,喷药间隔期 7d,用药 2 次	不能与碱性农药使用
毒氟磷	诱导寄主抗性	苗期或秧田期	30%可湿性粉剂每亩 60～100g 对水 40～50kg 喷雾	
盐酸吗啉胍	抑制病毒增殖	发病初期或病毒大量增殖	5%可溶性粉剂每亩 400～500g 对水 40～50kg 喷雾	使用浓度不低于 300 倍,不可与碱性农药混合使用,不宜在花期使用
三氮唑核苷	抑制病毒增殖	发病初期或病毒大量增殖	3%水剂每亩 60～80mL 对水 40～50kg 喷雾	不可与碱性农药混合使用,不宜在花期使用
氯溴异氰脲酸	抑制病毒增殖	发病初期或病毒大量增殖	50%可溶性粉剂每亩 50～70g 对水 40～50kg 喷雾	
乙酸铜	钝化病毒	发病初期或病毒大量增殖	20%可湿性粉剂每亩 100～120g 对水 40～50kg 喷雾	作为辅助用药

② 适用时期 在稻飞虱尚未有迁入之前的时期，特别是在秧田期，建议使

用具有诱导保护作用的药剂，如毒氟磷、氨基寡糖素、超敏蛋白、香菇多糖等；在稻飞虱大量迁入时期，如果稻飞虱带毒率较高，必须加用病毒钝化剂，如宁南霉素、嘧肽霉素等；一旦发现水稻染毒，特别是在水稻成熟期，建议使用病毒治疗剂，以便于压低水稻的病毒带毒率，减轻病毒扩散带来的为害，这一时期，可使用三氮唑核苷、盐酸吗啉胍、乙酸铜等。

③ 注意事项　病毒剂的使用必须根据病毒剂的作用方式和田间实际状况进行药剂的选择。

4. 药剂的合理兼治技术

白背飞虱的防治时期主要在七月中旬至八月上旬，褐飞虱的防治时期主要在8月上中旬。在百丛虫量1500头以上即施药防治。选用吡蚜酮、乙虫腈、烯啶虫胺、噻虫嗪、氯噻啉等药剂。结合防治稻纵卷叶螟和褐飞虱，氯虫苯甲酰胺也是一个防效非常好的药剂。防治要点要加强对稻飞虱种群监测。根据稻飞虱的发生种类及发生时间，及时发布病虫情报，提出药剂配方和施药时间。每种药剂在一季作物上使用不要超过2次。提倡合理兼治和混配。褐飞虱防治禁用吡虫啉类药剂；稻田防治害虫禁用菊酯类及其复配制剂；稻飞虱发生严重的地方慎用三唑磷农药。对于多种害虫并发时，选择药剂在满足交替用药的前提下，应优先考虑选用对稻飞虱、稻纵卷叶螟有效，同时也能防治其他害虫的农药品种，如康宽及其复配剂等。在白背飞虱为主的地区，防治药剂可选用高含量的吡虫啉单剂，每亩如75%吡虫啉（3~5g）等，也可选用噻嗪酮，如25%扑虱灵，亩用量应适当提高，有效成分建议吡虫啉为4~5g，噻嗪酮为12~15g。也可以用毒死蜱，如48%毒死蜱40~60mL等。也可用80%敌敌畏100~150mL。对成虫数量较多的田块，可选择噻嗪酮与敌敌畏混用。在白背飞虱和褐飞虱混合发生地区，在稻飞虱低龄若虫高峰期，选用噻嗪酮防治，对于田间有一定数量的高龄若虫稻田，可在防治中加异丙威，速灭威等氨基甲酸酯类药剂及复配剂，如25%烯啶虫胺·异丙威水分散粒剂，也可使用噻嗪酮与氨基甲酸酯类农药的复配制剂，如25%噻嗪·仲丁威水分散粒剂，并适当提高亩用药量，此外，也有报道褐飞虱和白背飞虱混合发生区域可以使用烯啶虫胺、噻虫嗪、毒死蜱等药剂进行防治，不宜使用吡虫啉、氯噻啉和氟虫腈等药剂。据苏州等地农业部门研究，在生产上较大面积应用噻嗪酮几年之后，从1997年开始，褐飞虱对该药的耐药性显著增强，产生了4~5倍的抗性。生产上应注意将其与其他不同类型的药交替轮换使用，延缓抗药性产生。

在褐飞虱为主的地区，对于田间虫龄相对比较整齐的稻区，建议在低龄若虫高峰期选用噻嗪酮或噻嗪酮与氨基甲酸酯类农药的复配制剂，并适当提高用药量；对于田间虫龄不太整齐的稻区，可选用25%噻嗪·仲丁威水分散粒剂。对于田间褐飞虱高龄若虫或成虫较多的稻田，每亩可在上述配方中加40%毒死蜱

80mL、80％敌敌畏 100mL、或 30％噻嗪·毒死蜱水分散粒剂。

第三节
生物农药使用技术

生物农药是从微生物、植物和动物体中分离、提取的具有农业生物活性的化合物及其制剂，具有低毒、低残留、对环境生物影响小等优点，根据生物农药的来源，可将其分为微生物源农药、植物源农药和动物源农药等。目前，微生物源农药的来源主要包括真菌、细菌、放线菌、酵母菌和病毒等。植物源农药是指从植物体中分离提取获的具有杀菌、抑菌、抗病毒、杀虫或诱导植物抗病性效果的活性成分；或者从植物体中分离纯化，并有农药活性的新物质作为先导模板，进行结构优化、修饰衍生而获得衍生物。动物源农药是指由动物产生的毒素或激素（如脑激素和性信息素等），它们对害虫有毒杀效果，或者抑制昆虫的生长发育和干扰新陈代谢，从而控制害虫对农作物、森林和果树的为害。微生物源农药应用最广的是苏云金芽孢杆菌，可广泛用于防治稻苞虫、稻纵卷叶螟和黏虫、松毛虫、茶毛虫和玉米螟等多种害虫。至今，登记注册的植物源生物农药有 40 多种，具有杀虫（菌）活性作用的植物有菊科植物中的除虫菊，对菜青虫、蚜虫、蚊蝇等多种昆虫有毒杀作用；万寿菊提取物对豆蚜、菜青虫等具有毒杀或驱避作用。楝科中的印楝、苦楝和川楝，如印楝的提取物印楝素，对果树害虫和蔬菜害虫具有驱避和拒食作用，而且对人畜无害。卫矛科中的苦皮藤的提取物——苦皮藤素，对水稻、玉米和蔬菜害虫有良好的防治功效。还有柏科植物中的沙地柏、瑞香科植物中的瑞香狼毒等多种植物，也有很好的杀虫活性[45~46]。

近年来，国内农药和植保工作者对生物农药防治稻飞虱进行了研究。2003年，沈国清等对复方广谱的生物农药宁虫素对稻飞虱的防治活性进行试验，试验采用喷雾毒力测定法，试验表明宁虫素对 3~4 龄褐飞虱的 LC_{50} 值为 2.00mg/L，显著高于对照药剂吡虫啉（12.68mg/L）和阿维菌素（6.79mg/L），通过江苏望亭田间试验表明，4.5％宁虫素可湿性粉剂亩用量在 30g 时，对褐飞虱田间防效分别为 92.1％（药后 3d）、95.0％（药后 7d）、98.1％（药后 17d）、98.0％（药后 24d）、90.6％（药后 31d），而对照药剂 25％噻嗪酮可湿性粉剂亩用量在 25g 时，田间防效分别在 48.9％（药后 3d）、62.8％（药后 7d）、65.8％（药后 17d）、72.5％（药后 24d）、52.0％（药后 31d）；试验表明 4.5％宁虫素可湿性粉剂对褐飞虱的防治效果显著优于对照药剂 25％噻嗪酮可湿性粉剂[47]。2004年，邓业成等对蝶形花科鸡血藤属藤本植物—厚果鸡血藤（*Millettia pachycarpa.*）的种子和根进行甲醇和三氯甲烷提取，并以褐飞虱为对象，采用毛细管点滴法进行毒力测定，结果表明种子甲醇提取物、种子三氯甲烷提取物、根甲醇提取物和根三氯甲烷提取物对褐飞虱的 LD_{50} 值分别为 0.86 μg/头、0.25 μg/头、2.53 μg/头和 0.50 μg/头，其中种子三氯甲烷提取物的触杀毒力最高[58]。2009年，张春英等报道 0.5％印楝树、0.2％苦参碱、1.8％阿维菌素以及几种药剂的混配等对稻飞虱的田间防治效果，试验表明几种药剂对稻飞虱均有一定的防治活性。其中 0.5％印楝素表现出一定的速效性（药后 1d 防效为 54.33％），但防治效果不及对照药剂 48％毒死蜱（每亩 100mL）的防效（71.02％），其他药剂的速效性均较差，但采用 0.5％印楝素与 1.8％阿维菌素的混配药剂，其药后 7d 的防效较好，可达 49.33％，但其持效性不及对照药剂 25％吡蚜酮（每亩 25g）的防治效果（61.3％）[49]。2010年，胡娟等对 0.36％苦参碱水剂、0.5％藜芦碱可湿性粉剂、2.5％鱼藤酮乳油、1.8％阿维菌素乳油等防治褐飞虱的效果进行研究，试验针对 3 代褐飞虱低龄若虫，采用喷雾法进行田间试验，结果表明单用制剂在第 7d 时，以 0.5％藜芦碱可湿性粉剂（3000mL/ha）和 4.0×10^{10} 孢子/g 球孢白僵菌可湿性粉剂 1800g/ha 的杀虫效果最好，防效分别达 78.6％和 79.0％，与对照药剂噻嗪酮（600mL/ha）相当。采用制剂剂量减半混用发现，球孢白僵菌与藜芦碱的防效好，药后 1d 达 65.0％，药后 7d 达 87.6％[50]。2010年，李世广等针对褐飞虱和白背飞虱的混发种群，以 0.36％苦参碱水剂、0.5％藜芦碱可湿性粉剂、0.5％藜芦碱可湿性粉剂、1.8％阿维菌素乳油、400 亿孢子/克白僵菌可湿性粉剂与毒死蜱或噻嗪酮的混合使用来防治稻飞虱，试验发现速效性最好的药剂处理有苦参碱＋毒死蜱组合、藜芦碱＋毒死蜱组合和阿维菌素＋毒死蜱组合，药后 1d 校正防效分别为 88.1％、89.2％、88.7％，持效性最好的处理为阿维菌素＋噻嗪酮组合，校正防效为 97.8％，其他处理的持效性均不理想[51]。

当前发现对稻飞虱具有防治活性的生物农药有苦参碱、氧化苦参碱、印楝素、烟碱和油酸烟碱等农药，主要剂型有 0.3％苦参碱水剂、0.6％氧化苦参碱水剂、0.3％的印楝素乳油、10％烟碱乳油、27.5％油酸烟碱乳剂等剂型，这些药剂主要防治适期为稻飞虱低龄幼虫，并且其防治活性主要体现在速效性方面。其具体使用方法见表 2-9 所示。

关于生物农药对水稻病毒病的防治试验，国内也有不少研究报道。2007年，薛云东等针对水稻条纹叶枯病，采用 1125mL/ha 的 0.5％菇类蛋白多糖水剂、750g/ha 的 31％病毒康、900g/ha 的 3.95％病毒必克、1500g/ha 的 20％病毒先锋可湿性粉剂 4 种药剂进行了水稻条纹叶枯病的田间药效试验，结果表明 4 种不同的药剂喷施 3 次药后 7d 对水稻条纹叶枯病的防治效果分别为 78.3％、75.2％、74.6％和 85.7％，小区千粒重分别为 25.3、24.6、24.8、24.2g；产量分别为 8145、7620、7695、7290kg/ha，与空白对照相比分别增产 18.0％、10.4％、11.5％、5.3％，0.5％菇类蛋白多糖水剂对水稻条纹叶枯病的增产

表 2-9　生物农药杀虫剂及其用法[44]

品种	特性	作用最佳时期	用法①	注意事项
阿维菌素	作用较慢,持效期较长	若虫	1.8%乳油 30mL/亩对水 40kg 喷雾	注意与其他农药混用,延缓抗性的产生,不能与碱性农药使用
苦参碱	击倒较快	若虫	0.3%水剂 1500 倍液对水 40～50kg 喷雾	不可与碱性农药混合使用,建议与化学杀虫剂复配使用、混合使用或交替使用
印楝素	作用慢、持效期长	若虫、成虫	0.5%乳油 130～150mL 对水 40～50kg 喷雾	不可与碱性农药混合使用,作用时间长,不宜随意加大剂量
烟碱	击倒快,残效期较长,具有杀卵作用	若虫	10%乳油 50～100mL 对水 40～50kg 喷雾	对蜜蜂和人有毒性,注意安全防护

① 均为每亩用量。

作用最大[52]。2009 年,陆玉荣等研究 8%宁南霉素(菌克毒克)水剂等病毒剂对条纹叶枯病防治活性,试验喷药时间设在稻株刚显症时,采用稻株叶面喷雾法,试验结果表明 8%宁南霉素(菌克毒克)水剂在 40g/ha 剂量下,药后 15d 防效为 66.6%,说明 8%宁南霉素水剂具有一定的病毒钝化作用[53]。2010 年,王华弟等对 2%宁南霉素水剂等药剂防治水稻黑条矮缩病和水稻条纹叶枯病进行研究,试验时期为水稻显症后,采用亩用量 150mL,对水喷雾,结果表明针对水稻黑条矮缩病在药后 10d、药后 30d 和药后 60d 的防治效果分别为42.9%、55.0%和 55.6%;针对水稻条纹叶枯病在表明药后 10d、药后 30d 和药后 60d 的防治效果分别为 44.4%、56.3%和 61.1%,结果表明宁南霉素在水稻苗期使用,对减轻水稻黑条矮缩病和条纹叶枯病的发生、延缓发病具有一定的效果[54]。

综上所述,当前常用的抗病毒生物农药有宁南霉素、嘧肽霉素、氨基寡糖素、香菇蛋白多糖、超敏蛋白等。具有钝化病毒活性的生物农药有宁南霉素、嘧肽霉素;具有诱导保护活性的生物农药有氨基寡糖素、香菇多糖、超敏蛋白等。其用法见第三章第六节。由于生物农药普遍存在稳定性、光敏感性等方面的缺点,因此,为尽可能减少药剂的降解,在施用生物农药时,建议在阴暗的傍晚、无风和无雨或少雨的条件下进行。

第四节
植物激素使用技术

植物激素是指植物细胞接受特定环境信号诱导产生的、低浓度时可调节植物生理反应的活性物质。在植物生长、发育、开花、结实等生理过程中具有重要的作用；同时，植物激素在植物抵御外来生物入侵、对外界环境响应方面也具有重要的作用。植物激素有六大类：生长素（auxin）、赤霉素（gibbere-lins，GA）、细胞分裂素（cytokinins CTK）、脱落酸（abscisic acid，ABA）、乙烯（ethyne，ETH）和油菜素甾醇（brassinosteroid，BR）。目前，国内对多种激素在水稻中的应用进行了研究。

多效唑对于水稻壮秧具有显著的效果，2000年，夏新奎等以汕优63为对象，研究烯效唑和多效唑对不同时期的秧苗的调控作用，结果表明化学调控各处理均可降低秧苗株高、增加茎基宽、干物质积累、促根、增蘖、增强植株的生理代谢，生育后期有效穗增加、产量提高。以秧苗1叶1心期喷施100mg/L烯效唑和200mg/L多效唑的处理增产显著，增产率分别为16.8%和13.5%[55]。2001年，苗贵元等对一种含乙烯等生长调节激素的新型的PGR液体植物营养生长素对水稻的生长发育、植株性状以及产量等性状的研究，喷药次数为3次，时间设在分蘖期、孕穗期、抽穗期，结果表明PGR液体植物营养生长素能有效促进水稻的分蘖，对成穗数、实粒数、千粒重的影响呈双向调节，这种调节作用与使用剂量相关，在5000倍稀释的浓度下，增产效果最好[56]。2001年，谢联辉等报道采用萘乙酸进行水稻苗期对水稻普通矮缩病的治疗活性的评价，发现萘乙酸具有较好的防治效果，在0.01%和0.02%的浓度下，防效分别为68.29%和71.09%。但这种防治效果与病毒入侵时间及用药时间密切相关，试验发现在病毒侵染后6h施药效果最好，随着时间的推移，防治效果将不理想[57]。2005年，彭建伟等对各种调节剂进行配制，并研究调节剂对水稻的氮代谢，籽粒、糙米的全氮、蛋白氮含量和籽粒蛋白质含量的影响。试验设定如下调节剂处理：调节剂A（天然产物的半降解物），调节剂B（人工合成有机物），PGRF1、PGRF2、PGRF3、PGRF4为调节剂A与有关植物养分的不同配合，处理PGRF5、PGRF6、PGRF7、PGRF8为调节剂B与有关植物养分的不同配合。试验采用盆栽法，在水稻齐穗期进行取样调查，结果表明喷施合理配方的植物生长调节剂，可使水稻在生殖生长前期叶片和茎鞘保持较强的氮素同化能力，在生殖生长后期叶片和茎鞘中氮的降解和转运再利用能力增强；可增强水稻功能叶的硝酸还原酶、谷氨酰胺合成酶和蛋白水解酶活性及籽粒的谷氨酰胺合成酶活性；提高籽粒和糙米中全氮及蛋白氮含量。籽粒蛋白质产量以新型植物生长调节剂配方7+吐温80（PGRF7）为最高，其次为新型植物生长调节剂配方6+吐温80（PGRF6），再次为新型植物生长调节剂配方3+吐温80（PGRF3），分别比对照增产17.9%，15.9%，13.7%。研究结果表明，PGRF7与PGRF6配方处理效果最好，PGRF3配方处理次之。土壤活性酶调节剂是一种利用天然有机物和多种酶类并添加非离子合成的一种生物复合制剂，具有分解土壤中的钾和磷矿物的能力[58]。2006年，刘松涛等研究了水稻田施用土壤活性酶调节剂（BZ和AG）

对水稻的影响，结果表明土壤活性酶调节剂能促进水稻的生长发育，增加分蘖，提高成穗率，有明显的增产效果，且能改善稻米品质。2 种土壤活性酶调节剂比较，以 BZ 制剂效果较优[59]。2007 年，张福群等以后期易早衰的春光 2 号为试验材料，通过叶绿素含量测定、丙二醛（MDA）含量、活性氧自由基（O-2）含量、维生素 C（VC）含量、超氧化物歧化酶活性和水稻产量的测定，结果表明喷施以植物生长调节剂和营养物质为主要成分的抗早衰剂对杂交水稻叶片的衰老具有明显的延缓作用。在叶片衰老过程中，抗早衰剂处理使叶绿素含量、超氧化物歧化酶、过氧化氢酶、过氧化物酶活性和维生素 C 含量等都明显比对照高；同时，抗早衰剂处理抑制了细胞膜透性、丙二醛含量和活性氧产生速率的增加。不同时期喷施抗早衰剂 4 号（APSR4）可以明显提高结实率和千粒重，其中的效果最好，比清水对照增产 10.0%。提示喷施叶面喷施抗早衰剂是一种简便、高效、安全的栽培措施。"通丰"植物营养液（"通丰"20 有机络合液肥）是一种富含植物必需的中微量元素及植物活性成分的有机络合营养液。其作用是能平衡植物营养，有效防治植物生理病害，促进植物生长发育，改善农产品品质，促进作物早熟、增产[60]。2010 年，张中兴等在水稻分蘖初期和分蘖盛期各喷 1 次"通丰"植物营养液，水稻的实粒数、结实率、千粒重、田间产量、出米率、整精米率的增加和垩白米率的减少都有一定的影响。证明它对平衡水稻营养，有效防治水稻病害，促进水稻生长发育，改善稻米品质，促进水稻早熟，增加水稻产量有一定效果[61]。2010 年，王胜军等对研究了赤霉素（九二 O）、花信灵、云大 120、0.9%爱多收、尿素对杂交粳稻不育系 10A 抽穗期、开花期以及柱头活力的影响，结果表明在幼穗分化Ⅵ期末喷施赤霉素 30g/ha 可以使不育系提前 3d 左右抽穗，并且开花率显著高于对照，在幼穗分化Ⅵ期末喷施花信灵也能显著提高开花率，始穗期喷施高剂量赤霉素（150g/ha）、幼穗分化Ⅵ期末喷施云大 120 或花信灵均能延长 10A 的柱头活力，始穗期喷施高剂量赤霉素（150g/ha）或爱多收能显著提高 10 A 开花当天的结实率，穗分化Ⅳ期末施用尿素并在始穗期喷施高剂量赤霉素（150g/ha）能够使 10A 的单穗及每日开花高峰前移[62]。2010年，霍建明等以晚杂国稻 3 号为对象，研究生长调节剂 10%呋苯硫脲乳油对生理发育、产量等方面的影响，试验设 10%呋苯硫脲乳油药剂浸种、稻种伴侣常规浸种两种处理，结果表明 10%呋苯硫脲乳油药剂浸种处理组种子出芽率高、出芽整齐、芽谷颜色鲜亮、叶鞘紧凑、苗茎粗扁、根系发达且白根数多，抛栽后发根力强，有效穗数、结实率高，产量比对照区显著增加[41]。弱光照条件下，水稻生长明显受到抑制，产量和品质将受到影响，植物生长调节剂对于调节水稻生长、促进水稻齐穗、提高结实率有着重要的作用。为此，2010 年，熊杰等针对籼型水稻——天优华占为对象，研究 3.1%赤霉素可湿性粉剂、15%多效唑可湿性粉剂、3.2%粒粒饱可湿性粉剂、0.1%芸苔素内酯（硕丰）、0.1%氯吡脲可溶性液剂等，试验采用盆栽法，药剂均采用叶面喷雾法，定期测定水稻叶绿素含量、株高、干物质质量、结实性评价等各项指标，结果表明：6 种植物生长调节物质对遮光下水稻的结实率和产量的恢复作用并不显著[63]。

目前研究发现，针对水稻病毒病，通过对外界施用赤霉素、生长素等植物激素，可促进水稻拔节、生根、结实等，这对缓减水稻病毒病发生严重程度和减轻产量损失有一定的作用。当前，在生产上常用的植物激素品种有 0.11％吲哚乙酸水剂、0.03％萘乙酸水剂、4％赤霉酸乳油、1.8％复硝酸钠水剂等品种，其具体用法详见表 2-10 所示，但是在生产上一定注意其使用剂量和使用时期及次数，如果使用不当，可对水稻生长造成负面影响。

表 2-10   南方水稻黑条矮缩病常用调节剂及其用法[41,44,57]

品种	作用特性	用法	注意事项
吲哚乙酸	促进生根、种子萌发、果实成熟	0.11％水剂 10～20mL/kg 拌种	促进生根时，高浓度浸渍时间宜短，低浓度时间宜长
赤霉素	促进细胞分裂、伸长，打破种子休眠，促进拔节，促进花芽分化，延缓衰老	4％水剂 250mg/kg 喷雾	不宜根施，可喷雾或浸穗，使用剂量和次数要谨慎
复硝酸钠	促进细胞分裂、增殖，利于叶绿素和蛋白质合成，促进发芽、发根、花芽形成	1.8％水剂 6000 倍浸种 36～72h	使用浓度要严格控制，可与农药和化肥混用
呋苯硫脲	出芽、生根、抽穗	10％乳油浸种 48h	
萘乙酸	细胞伸长、促进生根、推迟果实成熟	5％水剂浸种 6h 以促进苗壮，5％水剂浸秧根以促进生根	注意使用浓度，可与叶面肥、微肥配合使用

第五节
药械使用技术

药械对农药施用效果有着重要的作用，在农药使用的发达国家，农药、剂型和药械成为三种重要的因素，对病害防治效果有着同等重要的作用。长时期以来，我国农药药械技术研究和使用一直处于落后状态。对先进的水稻施药技术进行推广和普及，使用高效施药器械，可提高农药利用率、降低使用成本、保护环境生态和保障粮食品质。当前，在我国水稻农药使用中常用的药械有喷杆式喷雾机、担架式机动喷雾机、便携式机动喷雾机、推车式机动喷雾机、手动喷雾器、电动喷雾器[64,65]。对于当前常规的农药喷雾器防治稻飞虱的药效，2005 年，刁平芬等研究泰山牌 3MF-2 型机动喷雾器和工农 16 型手动喷雾器对稻纵卷叶螟的防治效果，结果表明用药量在减少 1/3 的前提下，机动喷雾器的防效比手动喷雾器的防效提高 6.63%[66]。2006 年，曾燕清等在湖南湘乡市东山村，选用东方红-18 型机动喷雾（弥雾）机、卫士-16 型背负式手动喷雾器（带 2 扇形喷头的小喷杆）、工农-6 型背负式手动喷雾器等药械，针对稻飞虱低龄若虫，选用 20% 振敌虱可湿性粉剂，进行不同药械的试验效果研究，结果表明药后 7d 防治效果最好的是东方红-18 型机动喷雾（弥雾）机和卫士-16 型背负式手动喷雾器，其原因是工农-16 型背负式手动喷雾器雾点不均匀，药剂作用不均一。同时，试验针对稻纵卷叶螟，采用 20% 毒死蜱乳油，通过减少 50% 施药液量试验，发现使用东方红-18 型机动喷雾（弥雾）机和卫士-16 型背负式手动喷雾器在减少 50% 药液量的情况下，仍能达到防治效果，而工农-16 型背负式手动喷雾器的防效相比较差[67]。2010 年，唐涛等针对水稻稻纵卷叶螟和二化螟为害，研究同一剂量下、不同药械（喷头、喷雾器）、不同用水量与不同剂量、等助剂不同用水量条件下，对其的防治效果的研究，试验选用背负式手动（腾飞牌 3WBS-16 型）、电动（超达牌 CD-16B 第Ⅱ代智能型）喷雾器两种农药器械，杀虫剂选用 40% 氯虫·噻虫嗪水分散粒剂，助剂选用杰效利（GE 有机硅美国公司生产），前期试验（药后 7d）结果表明施药效果受喷头和用水量影响，双弯头效果较好，其次是单弯头；中期试验（药后 14d）试验结果表明用水量对防效有着重要影响，其效果依次是汽油喷雾器＞蓄电池喷雾器＞手动喷雾器[68]。经长期生产实践表明，在使用山东卫士手动喷雾器等手动喷雾器时，施药时要用足水量，常规喷雾每亩用液量不得少于 50kg，并根据田间种植密度和植株生长量进行调整，对于超级稻应加大用水量。机动弥雾机每亩用液量不得少于 25kg，施药时田间要保持水层。喷药重点部位为水稻中下部，喷药时要将水稻中、下部打透。同时，要加强对施药人员的安全防护，穿戴好防护服，佩戴口罩、手套，老、幼、病、孕人员严禁施药。遇到施药人员感到身体不适，要立即离开施药现场。要抢晴施药。在4h 无雨条件下，可保证较好的防治效果。为提高防效，也可在施药时加入有机硅助剂，如好湿、丝润等[69]。

第六节
物理防控技术

一、物理防控技术概况

当前对包括南方水稻黑条矮缩病在内的水稻病毒病的物理防控技术有防虫网、无纺布、诱杀灯等。2006 年，孙国才等针对灰飞虱对江苏张家港的水稻为害，研究无纺布防控灰飞虱及条纹叶枯病的试验效果，试验材料选择聚丙烯纤维热压而成的无纺布,同时试验设不覆盖无纺布,采用药剂防治和清水对照两个处理,结果表明采用无纺布覆盖秧苗,控制灰飞虱及条纹叶枯病,在秧田期效果达100%,大田控病效果达90%,提示秧田期使用无纺布覆盖技术能很好防治灰飞虱及条纹叶枯病[70]。2010年,陆晓峰等针对灰飞虱对条纹叶枯病的危害,在江苏海安白甸镇进行秧苗期覆盖防虫网防治灰飞虱及条纹叶枯病的试验研究,试验时期正处于当地一代灰飞虱迁入高峰期,供试水稻为武运粳3号,防虫网材料选择40目聚乙烯防虫网,试验首先采用机插盘育秧,落谷后覆盖稻草,10d后揭膜盖网,同时试验设对照处理,处理二为不覆盖防虫网,采用25%吡蚜酮可湿性粉剂和48%毒死蜱乳油对水喷雾,处理三为喷清水处理。试验对秧田虫虫量和大田虫量分别进行调查,发现覆盖防虫网处理的秧田未见灰飞虱,而采用药剂防治每亩有虫32.5万头,清水对照处理每亩有虫138万头。虫卵调查发现覆盖防虫网的秧苗未见虫卵,采用药剂防治的百株秧苗落卵量为360粒,清水处理百株落卵量为1350粒。大田调查发现覆盖防虫网处理对第二代灰飞虱的虫量控制效果相当明显,对条纹叶枯病的调查发现覆盖防虫网处理在大田未见条纹叶枯病发生,三个处理的病穴率和病株率分别为2.5%、7.5%、68%和0.02%、0.35%、10.25%。由此可见,采用防虫网技术对防治灰飞虱及条纹叶枯病的效果非常明显[71]。2010年,曾义玲等针对贵州平塘水稻两迁害虫—白背飞虱和稻纵卷叶螟对水稻为害,试验选择在平塘县白龙乡京舟村,试验时间设在2009年5月4日至6月22日。试验稻种为本地糯稻和江优9527,试验设秧苗覆盖防虫网处理、常规药剂防治处理。防虫网选择40目尼龙网。结果表明糯稻秧苗覆盖防虫网防治稻飞虱成虫的防效为99.39%,若虫的防效为99.06%,卵株防效为91.00%,卵痕防效为99.19%,而常规防治白背飞虱的防效为87.76%,若虫防效为78.77%,卵株防效为0%,卵痕防效为40.22%。对杂交稻秧苗覆盖防虫网防治稻飞虱成虫的防效为99.53%,若虫的防效为99.13%,卵株防效为81.50%,卵痕防效为97.35%,而常规防治白背飞虱的防效为84.91%,若虫防效为76.64%,卵株防效为0%,卵痕防效为37.83%。同时,通过该试验发现在糯稻和杂交稻对稻纵卷叶螟也有很好的防控效果[72]。2010年,胡英华等针对灰飞虱及其传播条纹叶枯病和水稻黑条矮缩病对山东济宁水稻的为害,研究防虫网技术对防控灰飞虱及其传播病毒病的研究,供试水稻为镇稻88,防虫网为40目尼龙纱网,试验设如下几种处理:①稻种落谷后,罩上40目纱网,纱布网用竹竿或竹皮撑起形成弓形;②常规药剂防治灰飞虱,秧田用药7~8次。试验分别对条纹叶枯病和水稻黑条矮缩病进行调查和产量进行调查,结果分别见表2-11、表2-12。结果表明秧田期使用防虫网可有效阻断灰飞虱入侵秧田以及传播病毒,同时,通过病害发生率的减少,还有助于提高水稻的产量[73]。

表 2-11　防虫网育秧防治水稻黑条矮缩病、条纹叶枯病结果[73]

试验地点	处理	调查墩数	水稻条纹叶枯病		水稻黑条矮缩病	
			病墩数	病墩率/%	病墩数	病墩率/%
市中区喻屯镇	防虫网	300	0	0	0	0
	CK	300	118	39.33	3.7	1.22
鱼台县王鲁镇	防虫网	300	0	0	0	0
	CK	300	73	24.33	1.3	4.33
鱼台县王庙镇	防虫网	300	0	0	0	0
	CK	300	122	40.67	4	1.33
嘉祥县金屯镇	防虫网	300	0	0	0	0
	CK	300	47	15.67	5	1.67

表 2-12　水稻产量测定[73]

处理	黑条矮缩病病株率/%	条纹叶枯病病株率/%	亩穗数/万	穗粒数	千粒重/g	亩产量/kg	对照增产	
							稻谷/kg	百分比/%
防虫网育秧	0	0	20.22	129.72	25.7	669.99	359.93	116.08
对照	38.33	3.67	10.86	113.51	24.6	310.06	—	—

　　我国在杀虫灯诱杀农业害虫方面有着坚实的研究基础，其早期研究可追溯到
1958 年，采用普通灯（白炽灯、汽灯和油灯），此后，在 20 世纪 60 年代，采用
黑光灯、高压汞灯诱虫和杀虫，但这些诱杀害虫的效果均不理想。近年来，我国
研制出新一代的诱杀灯，其中频振式杀虫灯是其中一种，频振式杀虫灯利用了害
虫趋光、趋波特性，将光波设在特定的范围，近距离利用光、远距离利用波引诱
害虫扑灯，灯外配以频振高压电网，使成虫落入灯下接虫袋等收集材料中。2009
年，徐海莲等在江西万安研究频振式杀虫灯的使用技术及杀虫效果，试验选用河
南佳多公司生产的 220V PS-15Ⅱ型光控灯，试验重点研究杀虫灯的灯柱的田间
布局、挂灯高度、杀虫效果，见图 2-1 和图 2-2 所示。结果表明灯柱"井"字布
局和"之"字布局均有诱杀效果，但布局形式宜根据当地环境和地势决定，同
时，试验发现采用频振式杀虫灯对叶蝉、大螟、白背飞虱、褐飞虱等具有显著的
诱杀效果，对稻水象甲的引诱作用不强，对天敌的杀伤作用小[74]。

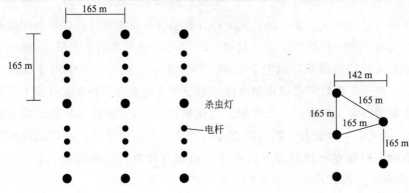

图 2-1　灯柱"井"字布局示意图[78]　　　　图 2-2　灯柱"之"字布局示意图[78]

2010 年，王蓉等报道了太阳能为能源的太阳能频振式杀虫灯 PS-15Ⅲ型对水稻害虫的防控效果，实验设定了三个试验处理类型，即 PS-15Ⅲ型太阳能杀虫灯灯控区、PS-15Ⅱ型普通杀虫灯灯控区和群众自防区，试验设在贵州都匀河阳乡，PS-15Ⅲ型太阳能杀虫灯呈"品"字布局，安装共 3 盏，灯控面积为 6.67ha，灯高距离稻田水面 1.6～1.8m，PS-15Ⅱ型普通杀虫灯呈"井"字布局，安装共 35 盏，灯高距离稻田水面 1.2～1.5m。结果如表 2-13 所示，表明 PS-15Ⅲ型太阳能频振式杀虫灯单灯控制面积大、诱集水稻害虫种类多、数量大，特别是对稻飞虱、稻纵卷叶螟等迁飞性害虫效果好，同时，对天敌的诱杀效果弱，可减少农药使用成本[75]。

表 2-13　太阳能杀虫灯与普通杀虫灯诱捕水稻主要害虫数量比较[75]

处理	时间	2007 年					益虫数量/头	益害比
		主要害虫数量//头						
		稻飞虱	稻纵卷叶螟	二化螟	稻蝽	合计		
太阳能杀虫灯	6 月	671250	3780	180	270	675480	536	1.0：1260.2
	7 月	55738	11625	217	775	68355	588	1.0：116.3
普通杀虫灯	6 月	216540	1080	60	240	217920	360	1.0：605.3
	7 月	19220	3875	93	248	23436	540	1.0：43.4

处理	时间	2008 年						益虫数量/头	益害比
		主要害虫数量//头							
		稻飞虱	稻纵卷叶螟	二化螟	稻蝽	黏虫	合计		
太阳能杀虫灯	6 月	515665	3855	185	283	25	520013	423	1.0：1229.3
	7 月	68670	16355	85	256	28	85394	468	1.0：182.5
普通杀虫灯	6 月	207364	1260	66	211	18	208919	368	1.0：567.7
	7 月	19560	3930	87	234	12	2823	492	1.0：48.4

电子灭蛾灯是利用光、波、色、味 4 种方式引诱害虫成虫扑灯，灯外配以高压电网将害虫触杀的一种物理防治新技术。2010 年，张舒等研究 DM-15 电子灭蛾灯对水稻害虫的防治效果，试验设在湖北丹江习家店镇，DM-15 电子灭蛾灯为东方红牌，电子灭蛾灯架设在水泥电杆于稻田中央，试验另外设非灯控不防治区，调查水稻主要害虫有螟虫（二化螟、三化螟、大螟）、稻纵卷叶螟、稻飞虱（白背飞虱、褐飞虱）的危害，螟虫调查方法有枯心率、白穗率，稻飞虱调查方法有虫口数量，稻纵卷叶螟调查方法有总叶数和卷叶数。结果见表 2-14 所示，表明 DM-15 电子灭蛾灯对水稻害虫均有诱杀作用，其杀虫谱广、杀虫量大、可减少用药成本，降低对环境的污染[76]。

表 2-14　灯控区与无灯区防控比较

处理	螟虫			稻纵卷叶螟			稻飞虱(头/百丛)			
	总穗数	白穗数/%	相对防效/%	总叶数	卷叶数/%	相对防效	白背飞虱	褐飞虱	总数	相对防效/%
灯控区用药1次	4077.7	0.70	88.89a	100.0	15.67	82.52a	216,7	1450.0	1666.7	77.75a
灯控区用药3次	3676.7	0.59	90.38a	100.0	15.00	83.271	83.3	1716.7	1800.0	75.98a
灯控区不用药	4022.3	2.69	56.89d	100.0	36.33	59.49c	183.3	2950.0	3133.3	58.29c
无灯区用药1次	4144.3	2.15	65.22c	100.0	28.67	68.01b	116.7	2650.0	2766.7	63.15bc
无灯区用药3次	4098.3	1.44	76.87b	100.0	13.67	84.77a	133.3	2250.0	2383.3	28.25b
无灯区不用药	4076.7	6.26		100.0	90.00		1433.3	6083.3	7516.7	

二、物理防控技术实施

当前对南方水稻黑条矮缩病成熟的物理防控技术主要是防虫网技术和诱虫灯技术。现对这些技术及实施要点进行介绍。

1. 防虫网技术

采用防虫网技术（图 2-3）防治稻飞虱及南方水稻黑条矮缩病，具有省工、省时、减轻农药污染、保障粮食安全和防治效果好的优点，其缺点是使用成本较高、一次性投入经费大。但通过合理防虫网的使用，能延长防虫网的使用寿命，可重复多年使用，可降低使用成本。防虫网主要是以高密度聚乙烯为主要原料，并添加防老化剂、抗紫外线等化学助剂，经拉丝后编织制造而成的网状织物，有通风、透光、散热的作用。目前防止稻飞虱进入的防虫网规格宜选用大小在 40目或 60 目规格的防虫网，适用适期主要在秧田期。使用方式有采用小弓棚的形式覆盖于秧田床面（图 2-4）、采用防虫网制作大棚，并在大棚内进行水稻育秧（图 2-5）。在防虫网选用时一方面可保护作物冠层免受灼伤，同时也使下部的叶面层能从不同的角度获得更多的光照，在不损失光照的情况下，保护作物。同时，防虫网需要保证通透性，避免苔藓形成。

图 2-3　采用大棚制作防虫网[77]

图 2-4　采用小弓棚制作防虫网

图 2-5　采用大棚进行集中育秧[78]

2. 无纺布技术

无纺布育苗（图 2-6）多选择旱育苗方式进行，旱育苗是在整个育苗过程中只维持土壤湿润状态而始终不建立水层的育苗方式，为满足旱育条件，要选地势平坦、高燥、排水方便、背风向阳的地块，忌选低洼冷凉地。受条件限制，只能在本田育苗的地区，也要选地势相对较高的地块，并筑高台，力争达到上述旱育条件。无纺布技术主要有两种：①拱棚覆盖。按当地宽床开闭式农膜育苗的做法插好骨架后，覆盖无纺布，四周用土压严，再绊绳。对新架条，要刮去毛刺，插时棚的弧度要比农膜小，越接近梯形，届时漏水效果越好。绊绳不宜过细或过于粗糙，以免勒破无纺布（图 2-6）。②免骨架平铺式覆盖。方法是在床四周筑高 10~15cm 的土埂，然后将无纺布抻平，四边搭在埂上，用土压严（图 2-7）。绊防风绳等参照农膜育苗。用于水稻育苗时必须选用专用特制无纺布，即符合 fz/t 64004—1993 规定，以聚丙烯纤维基切片为原料，采用纺粘法喷丝热压制成，每平方米重量不小于35g，幅宽≥2.1m，并经防老化处理的长丝无纺布。用量一般按长度计，即比苗床

图 2-6　采用无纺布防控稻飞虱（a）[79]

图 2-7　采用无纺布防控稻飞虱（b）[80]

长度长 1m。切不可将一般工业用无纺布等同于水稻育苗专用无纺布。

3. 诱虫灯技术

诱虫灯技术（图 2-8、图 2-9）的主要原理主要是利用稻飞虱的趋光生物特性。当前，我国在稻飞虱防控技术中推广和普及产品主要分为测报专用和防治专用两类灯。杀虫灯诱杀稻飞虱等害虫是利用电诱杀原理的频振诱控技术，应用波振技术，将频振式杀虫灯发出的光、波，分别设在特定的范围内，以增加诱杀害虫的种类。它采用近距离用光，远距离用波，灯周围装高压触杀电网，以击倒害虫。用这种办法，可极大地提高诱杀效果。采用频振式杀虫灯诱杀害虫，平均防治效果在 70% 以上，可对 13 目 67 科的害虫有诱杀作用。由于特殊的光波技术，它不会诱杀天敌，对人畜也安全。在安装和使用杀虫灯的过程中需注意：杀虫灯的面向最好为东向；灯柱位置可根据田间地形和地势，可采用"井"字布局、"之"字布局或"品"字布局，灯的高度可距离稻田水面1.2～1.8m，安装的固定螺栓要坚固，确保灯体稳固；安装时根据灯体接地标志将地线接好；送电后应看到工作正常后再离开；诱虫光源和撞击玻璃屏应定期清理污垢，以免影响诱捕效果；定期清洗雨控传感器[6,7]。

图 2-8　采用太阳能杀虫灯防控稻飞虱等水稻害虫(a)[81,82]

图 2-9　采用太阳能杀虫灯防控稻
飞虱等水稻害虫(b)[83]

参 考 文 献

[1]　肖英方，杜正文．几个粳稻品种抗白背飞虱的研究．昆虫学报，1989，32（3）：286-292.

[2]　谭玉娟，张扬，潘英等．广东地方稻种资源对褐稻虱、白背飞虱的抗性鉴定．广东农业科学，1990，(6)，35-38.

[3]　俞晓平，巫国瑞，陶林勇．褐飞虱和白背飞虱在水稻品种上的为害特性．中国水稻科学，1991，5(2)：91-93.

[4]　朱麟，张古忍，古德祥．抗性水稻品种对褐飞虱和白背飞虱种群参数的影响．昆虫知识，2002，39

(4)，265-268.

[5] 寒川一成，张红，杨晓君等．中国水稻品种对白背飞虱的抗性．中国水稻科学，2003，17（增刊）：
47-52.

[6] 寒川一成，刘光杰，沈君辉等．嘉花1号—抗白背飞虱的优良粳稻品种．植物保护，2006，32（5）：
20-23.

[7] Angeles E R，Khush G S，Heinrichs E A. Newgenes for resistance to whitebacked planthopper in
rice. Crop Science, 1981, 21：47-50.

[8] Wu C F，Khush G S. A new dominantgene for resistance to whitebacked planthopper in rice. Crop Sci-
ence, 1985, 25：505-509.

[9] Hernandez J Z and Khush G S. Genetics of resistance to whitebacked planthopper in some rice（Oryza
sativa L.）varieties. Oryza. 1981, 18：44-50.

[10] IRRI, Inheritance of resistance to the whitebacked planthopper. Annual Report for 1978, 1979：
71-75.

[11] Nair R V，Masajo E M，Khush G. S et al. Genetic Analysis of Resistance to Whitebacked Planthopper
in Twenty-one Varieties of Rice Oryza sativa L. Theoreical and Applied Genetics, 1982, 61：19-22.

[12] Li X M，Zhai H Q，Wan J M, et al. Mapping of a new gene Wbph6（t）resistance to the whitebacked
planthopper, Sogatella furcifera in rice. Rice Science, 2004, 11（3）：86-90.

[13] 李西明，绍楷，熊振民等．水稻品种对白背飞虱的抗源筛选及其抗性遗传分析．遗传学报，1987，
14（6）：413-418.

[14] 李西明，刘光杰，马良勇等．水稻抗白背飞虱的资源发掘及其抗性遗传分析．中国水稻科学，1996，
10（3）：113-116.

[15] 李西明，马良勇，刘光杰等．农香16等6个水稻新品种（系）对白背飞虱的抗性遗传分析．中国农
业科学，2001，34（6）：615-618.

[16] Yamasaki M，Tsunematsu H，Yoshimura A, et al. Quantitativetrait locus mapping of ovicidal Re-
sponse inRice（*Oryza sativa*）against whitebacked planthopper. Crop Science, 1999, 39：1178-1183.

[17] Yamasaki M，Yoshimura A，Yasui H, et al. Genetic basis of ovicidal response to whitebacked plan-
thopper（Sogatella furcifera Horváth）in rice（*Oryza sativa*）. Molecular Breeding, 2003, 12：
133-143.

[18] 周益军．水稻条纹叶枯病．南京：江苏科技出版社，2010.

[19] 姚姝，陈涛，张亚东等．江苏省部分粳稻品种对条纹叶枯病的抗性鉴定及分子检测．江苏农业学报，
2009，25（6）：1201-1206.

[20] 刘琴，徐健，张春梅等．江苏省粳稻新品种（系）对条纹叶枯病的抗性鉴定．江苏农业科学，2004，
3：42-43.

[21] 陆玉荣．水稻条纹叶枯病的发生与水稻品种的关系以及条纹病毒检测与控制技术研究．扬州大
学，2007.

[22] 林凌伟，汪恩国，关梅萍等．水稻品种（组合）对黑条矮缩病的抗性表现．杂交水稻，1999，14：41-
42.

[23] 何国民，陈权志，林义钱．不同品种杂交水稻对黑条矮缩病抗（耐）病性研究．中国植保导刊，
2005，25（5）：14-15.

[24] 李爱宏，戴正元，季红娟等．不同基因型水稻种质对黑条矮缩病抗性的初步分析．扬州大学学报
（农业与生命科学版），2008，29（3）：18-22.

[25] 潘存红，李爱宏，陈宗祥等．水稻黑条矮缩病抗性 QTL 分析．作物学报，2009，35（12）：2213-2217.

[26] 王宝祥，江玲，陈亮明等．水稻黑条矮缩病抗性资源的筛选和抗性 QTL 的定位．作物学报．2010，36（8）：1258-1264.

[27] 张华超．水稻简化栽培技术．现代农业科技，2010，22：85-88.

[28] 易镇邪，屠乃美，谭文新等．湖南水稻直播栽培应用探讨．作物研究，2010，24（4）：327-329.

[29] 周建群．水稻栽培方式研究进展．湖南农业科学，2009，2：51-54.

[30] 陈健．水稻栽培方式的演变与发展研究．沈阳农业大学学报，2003，34（5）：389-393.

[31] 洪海登．水稻直播栽培技术．现代农业科技，2010，22：81.

[32] 朱龙粉，荆卫锋，傅华欣等．新型高效药剂吡蚜酮防治褐飞虱试验初报．现代农药，2007，6（2）：52-53.

[33] 朱龙粉，张惠莉，蒋丽等．新型药剂烯啶虫胺防治灰飞虱试验初报．现代农药，2009，8（1）：47-49.

[34] 王彦华，苍涛，赵学平等．褐飞虱和白背飞虱对几类杀虫剂的敏感性．昆虫学报，2009，52（10）：1090-1096.

[35] 陆晓峰，于宝富，张维根等．不同药剂防治稻飞虱田间药效试验．农药科学与管理，2010，31（7）：48-50.

[36] 夏锡飞，惠峰．10%吡虫啉可湿性粉剂浸种防治水稻灰飞虱的效果．江苏农业科学，2003，5：59-60.

[37] 唐元庆，夏春霞，康翠萍．吡虫啉浸种对水稻灰飞虱控制效果初探．上海农业科技，2004，1：94.

[38] 毛华方，朱龙粉，荆卫锋等．水稻种子药剂处理综合防治多种病虫的效果．安徽农业科学，2003，31（3）：471-472.

[39] 安徽农网农业科技—稻飞虱防治 http：//www.ahnw.gov.cn/2006nykj/showywyd.asp？GUID=%7BFB94FBFB-FC22-4C6F-9801-ED3D1A065C1B%7D.

[40] 彭玉梅，崔鲜一，程渡等．利丰收生长调节剂水稻浸种的增产效应．农业科技通讯，1999，11：6-7.

[41] 霍建明，乐丽红，江文凡等．植物生长调节剂在水稻上的应用研究．天津农业科学，2010，16（4）：150-152.

[42] 冯克强，王仁民．植物生长调节剂烯效唑在水稻上的应用研究．嘉兴农业，1994，（2）：30-32.

[43] 刘芝梅，高桂枝，于玲．植物源生长调节剂成分分析及在有机水稻上的应用．江苏农业科学，2010，1：102-104.

[44] 张玉聚，李洪连，张振臣等．世界农药新品种技术大全．中国农业科学技术出版社，2010.

[45] 吴文君，高希武．生物农药及其应用．北京：化学工业出版社，2004.

[46] 徐汉虹．杀虫植物与植物杀虫剂．北京：中国农业出版社，2001.

[47] 沈国清，杨代凤，郁伟等．宁虫素对蔬菜、水稻害虫的毒力及药效特性研究．华东昆虫学报，2003，12（1）：87-91.

[48] 邓业成，徐汉虹．厚果鸡血藤提取物对两种同翅目害虫的生物活性．农药，2004，43（3）：106-108.

[49] 张春英．生物农药防治稻飞虱田间药效试验简报．上海农业科技，2009，(2)：111-112.

[50] 胡娟，花日茂，李世广．5 种生物农药对水稻褐飞虱的防治效果．中国农学通报，2010，26（5）：239-241.

[51] 李世广，花日茂，林华峰等．四种生物农药及其与二种化学农药混配对稻飞虱混合种群的防治效果．昆虫知识，2010，(4)：160-164.

[52] 薛云东，耿忠义，赵京岚等．几种药剂防治水稻条纹叶枯病的田间药效试验，2007，35（26）：8281.

[53] 陆玉荣，张春梅，苏建坤等．防治水稻条纹叶枯病的田间药剂筛选．江西农业学报，2009，21（12）：

110-111.

[54] 王华弟, 凌小明. 4 种药剂对水稻黑条矮缩病和水稻条纹叶枯病的防治效果. 中国生物防治, 2010, 26: 80-83.

[55] 夏新奎, 严泽群, 胡雪竹等. 化学调控对水稻形态、生理特性和产量的影响. 信阳农业高等专科学校学报, 2000, 10 (1): 12-15.

[56] 苗贵元, 王广元, 梅青. PGR 植物营养生长素在水稻上的试用. 山西农业科学, 2001, 29 (1): 59-61.

[57] 谢联辉著. 水稻病毒: 病理学与分子生物学. 福建科学技术出版社, 2001.

[58] 彭建伟, 刘强, 荣湘民等. 不同配方植物生长调节剂对水稻氮代谢的影响. 湖南农业大学学报 (自然科学版), 2005, 31 (4): 353-358.

[59] 刘松涛, 曹雯梅, 任景荣. 2 种土壤活性酶调节剂对水稻产量和品质的影响. 河南农业科学, 2006, 9: 85-86.

[60] 张福群, 谢金水, 李祖章等. 不同抗早衰剂配方对杂交早稻后期叶片衰老的影响. 江西农业学报, 2007, 19 (1): 1-5.

[61] 张中兴, 刘仕军, 倪思羽等. "通丰" 植物营养液在水稻上的施用效果. 农技服务, 2010, 27 (5): 573.

[62] 王胜军, 闫双勇, 童继平等. 不同生长调节剂对粳稻三系不育系 10A 快花习性的影响. 杂交水稻, 2010, 25 (1): 22-25.

[63] 熊杰, 符冠富, 宋建等. 植物生长调节物质对灌浆期遮光水稻生长及结实的影响. 中国稻米, 2010, (6): 9-13.

[64] 甘肃省农业科学院植物保护研究所编. 农药与药械使用手册. 兰州: 甘肃人民出版社, 1975.

[65] 戴奋奋. 简论我国施药技术的发展趋势. 植物保护, 2004, 30 (4): 5-8.

[66] 刁平芬, 邓贵华, 陈光兴. 不同药械防治稻纵卷叶螟的效应研究初报. 耕作与栽培, 2005, 1: 51, 62.

[67] 曾燕清, 赵永, 周曙光. 多种药械控制水稻有害生物施药效果研究. 湖南农业科学, 2006, 2: 57-59.

[68] 唐涛, 彭孟军, 李忠良等. 药械、用水量与助剂对氯虫·噻虫嗪防治水稻螟虫的效果影响. 中国农学通报, 2010, 26 (13): 335-338.

[69] 安徽农网农业科技 (http://www.ahnw.gov.cn/2006nykj/showywyd.asp? GUID = ％7BFB94FBFB-FC22-4C6F-9801-ED3D1A065C1B％7D).

[70] 孙国才, 张正协. 无纺布覆盖秧苗控制水稻条纹叶枯病效果. 江苏农科科学, 2006, 2: 64-65.

[71] 陆晓峰, 丁仁兵, 张维根. 秧苗期覆盖防虫网对灰飞虱的防控效果. 农业科技通讯, 2010, 5: 107, 111.

[72] 曾义玲, 向占群, 李玉顺等. 防虫网控制水稻 "两迁" 害虫试验初报. 耕作与栽培, 2010, 4: 29-30.

[73] 胡英华, 王淑霞, 孔令萍等. 防虫网育秧预防水稻黑条矮缩病、条纹叶枯病试验. 山东农业科学, 2010, 2: 85-86.

[74] 徐海莲, 段德康, 姚易根等. 频振式杀虫灯在水稻上使用技术和效果简报. 江西农业学报, 2009, 21 (10): 145-146.

[75] 王蓉, 肖卫平, 王国先. 佳多牌太阳能杀虫灯对水稻害虫的控害效果研究. 现代农业科技, 2010, 5: 132-133.

[76] 张舒, 熊桂云, 杨立军等. DM-15 电子灭蛾灯对水稻害虫的诱杀作用. 安徽农学通报, 2010, 16

(17)：135-136.

［77］ 江苏兴化网 （http：//www. xhxww. net/UPLOAD/NewsIMG/2010915915111. jpg）.

［78］ 浙江农业网 （http：//www. zjagri. gov. cn/uploadFiles/2010-04/1272016013234. jpg）.

［79］ http：//sup. img3. 51sole. com/images3/20100808/237069 _ 201088916968. jpg.

［80］ 中国农业推广网 （http：//www. farmers. org. cn/zhuanti/UploadFiles _ 4131/201010/2010102913221374. jpg）.

［81］ 中国园林工程网 （http：//gc. yuanlin. com/UpLoadFile/20097/2009728132150. jpg）.

［82］ 科大新闻网 （http：//news. sdust. edu. cn/data/upload/2010/201005/554AB208BD1C06D292ED2B-05FCFE3B6C. jpg）.

［83］ 湖北农业信息网 （http：//www. qgny. net/xc10/jiuhengkeji/images/31. jpg）.

第三章

南方水稻黑条矮缩病防控研究

── 第一节 ──
── 南方水稻黑条矮缩病核酸分子鉴定方法 ──

一、试验材料

2010 年 7 至 8 月间采自江西省赣北（萍乡市芦溪县麻田乡等地）、赣南（赣州市大余县等地）和贵州三都、黎平、荔波等多个稻区采集发生水稻病毒病病株（晚稻），对南方水稻黑条矮缩病核酸分子进行了鉴定。

二、试验步骤

1. 总 RNA 抽提

取 100mg 水稻病株株茎部组织，在液氮保护下研磨成粉状，按照试剂盒操作说明进行总 RNA 提取（Trizol，Invitrogen），抽提产物溶于 $15\mu L$ DEPC ddH$_2$O（free RNase），总 RNA 经琼脂糖凝胶电泳检测 RNA 完整性，采用紫外分光光度计测定 OD$_{260}$和 OD$_{280}$吸光值，并计算 OD$_{260}$/OD$_{280}$比值，判断 RNA 纯度，一般情况下，OD$_{260}$/OD$_{280}$的比值介于 $1.8\sim2.0$，表示总 RNA 纯度较高。

2. RT-PCR

参照 cDNA Synthesis System 试剂盒（TaKaRa Co Ltd）的操作说明合成 cDNA 第一链。取水稻 RNA 约 $1\mu g$，分别加入随机引物（Random 6mers），反转录反应条件参照试剂盒说明书进行。

3. PCR 扩增

采用 One-step RNA PCR ststem（TaKaRa Co Ltd）对待测 RNA 样品进行扩增，根据 SRBSDV 和 RBSDV 的两对通用物进行 PCR 的扩增，其中 P1/P2 引物序列分别是 5′-tat，tca，aag，tta，ttt，ggg，t-3′和 5′-aca，tga，ata，gtt，tta，agt-3′。P3/P4 引物序列分别是 5′-tta，caa，ctg，gag，aag，cat，taa，cac，g-3′和 5′-atg，agg，tat，tgc，gta，act，gag，cc-3′。取 $2\mu L$ 第一链 cDNA，用 TaKaRa Co Ltd 公司试剂盒进行 PCR 扩增，反应体系如表 3-1 所示。

扩增条件为：94℃变性 1min，42℃退火 1min，72℃延伸 1min，共 35 个循环。最后一轮循环后再 72℃延伸 10min。反应结束后，取 $5\mu L$ 反应产物进行 0.8% PAGE 电泳，以 DNA Marker 分子量为标准判断目的基因的片段是否存在。

表 3-1　PCR 扩增体系

试　　剂	使用量/μL	试　　剂	使用量/μL
10×Bufffer	2.5	cDNA(100ng/μL)	2.0
$MgCl_2$(25mmol/L)	2.0	Taq E(5U/μL)	0.3
dNTP(10mmol/L)	1.0	ddH_2O	15.2
P1/P3 primer(10.0μmol/L)	1.0	总体积	25
Or P2/P4 primer(10.0μmol/L)	1.0		

经 NCBI GenBank 数据检索及通过 Primer 3 软件计算，P1/P2 引物组合扩增所得的目的产物大小为 855bp，P3/P4 引物组合扩增所得的产物大小为 550bp。

三、试验结果

1. 目的基因片断的扩增

将水稻病株叶组织总 RNA 通过逆转录酶合成得到 cDNA，并从 cDNA 为模板在不同引物组合的条件下，进行水稻病毒基因片段进行 PCR 扩增，将 PCR 扩增产物通过 0.8% PAGE 电泳分析，结果发现用水稻病毒引物 P_1 和 P_2 组合能扩增出目的分子片段约为 550bp；用水稻病毒引物 P_3 和 P_4 组合能扩增出分子片段约为 855bp，如图 3-1 所示。

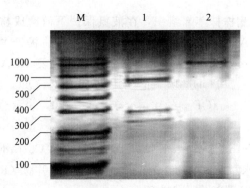

图 3-1　水稻病株叶组织 PCR 扩增结果

M 表示 Marker DL1000，分子量分别为 1000，700，500，400，300，200 和 100bp。
泳道 1 为用引物 P1/P2 引物组合的扩增结果，其目的产物的大小为 550bp，
泳道 2 为 P3 和 P4 引物组合的扩增结果，大小为 855bp。

2. 目的基因片段的序列比较与分析

将两条目的片段（JXlxma-1）进行切胶回收，采用 0.1% 的 TE 缓冲溶液溶解、纯化，以相应的引物再次进行 PCR，将 PCR 产物进行纯化，经 TaKaRa 公司进行产物直接测序，结果如图 3-2 所示。

基于 JXlxma-1 与 GenBank 数据库已发表的序列，我们 BLAST 软件进行同源性和一致性进行比较，发现 JXlxma-1 与南方水稻黑条矮缩病毒外壳蛋白基因序列一致性非常高，相似度大于 80%，其比对结果如图 3-3 所示。同时发现测序

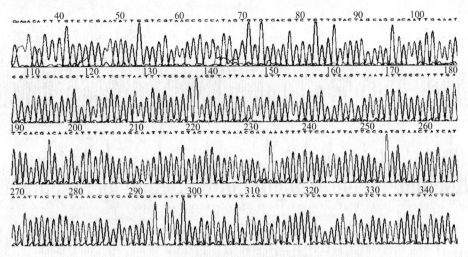

图 3-2　JXlxma-1 的测序结果

```
Query 22   TCGATTTTTCAAAACATTTGTCTCGAATATTGGTCGTAACCGCCATAGTGTGTCACGTCT  81
           |||| ||||||||  ||||||||||||||||||||||||||||||||||||||||||||||
Sbjct 585  TCAATTTTTCAAA CATTTGTCTCGAATATTGGTCGTAACCGCCATAGTGTGTCACGTCT  527

Query 82   GTTGTACTAGCAGGACAATTGAAATCGTATCGACCGTCAATTCTTAATTTTCCGGAACGTT  141
           ||||||||||||||||||||||||||||||||||||||||||||||||||||||||||||||
Sbjct 526  GTTGTACTAGCAGGACAATTGAAATCGTATCGACCGTCAATTCTTAATTTTCCGGAACGTT  467

Query 142  ATTAAAAGTTTAACTTCGTCAGTTAATATTCCCATTTGAGCAGGAACTTCACGACAACAT  201
           ||||||||||||||||||||||||||||||||||||||||||||||||||||||||||||
Sbjct 466  ATTAAAAGTTTAACTTCGTCAGTTAATATTCCCATTTGAGCAGGAACTTCACGACAACAT  407

Query 202  TTATCGAGCAATTTATGTACTTCTAAACCAGAAATTTTTCCAATTATTCCGATGTAACTA  261
           ||||||||||||||||||||||||||||||||||||||||||||||||||||||||||||
Sbjct 406  TTATCGAGCAATTTATGTACTTCTAAACCAGAAATTTTTCCAATTATTCCGATGTAACTA  347

Query 262  TCATCTAAAATTACTTCTAAACCTCACCGGAGAATGGTTTAAGTGTAACGTTTCCTTCA  321
           ||||||||||||||||||||||||||||||||||||||||||||||||||||||||||||
Sbjct 346  TCATCTAAAATTACTTCTAAACCTCACCGGAGAATGGTTTAAGTGTAACGTTTCCTTCA  287

Query 322  GTTAGGGTCTCAATTTGTACTCGTTCTATTTGTTCTGCATCCAACTTCGAAGTTGCGAAT  381
           ||||||||||||||||||||||||||||||||||||||||||||||||||||||||||||
Sbjct 286  GTTAGGGTCTCAATTTGTACTCGTTCTATTTGTTCTGCATCCAACTTCGAAGTTGCGAAT  227

Query 382  AAACTTAAACCAAAAGTAGTTACACCTAAAATTCATCACTAAGATTATTGTTAGTCAGG  441
           ||||||||||||||||||||||||||||||||||||||||||||||||||||||||||||
Sbjct 226  AAACTTAAACCAAAAGTAGTTACACCTAAAATTCATCACTAAGATTATTGTTAGTCAGG  167

Query 442  GTTTGAAAAATAGGTTGATGTTCATTACG  470
           |||||||||||||||||||||||||||||
Sbjct 166  GTTTGAAAAATAGGTTGATGTTCATTACG  138
```

图 3-3　JXlxma-1 的基因比对序列结果

结果中有个别错配碱基，它是位于引物扩增一端，这种结果是由 PCR 产物直接测序的系统误差所造成。

随机抽取 P_3/P_4 扩增产物（JXlxma-2），同样进行切胶、洗脱回收和 2 次 PCR 纯化，并经 ABI310 测序仪测序，结果如图 3-4 所示。

基于 JXlxma-2 与 GenBank 数据库已发表的序列进行同源性和一致性进行比较，同源性仅为其比对结果如图 3-5 所示，发现 JXlxma-2 与水稻黑条矮缩病毒片断 5 基因序列相似度不高，匹配值仅为 71%，一般认为相似度低于 80% 的基因不能等同于该基因。由此，进一步判断待检测病毒是南方水稻黑条矮缩病。

四、结论

通过 P_1/P_2 和 P_3/P_4 两组引物扩增获得 2 个特异的 PCR 产物片断（南方水稻黑条矮缩病毒和水稻黑条矮缩病毒），同时对产物进行基因测序，证明本

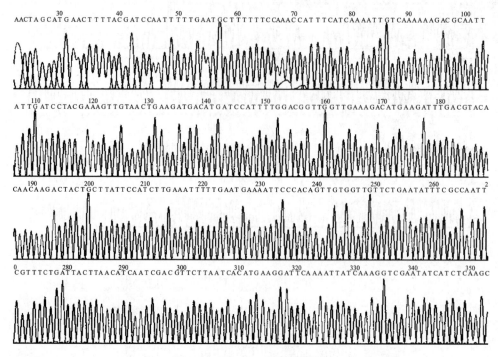

图 3-4　JXlxma-2 的测序结果

```
Ouery   10    TTCTTGAAGA-GGAACTAGCATGAACTTTTACGATCCAATTTTTGAATGCTTTTTTCCAA   68
Sbjct   1325  TTCTGAAAGAAGGAATGAGCGTAAACTTCTACGATCCTATCTTTGAATGCTTTTTCCCAA   1384
Ouery   69    ACCATTTCATCAAAATTGTCAAAAAAGACGCAATTACCATTGATCCT---ACGAAAGTTG   125
Sbjct   1385  ATCATTTCATCAAAGCAGTCAAAAAAGACGCCATTGCAATTGACCCTGAAAAGAAAGTTG   1444
Ouery   126   TAACTGAAGATGACATGATCCATTTTGGACGGTTGGTTGAAAGACATGAAGATTTGACGT   185
Sbjct   1445  GATACGAAGA--ACTGGAAA-ATTTTGCAACACTTGTAGAAAAGCACGATGATTACTCTT   1501
Ouery   186   ACAACAAGACTACTGCTTATTCCATCTTGAAATTTTTGAATGAAAATTGCCACAGTTGTG   245
Sbjct   1502  ACAATAGAACAGATGCCTACTCCATTTTGAAATTTTTACACGAAGGACATCACAGCTGTG   1561
Ouery   246   GTTGTTCTGAATATTTCGCCAATATCGTTTCTGATTACTTAACATCAATCGACGTTCTTA   305
Sbjct   1562  GCTGTGCAGAATACTTTGCTGGTTTTGTCTCTGATTACCTAACCTCAATTGAAGTGTTAA   1621
Ouery   306   ATCACATGAAGGATTCAAAATTATCAAAGGTCGAATATCATCTCAAGCAGGAATACGAAA   365
Sbjct   1622  ACCACATTAAGGATTCCAAACTGTCAAAACTTGATTACCATTTGAAGCAAGAATACGAGT   1681
Ouery   366   ACTTGTTCAAGAAGACAAAAAGACAAGAGCTTTCAAGAACGCCGATTGCTGAACATTCAG   425
Sbjct   1682  CATTATTTAAGAAAACTCGACGTCAAGAGATTCTTAGAATGCCCGTATCCGAACATGCAG   1741
Ouery   426   ATTTCCTCTCTCAATGCGCATATAACGAGTCTTTCTTCGATATCGATTTTTGCTTCCTGG   485
Sbjct   1742  ATTATTTCGCTCGATGCGCTTACAACGAATCATTCTTTGATATTGATTTTTGTTTCCTCA   1801
Ouery   486   AAGATGGTGACTGTCATTCACTCGTCATTCGATTCGCTAAACGCAAACCTTATTTTCGCT   545
```

图 3-5　JXlxma-2 的基因比对序列结果

课题组在江西赣南、赣北，贵州三都、黎平、荔波等地稻区采集的水稻感病样品为南方水稻黑条矮缩病。同时，通过本试验证明该方法是一种快速、准确鉴别南方水稻黑条矮缩病的新方法，可在生产中应用和推广。

第二节
南方水稻黑条矮缩病抗体制备技术

一、试验材料

供试水稻为感染 SRBSDV 水稻。所用分子生物学试剂购于大连宝生物公司（TaKaRa Co Ltd)，化学试剂均为国产分析纯试剂。

二、试验步骤

1. 预测多肽序列

本研究待设计的 SRBSDV 3 个关键病毒分子为 S9、S10 和 P10，通过 BLAST 软件进行四个关键分子序列比对，寻找可供制备抗原的多肽序列（表 3-2）。

表 3-2 SRBSDV 各个抗原多肽序列信息

编号	功能	SRBSDV 片段	合成多肽序列	多肽编号
1		S10(20-39)	CRNDQPTRNTNLSLSQSTENR	216091
2	假定未知功能蛋白	S10(140-159)	CKDQKDDESQRPTSTDSTKNE	216092
3		S10(319-339)	CKRYRRFRTRIVGNADSVIKSD	216093
4		S9(2-16)	NPQSSVNIDTYTFNC	216095
5	假定未知功能蛋白	S9(36-57)	CSDFDEIFERPLSDSELDDRVEK	216096
6		S9(181-196)	CGSVDPNTGHLQEVEKQ	216097
7		P10(15-31)	NGVPQRLSDTIILNNRPC	216086
8		P10(92-113)	CKEHIQSYFRNEHQPIFQTLTNN	216119
9	主要外壳蛋白	P10(230-246)	CDVTHYGGYDQYSRQMFE	216089
10		P10(530-549)	CKKATTANSSTSNSNPEHGQK	216098

2. 人工合成多肽

针对备选多肽序列，采用多肽合成仪合成多肽各 10mg，并使其纯度达到 85%，并通过 HPLC 检测其纯度，并通过 MS 质谱方法检测序列特异性，以下是各个蛋白的纯度测定方法。色谱柱为规格均为 4.6m×250mn，检测多肽时选用具体色谱柱类型见表 3-3，溶剂 A 和 B 分别为含 0.1% 三氟醋酸的无水乙腈溶液和 0.1% 三氟醋酸的水溶液，试验条件如表 3-3 所示。

表 3-3　高效液相色谱测定 S9 （2～16） 多肽的纯度

色谱柱类型		SinoChrom ODS-BP		VYDAC-C18		SinoChrom ODS-BP		Venusil XBP-C18		SinoChrom ODS-BP	
抗原多肽类型		S9(2-16)		S9(36-57)		S9(181-196)		S10(20-39)		S10(140-159)	
	溶剂	A	B	A	B	A	B	A	B	A	B
梯度	0.01min	18	82	25	75	10	90	10	90	15	85
	25min	43	57	50	50	35	65	35	65	40	60
	25.1min	100	0	100	0	100	0	100	0	100	0
	30min	停止		停止		停止		停止		停止	
流量	1.0mL/min										
波长	220nm										
容积	5μL										
色谱柱类型		VYDAC-C18		VYDAC-C18		VYDAC-C18		VYDAC-C18		VYDAC-C18	
抗原多肽类型		S10(319-339)		P10(15-31)		P10(92-113)		P10(230-246)		P10(530-549)	
	溶剂	A	B	A	B	A	B	A	B	A	B
梯度	0.01min	15	85	25	75	20	80	20	80	20	80
	25min	40	60	50	50	45	55	45	55	45	55
	25.1min	100	0	100	0	100	0	100	0	100	0
	30min	停止		停止		停止		停止		停止	
流量	1.0mL/min										
波长	220nm										

3. 蛋白偶联

采用戊二醛连接法，将 5mg 多肽与匙孔喊血蓝蛋白 （keyhole limpet hemocyanin，KLH） 进行偶联，偶联效率根据多肽巯基 （—SH） 残留率进行计算。

4. 免疫

偶联物 100μg 以 PBS 稀释后与等体积完全弗氏佐剂 （Complete Freund's adjuvant，CFA） 混匀乳化，免疫 1.5～2.0kg 的纯种雄性新西兰大白兔 2 只，试验前一周采集阴性血清，双肩周围皮下注射和双后腿肌内注射，每个区域大约用 1/8 的免疫原，将剩余 1/2 的免疫原进行腹腔注射。1 周后采用 50μg CFA 腹腔注射加强免疫；2 周后采用 50μg 弗氏不完全佐剂 （IFA） 腹腔注射加强免疫；在 3 周及以后，每周直接腹腔注射 50μg 加强免疫。

5. SRBSDV 的 3 个 S9、S10 和 P10 三个分子 20 个抗血清滴度分析

将人工合成裸肽作为抗原，包被浓度设为 2μg/mL，包被量每孔为 100μL，4℃过夜包被；封闭体系为 2% BSA （PBST buffer），200μL/well，37℃封闭 1-2h；采用 2% 牛血清白蛋白 （bovine serum albumin，BSA） （PBST buffer） 抗血清稀释抗血清，抗血清稀释比为 1∶1k、1∶8k、1∶16k、1∶32k 的稀释倍数进行，37℃孵育 1～2h；二抗采用辣根过氧化物酶标记羊抗兔二抗，工作浓度为

1：10000；37℃孵育 1～2h；以上每步结束后都是用 PBST 洗 3～5 遍；最终使用 3,3′,5,5′-四甲基联苯胺（TMB）显色系统显色后，酶标仪读取 450nm 波长处吸收值（optical delnsity，OD），进行抗血清稀释滴度分析。

三、试验结果

1. 预测多肽序列

通过 BLAST 在线软件对 NCBI Genbank 进行检索，获得抗原制备的多肽序列。

（1）第一个蛋白质－S9，多肽序列信息见 http：//www. uniprot. org/uniprot/B2LHU5。

＞tr｜B2LHU5｜B2LHU5 _ 9REOV Putative uncharacterized protein OS＝Southern rice black-streaked dwarf virus PE＝4 SV＝1，通过序列同源性分析发现片段 S9(2-16)、S9(36-57) 和 S9(181-196) 序列特异性较好，这些片段的氨基酸序列为 NPQSSVNIDTYTFNC、SDFDEIFERPLSDSELDDRVEK、GSVDPNTGHLQEVEKQ（图 3-6）。

MNPQSSVNIDTYTFNCPFELAKIQIESAKPIMQDFSDFDEIFERPLSDSELD
DRVEKLELDIEAKVDPVVRRKYGKVGHIMLMIFSFLFFGIFKLTLKMFYH
LFRCVCCNPLIRGIFSVVCTVVFYIVIFTIIYLVYFFFGDQILAVYHSLTEMS
DSGLINSTKIEEKVNNIIHEGSLFFGSVDPNTGHLQEVEKQVFNGGTVNYTLFH

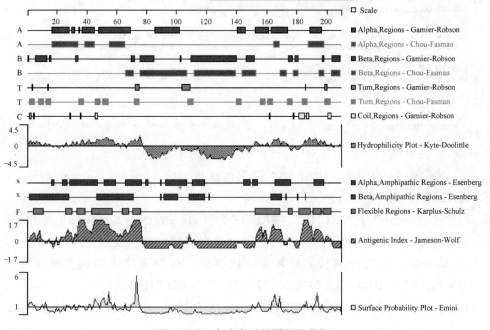

图 3-6 S9 多肽序列的同源性分析

（2）第二个蛋白质—S10，多肽序列信息见 http：//www. uniprot. org/uniprot/B2LHU4。

＞tr｜B2LHU4｜B2LHU4 _ 9REOV Putative uncharacterized protein OS＝Southern rice black-streaked dwarf virus PE＝4 SV＝1，通过序列同源性分析发现 S10(20-39)、S10(140-159) 和 S10(319-339) 三个片段特异性较好（图 3-7），这些片段的氨基酸序列为 RNDQPTRNTNLSLSQSTENR、DQKDDESQRPTSTDSTKNE、KRYRRFRTRIVGNADSVIKSD。

MADLERRTFGSYKIEELTI RNDQPTRNTNLSLSQSTENR LSTKKIPLLDDG
IFELLNYFIDGTNFNKTCYCGFNYSHLPNLERDFNIASLYVRENFEICTDQL DLA
NYVRQPNISIKSPDFTVCLEYVLKIVVESESST KDQKDDESQRPTSTDSTKNE
QEKKFVEMSLLPLLNRESEESLTEEILEGEGAVVNVLKLFIKGFLMHLGEN
PNSYDRQLTVEKYRPLLVSIVGYEYLVGTTVPEKKINHIYYQLATFDNYP
FDLLRFQLSSLISTPTSILERIAKEGLFKIITPSTLRGATRQTVLFRGINGSES
FLNI KRYRRFRTRIVGNADSVIKSD FSSLKLDV

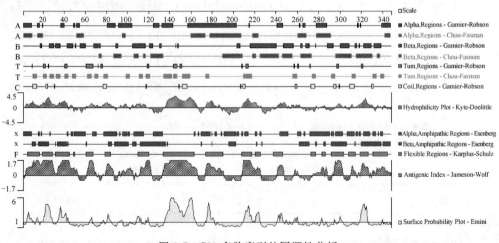

图 3-7　S10 多肽序列的同源性分析

（3）第三个蛋白质—P10，多肽序列信息见 http：//www. uniprot. org/uniprot/B2LHU6。

＞tr｜B2LHU6｜B2LHU6 _ 9REOV P10 protein OS＝Southern rice black-streaked dwarf virus PE＝4 SV＝1，通过序列同源性分析发现 P10(15-31) 和 P10(530-549) 片段序列特异性较好（图 3-8），这两个片段的氨基酸序列为 NGVPQRLSDTIILNNRP 和 KKATTANSSTSNSNPEHGQK。

MADIRLDIAPDLIH NGVPQRLSDTIILNNRP TITLLSHFNSLFHESNIVK
SPHIASSQTTVNLYIRKHLLTRLHDRLQTVETSTLPNITQLKEHIQSYFRN

EHQPIFQTLTNNNLSDEFLGVTTFGLSLFATSKLDAEQIERVRIETLTEGN
VTLKPFSADGLEVILDDSYIGIIGKISGLEVHKLLDKCCREVPAQMGILTDE
VKLLIRSGKLRIDGGYDFNCPASTTDVTHYGGYDQYSRQMFEKLNLFFNIS
LSIIPVSALKTIHVFEKELSALDADKSLLEQTWSGVSSFIETWKVKTKAKD
EDQDEYELTGLSALRKGVDGNSVSSPYNDKKFIEWYSKTFAKIEKGSSLRK
TEIEDKNTSGTSNITKQVKIHFPVQYFDEVKSNGHEKSVTVITNKGEMSLE
SYRKIGEILSAIWKRGKALAAPCIDYIKLGVEKAYHLAPVIMKKYNLTIDDI
IHFIEIGPSYLAKLDKIDDWSLIAKLIITSVLPNIIQAVYKTDPSNNVMNSVII
SRANNLLKADRDRLI KKATTANSSTSNSNPEHGQK VVLNKVTR

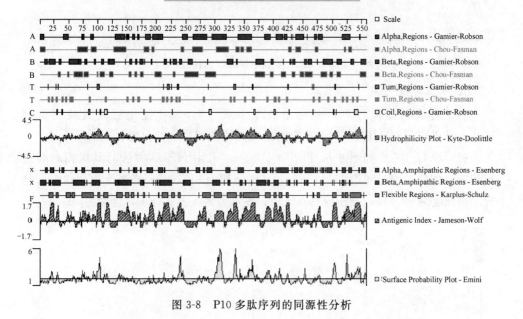

图 3-8　P10 多肽序列的同源性分析

　　（4）针对 P10(92-113) 和 P10(230-246)，其多肽序列信息见 http://www.
uniprot. org/uniprot/D7RPF4。

　　＞tr｜D7RPF4｜D7RPF4＿9REOV Capsid protein（Fragment）OS＝Southern
rice black-streaked dwarf virus PE＝4 SV＝1。通过序列同源性分析发现 P10(92-
113) 和 P10（230-246）的序列特异性较好，这两个片段的多肽序列为 KE-
HIQSYFRNEHQPIFQ 和 DVTHYGGYDQYSRQMFE（图 3-9）。

ASSQTTVNLYIRKHLLTRLHDRLQTVETSTLPNITQL KEHIQSYFRNEHQPIFQ
TLTNNNLSDEFLGVTTFGLSLFATSKLDAEQIERVQIETLTEGNVTLKPFS
ADGLEVILDDSYIGIIGKISGLEVHKLLDKCCREVPAQMGILTDEVKLLIRSG
KLRIDGGYDFNCPASTT DVTHYGGYDQYSRQMFE KLNLFFNISLSIIPVSA
LKTIHVFEKELGALDADK

53

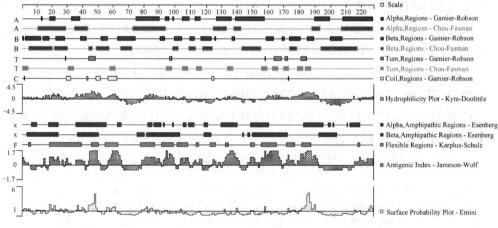

图 3-9　P10 多肽序列的同源性分析

2. 人工合成多肽

对于合成的多肽序列，获得了各个多肽 10mg，并纯化后使其纯度达到85％，此外，通过 HPLC 和 MS 方法检测其纯度和序列特异性。

（1）S9(2-16)　如图 3-10 和表 3-4 所示，采用 HPLC 方法对其保留时间进行测定，主峰保留时间为 11.475min，其峰面积为 3177965，峰高度为 360082，合成产物纯度为 89.8％，杂质峰只有 1 个，提示为另一多肽分子，含量为 10.2％。

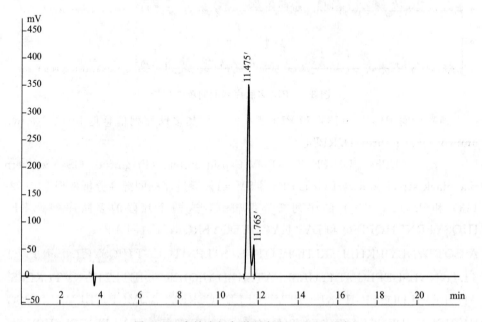

图 3-10　高效液相色谱测定 S9(2-16) 纯度

表 3-4　高效液相色谱测定 S9(2-16) 的纯度

序号	时间①	浓度②	峰面积③	高度
1	11.475	89.8	3177965	360082
2	11.765	10.2	360958	59742
合计	—	100	3538923	419824

①、②、③单位分别为 min、%、相对比值，表 3-7～表 3-15 同。

在此基础上，对合成的目的产物进行 MS 质谱鉴定，如图 3-11 所示，合成产物分子量为 1702.82，与预计分子量吻合，表明合成产物为目的产物。

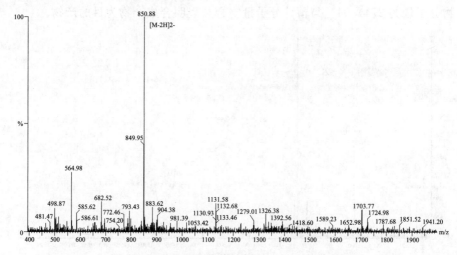

图 3-11　通过 MS 质谱测定 S9(2-16) 的分子量

（2）S9(36-57)　采用 HPLC 方法对其保留时间进行测定，如图 3-12 和表 3-5 所示，主峰保留时间为 14.733min，其峰面积为 2082973，合成产物纯度为 88.79%，杂质峰为 4 个，提示为 4 个多肽杂质。

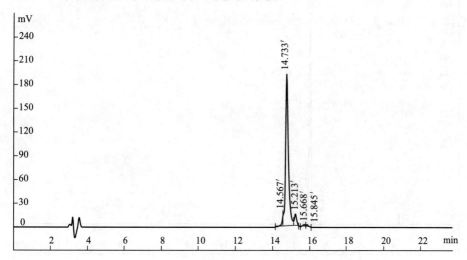

图 3-12　高效液相色谱测定 S9(36-57) 纯度

表 3-5　高效液相色谱测定 S9(36-57) 的纯度

序号	时间	浓度	峰面积
1	14.567	3.483	81711
2	14.733	88.79	2082973
3	15.213	5.413	126972
4	15.668	1.253	29386
5	15.845	1.059	24838
合计	—	100	2345880

在此基础上，对合成的目的产物进行 MS 质谱鉴定，如图 3-13 所示，合成产物分子量为 2744.94，与预计分子量吻合，表明合成产物为目的产物。

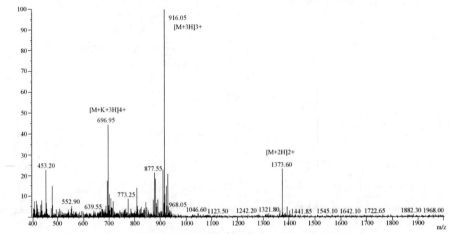

图 3-13　通过 MS 质谱测定 S9(36-57) 的分子量

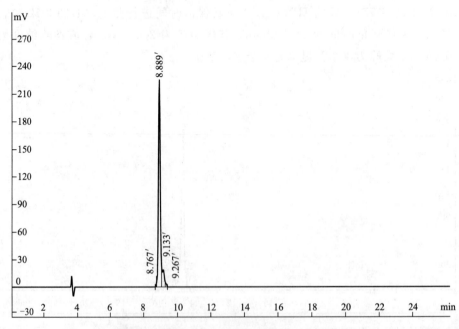

图 3-14　高效液相色谱测定 S9(181-196) 纯度

（3）S9（181-196） 采用 HPLC 方法对其保留时间进行测定，如图 3-14 和表 3-6 所示，主峰保留时间为 8.889min，其峰面积为 1744908，峰高度为 229287，合成产物纯度为 89.41%，杂质峰为 2 个，提示为 2 个多肽杂质。

表 3-6 高效液相色谱测定 S9（181-196）的纯度

序号	时间	浓度	峰面积	高度
1	8.767	1.16	22646	8844
2	8.889	89.41	1744908	229287
3	9.133	8.503	165951	19442
4	9.267	0.9342	18233	4806
合计	—	100	1951738	262379

（4）S10（20-39） 采用 HPLC 方法对其保留时间进行测定，如图 3-15 和表 3-7 所示，主峰保留时间为 11.613min，其峰面积为 5568367，峰高度为 795605，合成产物纯度为 93.35%，杂质峰为 2 个，杂质总含量 6.649%。

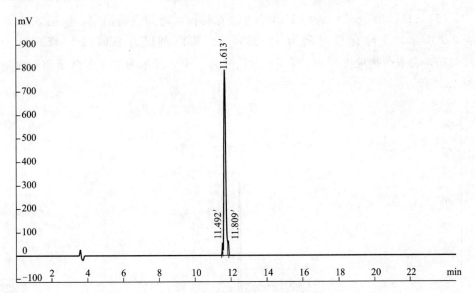

图 3-15 高效液相色谱测定 S10（20-39）纯度

表 3-7 高效液相色谱测定 S10（20-39）的纯度

序号	时间	浓度	峰面积	高度
1	11.492	2.56	152684	60369
2	11.613	93.35	5568367	795605
3	11.809	4.089	243925	65975
合计	—	100	5964976	921949

在此基础上，对合成的目的产物进行 MS 质谱鉴定，如图 3-16 所示，合成产物分子量为 2433.60，与预计分子量吻合，表明合成产物的为目的产物。

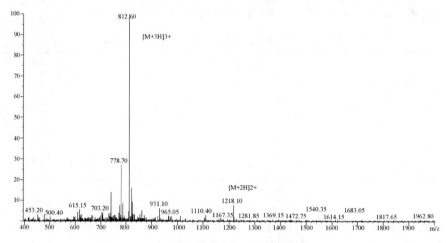

图 3-16　通过 MS 质谱测定 S10(20-39) 的分子量

（5）S10(140-159)　采用 HPLC 方法对其保留时间进行测定，如图 3-17 和表 3-8 所示，主峰保留时间为 12.833min，其峰面积为 2767288，峰高度为 328379，合成产物纯度为 86.82%，杂质峰为 1 个，提示为 1 个多肽杂质，含量为 13.18%。

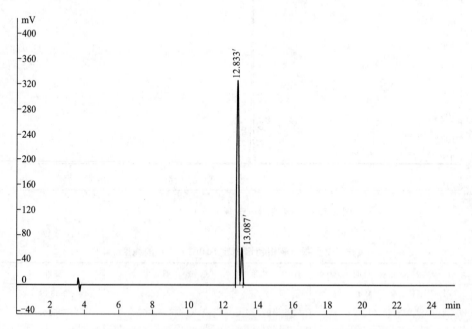

图 3-17　高效液相色谱测定 S10(140-159) 纯度

58

表 3-8　高效液相色谱测定 S10(140-159) 的纯度

序号	时间	浓度	峰面积	高度
1	12.833	86.82	2767288	328379
2	13.087	13.18	419934	61530
合计	—	100	3187222	389909

在此基础上，对合成的目的产物进行 MS 质谱鉴定，如图 3-18 所示，合成产物分子量为 2412.50，与预计分子量吻合，表明合成产物为目的产物。

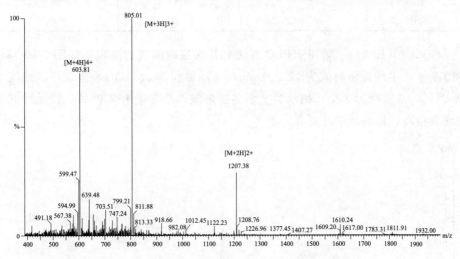

图 3-18　通过 MS 质谱测定 S10(140-159) 的分子量

（6）S10(319-339)　采用 HPLC 方法对其保留时间进行测定，如图 3-19 和表 3-9 所示，主峰保留时间为 12.904min，其峰面积为 1293562，合成产物纯度为 88.32%，杂质峰为 4 个，提示为 4 个多肽杂质，总含量为 11.68%。

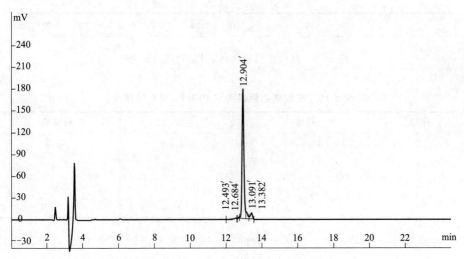

图 3-19　高效液相色谱测定 S10(319-339) 纯度

表 3-9　高效液相色谱测定 S10(319-339) 的纯度

序号	时间	浓度	峰面积
1	12.493	0.7919	11599
2	12.684	1.021	14960
3	12.904	88.32	1293562
4	13.091	4.517	66154
5	13.382	5.357	78454
合计	—	100	1464729

（7）P10(15-31)　采用 HPLC 方法对其保留时间进行测定，如图 3-20 和表 3-10 所示，主峰保留时间为 12.523min，其峰面积为 3872705，合成产物纯度为 97.94％，杂质峰为 2 个，提示为 2 个多肽杂质，总含量为 2.06％，提示目的多肽含量很高，目的产物纯度高。

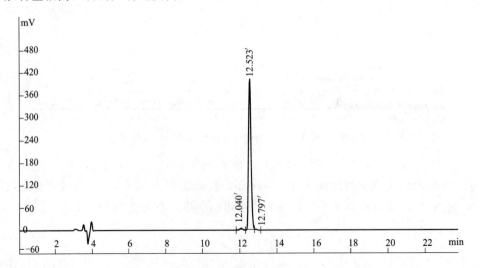

图 3-20　高效液相色谱测定 P10(15-31) 纯度

表 3-10　高效液相色谱测定 P10(15-31) 的纯度

序号	时间	浓度	峰面积
1	12.040	1.423	56262
2	12.523	97.94	3872705
3	12.797	0.6446	25490
合计	—	100	3954457

在此基础上，对合成的目的产物进行 MS 质谱鉴定，如图 3-21 所示，合成产物分子量为 2010.31，与预计分子量吻合，表明合成产物为目的产物。

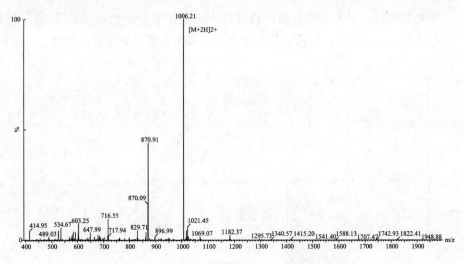

图 3-21　通过 MS 质谱测定 P10(15-31) 的分子量

（8）P10(92-113)　采用 HPLC 方法对其保留时间进行测定，如图 3-22 和表 3-11 所示，主峰保留时间为 12.628min，其峰面积为 4061863，合成产物纯度为 88.34%，杂质峰为 3 个，含量为 11.66%。

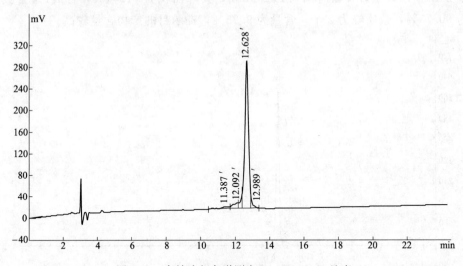

图 3-22　高效液相色谱测定 P10(92-113) 纯度

表 3-11　高效液相色谱测定 P10(92-113) 的纯度

序号	时间	浓度	峰面积
1	11.387	3.176	146023
2	12.092	5.408	248670
3	12.628	88.34	4061863
4	12.989	3.083	141773
合计	—	100	4598329

在此基础上，对合成的目的产物进行 MS 质谱鉴定，如图 3-23 所示，合成产物分子量为 2848.17，与预计分子量吻合，表明合成产物为目的产物。

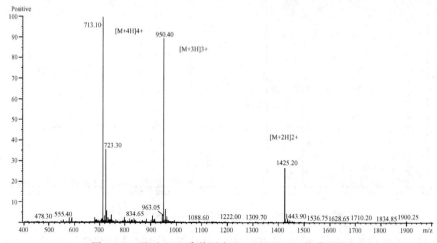

图 3-23　通过 MS 质谱测定 P10(92-113) 的分子量

（9）P10(230-246)　采用 HPLC 方法对其保留时间进行测定，如图 3-24 和表 3-12 所示，主峰保留时间为 9.199min，其峰面积为 7184437，合成产物纯度为 90.75%，杂质峰为 2 个，含量为 9.25%，提示目的产物含量较高。

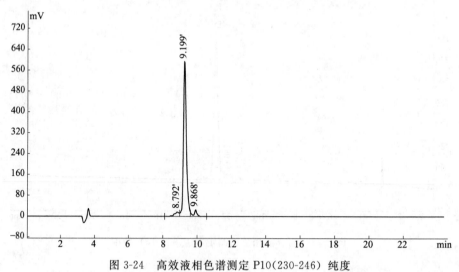

图 3-24　高效液相色谱测定 P10(230-246) 纯度

表 3-12　高效液相色谱测定 P10(230-246) 的纯度

序号	时间	浓度	峰面积
1	8.792	4.917	389252
2	9.199	90.75	7184437
3	9.868	4.335	343173
合计	—	100	7916862

在此基础上，对合成的目的产物进行 MS 质谱鉴定，如图 3-25 所示，合成产物分子量为 2199.39，与预计分子量吻合，表明合成产物为目的产物。

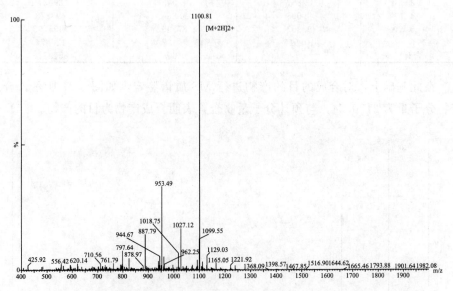

图 3-25　通过 MS 质谱测定 P10(230-246) 的分子量

（10）P10(530-549)　采用 HPLC 方法对其保留时间进行测定，如图 3-26 和表 3-13 所示，主峰保留时间为 9.257min，其峰面积为 7495702，合成产物纯度为 87.99%，杂质峰为 5 个，总含量为 12.01%。

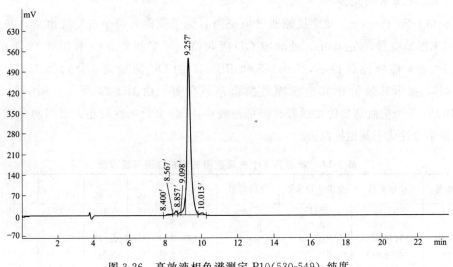

图 3-26　高效液相色谱测定 P10(530-549) 纯度

表 3-13 高效液相色谱测定 P10(530-549) 的纯度

序号	时间	浓度	峰面积
1	8.400	1.458	124218
2	8.567	2.17	184824
3	8.857	1.045	89031
4	9.098	5.856	498878
5	9.257	87.99	7495702
6	10.015	1.487	126674
合计	—	100	8519327

在此基础上，对合成的目的产物进行 MS 质谱鉴定，如图 3-27 所示，合成产物分子量为 2190.34，与预计分子量吻合，表明合成产物为目的产物。

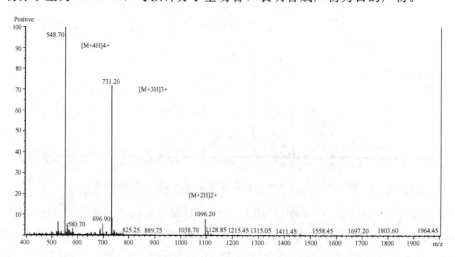

图 3-27 高效液相色谱测定 P10(530-549) 纯度

3. 抗血清滴度分析

(1) S9 Protein 每个抗原通过免疫两只兔子获得的两个重复抗血清，并进行 ELISA 检测，在 450nm 处测定 OD 吸收值，数据如表 3-14 和图 3-28 所示，在 1∶32k 稀释比条件下，RB1155 和 RB1156 的 OD 值最高，分别为 1.125 和 1.077，提示其效价比其他抗原的抗血清效价好。由图 3-29 所示，RB1151 和 RB1156 两个抗血清效价在稀释比降低过程中，OD 变化幅度较小，表明两个抗血清的亲合性优于其他抗血清。

表 3-14 S9 蛋白 3 个抗原获得的 6 抗血清滴度分析

编号	抗原多肽	免疫动物编号	空白对照	(—) 1∶1k	(+) 1∶4k	(+) 1∶8k	(+) 1∶16k	(+) 1∶32k
1	S9(2-16)	RB1151	0.066	0.072	1.314	0.826	0.495	0.103
2	S9(2-16)	RB1152	0.067	0.077	1.913	1.625	1.245	0.932
3	S9(36-57)	RB1153	0.066	0.074	1.029	0.477	0.235	0.094
4	S9(36-57)	RB1154	0.059	0.070	1.212	0.911	0.63	0.219
5	S9(181-196)	RB1155	0.062	0.077	1.974	1.698	1.433	1.125
6	S9(181-196)	RB1156	0.063	0.069	1.847	1.662	1.392	1.077

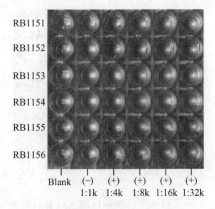

图 3-28 S9 蛋白 3 个抗原获得的 6 抗血清的 ELISA 检测

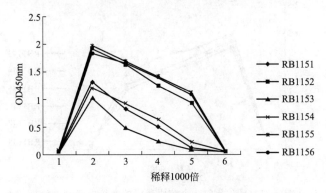

图 3-29 S9 蛋白 3 个抗原获得的 6 抗血清滴度分析

(2) S10 Protein 对每个抗原通过两只兔子免疫获得的两份抗血清进行 ELISA 检测，在 450nm 处测定 OD 吸收值，数据如表 3-15 和图 3-30 所示，所有抗血清效价在 1：32k 条件下，其 OD 值均超过 1.0，表明其效价均较高。如图 3-31 所示，RB1145 和 RB1146 两个抗血清在稀释比降低过程中，OD 变化幅度较小，表明两个抗血清的亲合性优于其他抗血清。

表 3-15 S10 蛋白 3 个抗原获得的 6 抗血清滴度分析

编号	抗原多肽	免疫动物编号	空白对照	(—) 1:1k	(+) 1:4k	(+) 1:8k	(+) 1:16k	(+) 1：32k
1	S10(20-39)	RB1143	0.064	0.072	1.844	1.532	1.308	1.024
2	S10(20-39)	RB1144	0.066	0.071	1.765	1.504	1.315	1.103
3	S10(140-159)	RB1145	0.062	0.103	1.976	1.775	1.621	1.318
4	S10(140-159)	RB1146	0.066	0.106	2.001	1.737	1.594	1.307
5	S10(319-339)	RB1147	0.064	0.080	1.88	1.603	1.365	1.121
6	S10(319-339)	RB1148	0.068	0.092	1.754	1.613	1.374	1.117

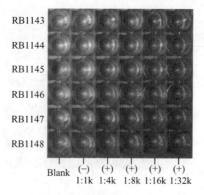

图 3-30　S10 蛋白 3 个抗原获得的 6 抗血清的 ELISA 检测

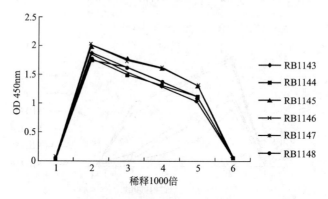

图 3-31　S10 蛋白 3 个抗原获得的 6 抗血清滴度分析

（3）P10 Protein　对每个抗原通过免疫两只兔子所获得的抗血清进行 ELISA 检测，在 450nm 处测定 OD 吸收值，数据如表 3-16 和图 3-32 所示，抗血清效价最好的是 RB1163，在 1∶32k 条件下，OD 值为 1.102。如图 3-33 所示，抗血清 RB1163 在稀释比降低过程中，OD 变化幅度较小，表明该抗血清的亲合性优于其他抗血清。

表 3-16　P10 蛋白 4 个抗原获得的 8 抗血清的 ELISA 检测

编号	抗原多肽	免疫动物编号	空白对照	（—）1∶1k	（＋）1∶4k	（＋）1∶8k	（＋）1∶16k	（＋）1∶32k	（＋）1∶64k	（＋）1∶128k
1	P10(15-31)	RB1161	0.054	0.062	1.909	1.747	1.421	1.037	0.775	0.537
2	P10(15-31)	RB1162	0.056	0.066	1.021	0.641	0.223	0.125	0.097	0.082
3	P10(92-113)	RB1163	0.052	0.067	2.213	1.982	1.776	1.542	1.365	1.102
4	P10(92-113)	RB1164	0.055	0.063	1.268	1.007	0.747	0.42	0.216	0.132
5	P10(230-246)	RB1165	0.060	0.071	1.187	0.924	0.703	0.441	0.197	0.106
6	P10(230-246)	RB1166	0.058	0.068	1.668	1.394	1.145	0.872	0.635	0.467
7	P10(530-549)	RB1167	0.057	0.066	1.703	1.428	1.201	0.947	0.721	0.432
8	P10(530-549)	RB1168	0.063	0.075	1.755	1.43	1.182	1.001	0.694	0.502

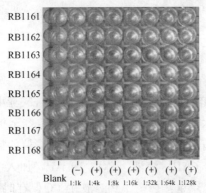

图 3-32　P10 蛋白 4 个抗原获得的 8 抗血清的 ELISA 检测

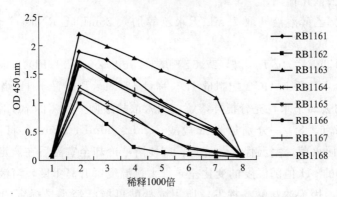

图 3-33　P10 蛋白 3 个抗原获得的 6 抗血清滴度分析

四、结论

对于 S10 蛋白，血清效价最好的是 RB1145 和 RB1146，两个的抗原为同一多肽，它们在 1∶32K 的稀释比下，OD 值仍然可以达到 1.3，其他抗原在 1∶32K 的稀释比下，其效价也不错，均达到了 1.0 以上。对于 RB1155 和 RB1156，两个抗原为同一多肽的两次重复，它们在 1∶32K 的稀释比下，OD 值可以达到 1.0 以上。对于 P10 蛋白，效价最好的是 RB1163，它的效价在 1∶32K 的稀释比下，OD 值可以达到 1.1 以上。

第三节
南方水稻黑条矮缩病抗体检测技术

一、试验材料

1. 检测材料

南方水稻黑条矮缩病抗体检测样本来自江西芦溪、江西大余、贵州荔波、贵州黎平等多个稻区的南方水稻黑条矮缩病病株样本，这些样本并经 PCR 扩增及基因测序确认。所用分子生物学试剂购于大连宝生物公司（TaKaRa），化学试剂均为国产分析纯试剂。

2. 试剂配制

（1）30％丙烯酰胺溶液　将 29g 丙烯酰胺和 1g N,N-亚甲双丙烯酰胺溶于总体积为 60mL 的去离子灭菌水中。加热至 37℃溶解之，定容至 100mL。用 Nalgene 滤器（0.45μm 孔径）过滤除菌，查证该溶液的 pH≤7.0，置棕色瓶中保存于 4℃冰箱中。

（2）10％过硫酸铵（AP）溶液　称取 1g AP，加入 10mL 的去离子水后搅拌溶解，贮存于 4℃。（注意：10％ AP 溶液在 4℃保存时间可使用 2 周左右，超过期限会失去催化作用）。

（3）75％乙醇溶液　取 75mL 无水乙醇加入 25mL 无 RNase 污染的灭菌双蒸水（ddH_2O）。

（4）5×TBE　54g Tris 碱，27.5g 硼酸，20mL 0.5mol/L EDTA（pH8.0）。

（5）1mol/L Tris-HCL 配制量 1L　称量 121.1g Tris 置于 1L 烧杯中，加入约 800mL 的去离子水，充分搅拌溶解；加入浓盐酸调节所需的 pH 值，pH 值分别为 7.4、7.6、8.0，分别加入浓盐酸 70mL、60mL、42mL；将溶液定容至 1L；高温高压灭菌，室温保存。注意：应使溶液冷却至室温后在调定 pH 值，因为 Tris 溶液的 pH 值随温度的变化差异很大，温度每升高 1 度，溶液的 pH 值大约降低 0.03。因为浓盐酸易挥发，所用浓盐酸可能已经不是标定的浓度，还是需要试加。

（6）5×Loading 缓冲液。

二、试验步骤

1. 水稻组织的研磨

取水稻韧皮部组织 1g，液氮保护下研磨成粉末后，按质量体积比（1∶20），加入碳酸盐包被缓冲溶液，继续研磨匀浆，直至无可见颗粒存在为止，一般在包被液研磨 20min 左右。研磨液转入 EP 管中，4℃，12000g，离心 10min，离心后去沉淀留上清液。

2. 制备含 SRBSDV 干粉

冻干机开机后预冻半小时，将上清液装入 50mL 培养瓶，每瓶转入 5mL 研磨液，平放在冻干机样品盘上，以增加样品研磨液的表面积，利于快速将水分从样品中抽出，冻干机压力下降过程中，见研磨液沸腾，压力稳定在 6Pa 左右，开始计时。一般一次冻干的工作时间 3h，需反复冻干 2～3 次。

3. WB 试验

（1）遵循稀释量由少到多的原则，将 SRBSDV 干粉溶于碳酸盐包被 Buffer

中，目的是提高 SRBSDV 在样品液中的含量；

（2）灌制 SDS-PAGE 凝胶　5%浓缩胶，12%分离胶；

（3）恒压条件下，预电泳 10min；

（4）蛋白质样品首先与上样缓冲液（5×loading Buffer）混合，煮沸变性 3min；

（5）每泳道上样 30μL，蛋白质 Marker 8μL，浓缩胶：电泳条件 70V 恒压，待样品浓缩并刚进入分离胶后，电压设为 120V，恒压电泳至溴酚蓝泳动至凝胶底部，中止电泳；

（6）将凝胶从玻璃板中取出后，切去浓缩胶，在 ddH$_2$O 中漂洗 10s；

（7）PVDF 膜预先用甲醇预处理，时间不宜超过 15s，再用转移缓冲液平衡；

（8）安装转移材料，从阴极到阳极依次为支持垫、2 层滤纸、凝胶、PVDF 膜（毛面与凝胶接触）、2 层滤纸、凝胶支持垫。转移条件，恒流 90mA（≤3mA/cm^2 PVDF 膜），转移时间为 1.5h（时间可根据转移片段的分子量大小进行调整）；

（9）将 PVDF 膜用 ddH$_2$O 漂洗 10s，置入封闭盒内，采用 5%脱脂奶粉-TBST Buffer 室温封闭 1h；

（10）弃去封闭液，转入一抗溶液（采用 5%脱脂奶粉-TBST buffer 稀释），4℃杂交过夜或 37℃杂交 1h；

（11）弃去一抗溶液，采用 TBST buffer 洗膜，室温条件下洗膜 3 次，每次 3min（时间可根据室温酌增加或减小）；

（12）加入碱性磷酸酶标记二抗溶液（采用 5%脱脂奶粉-TBST buffer 稀释，稀释比 1：30000），37℃杂交 1h 或室温 3h；

（13）弃去二抗溶液，采用 TBST buffer 洗膜，室温条件下洗膜 3 次，每次 3min（时间可根据室温酌增加或减小）；

（14）加入生色底物 buffer，平衡 2min；

（15）按照 10mL 生色底物 buffer，加入 25μL NBT 和 15μL BCIP，室温缓慢摇动至条带清晰，弃去生色溶液，加入二次水终止反应。

三、试验结果

S10 的 WB 结果

（1）S10 的 WB 结果　经 NCBI GenBank 获得 S10 的蛋白多肽序列，并经蛋白质分子量预测在线软件—Expert Protein Analysis System（http://www.expasy.ch/cgi-bin/protparam）进行分子量预测，S10 蛋白分子量为 62.7kDa。对 S10 蛋白进行 3 个抗原多肽的设计合成，并以此获得 6 抗血清（每个抗原进行 2 只家兔免疫，以获得 2 份抗血清）——图 3-34，然而在 62kDa 附近并未观察到相应的蛋白，但在蛋白质标准分子量 43kDa 附近发现一个条带，目前正从 SDS-PAGE 胶中切取相应的蛋白条带，进行蛋白质回收、酶解和质谱测序，以鉴定相应的蛋白。

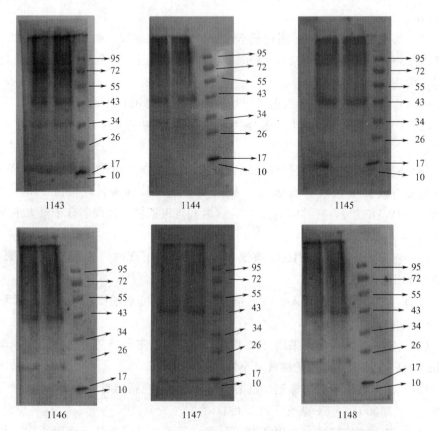

图 3-34　S10 蛋白 6 个抗血清的 WB 结果

图中泳道 1～2 是 SRBSDV 提取液的电泳结果，泳道 3 是蛋白质标准分子量

（page Ruler™ prestanined protein ladder，♯SM0671），其分子量大小分别

为 95、72、55、43、34、26、17、10kDa。

（2）S9 的 WB 结果　经 NCBI GenBank 获得 S9 的蛋白多肽序列，并经蛋白质分子量预测在线软件——Expert Protein Analysis System 进行分子量预测，S9蛋白分子量为 39.9kDa。对 S9 蛋白进行 3 个抗原多肽的设计合成，并以此获得6 抗血清（每个抗原进行 2 只家兔免疫，以获得 2 份抗血清），见图 3-35，结果表明编号为 1154 和 1156 的抗血清在标准蛋白质分子 43kDa 附近出现一清晰条带，特别是 1154 可能是目的条带。提示 1154 抗血清的特异性较好。目前，我们正在纯化 1154 的抗血清，以获得多克隆抗体，进行进一步的验证。

（3）P10 的 WB 结果　经 NCBI GenBank 获得 P10 的蛋白多肽序列，并经蛋

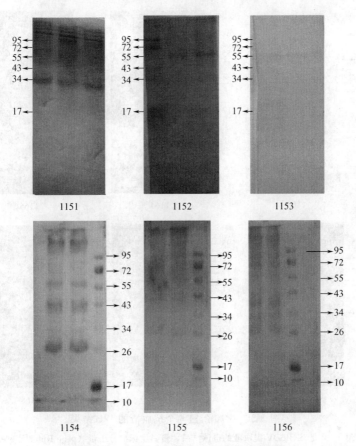

图 3-35　S9 蛋白 6 个抗血清的 WB 结果

图中泳道 1～2 是 SRBSDV 提取液的电泳结果，蛋白质标准分子量（page Ruler™ prestanined protein ladder，♯SM0671），其分子量大小分别为 95、72、55、43、34、26、17、10kDa。

白质分子量预测在线软件—Expert Protein Analysis System 进行分子量预测，P10 蛋白分子量为 21.5kDa。对 P10 蛋白进行 3 个抗原多肽的设计合成，并以此获得 6 抗血清（每个抗原进行 2 只家兔免疫，以获得 2 份抗血清），见图 3-36，结果表明编号为 1168 抗血清在标准蛋白质分子 17kDa 和 34kDa 之间出现一条带，可能是 P10 蛋白，1166 在 34kDa 和 43kDa 之间出现一条带，并且蛋白含量较高，并且没有其他条带，目前正通过正在纯化 1166 的抗血清，以获得多克隆抗体，进行进一步的验证。同时，针对该蛋白，从 SDS-PAGE 胶中切取相应的蛋白条带，进行蛋白质回收、酶解和质谱测序，以鉴定相应的蛋白。

四、结论

通过 SRBSDV 三个蛋白 10 个抗原，共 20 个抗血清的 WB 分析发现，检测特异性较好的抗血清编号有 1154 和 1156，此外，编号为 1166 的效价和亲合性

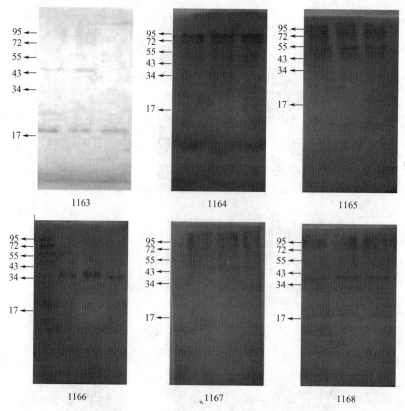

图 3-36　P10 蛋白 6 个抗血清的 WB 结果

图中泳道 1～2 是 SRBSDV 提取液的电泳结果，蛋白质标准分子量（page Ruler™ prestanined protein ladder，＃SM0671），其分子量大小分别为 95、72、55、43、34、26、17、10kDa。

也较好，值得深入研究该血清所结合的蛋白。目前，正纯化这些蛋白的多克隆抗体，以进行进一步的验证，此外，还从 SDS-PAGE 和 WB 中对应条带中切胶回收蛋白，进行蛋白的质谱鉴定。

第四节
稻飞虱监测技术

　　稻飞虱是一类爆发性、迁飞性和毁灭性的水稻害虫，我国主要发生种类是灰飞虱、白背飞虱和褐飞虱。近年我国由于气候异常、农药不合理使用和耕作模式因素，该虫为害程度逐年加重，每年早中晚稻均有不同程度受害。在适宜的环境条件下，稻飞虱繁殖迅速，造成为害严重。一般为害损失 10％～20％，严重损失达 40％～60％，甚至绝收。因此，制定监测技术，进行稻飞虱及水稻病毒病的防治具有重要的意义。

1. 灯光诱测

采用200W白炽灯（或黑光灯、频振式诱虫灯）作标准光源，灯源离稻田水1.5m，上方架设防雨罩，下方装集虫漏斗，漏斗口下装毒瓶或收集袋。专人负责每天天黑开灯，次日天亮关灯，查看并记载稻飞虱雌雄数量和天气状况。

2. 田间虫量系统调查

选当地有代表性的品种和类型田作固定系统调查田（有条件的可设立观测圃），每隔5d调查1次直至水稻收获。采用平行跳跃式取样，每次调查时一手拿白色瓷盆，斜放在稻丛基部，另一手拍稻株中下部3次，分别记录灰飞虱、白背飞虱和褐飞虱不同龄期若虫和成虫的数量。

3. 田间卵量系统调查

在系统调查田内采用平行跳跃式取样，每丛拔取分蘖1株，主害代前一代取50株，主害代取20株，将取样稻株进行镜检，剖查卵粒数、各级卵发育进度、寄生数和孵化率。

4. 大田普查

每调查区至少查20块田，采用平行跳跃式取样，每田取5～10点，每点2丛，用瓷盘拍查，记录成虫、高龄若虫、低龄若虫数量（表3-17）。

表 3-17 稻飞虱发生程度分级标准

级 别	一	二	三	四	五
程度	轻	中偏轻	中等	中偏重	重
百丛虫量/头	<500	500～1000	1000～2000	2000～3000	>3000
该密度的面积占总面积的百分率/%	≥85	≥20	≥20	≥20	≥20

第五节
南方水稻黑条矮缩病田间防治技术

一、防控南方水稻黑条矮缩病的目的

采用杀虫剂、抗病毒剂、生长调节剂等的化学和生物药剂，综合防虫网、杀虫灯等物理措施、水稻品种选用措施、叶面肥使用措施，所有技术和措施的目的是为了压低白背飞虱虫量、降低白背飞虱带毒率、抑制水稻带毒含量、减小南方水稻黑条矮缩病扩散到水稻、玉米等禾本科作物所带来的为害。

二、防控技术

本防控技术从种植地域、种植时期（早稻、中稻、晚稻）、生长周期（种子、秧田、大田）等角度，对防控南方水稻黑条矮缩病的防控要点进行阐述。

1. 区域防控技术

（1）广西、广东、海南建议防控技术　广西、广东、海南为白背飞虱虫源越冬地之一，也是越南等境外虫源迁入地，对于这些虫源越冬地，可采用如下技术进行南方水稻黑条矮缩病的防控。

① 加强越冬玉米地、再生稻稻田稻飞虱和南方水稻黑条矮缩病的监测。制定稻飞虱和南方水稻黑条矮缩病测报检测卡，定时定期进行白背飞虱虫量检测，并做好数据的整理、上报，或将数据上传植保网，或定期在植保同行间进行通报。

② 加强越冬玉米地、再生稻白背飞虱的治理。采用不同类型的杀虫剂交替治理白背飞虱，比如：采用烟碱受体抑制剂、拟除虫菊酯杀虫剂、氨基甲酸酯、有机磷杀虫剂、新颖作用机制药剂的交替使用，压低越冬虫量。可供选择的药剂有：吡虫啉、噻虫嗪、烯啶虫胺、速灭威、异丙威等。加强越冬玉米地和再生稻的稻田周边管理，除掉禾本科杂草，清除白背飞虱的越冬场所。

③ 早稻第一代白背飞虱和南方水稻黑条矮缩病的治理。第一代白背飞虱的高效成功治理有利于压低当年白背飞虱虫量，为减少迁入内地飞虱种群数量有着重要的意义。可采用如下措施：（a）秧田期：可采用防虫网集中育秧的方式，这样可减少白背飞虱繁殖地，虫量将大大减少。也可采用杀虫剂杀灭白背飞虱，具体措施为种子采用吡虫啉浸种或拌种，根据稻田飞虱虫量，从 1 叶 1 心至移栽期，采用速杀性杀虫剂和持效性杀虫剂交替使用，每亩使用剂量如 10％吡虫啉可湿性粉剂 20～40g、10％烯啶虫胺水剂 40mL、25％噻虫嗪水分散粒剂 1.6～3.2g、25％速灭威可湿性粉剂 25～50g、25％仲丁威乳油 100～200mL、48％毒死蜱乳油 100g、25％吡蚜酮悬浮剂 15～25g 等，使用次数根据虫量决定，秧田期施药总次数不宜超过 15 次。（b）大田期：虫源越冬地水稻大田期严格治理白背飞虱及南方水稻黑条矮缩病，对保障水稻产量和品质、压低虫量和带毒率、减轻对内地水稻为害具有重要意义。因此，在大田期严格采用如下措施：移栽前使用"送嫁药" 1 次或"保险药" 1 次，移栽时剔除病苗和弱苗，在大田分蘖前期，定期进行田间查虫和灯下虫量监测和带毒率监测，根据虫量多少采用药剂防治。

④ 中晚稻白背飞虱及南方水稻黑条矮缩病的治理。中晚稻田的秧田位置远离早稻田大田，避免白背飞虱迁入中晚稻田的秧田。秧田最好采用防虫网、无纺布集中育秧，采用杀虫灯辅助杀虫。大田后期注意防治白背飞虱的同时，需要选用合适杀虫剂兼治褐飞虱。

（2）贵州、湖南、江西建议防控技术　这些地区是白背飞虱首先迁入地，根据近年白背飞虱迁飞规律，对这些地区，可采取如下措施防控白背飞虱及南方水稻黑条矮缩病。

①避害栽培　根据 2008～2010 年白背飞虱迁飞规律，贵州荔波、贵州三都、湖南邵阳、江西吉安、江西抚州等地是白背飞虱近年的内地迁飞区域，因此，对这些区域，可采用避害栽培技术，适当推迟和提早水稻播期，避开白背飞虱在秧田期迁入稻田、产生为害。

②秧田期　2010 年江西部分地区白背飞虱迁入呈现峰次多、迁入时间长、虫量大等特点，可采取措施：秧田期集中采用防虫网育秧，避开稻飞虱对秧田的为害，或者采用水稻种子浸种或拌种，药剂可选择 10％吡虫啉可湿性粉剂（2000～4000 倍稀释）等，秧田期每亩可选用农药及有效含量用量：10％吡虫啉可湿性粉剂 20～40g、10％烯啶虫胺水剂 40mL、25％噻虫嗪水分散粒剂 1.6～3.2g、25％速灭威可湿性粉剂 25～50g、25％仲丁威乳油 100～200mL、48％毒死蜱乳油 100g、25％吡蚜酮悬浮剂 15～25g 等，使用方法应注意速效性和持效性药剂的交替使用、不同作用机制药剂的交替使用（延缓抗药性）、不同种类飞虱的共治（早期灰飞虱和白背飞虱，后期褐飞虱和白背飞虱）、不同虫龄飞虱共治（若虫和成虫），使用药剂的次数根据秧田期虫量决定，可在 10～15 次。此外，在秧苗早期，可使用 30％毒氟磷可湿性粉剂或 5％氨基寡糖素水剂提高水稻抗病力，减少病毒感染几率。

（3）福建建议防控技术　福建是我国纬度最低的沿海山区省份，具有多种复杂病毒病共存的特点，目前发现福建省部分地区白背飞虱迁飞规律较为明确。因此，针对这些特点，可采用如下措施。

①避害栽培　根据近年白背飞虱的迁入高峰和迁入时间分析，白背飞虱迁入时间在 5 月中旬至 6 月中旬，迁入分为几个峰次，迁入时间正处于早稻孕穗期和中稻秧田期或大田分蘖期。针对这些区域，对早稻或早中稻的水稻播期可适当提早 10～15d，可避开白背飞虱在秧田期迁入稻田及产生为害。

②中稻治理　对于 4 月下旬播种的中稻，移栽时期在 5 月中下旬，正好处于白背飞虱迁入高峰时期，防控措施重点要在本田分蘖前期采用杀虫剂，可在 3 叶 1 心期使用杀虫剂、使用送嫁药，如果移栽时期遭遇持效降雨天气和白背飞虱大量迁入，可采用 10％吡虫啉可湿性粉剂或 10％烯啶虫胺水剂配制药液对秧苗进行浸苗移栽。此外，秧田期可加用 30％毒氟磷可湿性粉剂或 5％氨基寡糖素水剂进行叶面喷雾或移栽浸秧。对于 5 月上中旬播种的中稻，其移栽期在 6 月上中旬，为避开白背飞虱的大量迁入，还可采用秧田覆盖防虫网，本田分蘖前期采用杀虫剂，该时期可选用速杀性好和击倒性好的杀虫剂，每亩使用剂量如 10％烯啶虫胺水剂 40mL、48％毒死蜱乳油 100g、25％速灭威可湿性粉剂 25～50g 等。移栽后 3～7d 喷第 1 次药，每隔 10d 喷药 1 次，连续 3～4 次，使用杀虫剂时，要注意对成虫和若虫的兼治，如：25％噻嗪酮可湿性粉剂防治若虫，每亩使用剂

量为 50g，采用 48％毒死蜱乳油防治成虫，使用剂量为 80～100mL，此外，注意病毒病和稻飞虱的共治措施，本田期可采用 8％宁南霉素水剂，使用剂量为 200mL。

③ 烟后稻治理　烟后稻的播种期在 6 月上旬，移栽期在 7 月上旬，为避开白背飞虱在 6 月的迁入高峰对秧田立针期至 2 叶 1 心的为害，秧田可采用防虫网或无纺布覆盖，本田分蘖前期使用 2 次速效性杀虫剂和 1 次持效性杀虫剂，每亩使用剂量如 10％烯啶虫胺水剂 40mL、48％毒死蜱乳油 100g、25％速灭威可湿性粉剂 25～50g，25％吡蚜酮悬浮剂 15～25g 等。

④ 双季晚稻　双季晚稻播种于 6 月中下旬，移栽期在 7 月中下旬，为避开白背飞虱后期迁入高峰，秧田可采用防虫网或无纺布覆盖，本田在分蘖前期使用 2 次速效性杀虫剂和 1 次持效性杀虫剂，每亩使用剂量如 10％烯啶虫胺水剂 40mL、40％毒死蜱乳油 100g、25％速灭威可湿性粉剂 25～50g、25％吡蚜酮悬浮剂 15～25g 等。也可在秧田期采用种子浸种或拌种，秧田期采用速效性杀虫剂和持效性杀虫剂交替使用，使用次数根据虫量和迁入峰次决定。

⑤ 其他防控措施　秧田提高秧苗插本数，保证大田足够数量的秧苗；及早发现病苗，对病苗要采取直接踩入泥中等。

（4）浙江、江苏等地建议防控技术　2010 年，这些省份也有南方水稻黑条矮缩病发生的报道，结合这些区域多种水稻病毒混发现状（南方水稻黑条矮缩病、水稻黑条矮缩病和条纹叶枯病），提出如下措施。

① 秧田期　采用防虫网或无纺布集中育秧以避开稻飞虱迁入，在早稻秧田期主要避开灰飞虱迁入；针对中稻秧田期主要为避开白背飞虱。也可采用秧田期使用 10％吡虫啉可湿性粉剂浸种（2000～4000 倍），每亩采用 25％噻虫嗪水分散粒剂（1.6～3.2g）、10％烯啶虫胺水剂（40mL）、48％毒死蜱乳油（100g）、25％速灭威可湿性粉剂（25～50g）、25％吡蚜酮悬浮剂（15～25g）等药剂交替使用，或者采用复配杀虫剂，如：10％吡虫·噻嗪酮可湿性粉剂、5％吡虫·仲丁威可湿性粉剂等。此外，可采用 30％毒氟磷可湿性粉剂（使用剂量为 60～100g）或 0.5％氨基寡糖素水剂（500 倍～1000 倍），提高水稻抗病力，减少病毒感染几率。

② 大田期　在移栽后 3～5d 使用杀虫剂，使用次数视虫量和虫龄决定。此外，如遇稻飞虱大量迁入高峰，并且带毒率较高时，每亩可加用 8％宁南霉素水剂（200mL），钝化病毒，减少水稻体内病毒数量。

2. 早中晚稻分治技术

（1）早稻　早稻的积极防控对于压低白背飞虱虫量、减少白背飞虱带毒率、对于保障中晚稻和烟后稻的产量具有重要的意义。早稻的防控技术注意如下措施和要点。

① 加强早稻白背飞虱的监测和预报　包括在秧田期和大田期的白背飞虱成虫虫量、若虫虫量、带毒率的监测，并做好药药后带卵株率、百株卵率的调查；

② 白背飞虱的防控　秧田期的防控可采用如下措施：（a）采用防虫网、无纺布覆盖秧苗，进行秧苗集中育秧；（b）采用杀虫剂、抗病毒剂结合杀虫灯技术，每亩可使用 10％吡虫啉可湿性粉剂 20～40g、10％烯啶虫胺水剂 40mL、25％噻虫嗪水分散粒剂 1.6～3.2g、25％速灭威可湿性粉剂 25～50g、25％仲丁威乳油 100～200mL、48％毒死蜱乳油 100g、25％吡蚜酮悬浮剂 15～25g 等，此外，可采用佳多频振式杀虫灯和稻田养鸭技术辅助杀虫。另外，可采用 30％毒氟磷可湿性粉剂 50～100g、0.5％氨基寡糖素水剂 500～1000 倍等病毒诱导保护剂提高水稻抗病力。本田期可在移栽后 3～10d 使用速效性杀虫剂和持效性杀虫剂交替使用，杀虫剂间隔 10d 使用 1 次，连续使用 3～5 次，也可使用 8％宁南霉素水剂（200mL/亩）钝化病毒，此外，还可加用叶面肥对水 30～45kg 均匀喷雾；

③ 其他防控措施　水稻种植适当采用密植，水稻抽穗期以前，定期进行田间调查，发现染上南方水稻黑条矮缩病水稻后，应及时拔除病株，或踩入泥中，置入粪池发酵等。

（2）中晚稻和烟后稻　中晚稻种植需注意白背飞虱从早稻田获毒后传播到中晚稻，因此，应采取相关措施：①同一地区的中晚稻和烟后稻的秧田需远离早稻本田；②不同地区的中晚稻和烟后稻的播期应避开白背飞虱迁入高峰期，秧田可采用防虫网、无纺布育秧，本田前期（分蘖期）可采用加大使用杀虫剂次数杀灭白背飞虱。

第六节
防治南方水稻黑条矮缩病相关药剂

一、杀虫剂

（1）吡虫啉（imidacloprid）[1-3]

$C_9H_{10}ClN_5O_2$, 255.05

CAS 登录号　138261-41-3。

其他名称　咪蚜胺，高巧，蚜虱净，大功臣，康复多。

制剂 2.5%、10%、25%可湿性粉剂，5%乳油，12.5%可溶性液剂，20%可溶性粉剂，70%湿拌种剂。

作用特点 属于第1代烟碱受体、硝基亚甲基类内吸杀虫剂，也是新一代氯代尼古丁杀虫剂，具有广谱、高效、低毒、低残留等优点，具有触杀、胃毒和内吸多重药效，通过干扰害虫运动神经系统使化学信号传递失灵使其麻痹死亡。可用于防治刺吸式口器害虫。速效性好，药后1d即有较高的防效，残留期长达25d。药效和温度呈正相关，温度高，杀虫效果好。主要用于防治水稻、小麦、棉花等作物上的害虫，如：蚜虫、稻飞虱、叶蝉、蓟马、白粉虱及马铃薯甲虫和麦秆蝇等。针对稻飞虱，由于近些年来，大剂量不合理使用吡虫啉，目前灰飞虱也对其产生严重抗性，但对于白背飞虱，目前抗性程度正在监测中。通过白背飞虱经吡虫啉处理后蜜露分泌量和体重与空白对照的差异体现出吡虫啉可以抑制白背飞虱的取食。

使用技术 针对白背飞虱，吡虫啉的速效性远好于扑虱灵，持效期更长。稻种催芽露白后用10%可湿性粉剂按1:300的比例拌种后播种或一般年份每亩用10%可湿性粉剂15～20g，以每亩50kg对水量，采用背负式喷雾器喷雾施药，大发生年份可提高到30～35g，可用常规喷雾、粗水喷雾或撒毒土等方法，对白背飞虱总防效：药后24h为64.9%～70.8%，药后3d防效为84%～90%，7～25d防效最好，持效期达1个半月。吡虫啉对初孵若虫有很强的杀伤力。目前推荐使用高含量的吡虫啉防治白背飞虱。

注意事项 本品不可与碱性农药或物质混用。使用过程中不可污染养蜂、养蚕场所及相关水源。适期用药，收获前一周禁止用药。如不慎食用，立即催吐并及时送医院治疗。不能用于防治线虫和螨。褐飞虱防治中继续停止使用吡虫啉，不推荐啶虫脒。

（2）噻虫嗪（thiamethoxam）[4-5]

$C_8H_{10}ClN_5O_3S$，291.02

CAS 登录号：153719-23-4。

其他名称 阿克泰，快胜。

制剂 21%悬浮剂，25%可湿性粉剂，25%湿拌种剂，25%水分散粒剂，70%种子处理可分散粉剂。

作用特点 属烟碱受体抑制剂，干扰昆虫体内神经的传导作用，其作用方式为模仿乙酰胆碱，刺激受体蛋白，使昆虫一直处于高度兴奋中，直到死亡。具有良好的胃毒和触杀作用，具有强的内吸传导性，植物叶片吸收后迅速传输到植物体的各个部位。具有高效、持效期长的优点，持效期可达 1 个月左右。可有效防治鳞翅目、鞘翅目、缨翅目害虫，尤其是对同翅目害虫有较高活性，可有效防治各种蚜虫、叶蝉、飞虱类、粉虱、金龟子幼虫、马铃薯甲虫、跳甲、线虫、地面甲虫、潜叶蛾等害虫及对多种类型化学农药产生抗性的害虫。

使用技术　当白背飞虱发生量为中等发生时，25％可湿性粉剂防治白背飞虱亩用药 10g；当白背飞虱发生量超过中等发生时，亩用药 20g，施药时期以当地主害代的若虫孵化高峰为适期，采用喷雾法，做到田里有水打药，亩喷施药液 35～50kg，不漏治，高肥和高密度田块需要重治。

注意事项　本品对蜜蜂和家蚕高毒，蜜源植物花期和桑园、蚕室附近禁用。勿将制剂和废液弃于池塘、河溪和湖泊等，以免污染水源。远离水产养殖区、荷塘等水域施药，禁止在荷塘等水域中清洗施药器具。赤眼蜂放飞区禁止使用。

（3）噻虫胺（clothianidin）[6-7]

$C_9H_{10}ClN_5O_2$, 255.05

CAS 登录号　210880-92-5。

其他名称　可尼丁。

制剂　50％水分散粒剂。

作用特点　属烟碱受体抑制剂，具有杀虫谱广，具有触杀、胃毒和内吸性等特点。适用于叶面喷雾、土壤处理作用。经室内对白粉虱的毒力测定和对番茄烟粉虱的田间药效试验表明，具有较高活性和较好防治效果，表现出较好的速效性，持效期 7d。同时，具有良好的内吸性。主要用于防治水稻、果树、棉花、茶叶、草皮和观赏植物等作物上的半翅目、同翅目、鞘翅目和某些鳞翅目等害虫。既可以用于茎叶处理，也可用于土壤、种子处理。

使用技术　针对水稻稻飞虱，采用 50％水分散粒剂，使用剂量为 45～60g（a. i.）/ha，喷雾防治。

注意事项　蜜源作物花期禁用，施药期间密切关注对附近蜂群的影响。禁止在河塘等水域中清洗施药器具。蚕室及桑园附近禁用。每季最多使用 3 次，安全间隔期为 7d。

（4）呋虫胺（dinotefuran）[8,9]

$C_7H_{14}N_4O_3$, 202.11

CAS 登录号　165252-70-0。

制剂　1％、2％颗粒剂，20％水溶性粒剂。

作用特点　属烟碱受体抑制剂，残效长、杀虫谱广，故适用范围广泛。有很强的内吸渗透作用，并在很低的剂量即显示很高的杀虫活性。呋虫胺杀虫谱极为广泛，它可防治各种半翅目、鳞翅目、同翅目、甲虫目、双翅目、直翅目、膜翅目等各种害虫。其中在水稻上，对褐飞虱、白背飞虱、灰飞虱、黑尾叶蝉、稻蛛橡蟓象、星蟓象、稻绿蟓象、红须盲蝽、稻负混虫、稻筒水螟有很高的杀虫效果，对二化螟和稻蝗类也有一定的效果。在蔬菜和水果上，对蚜虫类、粉虱类、蚧类、矢尖盾蚧、朱绿蟓、桃小食心虫、橘潜蛾、茶细蛾、黄条跳甲、豆潜蝇有很高的杀虫效果，对角蜡蚧、小菜蛾、二黑条叶甲、茶黄蓟马、烟蓟马、黄蓟马、柑橘黄蓟马、大豆荚瘿蚊、番茄潜叶蝇也有一定的杀虫效果。

使用技术　针对水稻稻飞虱，可采用 2％育苗箱用颗粒剂、1％颗粒剂、0.5％防止漂移粉剂，在水稻本田使用时，可用防止漂移粉剂和颗粒剂以 10～20g(a.i.)/ha 撒施，能有效地防治飞虱；同时，还能兼治黑尾叶蝉、稻负泥虫等害虫。在育苗箱使用后，可在移栽后有效防治飞虱类、黑尾叶蝉、稻负混虫及稻筒水螟。药剂对靶标害虫残效期长，45d 后仍能有效控制虫口密度。

注意事项　勿将制剂和废液弃于池塘、河溪和湖泊等，以免污染水源。远离水产养殖区、荷塘等水域施药，禁止在荷塘等水域中清洗施药器具。

（5）啶虫脒（acetamiprid）[10-12]

$$C_{10}H_{11}ClN_4, 222.07$$

CAS 登录号　135410-20-7。

其他名称　比虫清，乙虫脒，力杀死，蚜克净，乐百农，赛特生，农家盼。

制剂　3％乳油，3％微乳剂，3％可湿性粉剂，3％、5％微乳油，20％可溶性粉剂，20％、50％、70％水分散粒剂。

作用特点　属烟碱受体抑制剂，该产品内吸性强、用量少、速效好、活性高、持效期长、杀虫谱广，与常规农药无交互抗性等特点。主要用于防治蔬菜（甘蓝、白菜、萝卜、黄瓜、西瓜、茄子、辣椒等）、果树（苹果、柑橘、梨、桃、葡萄等）、茶、马铃薯、烟草等上的同翅目害虫如：稻飞虱、蚜虫、叶蝉、粉虱和蚧等，鳞翅目害虫如：菜蛾、潜蝇、小食心虫等，鞘翅目害虫如天牛等，蓟马目如蓟马等。对甲虫目害虫也有明显的防效，并具有优良的杀卵、杀幼虫活性。既可用于茎叶处理，也可进行土壤处理。

使用技术　针对稻灰飞虱和白背飞虱，采用 3％啶虫脒乳油，使用剂量为 60～80mg/L 的浓度下，对水 40～50kg 喷雾。褐飞虱防治中不推荐啶虫脒。

注意事项 本品为低毒杀虫剂，但对人、畜有一定的毒性，应加以注意。使用本品时，应避免直接接触药液，配戴相应的防护用品。残液严禁倒入河中，切勿误服，万一误服，请立即催吐并送医院对症治疗。本产品质量保质期两年。

（6）噻虫啉（thiacloprid）[10,13]

$C_{10}H_9ClN_4S$, 252.02

CAS 登录号 111988-49-9。

制剂 1%微胶囊粉剂，2%微胶囊悬浮剂，48%悬浮剂，36%水分散粒剂。

作用特点 属烟碱受体抑制剂，具有广谱、内吸性、用量少、速效好、活性高、持效期长等特点，对刺吸口器害虫有优异的防效。具有较强的内吸、触杀和胃毒作用。主要用于水稻、蔬菜、果树及其他作物上的半翅目、鞘翅目、双翅目和某些鳞翅目的害虫。对各种甲虫、马铃薯甲虫、稻象甲和鳞翅目害虫如苹果树上的潜叶蛾和苹果蠹蛾也有效。既可用于茎叶处理，也可以进行种子处理。

使用技术 针对稻飞虱，采用2%噻虫啉微胶囊悬浮剂等剂型，使用剂量为20~60g(a.i.)/ha。

注意事项 本品不可与呈碱性的农药等物质混合使用。建议与其他作用机制不同的杀虫剂轮换使用，以延缓抗药性的产生。本品对蜜蜂、鱼类和家蚕等生物有毒，施药期间应避免对周围蜂群的影响，蜜源作物花期、蚕室和桑园附近禁止使用。远离水产养殖区、荷塘等水域施药，禁止在荷塘等水域中清洗施药器具。

（7）烯啶虫胺（nitenpyram）[14,15]

$C_{11}H_{15}ClN_4O_2$, 270.09

CAS 登录号 120738-89-8。

其他名称 强星。

制剂 10%悬浮剂，10%可溶粒剂，10%水剂。

作用特点 属烟碱受体抑制剂，具有卓越的内吸性、渗透作用、杀虫谱广、安全无药害。对于刺吸式口器害虫具有很好的防治效果，烯啶虫胺对处于爆发阶段的稻飞虱有很强的杀灭作用，是当前防治稻飞虱的一种超高效杀虫剂。稻飞虱爆发期亩用10%水剂40mL对水50kg均匀喷雾，防效可达90%以上，效果显著优于30%啶虫脒、70%吡虫啉等同类药品。用药后10min即见效，速效性非常明显，持效期可达14d。可防治白粉虱、蚜虫、梨木虱、叶蝉、蓟马的防治刺吸式口器害虫。

使用技术 针对白背飞虱等，采用 10％水悬浮剂等，使用剂量为 4～6g (a.i.)/ha，在白背飞虱低龄若虫高峰期施药，对水喷雾防治。每公顷施药液 900kg，对准稻株中下部进行粗水喷射，使药液充分接触稻丛基部。施药后田间 7d 内保持 2～3cm 浅水层。稻飞虱大发生年份，残存虫量超过防治指标时，应再施 1 次药，以控制白背飞虱的危害。

注意事项 安全间隔期为 7～14d，每个作物周期最多使用次数为 4 次。本品对蜜蜂、鱼类、水生物、家蚕有毒，用药时远离。本品不可与碱性物质混用。为延缓抗性，要与其他不同作用机制的药剂交替使用。

（8）氯噻啉（imidaclothiz）[16]

$C_7H_8ClN_5O_2S$, 261.69

CAS 登录号 105843-36-5。

制剂 10％可湿性粉剂，40％水分散粒剂。

作用特点 强内吸性杀虫剂，氯噻啉活性是一般新烟碱类杀虫剂（如：啶虫咪、吡虫啉）活性的 20 倍。不受温度高低限制，氯噻啉不受温度高低限制，克服了啶虫咪、吡虫啉等产品在温度较低时防效差的缺点。交互抗性低：因为氯噻啉为新型单剂农药品种，目前在国内没有大范围使用，害虫对其没有抗药性。低毒、广谱特征，氯噻啉毒性低，杀虫谱广，可用在多种作物上除防治水稻叶蝉、飞虱、蓟马外，还对鞘翅目、双翅目和鳞翅目害虫也有效，尤其对水稻二化螟、三化螟毒力很高。

使用技术 针对稻飞虱，采用 10％氯噻啉可湿性粉剂，每亩使用剂量为 10～20g，对水喷雾，可兼治螟虫。稻飞虱大发生年份，残存虫量超过防治指标时，应再施 1 次药，以控制白背飞虱的危害。

注意事项 使用该药时注意防止对蜜蜂、家蚕的危害，在桑田附近及作物开花期不宜使用。该药速效和持效性均较好，一般于低龄若虫高峰期施药，持效期在 7d 以上。

（9）哌虫啶[17]

$C_{16}H_{21}ClN_4O_3$, 352.82

制剂 10％悬浮剂。

82

作用特点　新型高效、低毒、广谱的新烟碱类杀虫剂,主要用于防治同翅目害虫,对稻飞虱具有良好的防治效果,可广泛用于果树、小麦、大豆、蔬菜、水稻和玉米等多种作物害虫的防治。

使用技术　针对稻飞虱,采用10%哌虫啶悬浮剂,每亩使用剂量为25～35mL,对水40～50kg喷雾;稻飞虱大发生年份,残存虫量超过防治指标时,应再施1次药,以控制白背飞虱的危害。

注意事项　本品应贮存于阴凉、干燥、通风处,避光保存。

(10) 异丙威 (isoprocarb)[1]

$C_{11}H_{15}NO_2$, 193.11

CAS 登录号　2631-40-5。

其他名称　灭扑散,叶蝉散,异灭威。

制剂　2%、4%粉剂,20%、40%乳油。

作用特点　具有较强的触杀作用,击倒力强,药效迅速,但残效期较短,对稻飞虱、叶蝉等害虫有特效。对多种作物安全,可与多种农药和物质混用。对稻飞虱、叶蝉科害虫具有特效,可用于这些害虫的防治。

使用技术　一般每亩用量为30～60g有效成分,喷雾含量为0.025%～0.05%有效成分。用25%可湿性粉剂500～1000倍液或每亩4%粉剂450～900g防治白背飞虱。

注意事项　施用本品前后10d不可使用敌稗。如药液溅入眼中,用大量清水冲洗。如吸入中毒,应将中毒者移到通风处躺下休息。如误服中毒,要给中毒者喝温食盐水催吐。中毒严重者,可服用或注射阿托品,严禁使用吗啡或解磷定。

(11) 仲丁威 (fenobucarb)[1]

$C_{12}H_{17}NO_2$, 207.13

CAS 登录号　3766-81-2。

其他名称　巴沙,扑杀威,丁苯威,巴杀,叔丁威,捕杀威。

制剂　20%、25%、50%乳油,20%微乳剂。

作用特点　仲丁威具有强烈的触杀作用,并具有一定胃毒、熏蒸和杀卵作用,作用快,但残效期短,只能维持4～5d。对飞虱、叶蝉有特效,对蚊、蝇幼虫也有一定防效。

使用技术 用 50%乳油 1000～2000 倍液喷雾，为了兼治水稻三化螟、稻纵卷叶螟，可采用 25%乳油，亩用剂量为 25%乳油 200～250mL，对水 100～150kg，喷雾；

注意事项 不能与碱性农药混用。在稻田施药的前后 10d，避免使用敌稗，以免发生药害。中毒后解毒药为阿托品，严禁使用解磷定和吗啡。

（12）速灭威（metolcarb）[1]

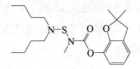

C9H11NO2, 165.08

CAS 登录号 1129-41-5。

制剂 2%、25%、70%可湿性粉剂，20%乳油。

作用特点 是具有触杀作用的内吸杀虫剂，主要抑制乙酰胆碱酯酶活性，速灭威具有触杀和熏蒸作用，击倒力强，持效期较短，为具有触杀作用的内吸性杀虫剂。对稻飞虱、稻叶蝉、稻蓟马有特效，对稻田蚂蟥有良好杀伤作用。

使用技术 在白背飞虱若虫盛发期，采用 20%乳油，每亩使用剂量为 125～250mL，或采用 25%可湿性粉剂，使用剂量为 125～200g，对水 300～400kg 泼浇，或对水 100～150kg 喷雾，或采用 3%速灭威粉剂，使用剂量为 2.5～3kg，直接喷粉。

注意事项 不能与碱性农药混用。某些水稻品种如农工-73，农虎 3 号对速灭威敏感，使用时应小心。下雨前不宜施药，食用作物在收获前 10d 停止使用。解毒药为阿托品。对于蜜蜂的杀伤力大，不宜在花期使用。

（13）丁硫克百威（carbosulfan)[1]

C20H32N2O3S, 380.21

CAS 登录号 55285-14-8。

其他名称 好年冬，丁硫威，丁呋丹，克百丁威。

制剂 5%丁颗粒剂，5%、20%乳油，10%微乳剂，47%种子处理乳剂。

作用特点 在昆虫体内代谢为有毒的呋喃丹，起到杀虫作用，其杀虫机制是干扰昆虫神经系统，抑制胆碱酯酶，使昆虫的肌肉及腺体持续兴奋，而导致昆虫死亡。该药具有内吸性，使昆虫具有触杀和胃毒作用，持效期长，杀虫谱广，可用于防治柑橘、水稻、蔬菜上多种害虫。本品还是一种植物生长调节剂，具有促进作物生长，提前成熟，促进幼芽生长等作用。可用于防治甘蓝、柑橘、苹果、棉花等作物的蚜虫，柑橘潜叶蛾、锈壁虱、节瓜蓟马、水稻飞虱和三化螟等害虫。

使用技术　防治白背飞虱，于低龄若虫盛发期用药，采用20%乳油，使用剂量为200～250g/亩，对水50～60kg均匀喷雾。为兼治稻水象甲，亩用5%颗粒剂，使用剂量为2000～3000g/亩，于成虫盛末期撒施。

注意事项　在稻田使用时，避免同时使用敌稗和灭草灵，以防产生药害。丁硫克百威对水稻三化螟和稻纵卷叶螟防治效果不理想。在蔬菜上安全间隔期为25d，在收获期前25d严禁使用。

（14）亚胺硫磷（phosmet）[1]

$C_{11}H_{12}NO_4PS_2$, 317.32

CAS登录号　732-11-6。

其他名称　酞胺硫磷。

制剂　25%乳油。

作用特点　适用于防治水稻、棉花、果树、蔬菜等多种作物害虫，并兼治叶螨。

使用技术　针对白背飞虱，采用25%亚胺硫磷乳油，每亩使用剂量为150mL，对水50～75kg，喷雾防治。

注意事项　对蜜蜂有毒，喷药后不能放蜂。不能与碱性农药混用。中毒后解毒药剂可选用阿托品、解磷定等。

（15）马拉硫磷（malathion）[18]

$C_{10}H_{19}O_6PS_2$, 330.04

CAS登录号　121-75-5。

其他名称　马拉松，防虫磷，粮泰安，四零四九，马拉赛昂。

制剂　45%、70%乳油，25%油剂。

作用特点　是一种高效、低毒、广谱的非内吸的有机磷杀虫剂，有良好的触杀和一定的熏蒸作用，进入虫体后首先被氧化成毒力更强的马拉氧磷，从而发挥强大的毒杀作用，而当进入温血动物体时，则被在昆虫体内所没有的羧酸酯酶水解，因而失去毒性。马拉硫磷毒性低，残效期短，对刺吸式口器和咀嚼式口器的害虫有效，适用于防治烟草，茶和桑树等的害虫，也可用于防治仓库害虫。

使用技术 防治白背飞虱，用45％乳油1000倍液喷雾，每亩喷液量75～100kg。

注意事项 本品易燃，在运输、贮存过程中注意防火，远离火源。中毒症状为头痛、头晕、恶心、无力、多汗、呕吐、流涎、视力模糊、瞳孔缩小、痉挛、昏迷、肌纤颤、肺水肿等。误中毒时应立即送医院诊治，给病人皮下注射1～2mg阿托品，并立即催吐。上呼吸道刺激可饮少量牛奶及苏打。眼睛受到沾染时用温水冲洗。皮肤发炎时可用20％苏打水湿绷带包扎。

(16) 嘧啶磷（pirimiphos-ethyl）[18]

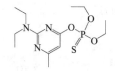

$C_{13}H_{24}N_3O_3PS$, 333.39

CAS登录号 23505-41-1。

其他名称 派灭赛，乙基虫螨磷。

制剂 25％乳油。

作用特点 广谱性杀虫剂，对鳞翅目、同翅目等多种害虫均有较好的防治效果，也可拌种防治多种作物的地下害虫，是防治稻飞虱、稻叶蝉的特效药。

使用技术 针对稻飞虱，采用25％乳油，使用剂量为1200～1500g/ha，喷雾；

注意事项 不可与碱性农药和物质混用。

(17) 毒死蜱（chlorpyrifos）[18]

$C_9H_{11}Cl_3NO_3PS$, 348.93

CAS登录号 2921-88-2。

其他名称 乐斯本，氯蜱硫磷。

制剂 5％颗粒剂，30％、40％水乳剂，15％、20％、40％乳油，480g/L微乳剂，25％可湿性粉剂。

作用特点 胆碱酯酶抑制剂，在叶片上的残留期不长，但在土壤中的残留期则较长，对地下害虫的防效好，对烟草敏感。适用于水稻、小麦、棉花、果树、蔬菜、茶树上多种咀嚼式和刺吸式口器害虫，也可用于防治卫生害虫。

使用技术 针对水稻稻飞虱、二化螟和稻纵卷叶螟，采用30％毒死蜱水乳剂，使用剂量在450～540g/ha，对水喷雾防治。防治灰飞虱、白背飞虱，在若虫盛发期，用40％乳油12～18mL/100m²，对水7.5kg均匀喷雾。

注意事项　为保护蜜蜂，应避开作物开花期使用，不能与碱性农药混用。在棉花上最多用药量每亩每次 125mL，在叶菜上最高用药量每亩每次 75mL。

（18）醚菊酯（etofenprox）[18]

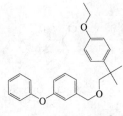

C₂₅H₂₈O₃, 376.49

CAS 登录号　80844-07-1。

其他名称　利来多，多来宝。

制剂　10%悬浮剂，20%乳油，4%油剂。

作用特点　杀虫谱广、杀虫活性高、击倒速度快、持效期较长，对稻田蜘蛛等天敌的杀伤力较小，对作物安全。对害虫无内吸传导作用，对螨虫防治无效。适用于防治水稻、蔬菜、棉花上，对鳞翅目、半翅目、直翅目、鞘翅目、双翅目和等翅目等多种害虫有高效。尤其对水稻稻飞虱的防治效果显著。

使用技术　针对灰飞虱，采用 10%醚菊酯悬浮剂，每亩使用剂量为 30～40mL，喷雾防治。

防治水稻稻飞虱每亩 6～8g 有效成分的 20%乳油对水喷雾。

注意事项　使用时避免污染鱼塘、蜂场。使用时若不慎中毒，应立即就医。药液无内吸作用，要求喷施时均匀。不可与碱性农药混用。

（19）噻嗪酮（buprofezin）[1]

C₁₆H₂₃N₃OS, 305.44

CAS 登录号　69327-76-0。

其他名称　优乐得，扑虱灵，稻虱灵，稻虱净。

制剂　25%可湿性粉剂。

作用特点　通过抑制昆虫几丁质合成和干扰新陈代谢，致使若虫蜕皮畸形或翅畸形而缓慢死亡。具有很强的触杀作用，也具有胃毒作用。一般施药后 3～7d 才显示药效。对成虫不具杀伤力，仅可减少产卵量和不育卵。对同翅目飞虱、叶蝉、粉虱和蚧壳类害虫也有良好的防治效果。药效期长达 30d。

使用技术　针对水稻稻飞虱，在低龄若虫始盛期，每亩采用 50～60g，对水 50kg，喷雾。建议稻飞虱低龄若虫期联合使用噻嗪酮和吡蚜酮（单季稻以种群快速增长前的 8 月下旬前后为宜）进行防治。

注意事项 药液不应直接接触白菜、萝卜，否则将出现褐斑及绿化白化等药害。使用时先对水均匀喷雾，不可用毒土法。

（20）哒幼酮（NC-170）[18]

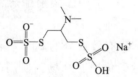

C16H12Cl3N4O2, 398.65

CAS 登录号 107360-34-9。

作用特点 选择性抑制飞虱、叶蝉的变态，低于 1mg（a.i.）/L 剂量下抑制昆虫发育，使昆虫不能完成由若虫至成虫的变态和影响中间蜕皮。能抑制胚胎发生，抑制昆虫的发育、变态，尤其对叶蝉和飞虱具有高选择性。用于防治水稻主要害虫黑尾叶蝉和褐飞虱，有效成分 50mg/L 其活性可维持 40d。

使用技术 针对水稻稻飞虱，以 50mg（a.i.）/L 水溶液喷雾，抑制叶蝉和稻飞虱变态，持效期可达 40d 以上。

注意事项 在若虫低虫龄时期施药的效果较好。

（21）杀虫单（monosultap）[18]

C5H14NNaO7S4, 351.39

CAS 登录号 52207-48-4。

其他名称 杀螟克。

制剂 50%、90%可湿性粉剂。

作用特点 是一种人工合成的沙蚕毒素的类似物，进入昆虫体内迅速转化成沙蚕毒素或二氢沙蚕毒素。该药为乙酰胆碱竞争性抑制剂，对鳞翅目、同翅目害虫具有杀灭效果。主要应用于水稻、甘蔗等作物害虫。

使用技术 针对稻飞虱虫卵孵化高峰期或若虫盛期，采用 50%可湿性粉剂，使用剂量为 800~1000g/ha，或者采用 90%可湿性粉剂，每亩使用剂量为 50~60g，对水均匀喷雾，持效期 7~10d。

注意事项 对家蚕有毒，使用时需注意。不能与强酸、强碱物质混用。

（22）多噻烷（polythialan）[18]

C5H11NS5, 245.47

CAS 登录号 114067-78-6。

其他名称 杀螟克。

制剂 30%乳油。

作用特点 多噻烷属沙蚕毒系硫杂环烷类杀虫剂，是高效、安全的广谱杀虫剂，主要用于水稻、棉花、蔬菜、果树、茶叶、麻类等作物防治多种害虫，其中以防治棉铃虫、棉红蜘蛛、柑橘红蜘蛛、蔬菜螨类效果尤佳。

使用技术 针对水稻飞虱，采用30%多噻烷乳油，使用剂量为100～300倍，喷雾；

注意事项 若意外发生中毒，可用二巯基丙磺酸钠（DMPS）或二巯基丁二酸钠（DMS）解毒。安全间隔期14d。

（23）苦参碱（matrine）[19]

$C_{15}H_{24}N_2O$, 248.36

CAS 登录号 519-02-8。

制剂 0.3%水剂。

作用特点 天然植物性农药，害虫一旦接触药剂，即麻痹神经中枢，继而使虫体蛋白凝固，堵死虫体气孔，使虫体窒息死亡。对蔬菜刺吸式口器昆虫蚜虫、鳞翅目昆虫菜青虫、茶毛虫、小菜蛾，同翅目稻飞虱以及茶小绿叶蝉、白粉虱等都具有理想的防效。另外对蔬菜霜霉、疫病、炭疽病也有很好的防效。

使用技术 针对稻飞虱若虫，采用0.3%苦参碱水剂，每亩使用剂量为80mL，喷雾。

（24）氧化苦参碱[20]

$C_{15}H_{24}N_2O_2$, 264.36

CAS 登录号 16837-52-8。

其他名称 喷可杀，苦参素。

制剂 0.6%水剂。

作用特点 以触杀作用为主，同时兼有胃毒和趋避作用。具有高效、低毒和持效期长等优点，在施药后两周内具有良好的防治效果。同时还有杀菌活性，对多种病原菌具有活性。

杀虫范围广，胃毒、触杀及驱避等多种作用方式协同作用。对小菜蛾、菜青虫、蚜虫、飞虱螨类均有防效。

使用技术 针对稻飞虱若虫和虫卵孵化高峰期，采用 0.6％氧化苦参碱水剂，使用剂量为 80mL/亩，喷雾。

注意事项 贮存在避光、阴凉、通风处。勿与碱性农药或物质混用。

(25) 印楝素（azadirachtin）[21]

C₃₅H₄₄O₁₆, 720.71

CAS 登录号 11141-17-6。

其他名称 卵楝素，印木柬素，印苦楝子素。

制剂 0.3％、0.5％乳油。

作用特点 直接或间接通过破坏昆虫口器的化学感应器官产生拒食作用；通过对中肠消化酶的作用使得食物的营养转换不足，影响昆虫的生命力。高剂量的印楝素可以直接杀死昆虫，低剂量则致使出现永久性幼虫，或畸形的蛹、成虫等。通过抑制脑神经分泌细胞对促前胸腺激素的合成与释放，影响前胸腺对蜕皮甾类的合成和释放，以及咽侧体对保幼激素的合成和释放。一是具有持效性、不易产生抗药性：药效持续时间长于化学杀虫剂，对害虫不易产生抗性，特别适用于防治对化学杀虫剂已产生抗性的害虫。二是具有广谱性：不仅能杀灭地面以上的害虫，还能抑制线虫、地老虎等地下害虫，能防治小菜蛾、菜青虫、斜纹夜蛾、红蜘蛛、斑潜蝇等多种蔬菜上常见的害虫。三是具有营养性。农药本身的分解产物可作为肥料增加土壤有效成分。四是具有安全性。

使用技术 针对水稻稻飞虱，在低龄若虫，采用 0.5％的印楝素乳油，每亩使用剂量为 90～120mL，喷雾。

注意事项 在幼虫发生前使用，持效期长。不宜与碱性农药混用。药剂发挥作用速度慢，要掌握施药时期。清晨或傍晚施药效果较好。施药间隔期为 10d。

(26) 烟碱（Nicotine）[22]

C₁₀H₁₄N₂, 162.23

CAS 登录号 54-11-5。

其他名称 蚜克，尼古丁，克虫灵，绿色剑。

制剂 10％乳油，10％高渗水剂，30％增效乳油，2％水乳剂。

作用特点　烟碱是传统的三大杀虫剂之一，源于茄科烟草属植物。通过麻痹神经而发挥毒杀作用。烟碱易挥发，故残效短，其的盐类（硫酸烟碱）则较稳定，残效较长。

使用技术　针对水稻稻飞虱，采用 10％烟碱乳油，每亩使用剂量为 60～80g，对水 50kg，喷雾。

注意事项　烟碱对人属高毒，施药过程中注意安全防护。烟碱对蜜蜂有毒，使用时需远离养蜂场所。在稀释药液过程中，加入少量的肥皂液，可提高药效。烟碱易挥发，必须密闭存放。

（27）油酸烟碱（nicotine oleate）[23]

$$\cdot \ CH_3(CH_2)_7CH=CH(CH_2)_7COO^-$$

$$C_{28}H_{61}N_2O_2, 457.80$$

其他名称　毙蚜丁。

制剂　27.5％乳剂。

作用特点　油酸烟碱是以废次烟叶中提取的 40％硫酸烟碱为原料，经中和、合成、配制而成的杀虫剂。本品对昆虫、螨类有胃毒、触杀及熏蒸作用，对害虫的毒杀机理是非曲直麻痹神经，抑制昆虫体内的乙酰胆碱酯酶，烟碱的蒸气可自虫体任何部位侵入而发挥毒杀作用。

使用技术　针对飞虱，一般在 3 龄虫期以下，采用 27.5％油酸烟碱乳剂，使用剂量为 500～1000 倍喷雾。

注意事项　使用时勿与强酸性农药或物质混用。安全使用期为收获期前 7d。应避光、阴凉、干燥处贮存。

（28）十八烷基三甲基氯化铵（octadecyl trimethyl ammonium chioride）[24]

$$C_{21}H_{46}ClN, 348.05$$

CAS 登录号　112-03-8。

制剂　2％可溶性粉剂。

作用特点　具有广泛的杀虫活性，广泛应用于水稻、蔬菜、茶叶、果树等害虫的防治，对稻飞虱、菜青虫、潜叶蛾、柑橘红蜘蛛、蚧壳虫等害虫有明显的效果。

使用技术　针对飞虱，在虫卵孵化高峰期，特别是在 1～2 龄若虫期，用 2％可溶性粉剂 30～40 倍液喷雾。

注意事项　在低龄虫期应用效果较好。

（29）吡蚜酮（pymetrozine）[25]

$$C_{10}H_{11}N_5O, 217.10$$

CAS 登录号 123312-89-0。

其他名称 飞电，吡嗪酮。

制剂 25％悬浮剂，25％可湿性粉剂，50％、80％水分散粒剂。

作用特点 直接破坏害虫刺吸式口器，影响害虫取食，最终饥饿而死。同时，发现其因能破坏害虫口器，还具有阻碍害虫传毒的功能。因此，吡蚜酮还应用于防治水稻病毒病等多种植物病毒病。本品选择性强极强，对某些重要天敌或益虫，如棉铃虫的天敌七星瓢虫，普通草蛉，叶蝉及飞虱科的天敌蜘蛛等益虫几乎无害。优良的内吸活性，叶面试验表明，其内吸活性（LC_{50}）是抗蚜威的 2～3 倍，是氯氰菊酯的 140 倍以上。可以防治抗有机磷和氨基甲酸酯类杀虫剂的桃蚜等抗性品系害虫。可有效防治蚜虫科、飞虱科、粉虱科、叶蝉科等多种害虫。如：甘蓝蚜、棉蚜、麦蚜、桃蚜、小绿斑叶蝉、稻飞虱、甘薯粉虱及温室粉虱等。

使用技术 防治水稻飞虱，采用 25％可湿性粉剂亩用药量为 15～20g，对水50kg，进行叶面喷雾防治。

注意事项 喷雾时要均匀周到，尤其对目标害虫的危害部位。不能与碱性农药混合使用。

二、抗病毒剂

（1）宁南霉素（ningnanmycin）[26,27]

$$C_{16}H_{25}N_7O_8, 443.42$$

CAS 登录号 156410-09-2。

其他名称 菌克毒克，翠美。

制剂 2％、8％水剂，10％可溶性粉剂。

作用特点 药剂与提纯病毒体外作用后经电镜试验发现病毒颗粒不完整，显示宁南霉素直接作用病毒外壳蛋白的作用，破坏病毒完整结构，致使病毒核酸遭到核酸酶的降解，病毒失去复制和增殖的活性。

使用技术 对水稻病毒病，发病初期选用 8％水剂 50～80g/ha 喷雾防治或

2%水剂对水 300～400 倍叶面喷施（病重可加量喷施）。秧田期：于发病初期或插田前 3～5d 施药一次。苗期：于插田（或抛秧）后 10～15d 或发病初期施药一次。制种田应根据气候和病情补治。穗期：于破口期施药一次，齐穗期若遇上阴雨天气应补治一次。

注意事项 不能与碱性物质混用。在秧苗早期、病毒侵入植株之前或发生初期进行喷雾防治。

（2）嘧肽霉素（cytosinpeptidemycin）[28]

$$C_{19}H_{27}N_7O_{10}, 513$$

其他名称 博联生物菌素，苦糖素。

制剂 4%水剂。

作用特点 可直接破坏烟草花叶病毒等植物病毒的外壳蛋白，从而使病毒核酸遭到核酸酶的降解，病毒失去复制和增殖的活性。此外，还可诱导植物产生病程相关蛋白，使植物产生抗病毒的抗性。

使用技术 均匀稀释 500～700 倍，于苗期和发病初期叶面喷雾，每 7～10d 喷一次，连续喷 2～3 次。

注意事项 不能与碱性物质混用。

（3）氨基寡糖素（oligochitosan）[29]

$$(n=0～8)$$
$$(C_6H_{11}O_4N)_n$$

CAS 登录号 9012-76-4。

其他名称 壳寡糖，施特灵，好普，净土灵。

制剂 0.5%、2%水剂。

作用特点 诱导植物产生系统性获得性抗性，产生植保素、病程相关蛋白等抗性物质，发挥抗病毒活性。

使用技术 防治水稻病毒病，自幼苗期开始每 10d 喷洒 1 次 1000 倍天达裕丰和其他有关防病药剂，连续喷洒 2～3 次，可防治以上病害发生。

注意事项 不能与碱性农药和肥料混用。为防止和延缓抗药性，应与其他有关防病药剂交替使用，每一生长季中最多使用 3 次。用该药与有关抗病毒剂混用，可显著增加药效。

（4）香菇多糖（fungous proteoglycan）[30]

$$(C_6H_{10}O_5)_{2n}(NH_2RCOOH)$$

CAS 登录号 37339-90-5。

其他名称 菇类蛋白多糖。

制剂 0.5%、1%水剂。

作用特点 诱导植物寄主产生系统性获得性抗性，提高植物寄主的抗病能力，能抵御病毒等病原的入侵。同时，由于植物寄主抗性水平升高，遭受病原入侵所导致的病害的几率减少，因此，植物寄主表现出生长机能提高，表现出产量增加。

使用技术 针对水稻条纹叶枯病、水稻黑条矮缩病等水稻病毒病，采用 0.5%香菇多糖水剂，使用剂量为 3.7～5.6g/ha，叶面喷雾。

注意事项 早期使用，特别是是在作物秧苗期或发病初期。使用时需现配现用。有沉淀物为正常现象，使用时摇匀即可。勿与酸性物质、碱性物质混用。

（5）毒氟磷（dufulin）[31]

$$C_{19}H_{22}FN_3O_3PS, 408.43$$

CAS 登录号 882182-49-2。

其他名称 病毒星。

制剂 30%可湿性粉剂。

作用特点 田间药效试验表明，30%毒氟磷可湿性粉剂对烟草病毒病的田间防治效果在 55%～80%，优于市售药剂病毒 A、植病灵，与宁南霉素的防治效果相当；30%毒氟磷可湿性粉剂对黄瓜病毒病的田间防治效果在 45%～70%，优于市售药剂病毒 A；30%毒氟磷可湿性粉剂对水稻病毒病的田间防治效果在 30%～70%，优于市售药剂病毒 A、宁南霉素；由于 30%毒氟磷可湿性粉剂可提高水稻、蔬菜、烟草的抗病能力，发现施用该药剂后的水稻、蔬菜、烟草发生其他病害的几率减少，进而提高水稻、蔬菜、烟草品质，具有一定的增产效果。

使用技术　苗期 30%毒氟磷可湿性粉剂稀释 1000 倍使用 1～2 次，生长期：移栽后用 30%毒氟磷可湿性粉剂稀释 1000 倍喷药 1～2 次。在飞虱、叶蝉始发盛期，可与吡虫啉、噻嗪酮、烯啶虫胺等防治飞虱制剂共同使用，控制病毒病传染源，病毒病发生较重地区，可适当提高毒氟磷用量，30%毒氟磷可湿性粉剂稀释 500 倍喷雾。

注意事项　不可与碱性物质混用。使用前充分摇匀，贮存时应避光保存。

(6) 三氮唑核苷（ribavirin）[32]

$C_8H_{12}N_4O_5$, 244.21

CAS 登录号　1192243-01-8。

其他名称　利巴韦林，病毒唑，三唑核苷，病毒必克。

制剂　1%、3%水剂，31%氮苷·吗啉胍可湿性粉剂（有效成分：盐酸吗啉胍 30%，三氮唑核苷 1%）。

作用特点　见效快，喷施本药剂后一段时间内，可以明显看到植物的叶片变厚变绿，光合作用加强。对病毒病控制力强，经喷雾后可迅速传导到植物的茎叶各部分，有效遏制由病毒引起的花叶、畸形、坏死等多种症状的发展，持效期长。

使用技术　预防用药：1%水剂，推荐使用浓度 1200 倍，病害较重时，推荐增加浓度，不宜超过 600 倍，否则易产生药害。水稻条纹叶枯病：31%氮苷·吗啉胍可湿性粉剂，170～230g/ha，采用喷雾防治。

注意事项　本品可与中、酸性农药混用，不可与碱性物质混用。使用前充分摇匀。选晴天、无风、无雨时喷施。贮存时应避光保存。

(7) 琥胶肥酸[33]

其他名称　二元酸铜，琥胶肥酸铜，琥珀酸铜。

制剂　30%悬浮剂，30%可湿性粉剂。

作用特点　铜离子与病毒外壳蛋白表面的阳离子交换，使病毒外壳蛋白质凝胶，同时，部分铜离子还可以病毒表达的酶结合，抑制其酶的活性。可用于多种病毒的防治，同时，还可以刺激植物生长。

使用技术　30％琥胶肥酸可湿性粉剂等主要用于防治细菌性病害，也可用于防治病毒病，田间使用剂量为 900~1100g/ha，采用叶面喷雾防治。

注意事项　建议在整个作物生长期最多使用 4 次，叶面喷洒药剂稀释倍数不低于 400 倍（30％琥胶肥酸悬浮剂），安全间隔期为 7d。使用时药液浓度不宜过大，否则易产生药害。

三、植物生长调节剂

（1）吲哚乙酸（indol-3-ylacetic acid）[34,35]

$C_{12}H_{14}NO_2$, 204.25

CAS 登录号　87-51-4。

其他名称　苗长素，生长素，3-吲哚乙酸；吲哚-3-乙酸。

制剂　0.11％水剂。

作用特点　能诱导番茄单性结实和坐果，增加甜菜块根产量和含糖量。调节植物的生长，不仅能促进生长，而且具有抑制生长和器官建成的作用。苗长素在植物细胞内不仅以游离状态存在，还可以与生物高分子等牢固结合的束缚型苗长素存在，也有与特殊物质形成结合物的苗长素。

使用技术　水稻，采用 0.11％水剂，每千克种子用 9~14mL 拌种，或苗期和花期每亩 600~910mL，稀释后喷雾。

注意事项　拌种和喷雾要均匀。喷雾时间适宜在上午 10 点左右。水稻移栽前 3d 喷雾，喷前秧田水需要放干。本品适用间隔期为 1 周。

（2）吲哚丁酸（4-indol-3-ylbutyric acid）[36]

$C_{12}H_{13}NO_2$, 203.2

CAS 登录号　133-32-4。

制剂　没有单组分剂型，均为复配制剂，如：1.05％吲丁·萘乙酸水剂（0.85％吲哚丁酸，0.2％萘乙酸）、2％吲丁·萘乙酸水剂（1％吲哚丁酸，1％萘乙酸）、10％吲丁·萘乙酸水剂（8％吲哚丁酸，2％萘乙酸）、50％吲丁·萘乙酸水剂（40％吲哚丁酸，10％萘乙酸）、1％吲丁·诱抗素水剂（0.9％吲哚丁酸，0.1％诱抗素）。

作用特点 植物内源激素，能促进细胞分裂与细胞生长，诱导形成不定根，增加坐果、防止落果、改变雌、雄花比率等。可经由叶片、树枝的嫩表皮、种子进入植物体内，随营养流疏导到起作用的部位。

使用技术 水稻，秧田期，促进新根生长，采用1％吲丁·诱抗素水剂，使用剂量为500～1000倍，通过叶面喷雾。此外，为调节生水稻生长，也可采用50％吲丁·萘乙酸水剂，使用剂量为15～20mg/kg，通过茎叶喷雾。

注意事项 勿与碱性农药或物质混用，勿用碱性水稀释本品。适宜在阴天、晴天傍晚喷施。本品适用间隔期为1周。

（3）萘乙酸（1-naphthyl acetic acid）[18]

$C_{12}H_{10}O_2$, 186.21

CAS登录号 86-87-3。

其他名称 α-萘乙酸。

制剂 5％水剂。

作用特点 是一类生物素物质，也是一个广谱型植物生长调节剂。具有内源生长素—吲哚乙酸的作用特点和生理功能，如促进细胞分裂与扩大，诱导形成不定根，增加坐果，防止落果，改变雌、雄花比率等。萘乙酸可经叶片、树枝的嫩皮、种子进入到植物体内，随营养流疏导到起作用的部位。

使用技术 促进水稻萌发、增强抗性，采用5％萘乙酸水剂，使用剂量为100～200mg/kg，浸种6h，晾干后播种。促进水稻生根，提高成活率，可在移栽前，采用5％萘乙酸水剂，200～400mg/kg，浸秧根1～2h。促进水稻谷粒饱满，增加千穗重，在灌浆期，采用5％萘乙酸水剂，400～800mg/kg，喷穗。

注意事项 萘乙酸难溶于水，配置时可先用适量酒精溶解，再加水稀释。

（4）萘乙酸钠（sodium 1-naphthal acitic acid）[18]

$C_{12}H_{10}O_2Na$, 209.21

CAS登录号 61-31-4。

其他名称 快丰收。

制剂 没有单一组分剂型，均与二硝基苯酚钠、对硝基苯酚钠和邻苯基苯酚钠等复配，如2.85％硝钠·萘乙酸水剂（0.15％二硝基苯酚钠、0.9％对硝基苯酚钠、0.6%邻苯基苯酚钠和1.2%萘乙酸钠）。

作用特点　具有内源生长素—吲哚乙酸的作用特点和生理功能，如促进细胞分裂与扩大，诱导形成不定根，增加坐果，防止落果，改变雌、雄花比率等。萘乙酸可经叶片、树枝的嫩皮、种子进入到植物体内，随营养流疏导到起作用的部位。

使用技术　水稻，采用2.85%硝钠·萘乙酸水剂，调节生长，3000～4000倍液，喷雾2次。

注意事项　按照规定浓度使用，过高的浓度对植物生长有抑制作用。可与一般农药混合使用，除草剂及极酸性农药不可混用。喷药时做到均匀喷施，不可重复。

（5）赤霉酸（gibberellic acid）[18]

$C_{19}H_{22}O_6$, 346.37

CAS 登录号　77-06-5。

其他名称　赤霉素，九二 O，奇宝。

制剂　3%、10%、20%、40%可溶粉剂，20%可溶片剂，4%乳油。

作用特点　广谱性植物生长调节剂，可促进植物生长、发育的重要激素，是多效唑、矮壮素等生长抑制剂的拮抗剂。该药剂可促进细胞分裂、茎伸长、叶片扩大、单性结实、果实生长，打破种子休眠，改变雌、雄花比率，影响快花时间，减少花、果的脱落。外源赤霉素进入植物体内，具有内源激素赤霉素同样的生理功能。赤霉素主要经叶片、枝、花、种子或果实进入到植株体内，然后传导到生长活跃的部位起作用。

使用技术　水稻，采用4%赤霉酸乳油，调节生长，30～40mg/kg，喷雾；

注意事项　赤霉素纯品水溶性低，85%结晶粉剂用前先用少量酒精（或无水乙醇）溶解，再加水稀释至所需浓度。赤霉素遇碱分解，在偏酸和中性溶液中溶液中较稳定。使用时现配现用。

（6）羟烯腺嘌呤（oxyenadenine）[37~39]

$C_{10}H_{13}N_5O$, 203.25

CAS 登录号　86-87-3。

其他名称　玉米素。

制剂　0.001%可湿性粉剂。

作用特点　刺激植物细胞分裂，促进叶绿素形成，加速植物新陈代谢和蛋白质合成，从而达到使植物体健壮的作用，促使作物早熟和丰产，提高植物抗病、抗衰和抗寒能力。可用于调节水稻、玉米和大豆的生长。

使用技术　水稻喷雾，采用 0.001%羟烯腺嘌呤可湿性粉剂，调节生长，0.0017mg/kg。水稻浸种，采用 0.001%羟烯腺嘌呤可湿性粉剂，调节生长，100~150 倍喷雾。

注意事项　施药时间最好在阴天、傍晚等时候喷药。不可与碱性农药、物质混用。根据作物的不同，在开花前、开花后、坐果时期喷药。

(7) 烯腺嘌呤（enadenine）[1,18]

$$C_{10}H_{13}N_5, 203.25$$

CAS 登录号　2365-40-4。

其他名称　富滋，异戊烯腺嘌呤。

制剂　单一组分未进行登记，目前剂型为复配剂型，如：0.0004%烯腺·羟烯腺可溶性粉剂（0.00035%羟烯腺嘌呤、0.00005%烯腺嘌呤）、0.0002%羟烯腺·烯腺可溶性水剂、40%烯·羟·吗啉胍可溶性粉剂（39.996%盐酸吗啉胍、0.002%羟烯腺嘌呤、0.002%烯腺嘌呤）、6%烯·羟·硫酸铜可溶性粉剂（0.000015%羟烯腺嘌呤、6%硫酸铜、0.000015%烯腺嘌呤）等。

作用特点　刺激植物细胞分裂，促进叶绿色形成，加速植物新陈代谢和蛋白质合成，从而使植物快速生长、健壮、早熟和丰产，并能提高植物抗病、抗衰和抗寒能力。

注意事项　施药时间最好在阴天、傍晚等时候喷药。不可与碱性农药、物质混用。根据作物的不同，在开花前、开花后、坐果时期喷药。

(8) 乙烯利（ethephon）[40]

$$C_2H_6ClO_3P, 144.49$$

CAS 登录号　16672-87-0。

其他名称　一试灵，乙烯磷。

制剂　5%膏剂，10%可溶粉剂，40%水剂。

作用特点　加速水果和蔬菜收获前的成熟，也用作水果收获后的催熟剂。加速烟草叶黄化、棉花的棉铃开放及落叶；刺激橡胶树中胶乳的流动；防止禾谷类及玉米倒伏；促使核桃外皮开裂及菠萝和观赏凤梨开花；苹果及酸苹果疏果；去枝；改变黄瓜和南瓜雌雄花比例。

使用技术 水稻在抽穗期间，叶面喷洒乙烯利，可促进水稻提早成熟 2～3d，并可减少空秕粒，增加粒重。喷施乙烯利的浓度一般以 1000～1200mg/L 为宜。喷施时间可掌握在水稻齐穗后 3～10d 进行。不能过早，以免影响水稻正常开花，造成结实率降低而减产；过晚，会由于生育后期水稻自身也产生一定浓度的乙烯利，喷施效果不理想。

注意事项 药剂现配现用。整个作物周期使用 1 次为宜。不可与碱性农药和物质混用。

（9）S-诱抗素［（＋）-abscisic acid］[41,42]

$C_{15}H_{20}O_4$, 264.32

CAS 登录号 16672-87-0。

其他名称 壮芽灵，天然脱落酸。

制剂 0.006％、0.02％、0.1％水剂，1％可溶粉剂。

作用特点 属于脱落酸类植物生长调节剂，能诱导植物抗逆和抗病基因表达上调，提高植物植保素含量，有效增强植物抗逆和抗病能力。还能提高植物光合效率，促进植物协调生长，增加营养的吸收与积累，对改善品质，提高产量有显著效果。还能促进幼苗根系发育，移栽后返青快，成活率高，且植物整个生长期的抗逆性增强。

使用技术 水稻秧田，采用 1％吲丁·诱抗素可湿性粉剂，促进新根生长，500～1000 倍，喷雾。水稻，采用 0.006％水剂，调节生长，稀释后喷雾。

注意事项 勿与碱性农药或物质混合使用。稀释液中加入少量食醋，施药后效果将更理想。施药时期宜选在阴天、晴天傍晚时候。

（10）三十烷醇（triacontanol）[43,44]

$C_{30}H_{62}O$, 438.81

CAS 登录号 593-50-0。

制剂 0.05％、0.1％悬浮剂，2％TA 乳粉。

作用特点 三十烷醇可经由植物的茎、叶吸收，然后促进植物的生长，增加干物质的积累，改善细胞膜的透性，增加叶绿素的含量、提高光合强度、增强淀粉酶、多氧化酶、过氧化物酶活性。三十烷醇能促进发芽、生根、茎叶生长及开花，使农作物早熟，提高结实率，增强抗寒、抗旱能力、增加产量、改善产品品质。

使用技术　叶面喷洒，一般使用浓度为 0.5mg/kg。水稻：用 0.5～1mg/kg 药液浸种 2d 后催芽播种。可提高发芽率，增加发芽势，增产 5%～10%。

注意事项　三十烷醇生理活性很强，使用浓度很低，配置药液要准确。施药时期宜选在阴天、晴天傍晚时候。

（11）烯效唑（uniconazole）[45,46]

$C_{15}H_{18}ClN_3O$, 291.78

CAS 登录号　83657-22-1。

作用特点　赤霉素合成抑制剂。具有控制营养生长，抑制细胞伸长、缩短节间、矮化植株，促进侧芽生长和花芽形成，增进抗逆性的作用。其活性较多效唑高 6～10 倍，但其在土壤中的残留量仅为多效唑的 1/10，因此对后茬作物影响小，可通过种子、根、芽、叶吸收，并在器官间相互运转，但叶吸收向外运转较少。向顶性明显。适用于水稻、小麦，增加分蘖，控制株高，提高抗倒伏能力。用于果树控制营养生长的树形。用于观赏植物控制株形，促进花芽分化和多开花等。

使用技术　每千克水稻种子用 50～200mg、早稻用 50mg，单季稻或连作晚稻因品种不同用 50～200mg 药液浸种，种子量与药液量比为 1∶1.2∶1.5，浸种 36（24～28）h，每隔 12h 拌种 1 次，以利种子着药均匀。然后用少量清洗后催芽播种。可培育多蘖矮壮秧。

注意事项　用量根据植物品种不同或不同植物而有所不同。

（12）调环酸钙（prohexadione calcium）[47]

$C_{19}H_{13}ClN_4O_5S$, 444.85

CAS 登录号　127277-53-6。

其他名称　调环酸钙盐，调环酸。

制剂　5% 泡腾片。

作用特点　是赤霉素生物合成抑制剂，通过降低植物体内的赤霉素含量抑制作物旺长。

使用技术　水稻调节生长，采用 5% 泡腾片，使用剂量为 300～450g（制剂）/ha。

注意事项 注意使用剂量和施药时期。贮存在阴凉、通风之处。

(13) 芸苔素内酯（brassinolide）[48,49]

$C_{27}H_{46}O_6$, 466.65

CAS 登录号 72962-43-7。

其他名称 益丰素，天丰素，油菜素内酯，农梨利。

制剂 0.01％、0.04％、0.15％乳油，0.01％可溶性液剂，0.01％、0.07％水剂。

作用特点 具有增强植物营养生长、促进细胞分裂、生殖生长作用。表现出果实增大、促进结实率、提高作物抗逆能力和抗病能力。

使用技术 为使出苗整齐、茎基宽、带蘖多，可采用 0.04％芸苔素内酯水剂，2.5～5g/kg，浸种。秧苗移栽后，可采用 0.01％芸苔素内酯乳油，0.3～0.45g/kg，喷雾，促进秧苗生根快、返青不败苗、秧苗健壮、促进分蘖。

注意事项 药剂活性高，注意使用剂量。贮存在阴凉、通风之处。

(14) 呋苯硫脲[50,51]

$C_{19}H_{13}ClN_4O_5S$, 444.85

其他名称 亨丰。

制剂 10％乳油。

作用特点 能促进秧苗发根，促进分蘖，增强光合作用，增加成穗数和穗实粒数，同时还能增加抗逆能力。

使用技术 将呋苯硫脲对水稀释成 500 倍的药液浸种，并且使对水稀释后的药液刚好淹没种子，在常温下浸泡 48h，不用清洗、捞出沥干水后催芽至破白露胸播种。如室外温度高于 30℃时，在浸种过程中应每隔 4～6h 翻动 1 次，在催芽过程中每隔 6～12h 浇水 1 次，浸种后剩余药液均匀施入育秧田中。

注意事项 一般条件下不与碱性农药混用。

四、免疫激活剂

免疫激活剂作用原理与机制通过施用外源小分子化合物和生物大分子物质，激发植物寄主的免疫力，提高植物自身的抗病能力，抵御外来生物的入侵。当前研究发现，与植物抗病毒相关的免疫信号通路为水杨酸信号通路。

（1）超敏蛋白（messenger）[52,53]

其他名称 康壮素。

制剂 10％乳油。

作用特点 超敏蛋白能激活植物寄主 SA、JA 和 ET 等多种信号通路，使植物产生抗性，能提高植物的抗病能力，表现出对植物病原菌、病毒产生抗性。研究发现超敏蛋白激活植物寄主信号通路存在复杂的调控机制。

使用技术 每亩水稻秧田期使用 10g，病毒病爆发时期，每亩使用 20g。

注意事项 本药剂为蛋白质生物农药，使用时尽量选在傍晚施用。为保证该药剂的稳定性，尽可能不要与酸性或碱性药剂混合施用。

（2）烯丙异噻唑（thiabendazole）[54,55]

C₁₁H₉NO₃, 203.19

CAS 登录号 27605-76-1。

其他名称 特克多，涕必灵，噻苯灵。

制剂 8％颗粒剂。

作用特点 激活水杨酸信号通路，诱导植物寄主水杨酸含量增加，使植物寄主产生系统性获得性抗性。研究发现 PBZ 作用双子叶植物的位点在 SA 上游。

注意事项 本剂对鱼有毒，注意不要污染池塘和水源。避免与其他药剂混用，不应在烟草收获后的叶子上施用。

（3）苯并噻二唑（benzothiadiazole）[56]

C₈H₆N₂OS₂, 210.28

CAS 登录号 135158-54-2。

其他名称 活化酯。

作用特点 通过激活 SA 信号路，使 SA 信号通路下游 PR 蛋白和防御性相关蛋白和酶表达增加，使植物产生 SAR，对病原菌和病毒产生抗性。适用于香蕉、番茄和烟草，区域作物包括蔬菜、水稻、核果类作物、辣椒、芒果、梨、马铃薯、西瓜以及禾谷类作物。可防治白粉病、锈病、霜霉病和病毒病等。

使用技术 在禾谷类作物上，用 30g（a.i.）/ha 叶面喷施一次，可有效预防白粉，残效期可持续 10 周，且能兼防叶枯病和锈病。用 12g（a.i.）/ha 每隔 14d 使用一次，可有效预防烟草霜霉病。同其他常规药剂如甲霜灵、代森锰锌、烯酰吗啉等混用，不仅可提高 BTH 的防治效果，而且还能扩大其防病范围。

（4）水杨酸（salicylic acid）[67]

$$C_7H_6O_3, 138.12$$

CAS 登录号　69-72-7。

作用特点　作用于 SA 信号通路中的 NPR 分子，上调 NPR 分子表达，促进病程相关蛋白-1a(PR-1a) 等分子表达上调，提高免疫能力。

注意事项　不能与碱性农药混用。

（5）水杨酸钠（sodium salicylate）[58]

$$C_7H_5NaO_3^+, 160.10$$

CAS 登录号　54-21-7。

作用特点　作用于 SA 信号通路中的 NPR 分子，上调 NPR 分子表达，促进病程相关蛋白-1a(PR-1a) 等分子表达上调，提高免疫能力。

注意事项　不能与碱性农药混用。

参 考 文 献

[1] 高希武，郭艳春，王恒亮等．新编农药实用手册，郑州：中原农民出版社，2002，227-229.
[2] 刘泽文，韩召军，张玲春．吡虫啉对白背飞虱抑食作用的初步研究．昆虫知识，2003，40（2）：128-130.
[3] 李淑勇，刘学，高聪芬等．防治水稻白背飞虱高毒农药替代药剂的室内筛选及对吡虫啉的抗性风险评估．中国水稻科学，2009，23（1）：79-84.
[4] 张一宾．世界农药新进展，北京：化学工业出版社，2006.
[5] 柳美云．25％噻虫嗪 WG 防治水稻稻飞虱田间药效试验初报．湖南农业科学，2007，2：96-97.
[6] 程志明编译．杀虫剂噻虫胺的开发．世界农药，2004，26（6）：1-3.
[7] 徐广春，顾中言，徐德进等．氯虫苯甲酰胺和噻虫胺对水稻的表观安全性评价．农药，2009，48（10）：752-754.
[8] 戴炜锷，蒋富国，第三代烟碱类杀虫剂呋虫胺的合成．现代农药，2008，7（6）：12-14.
[9] 程志明编译．新型杀虫剂呋虫胺的创制．世界农药，2005，27（1）：1-5.
[10] 张玉聚，李洪连，张振臣等主编．世界农药新品种技术大全．中国农业科学技术出版社，2010.
[11] 李向阳，涂庆华，莫亿伟．氟虫腈、毒死蜱与啶虫脒对稻水象甲的毒力测定及药效试验．湖北农业科学，2008，47（12）：1448-1450.
[12] 薄仙萍，高聪芬，李淑勇等．防治白背飞虱的高毒农药替代药剂的室内筛选及其对噻嗪酮的抗性风险评估．江苏农业科学，2008，5：91-95.
[13] 谢心宏；王福久．噻虫啉（thiacloprid）——一种新的叶面施用杀虫剂．农药，2001，40（1）：41-42.
[14] 陆正银．10％乙虫腈、10％烯啶虫胺防治白背飞虱田间药效试验．安徽农学通报．2009，15（5）：174.

[15] 陆晓峰, 于宝富, 张维根等. 不同药剂防治稻飞虱田间药效实验. 农药科学与管理, 2010, 32 (7): 48-50.

[16] 戴宝江. 新颖杀虫剂－氯噻啉. 世界农药, 2005, 27 (6): 46-47.

[17] 徐晓勇, 邵旭升, 吴重言等. 新颖杀虫剂-哌虫啶. 世界农药, 2009, 31 (4): 52.

[18] 朱天良主编. 精细化学品大全-农药卷. 杭州: 浙江科学出版社, 2000, 94.

[19] 陆锡康, 陈忠, 包士忠. 0-36％苦参碱对水稻象甲、白背飞虱的药效试验. 农药, 1999, 38 (11): 23-24.

[20] 周玲. 苦参碱及氧化苦参碱生物活性研究进展. 农业与技术, 2009, 29 (6): 66-68.

[21] 卢海燕, 刘芳, 祝树德. 印楝素对褐飞虱诱导的水稻植株挥发物释放的影响. 应用生态学报, 2010, 21 (1): 197-202.

[22] 殷向东. IRAC 关于新烟碱类对水稻褐飞虱抗性管理的培训教程. 农药市场信息, 2008, 7: 31.

[23] 孙新纹, 顾明洁. 10％油酸烟碱·阿维乳油对几种害虫的防治效果. 甘肃农业科技, 2003, 8: 49-51.

[24] 盛姣, 柏连阳. 十八烷基三甲基氯化铵对稻瘟病菌的生物活性及作用机理. 农药, 2008, 47 (1): 70-71.

[25] 吴爱国, 吴重言, 朱彩. 25％吡蚜酮悬浮剂防治褐飞虱试验. 湖北植保, 2010, 4: 54-56.

[26] 刘述英. 介绍一种新的无公害生物农药-宁南霉素. 四川农业科技, 1999, 28 (6): 47.

[27] 蔡学建, 陈卓, 宋宝安等. 2％宁南霉素水剂对烟草花叶病毒的抑制及作用机制的初步研究. 农药, 2008, 47 (1): 37-40.

[28] 杜春梅吴元华 4％嘧肽霉素水剂的毒性和防效. 黑龙江大学自然科学学报, 2005, 22 (3): 338-345.

[29] 赵小明, 杜昱光, 白雪芳. 氨基寡糖素诱导作物抗病毒病药效试验. 中国农学通报, 2002, 24 (2): 245-247.

[30] 奚灏锵, 袁根良, 杜冰. 超高压提取香菇多糖的研究. 现代食品科技, 2010, 10: 76-78.

[31] 陈卓, 杨松. 自主创制抗植物病毒新农药: 毒氟磷. 世界农药, 2009, 31 (2): 52-54.

[32] 许文耀, 陈章艳, 廖海霞. 硫酸盐对三氮唑核苷酸抑制番茄病毒病效果的影响. 福建农林大学学报 (自然科学版), 2004, 33 (2): 162-164.

[33] 魏宝发. 药剂配合使用防治蔬菜病害效果好. 农业科技与信息, 1999, 9: 23-25.

[34] 辛丰. 植物生长调节剂种类及应用. 农村新技术, 2009, 11: 21.

[35] 李世恒. 天丰素和世爱在水稻生产中的应用. 湖南农业, 2009, 7: 14.

[36] 王华, 杨树俊. 吲哚丁酸对无病毒早生富士组培苗高生长和生根的影响. 榆林高等专科学校学, 2001, 11 (2): 65-66.

[37] 孙振成, 张海燕, 童金春等. 玉米素在西葫芦上的应用技术研究. 现代农业科技, 2008, 17: 30.

[38] 欧阳波, 李汉霞, 叶志彪. 玉米素和 IAA 对番茄子叶再生的影响. 植物生理学通讯, 2003, 3: 217-218.

[39] 郝士琴, 杨晖, 孙智敏等. 元帅苹果果实内源激素的变化与落果的关系. 兰州大学学报, 1992, 28 (4): 120-124.

[40] 夏红霞, 朱启红乙烯利对铬胁迫下鱼腥草的影响. 山西农业科学, 2010, 38 (12): 23-26.

[41] 左小芳, 张浩, 彭风晓等. S-诱抗素对花生生长调控与病害防控的效果. 现代农业科技, 2009, 19: 169-170.

[42] 杜峰, 李涛 S-诱抗素在番茄育苗移栽上的应用试验. 北京农业, 2009, 9: 45-47.

[43] 刘振文, 林盛, 王辉等. 植物生长调节剂对草莓种苗大田繁殖的影响. 中国南方果树, 2010, 39 (4): 58-59.

[44] 张福平, 马国平. 植物生长调节剂对苦瓜花粉活力的影响. 贵州农业科学, 2010, 38 (1): 149-151.

[45] 杨春桃, 郑翰, 李方安. 不同的烯效唑浓度对小麦幼苗生长发育的影响. 安徽农业科学, 2010, 38 (31): 17405-17407.

[46] 闫艳红, 杨文钰, 张静等. 叶面喷施烯效唑对大豆产量及品质的影响. 草业学报, 2010, 19 (4): 251-254.

[47] 杜连涛, 樊堂群, 王才斌等. 调环酸钙对夏直播花生衰老、产量和品质的影响. 花生学报, 2008, 37 (4): 32-36.

[48] 冯世鑫, 马小军, 闫志刚等. 芸苔素内酯对蛇足石杉插穗生根成活的影响. 中国种业, 2010, 增刊 64-66.

[49] 张兴华, 李捷. 氯吡脲和芸苔素内酯对棉花田草甘膦药害的解毒效果. 农药, 2008, 47 (11): 834-835.

[50] 陈志. 10%呋苯硫脲在水稻上的应用效果. 中国稻米, 2010, 16 (3): 66-67.

[51] 王艳, 童传洪, 张均寿等. 0%呋苯硫脲乳油浸稻种试验. 农业科技通讯, 2010, 7: 62-63.

[52] 刘勇, 布云虹, 李凤芝等. 超敏蛋白对烟苗 TMV 抗性和生长的影响. 现代农药, 2008, 7 (3): 14-16.

[53] 姬秀枝, 杨麦生, 卫鸿. 超敏蛋白诱导温室黄瓜的抗病性试验研究. 农业与技术, 2009, 29 (2): 47-49.

[54] 刘文文, 李永刚, 杨明秀等. 受烯丙异噻唑诱导的水稻叶片蛋白质表达差异分析. 植物保护学报, 2010, 37 (2): 109-112.

[55] 马忠华, 周明国, 叶钟音等. 烯丙异噻唑对水稻叶片中 NAA、ABA 含量的影响与稻瘟病抗性的关系. 植物保护学报, 1999, 26 (3): 235-238.

[56] Gorlach J, Volrath S, Knauf-beiter G, et al., Benzothiadiazole, a novel class of inducers of systemic acquired resistance, activates gene expression and disease resistance in wheat.

[57] 莫亿伟, 钱善勤, 陈泰林. 水杨酸和硝普钠处理增强柱花草抗寒性. 草业科学, 2010, 27 (11): 77-81.

[58] 欧阳立明, 张舜杰, 陈剑峰等. 不同植物生长物质对水培黄瓜幼苗生长和根系发育的影响. 中国农学通报, 2010, 26 (3): 161-166.

第四章 南方水稻黑条矮缩病室内药效筛选技术

第一节
稻苗浸渍法进行白背飞虱室内毒力测定

一、试验材料

1. 试验靶标

白背飞虱 [*Sogatella furcifera* (Horvath)]，由华南农业大学植物病毒研究室周国辉教授提供，本实验室内饲养 3 代以上，饲养条件：温度（27±1)℃，相对湿度 70%～80%，每天光照 14h，相对光照强度 66%。幼虫孵化后进入三龄期时用于生物活性测定。

2. 供试水稻

两系杂交稻晚稻品种，新两优 98、荆两优 10 号等。

3. 仪器设备

① 电子天平；② 三角瓶；③ 培养皿；④ 烧杯；⑤ 微量移液器；⑥ TiP 头；⑦ 涡旋振荡仪；⑧ 磁粒搅拌器等。

二、试验步骤

1. 水稻种植

将水稻种在清水中浸泡 5min，除去秕谷，清洗干净，将其放入一定容量的保鲜盒中，覆盖黑布，放入人工智能箱中进行催芽约 48h［温度（27±1)℃，相对湿度为 70%～80%］，待种子出芽后即可栽种。在长方形塑料盒里铺上已经裁剪好的滤纸，在滤纸上均匀地洒上一定量的清水，把发芽的种子均匀地撒播在滤纸上，密度大约为一个种子贴着一个种子，没有挤压为好。先用不带纱布的盖子盖上，放入温度（27±1)℃、相对湿度为 70%～80% 的培养箱中 1d，大约 1d 后种子会长出青芽而扎根，然后换成带纱布的盖子来盖，此后每日按时浇水，每天一次，保持盒子内的滤纸有明水即可，待稻苗长到 7～8cm，即可用于养虫。

2. 白背飞虱的饲养

把白背飞虱高龄若虫倒入周转箱中，用吸虫器挑选出虫龄一致的雌雄白背飞虱，放入已经培养好的稻苗中，每盒稻苗里放入大约 100 对白背飞虱若虫，然后将其放入温度（27±1）℃、相对湿度 70%～80%、相对光照 66% 的培养箱中进行交配繁殖，待幼虫孵出后长至 2 龄，将其换到新的稻苗上进行饲养，待若虫长至 3 龄，用于室内生物活性测定试验。

3. 药液配制

取一定量的供试化合物于聚丙烯（EPP）管中，单体化合物的质量视开展试验需要而定；根据供试化合物的理化性质选择溶剂，一般在杀虫剂和抗植物病毒药剂的生测试验中首选溶剂为丙酮，其次为 N,N'-二甲基甲酰胺（DMF）、二甲亚砜（DMSO），取溶剂的量应遵循由少到多，刚好能将药剂溶解即可，一般控制在微升级别；将含供试化合物的丙酮溶液（或 DMF 溶液或 DMSO 溶液等）在涡旋振荡仪上振荡，促进其完全溶解；根据所需药剂浓度进行换算得到 PBS（含 0.05% 的 Tween-80）的需要量，置于烧杯中，放在磁粒搅拌器上搅拌，可辅以适当加热，温度不宜过高，最好控制 35℃ 以下；在 PBS 搅拌状态下，用微量移液器取供试化合物的溶液，逐滴加入 PBS 中，使其分散状态达到最为理想的状态。

4. 药剂处理

将稻苗在药液中浸渍 10s，取出置于吸水纸上，自然晾干后装入一次性塑杯中。接虫：将有药稻苗装入杯中，接入长势一致的三龄若虫，每杯 15 头，重复 4 次。饲养观察与结果调查：保湿及采用下光照培养，第 3d 时检查死活虫数，计算 LC_{50}。

即：毒力指数 ＝（标准剂 LC_{50}/供测剂 LC_{50}）×100

实际毒力指数 ＝（标准剂 LC_{50}/混剂 LC_{50}）×100

理论毒力指数 ＝A 的毒力指数×A 在混剂中的含量（%）＋B 的毒力指数×B 在混剂中的含量（%）

共毒系数（CTC）＝（实际毒力指/理论毒力指数）×100

共毒系数＞120 表示增效作用，80＜共毒系数≤120 表示相加作用，共毒系数≤80 表示拮抗作用。

5. 试验调查

处理后 72h 调查试虫死亡情况，记录总虫数和死虫数。

三、数据统计和分析

1. 计算方法

根据调查数据，计算各处理的校正死亡率，并根据孙云沛法计算混剂的共毒系数（CTC值）。校正死亡率按式（1）、式（2）计算，单位为百分率（%），计算结果保留小数点后两位：

$$P_1 = \frac{K}{N} \times 100 \tag{1}$$

式中　P_1——死亡率；

　　　K——死亡虫数；

　　　N——处理总虫数。

$$P_2 = \frac{P_t - P_0}{1 - P_0} \times 100 \tag{2}$$

式中　P_2——校正死亡率；

　　　P_t——处理死亡率；

　　　P_0——空白对照死亡率。

若对照死亡率<5%，无需校正；对照死亡率在5%～20%，应按公式（2）进行校正；对照死亡率>20%，试验需重做。

2. 统计分析

采用统计分析系统（SPSS 11.5）软件进行分析，计算各药剂的LC_{50}值、LC_{95}值、R^2值（相关系数）等值及其95%置信区间。

混剂的共毒系数（CTC值）按式（3）～式（5）计算：

$$ATI = \frac{S}{M} \times 100 \tag{3}$$

式中　ATI——混剂实测毒力指数；

　　　S——标准杀虫剂的LC_{50}，mg/L；

　　　M——混剂的LC_{50}，mg/L。

$$TTI = TI_A \times P_A + TI_B \times P_B \tag{4}$$

式中　TTI——混剂理论毒力指数；

　　　TI_A——A药剂毒力指数；

　　　P_A——A药剂在混剂中的百分含量，%；

　　　TI_B——B药剂毒力指数；

　　　P_B——B药剂在混剂中的百分含量，%。

$$CTC = \frac{ATI}{TTI} \times 100 \tag{5}$$

式中　CTC——共毒系数；

　　　ATI——混剂实测毒力指数；

　　　TTI——混剂理论毒力指数。

复配剂的共毒系数（CTC）≥120表现为增效作用；CTC≤80表现为拮抗作用；80<CTC<120表现为相加作用。

第二节
稻茎浸渍法进行白背飞虱室内毒力测定

一、试验材料

1. 试验靶标

白背飞虱［*Sogatella furcifera*（Horvath）］，由华南农业大学植物病毒研究室周国辉教授提供。

2. 供试水稻

两系杂交稻晚稻品种，新两优 98、荆两优 10 号等。

3. 仪器设备

同本章第一节一、3.。

二、试验步骤

同本章第一节试验步骤部分。

三、数据统计和分析

1. 计算方法

根据调查数据，计算各处理的校正死亡率，并根据孙云沛法计算混剂的共毒系数（CTC 值），计算公式参见本章第一节。

2. 统计分析

用统计分析系统（SPSS）软件进行分析，计算各药剂的 LC_{50} 值、LC_{95} 值、R^2 值（相关系数）等值及其 95% 置信区间。计算公式参见本章第一节。

第三节
南方水稻黑条矮缩病毒力测定试验
（单管单苗法）

一、试验材料

1. 试验靶标

白背飞虱［*Sogatella furcifera*（Horvath）］，由华南农业大学植物病毒研究室周国辉教授提供。南方水稻黑条矮缩病毒，由华南农业大学植物病毒研究室提供，本实验室长期保存在两系杂交稻活体上。

2. 供试水稻

两系杂交稻晚稻品种，新两优 98、荆两优 10 号等。

3. 仪器设备

①电子天平；②三角瓶；③培养皿；④烧杯；⑤微量移液器；⑥TiP 头；⑦涡旋振荡仪；⑧磁粒搅拌器等。

二、试验步骤

1. 水稻种植

将水稻种在清水中浸泡 5min，除去秕谷，清洗干净，将其放入一定容量的保鲜盒中，覆盖黑布，放入人工智能箱中进行催芽约 48h［温度（27±1）℃，相对湿度 70%～80%］，待种子出芽后栽种于直径 4cm、高度 15cm 的玻璃试管中（玻璃试管放适量土壤），待苗长至 2 叶 1 心期时用作试验。

2. 白背飞虱的饲养饲养方法见本章第一节

3. 药液配制配制方法见本章第一节

4. 饲毒

采用吸虫器将 2～3 龄若虫接入试管或 100mL 量筒，根据白背飞虱带毒率，每管每苗按 4～5 头的虫量接入白背飞虱，饲毒 48h 后放出白背飞虱。

5. 药剂处理

可根据试验目的（考察病毒剂的保护和治疗活性）的不同，在不同的处理时间，用药剂处理稻苗。由于南方水稻黑条矮缩病毒属于虫传病毒，因此，目前未找到合适的方法模拟抗病毒剂的钝化活性。对于抗病毒剂的保护活性评价：在对供试稻苗饲毒之前用药剂处理稻苗，然后间隔（6d、3d、1d 或 12h），对供试稻苗进行饲毒；对于抗病毒剂的治疗活性评价：对稻苗饲毒 48h 之后，间隔一定的时间（6d、3d、1d 或 12h），采用药剂处理稻苗。施药方式可采用喷雾法、浸苗法和浸根法。

6. 后期管理

待稻苗生长高度达试管或量筒高度，将苗移栽到室内水稻种植池中，水稻按正常管理进行。

三、数据统计与分析

1. 药效调查

目前常用的调查方式有三种：①根据水稻病理症状特征，采用自制的南方水稻黑条矮缩病分级标准进行动态调查；②在水稻抽穗后期，采用周国辉等分级标准进行分级调查；③采用分子生物学方法测定病毒含量，目前主要采用基于 SRBSDV CP 基因的 Real time PCR 方法进行病毒含量测定。

方法一：根据水稻病理症状特征，采用自制的南方水稻黑条矮缩病分级标准，在水稻生长早期（分蘖期和拔节期），即可进行动态调查。南方水稻黑条矮缩病分级标准——7级分级法，如下所示：

0级：全株无病；

1级：植株无明显矮化，高度比健株矮20％以内；

3级：植株矮化，高度比健株矮20％～35％；

5级：植株严重矮化，高度比健株矮35％～50％；

7级：植株严重矮缩，高度比健株矮50％以上，或者死亡。

$$病情指数 = \frac{\sum(各级病株数 \times 相对级指数)}{调查总株数 \times 7} \times 100$$

$$防治效果(\%) = \frac{空白对照区病指 - 处理区病指}{空白对照区病指} \times 100\%$$

方法二：是在水稻抽穗后期，采用周国辉等分级标准进行分级调查。发生程度分级标准如下：

0级：无病；

1级：植株矮化，高度比健株矮30％以内，茎秆有少量瘤突，能抽穗；

2级：植株矮化，高度比健株矮50％左右，茎秆有明显瘤突，少数能抽穗，穗形变小；

3级：植株严重矮化，不能抽穗。

方法三：采用分子生物学方法测定病毒含量，目前主要采用基于 SRB-DV CP 基因的 Real time PCR 方法进行病毒含量测定（具体方法参考本章第五节）。

2. 数据统计与分析

数据可采用 SPSS 11.5 软件进行统计分析。每个处理组内的数据首先需要进行正态性分析，检验每个药效数据是否合理，只有对正态性的数据才可进行各处理之间药效差异性分析，分析方法可采用 One-Way ANOVA 进行。

第四节
南方水稻黑条矮缩病毒力测定试验
（集团饲毒法）

一、试验材料

1. 试验靶标

白背飞虱 [*Sogatella furcifera* （Horvath）]，由华南农业大学植物病毒研究室周国辉教授提供，在本实验室内饲养 3 代以上。饲养条件：温度为（27±

1)℃，相对湿度 70%～80%，每天光照 14h，相对光照强度 66%。幼虫孵化后进入三龄期时用于生物活性测定。

南方水稻黑条矮缩病毒，由华南农业大学植物病毒研究室周国辉教授提供，本实验室长期保存在两系杂交稻活体上。

2. 供试水稻

两优杂交稻晚稻品种，新两优 98、荆两优 10 号等。

二、试验步骤

1. 水稻种植

将水稻种在清水中浸泡 5min，除去秕谷，清洗干净，将其放入一定容量的保鲜盒中，覆盖黑布，放入人工智能箱中进行催芽约 48h〔温度（27±1）℃，相对湿度 70%～80%〕；用高度至少达 15cm 的塑料盒培养水稻苗，首先在塑料盒盒底放置 4cm 高度的经灭菌处理培养土，待种子出芽后栽种于长方形的塑料盒中（盒底），待苗长至 2 叶 1 心期时用作试验。

2. 白背飞虱饲养

把白背飞虱成虫长期侍养在带毒的两系杂交稻上，保证白背飞虱通过取食能获毒。将带毒水稻种植在饲养箱中。饲养温度（27±1）℃、相对湿度 70%～80%、相对光照 66% 的培养箱中进行交配繁殖，待若虫孵出后长到 2 龄，将其换到新的稻苗上进行饲养，待若虫长至 3 龄，用于室内生物活性测定试验。

3. 药液配制

药液配制参见本章第一节。

4. 饲毒

将 2～3 龄白背飞虱若虫接入上述塑料盒中，按照白背飞虱带毒率，以每苗接 4～5 头的比例接入白背飞虱，饲毒 48h 后取出白背飞虱。

5. 药剂处理

将正常培养在装有滤纸的培养盒中的健康水稻（2 叶 1 心），按照 1 次性塑料口杯形状，将稻苗连同滤纸剪下置入 1 次性口杯，放培养箱内培养，期间可适当加入水稻培养液。根据试验目的（考察病毒剂的保护和治疗活性），在不同的处理时间，用药剂处理稻苗。对于抗病毒剂的保护活性评价：在对供试稻苗饲毒之前用药剂处理稻苗，然后间隔一定时间（6d、3d、1d 或 12h），对供试稻苗进行饲毒；对于抗病毒剂的治疗活性评价：对稻苗饲毒 48h 之后，间隔一定的时间（6d、3d、1d 或 12h），采用药剂处理稻苗。施药方式可采用喷雾法、浸苗法和浸根法。

6. 后期管理

待稻苗生长高度达试管高度，将苗移栽到室内水稻种植池中，水稻按正常管理进行。

三、数据统计与分析

1. 药效调查

目前常用的调查方式有三种：①根据水稻病理症状特征，采用自制的南方水稻黑条矮缩病分级标准进行动态调查；②在水稻抽穗后期，采用周国辉等分级标准进行分级调查；③采用分子生物学方法测定病毒含量，目前主要采用基于SRBSDV CP基因的Real time PCR方法进行病毒含量测定。

方法一：在水稻生长早期，采用自制的南方水稻黑条矮缩病分级标准进行动态调查，方法可参见本章第三节。

方法二：在水稻孕穗后期，采用周国辉等分级标准进行分级调查，方法可参见本章第三节。

方法三：采用分子生物学方法测定病毒含量，目前主要采用基于SRBDV CP基因的Real time PCR方法进行病毒含量测定，具体方法参考本章第三节。

2. 数据统计与分析

数据可采用SPSS 11.5软件进行统计分析。每个处理组内的数据首先需要进行正态性分析，检验每个药效数据是否合理，只有对正态性的数据才可进行各处理之间药效差异性分析，统计分析方法可采用One-Way ANOVA进行。

第五节
基于分子生物学方法的南方水稻黑条矮缩病毒含量药效测定试验

一、供试材料

1. 供试靶标
南方水稻黑条矮缩带毒水稻，长期保存于实验室。

2. 仪器设备
高速冷冻离心机，德国 SIGMA 公司，型号：2-K15；超低温冰箱，日本SNYO公司；纯水仪，美国 Milipore 公司；超净工作台，苏净集团；高温烘箱；PCR 扩增仪，美国 Bio-Rad 公司，型号：Icycler；电泳仪，北京六一电泳仪器公司，型号：DYY-12C；电泳槽，北京六一电泳仪器公司；单道可调移液器，芬兰大龙公司，型号：$10\mu L$、$100\mu L$ 和 $1000\mu L$。

3. 试验试剂
RNA 分离试剂盒（Trizol 试剂）：美国 Invitrogen 公司；DEPC；琼脂糖；

cDNA Synthesis System 试剂盒；One-step RNA PCR ststem；引物由大连宝生物公司（TaKaRa Co Ltd）合成。

二、试验步骤

1. 总 RNA 抽提

取水稻病株株组织 100 mg，液氮下研磨成粉状，按照试剂盒操作说明进行总 RNA 提取，将抽提产物溶于 $15\mu L$ DEPC ddH_2O，抽提产物经琼脂糖凝胶电泳检测 RNA 完整性，采用紫外分光光度计测定 OD_{260} 和 OD_{280} 吸光值，并计算 OD_{260}/OD_{280} 比值，判断 RNA 纯度（OD_{260}/OD_{280} 位于 $1.8 \sim 2.0$ 之间，表示纯度较高）。

2. RNA 逆转录反应

参照 cDNA Synthesis System 试剂盒（TaKaRa Co Ltd）的操作说明合成 cDNA 第一链。取水稻 RNA 约 $1\mu g$，加入随机引物（Random 6mers），反应体系见表 4-1。反转录条件参照试剂盒说明进行。

表 4-1　感病水稻总 RNA 逆转录反应体系

试剂	使用量/μL
反应缓冲液(5×Prime Script ™Buffer for Real Time)	4
拟转录酶混合物(Prime Script ™Enzyme Mix 1)	1
随机引物(Random 6mers 100μM* 1)	1
总 RNA(Total RNA10μg/μL)	2
无 RNA 酶污染的纯净水(free RNase H_2O)	11
总体积	20

3. 供试水稻病株组织的病毒基因组 CP 基因的 Real time PCR

采用 One-step RNA PCR ststem（TaKaRa Co Ltd）对待测 RNA 样品进行扩增，根据 SRBSDV 和 RBSDV 的两对通用引物进行 PCR 的扩增，这两对引物序列分别见表 4-2。

表 4-2　南方水稻黑条矮缩病的通用引物系列 1 和系列 2

引物	序列
Primer1(P1)	5'-tat,tca,aag,tta,ttt,ggg,t-3'
Primer2(P2)	5'-aca,tga,ata,gtt,tta,agt -3'
Primer3(P3)	5'-tta,caa,ctg,gag,aag,cat,taa,cac,g -3'
Primer4(P4)	5'-atg,agg,tat,tgc,gta,act,gag,cc -3'

取 $2\mu L$ 第一链 cDNA，用 TaKaRa 公司试剂盒进行 PCR 扩增，反应体系如表 4-3 所示。

表 4-3　以南方水稻黑条矮缩病通用引物 1 和 2 的 PCR 扩增体系

试　　　剂	使用量/μL
10×缓冲液	2.5
$MgCl_2$(25mmol/L)	2.0
dNTP(10mmol/L)	1.0
P1/P3 primer(10.0μmol/L)	1.0
P2/P4 primer(10.0μmol/L)	1.0
cDNA(100ng/μL)	2.0
Taq E(5U/μL)	0.3
ddH_2O	15.2
总容量	25

扩增条件为：94 ℃变性 1 min，42 ℃退火 1 min，72 ℃延伸 1 min，共 35 个循环。最后一轮循环后再 72℃延伸 10 min。反应结束后，取 5μL 反应产物进行 1.0%琼脂糖凝胶电泳，以 DNA 标记分子量为标准判断目的基因的片段是否存在。P1/P2 产物大小为 855bp，P3/P4 产物大小为 550bp。

三、结果与数据分析

1. 对标准样本进行倍比稀释，进行荧光定量 PCR 扩增，获得每个稀释样本的 Ct 值，并以浓度和 Ct 值建立标准曲线和回归方程。

2. 获得试验中各个处理的 Ct 值，根据回归方程计算相应的病毒基因的起始模板含量。

参 考 文 献

[1] 中华人民共和国农业行业标准 NY/T 1154.7—2006 农药室内生物测定试验准则杀虫剂第 7 部分：混配的联合作用测定.

[2] 倪珏萍. 褐飞虱室内活性测定法的优化与应用. 农药科学与管理. 2007, 28 (8)：36～41.

[3] 柴伟纲, 王松尧, 朱卫刚等. 稻飞虱新药筛选技术研究. 浙江化工, 2000, (增刊)：36～48.

[4] 刘泽文, 韩召军, 张玲春等. 稻飞虱饲养与抗药性筛选的方法研究. 中国水稻科学, 2002, 16 (2)：167～170.

[5] 庄永林, 沈晋良, 陈峥. 三唑磷对不同翅型稻褐飞虱繁殖力的影响. 南京农业大学学报, 1999, 22 (3)：21～24.

第五章　水稻病毒病防控技术研究

第一节
水稻病毒病及其防治技术的研究与应用

近几十年以来，水稻病毒病在我国的发生总体呈上升趋势，在个别年份，部分稻区还有大面积爆发的情况发生，造成水稻严重减产甚至绝收，给农业生产造成巨大的经济损失。针对水稻病毒病的危害，我国政府部门、植保部门和高校、科研院所等单位高度重视水稻病毒病的防控，并针对水稻普通矮缩病、水稻黄矮病、水稻条纹叶枯病、水稻黑条矮缩病和南方水稻黑条矮缩病等形成了有效的"防虫防病"的干预和防控措施，挽回了大量的经济损失。特别是在 2009 年，农业部全国农业技术推广服务中心病虫害防治处组织南方稻区的植保部门、高校农科院所等单位成立防控南方水稻黑条矮缩病的协作组，进行了比较系统的防控研究，收到较好的效果。但是当前水稻媒介害虫基数大，带毒率高、传媒害虫针对杀虫剂存在抗药性，水稻病毒病害的发生呈现出爆发性强、毁灭性大和成灾面广的特点，其根本原因在于水稻病毒病防控的研究存在基础研究和应用研究薄弱、基础研究与应用研究相脱节等问题。主要表现在：基础方面，对新型水稻病毒分子结构、功能和病毒与水稻互作关系，水稻病毒病致病过程中的水稻激素、免疫机制和调控机制等在内生理生化的变化过程等的研究不足。在应用方面，对病毒病的快速检测方法、病毒监测预警机制、抗病毒剂使用后水稻病毒含量在水稻体内的消长变化，以及病毒剂、病毒与植物寄主三者间的互作关系、抗病毒剂田间综合应用技术的组装和配套研究等方面还显得不足。现将水稻病毒病及其防控技术研究进展及应用情况综述于后，并对其防控措施进行探讨。

一、基础研究——水稻生理和病理机制研究进展

1. 寄主激素的研究

作为以微量形式存在的小分子化合物，植物激素通过信号调控作用来影响植物生长、发育和对环境的应答。近年来，激素研究方面取得了重大进展，发现包括赤霉素、脱落酸、吲哚-3-乙酸、乙烯等多种激素在控制水稻根系发育、分蘖、植株拔节、抽穗等过程中的具体机制及生理意义[1]，同时发现了水稻病毒在不

117

同时期侵染水稻后内源激素的变化过程[2]。因此，了解水稻病毒感染寄主后所致内源激素的变化，可进一步深刻理解水稻病毒病的致病机制，进而有效防治水稻病毒病以及采用外源激素干预病毒病的扩展提供理论依据。但是，目前对水稻病毒与水稻激素间互作关系的研究尚不够深入，已经有激素类生长调节剂进入市场，因此，很需要明确水稻病毒、内源激素、水稻品种以及不同生长周期间的互作关系。

2. 水稻免疫的研究

植物为抵抗自然界中有害生物是的入侵和伤害，在自然进化过程中形成了类似于高等动物"免疫功能"的植物免疫系统，尽管其功能不像高等动物的免疫功能那样完善，但植物免疫系统通过长期的进化，能对外来病虫害、逆境进行响应[3]。目前科学界已经基本明确了植物免疫的步骤和过程，因此，利用其原理，可采用小分子化合物、病原生物的"有用组分"等作为微量诱导因子去"刺激"植物，植物获得免疫后即可对相应的病虫害产生免疫反应。自从 1929 年 McKinney[4] 发现植物病毒株系间存在着干扰现象之后，就不断有利用弱毒株系来防治植物病毒病的设想和成功经验报道。当前已经有一些将某些植物病毒的弱毒株接种农作物而获得免疫，并能抵御多种病毒的入侵和感染的成功范例。应充分利用病毒交叉保护作用，加快寻找水稻病毒病的弱毒株系，实现对强毒株系的交叉免疫，从品种上实现对病毒病防治的突破。

近年来的研究也陆续发现相关的免疫信号通路、分子构成及调控机制和生物学意义，如：与抵御病毒和病原菌等微生物入侵相关的水杨酸信号通路，与抵御害虫相关的乙烯信号和茉莉酸信号通路，信号通路中核心信号分子以及它的调控机制[5]也已明晰，但目前关于信号通路在各类植物中的构成、作用机制、调控方式，信号通路与信号通路之间的联系，最终的免疫效应分子的作用方式等方面尚不清楚，如在双子叶植物中，已明晰 SA 通路的分子构成，而水稻中 NPR1 分子的调控机制还不太清晰[6]，这些研究限制了针对这些免疫通路进行病害防治的实际工作。因此，当前切实需要针对这些通路进行系列的基础研究，尤其是应特别重视水稻等单子叶体内有别于其他作物信号通路的构成及生理意义，这将为水稻田间病害、包括病毒病防治提供理论基础。

3. 水稻生长调控因子的研究

近年研究发现，水稻调控因子在调控植物重要生命活动及与外来病原生物相互作用间有着重要的作用。Wu 等[7] 发现水稻叶绿素缺陷突变基因黄绿叶 1 (yellow-green leaf 1，ygll) 编码叶绿素 a/b 结合蛋白的 cab1R 基因受叶绿素或叶绿素前体水平的反馈调控机制作用，黄绿叶突变体 ygll 具有较高光合效率和较强的耐受光抑制能力，ygll 使水稻分蘖能力增强，成穗率增高；Dai 等[8] 研究表明水稻亮氨酸拉链蛋白——RF-2a 和 RF-2b 作为一种转录因子不仅能调控水稻生长，还能作用于水稻东格鲁病毒的启动子，调控病毒基因复制和表达；Seo等[9]发现 R2R3-MYB 类转录因子可通过介导脱落酸（abscisic acid，ABA）和植物生长素（auxin）信号通路调控干旱等逆境胁迫的响应，MYB96-介导 ABA 信号通路通过生长素原初反应基因-GH3 整合到植物生长素信号通路；Miura 等[10]发现 1 个自发突变、具有相对稳定和遗传的矮缩表型新基因——Epi-d1，其矮缩机制为作用于 DWARF1（D1）基因启动子区，从而影响组蛋白和 DNA 甲基化，进而影响有丝分裂，引起明显的矮缩；Vleesschauwer 等[11]通过外源施用 ABA，能提高水稻对水稻旋孢腔菌（Cochliobolus miyabeanus）引起的褐斑病的抗性，并从机制上发现 ABA 处理所产生的诱导作用依赖于 Ga-protein 通路，这种作用与 ET 信号通路有一定程度的拮抗作用。深入研究这些因子结构、调控功能及作用机制，将为采用生物技术和化学生物学方法寻找到抗水稻病毒带来新的突破。

4. 植物病毒相关结构和功能的研究

植物病毒的一些组分除具有胞间运动、远距离运输、参与致病、病毒组装、病毒核酸复制等功能外，还具有基因沉默抑制作用，使得病毒逃避寄主植物的免疫攻击而成功进行增殖。迄今已发现水稻黑条矮缩病毒（rice black dwarf virus，RBDV）、水稻条纹叶枯病毒（rice strip virus，RSV）、水稻黄斑病毒（rice yellow mottle virus，RYMV）、水稻普通矮缩病毒（rice dwarf virus，RDV）等水稻病毒的基因沉默子及基因沉默机制[12,13]；同时，已陆续发现植物寄主对病毒的在转录水平（transcription gene silence，TGS）和转录后水平（post-tran-scription gene silence，PTGS）上基因沉默的步骤和沉默的机制[14]。Pinto[15]利用 RYMV 依赖于 RNA 的 RNA 聚合酶（RNA-dependent RNA polymerase，RdRp）导入水稻，诱导水稻产生对 RYMV 的基因沉默作用，而且这种诱导作用具有种质遗传特性，Missiou 等[16]成功利用马铃薯 Y 病毒（potato Y virus，PVY）基因干涉获得高度抗性的品种，；Takumi 等[17]通过 RNAi 技术干扰水稻矮缩病毒基因沉默系统，进行水稻矮缩病的防治。我国南开大学席真等[18]采用小分子化合物方法来提高和降低基因沉默抑制效果，并为通过小分子农药来调控植物病毒基因沉默与反沉默提供了思路。基于当前对病毒基因沉默抑制和植物寄主基因沉默的研究，针对病毒反沉默的关键因子进行抗病毒药剂的开发并与生物技术干预相结合的思路，将提供有力的抗植物病毒的方法，并可能取得重大的突破。

在植物病毒的其他靶标中，由于 90％的植物病毒属于 RNA 病毒，生命周期中均需要逆转录酶的参与，同时，由于当前抗病毒农药中几乎没有针对逆转录酶的抑制剂。因此，基于此环节，可借用当前人类研究逆转录酶抑制剂的抗病毒剂的研究方法，甚至可采用结构新颖、合成路线不复杂和具有农药成药前景的逆转录酶抑制剂为抗病毒制剂的先导或模板分子，进行具有农药活性的抗病毒药剂的开发[19]。另外，关注植物病毒入侵的受体及入侵机制，以此为靶标进行抗病毒药物设计和开发，以获得阻止病毒入侵的新药剂，可能将是新的研究热点[20]。

二、应用研究

1. 水稻病毒快速诊断技术的研究与应用推广

植物病毒病的鉴定总体上分为感病植株病理学症状判断、病毒电子电镜形态、分子鉴定，总体上，分子鉴定结果稳定、重复性好，检测判断标准易于量化和普及推广。分子鉴定总体上可分为针对蛋白（特别是外壳蛋白）的免疫学鉴定和针对病毒标志性核酸片段的 RT-PCR 鉴定，从方法上看，免疫学的方法步骤简单、易于操作，对于仪器的依赖性不强。近年来，我国已经针对水稻条纹叶枯病毒、水稻黑条矮缩病毒、南方水稻黑条矮缩病毒等病毒形成了有针对性的分子检测方法。其中，针对水稻条纹叶枯病毒病对我国近几年的为害，浙江大学和江苏农科院进行了水稻条纹叶枯病毒检测方法的研究，开发出了快速检测的免疫试剂盒，并开展了水稻灰飞虱和带毒稻株的检测方法的推广培训[21]。针对近年中国南方地区为害较重的南方水稻黑条矮缩病毒病，华南农业大学、福建农林大学针对水稻黑条矮缩病毒病进行了 RT-PCR 方法的分子鉴定，该种鉴定方法结果稳定，重复性好[22,23]。应加强免疫学等简便、快速、环境依赖性不强的检测方法的研究，以及基层病毒检测平台的建设和人员培训。

2. 水稻抗病品种的研制和筛选

2010 年，我国南方多个省份出现大面积的南方水稻黑条矮缩病，暴露出在抗病品种筛选、品种抗性特性分析、水稻品种布局和应用等方面指导性建议工作做得不足。当前我国植物病毒病害复杂，所有的抗病品种如果都基于实验室进行抗病性和抗虫性分析，势必需要花费大量的时间，尽管这样的工作是必不可少的，并且是稻种进入市场流通必不可少的环节。但除此之外，更应在农业生产中，广泛地发动基层植保技术人员开展病害程度、病情指数等抗病性相关调查，为来年的水稻种植提供品种参考。针对今年南方水稻黑条矮缩病毒病在江西省的为害，本课题组研究人员联合江西省芦溪县、宜黄县和大余县植保站等单位，对江西晚稻品种进行了抗病性和感病性分析，筛选出了一系列具有潜在抗（耐）品种。

3. 水稻病毒病的药剂的创制和应用技术研究

（1）新药的创制研究　植物病毒病因为是植物病害中比例最小的一类病害，因其防治药剂的市场需求相对小及其防治效果不理想等原因，历来不被发达国家和各农药大公司所重视。例如在欧盟农药数据库和日本农药数据库中就检索不到抗病毒药剂的类别和抗病毒农药品种，可个别抗病毒诱导保护剂则被归到生长调节剂中。但是包括中国在内的东亚和东南亚国家是水稻主产区、粮食病毒病异常严重，这使得植物抗病毒药剂的应用成为了包括中国在内的这些发展中国家必须面对的问题。中国特别重视抗病毒剂的开发和应用，并已具有一定的工作优势。从创制方面看，近十年来，在国家"十五"、"十一五"科技支撑计划项目"农药创制工程"、即将启动的农药"十二五"项目、国家 973 项目"绿色农药的绿色化学农药的先导结构及作用靶标的发现与研究"和"分子靶标导向的绿色化学农药创新研究"、国家 863 项目、国家自然科学基金等项目的资助下，贵州大学、南开大学、福建农林大学、西北农林科技大学和中国科学院昆明植物所等高校、科研院所和农药创制单位，进行了抗植物病毒药剂的创制，发现了系列的抗病毒活性先导、候选药剂和具有自主知识产权的抗病毒药剂，抗病毒活性先导有：α-氨基膦酸酯类、氰基丙烯酸酯类、吡唑类、手性硫脲类等；候选化合物有娃儿藤碱（antofine）、多裂孕烷醇、R-4（P）、GU-188 等；创制的抗病毒剂有毒氟磷、6％抗坏血酸水剂、氨基寡糖素等，并获得农药登记，进行产业化。发现了具有开发潜力的抗病毒药剂的系列植物品种，如马蓝、牛心朴子草、臭椿和鸭胆子等[18,24~26]，并在创制过程中积累了丰富的经验，探索出了快速发现高活性先导的方法，建立了基于靶标的分子筛选模型，发现了一批含有抗病毒活性成分的野生植物种类和微生物资源，获得了新的抗病毒先导模板，并在国际上发表了系列原创性的、高水平的学术论文，得到了国内外同行的广泛认可和大量引用。

在取得可喜成果的同时，也还存在诸多的问题，一是在农药创制方面病毒靶标单一，目前的抗病毒靶标和机制集中在破坏病毒粒子（外壳蛋白）和激活免疫、激活通路、获得免疫抗性等方面，由于田间病毒种类的复杂性、病毒传播途径的多样性（传媒害虫传播、种子带毒、土壤带毒或机械摩擦等），亟需针对病毒入侵、复制和增殖、病毒移动、植物寄主免疫抗性、病毒基因沉默抑制等多种关键靶标和蛋白环节进行药物设计与开发。免疫激活是一类前景非常光明的药剂，基于当前诱导抗病剂的基础研究进展缓慢的现状，亟需针对各种病毒及植物寄主的免疫激活通路中关键信号分子进行免疫激活药剂研究，重点要选好具有重要调节作用的靶标，从基于靶标和同源模建技术的药物分子设计合成，研究靶标与药物分子间的化学生物学，提炼药效基团，引入手性小分子和杂环小分子，进行衍生修饰，获得更高活性的候选药剂。亟需利用当前植物分子生物学中的最新成果，如关键调控因子、基因沉默与沉默抑制理论，从全新的视角进行抗病毒药剂创制与开发。此外，还应加强水稻病毒病药剂筛选的模型建设。抗水稻病毒病药剂的筛选不同于烟草病毒病等药剂的筛选，迄今，已经发现针对烟草花叶病毒（tobacco mosaic virus，TMV）、黄瓜花叶病毒（cucumber mosaic virus，CMV）和马铃薯 Y 病毒（potato virus Y，PVY）等病毒的枯斑寄主，笔者采用半叶枯斑法经典方法在活体和离体水平上进行抗病毒药剂的治疗、保护、钝化等多种活性的测试和评价，但到目前为止，还未发现针对 RSV、RDV 等水稻病毒的枯斑寄主，因此，尚无法采用半叶枯斑法进行药剂筛选；在水稻病毒病活体水平上的药剂筛选以及病害发生标准的建立方面也有报道，本课题组也进行过接毒、移栽和病害分级判断方面的尝试，但存在稻苗移栽后费时、试验周期长和工作量大等问题，不易进行高通量和快速筛选；尽管对细胞水平上的筛选也有报道[24]，但细胞水平上生测数据和活体水平的药效还有一定的距离，因此，当前仍需建立一种能高通量、快速并能较为客观真实反映活体药效的生测方法。二是在农药先导来源方面，近年我国科学家陆续从野生植物中发现具有高活性抗植物病毒活性的先导模板，如：从沙漠植物牛心朴子草中发现作用核酸起始碱基的娃儿藤碱[18]，从马蓝中发现多裂孕烷醇和AHO[25]，从鸭胆子中发现系列高活性抗病毒活性化合物——鸭胆子苦醇等，从臭椿中发现系列高活性抗病毒活性化合物[26]。从某种程度上看，这些活性成分均是植物的次生代谢产物。过去认为植物次生代谢产物是植物代谢的废物，没有任何生理意义，其实植物次生代谢产物是植物对环境的一种响应方式，是植物与生物和非生物因素互作的表现形式，目前发现次生代谢产物有酚类、类萜类、含氮化合物（如生物碱）三大类。本项目组认为，未来的植物活性成分研究应围绕外来生物因素诱导植物产生方向性的次生代谢产物加以展开。

（2）个性化抗病毒剂的应用　与烟草、黄瓜、番茄等作物相比，水稻存在两个明显的特征：一是生长周期相对其他作物长，整个生长周期中生理、生化以及外观形态变化较大；二是与烟草等完全不同的是，水稻以结实为作物收获的标准。因此，必须切实考虑水稻在整个生长周期中每一个重要的关键环节，针对病毒可能的入侵时期，选用抗病毒药剂和生长调节剂。例如：在水稻未侵染病毒之前，可选用抗病毒免疫激活剂以提高水稻抗性，减少病毒感染的几率；在水稻感染初期，选用病毒钝化剂，以破坏病毒结构或抑制病毒复制和扩散；感染中后期，选用病毒治疗剂和抗病毒诱导剂，以减少水稻病毒的含量。目前抗病毒诱导剂有毒氟磷、氨基寡糖素、超敏蛋白、宁南霉素；病毒治疗剂有宁南霉素、病毒唑、乙酸铜，病毒钝化剂有宁南霉素、嘧肽霉素。由于宁南霉素等生物农药有效成分复杂，可能存在多种作用方式和抗病毒的协同作用。在选择抗病毒剂时，还应考虑到由病毒感染引起的水稻生理病理代谢紊乱，如苗期病毒感染造成赤霉素、脱落酸和生长素等植物激素代谢紊乱等，因此，选用植物生长调节剂和辅助激素调控，有助于植物生理状态恢复正常平衡。在水稻抗病毒病药剂应用方面，由于其作用机制尚未完全研究清楚，使用技术还比较粗放，缺乏针对具体的病毒、作物、作物生长时期、病毒感染时期等方面的数据，亟需深入研究并制定针对每种植物病毒和植物寄主的个性化的施药技术方案。

（3）田间综合防控技术研究　当前水稻病毒病田间防控中存在的主要问题是：尚不明确多种水稻病毒病爆发成灾和扩散的原因，尚不完全明确南方水稻黑条矮缩水稻病毒等病毒在各种水稻品种中的维持时间、组织分布和含量及其消长状态等；尚不完全明确抗病毒药剂在水稻体内的半衰期、药剂的持效期、药物的代谢组分及代谢机理，以及药剂抑制病毒在低水平上的有效时间。当前在水稻病毒病药剂田间应用技术方面应亟需开展如下研究：①研究和确定传媒害虫，制定病毒病的监测预警机制，弄清水稻稻飞虱和病毒病的爆发成灾的主要原因，加强稻飞虱、叶蝉等传媒害虫量化监测；②在防治过程中尽可能利用用多种药剂的协同作用，如：杀虫剂与抗病毒剂的协同；针对病毒靶标抗病毒药剂与诱导植物抗病性药剂的协同；抗病毒药剂与调控水稻生理药剂的协同；抗病毒药剂与增效、持效和环保型助剂的协同；③按照"治虫防病"的策略，综合物理措施、生物措施等多种防控措施，制定有效的防治方案；④应针对每种抗病毒药剂，进行田间防治技术的研究。

第二节
水稻病毒病田间小区药效试验方法的探讨

　　植物病毒病素称为植物癌症，一旦发生一般没有非常理想的防治措施进行干预控制。迄今为止，对于植物病毒的防治重在预防，主要依赖于"治虫防病"的措施。在众多农业病毒病中，水稻病毒病因其相对于其他作物较长的生长周期和最后表现为结实的特征，其防治显得特别的困难[27,29]。近几年来，由于全球气候普遍变暖以及适宜稻飞虱生存繁殖的杂交水稻品种大面积种植，由稻飞虱传播的水稻病毒病在我国呈大面积和长时期的发生，如：前几年，江苏、浙江、安徽和山东等省地发生的条纹叶枯病毒病，2009~2010年，我国广东、海南、福建、江西、湖南等地爆发的南方水稻黑条矮缩病毒病等[29,30]，这些病毒病对我国水稻生产构成严重的危害。由于当前对这些病毒病的爆发成因和流行规律尚不完全清楚，同时缺乏十分理想的防治和干预措施。因此，在面对当前大面积发生水稻病毒病的现状，针对杀虫剂、抗病毒剂和植物生长调节剂等药剂，研究防治水稻病毒病的有效防控技术具有重要的意义。对于农业病毒病药效试验来说，水稻病毒病的田间药效试验是当前农药田间药效试验中难度大、重复性差和防效不理想的一类田间药效试验[31]。为了更好地总结出水稻病毒病的防治措施，利于整个水稻产业的健康良性发展，近五年来，本实验室对水稻条纹叶枯病毒病、水稻南方黑条矮缩病毒病、黑条矮缩病毒病、锯齿叶矮缩病毒病等病毒病进行了杀虫剂、抗病毒剂和植物生长调节剂等各类药剂的多年多地的田间药效试验，并对试验过程中的一些影响因素进行了总结和探讨。

一、试验目的

　　本试验的目的在于理解防治水稻病毒病的系列药剂在田间实际防治水稻病毒病过程中药剂的具体实施效果，其中药剂包括杀虫剂、抗病毒剂和植物生长调节剂等，涉及的具体效果包括杀虫剂对稻飞虱的杀灭效果、病毒剂对抑制病毒增殖的效果、植物生长调节剂对水稻生长调控的效果；此外，还涉及更深层次的药剂代谢属性，包括药剂的持效期、半衰期等。总之，水稻病毒病田间药效试验的目的是探索防治水稻病毒病药剂的最佳防治效果的措施，探索和评价由最佳防治措施带来的药剂使用成本与水稻收益间的关系，最终形成有效的防治技术规范和体系，利于推广应用。

二、水稻品种

田间水稻病毒病的发生和严重程度主要受水稻的品种、稻飞虱、水稻病毒和防治药剂这四者间相互作用后的一种表现形式。水稻品种的抗虫或抗病特性在病毒病的发生这一环节上具有重要的作用；同时，水稻品种在抗逆、分蘖、拔节、抽穗和孕穗等方面也具有重要的调控作用；此外，不同遗传背景的水稻品种对植物病毒诱导保护剂和免疫激活剂的响应性和响应力也各不相同，反映出抗病毒诱导保护剂和免疫激活剂的实施效果。因此，在设计水稻病毒田间药效试验时，必须考虑不同抗性背景的品种和不同品系的品种，这样的试验结果才会有代表性和说服力。

三、试验地点的选择

在选择田间试验的田块时，当前的试验方案往往会选用往年发病重的田块，这种设计思想往往是受其他病毒病田间药效试验方案的误导。比如：烟草花叶病毒病的田间药效试验，由于烟草花叶病毒可以长期存活于土壤中，其发生与往年该地发生烟草花叶病毒病有着密切的关系，因此选用这样的田块进行烟草花叶病毒病试验在保证病毒病发生这一环节有重要的作用。对于水稻病毒病，目前发现水稻病毒仅通过稻飞虱、叶蝉等刺吸式传媒害虫传播，有的病毒还可经害虫虫卵传播给下一代害虫，但目前研究发现表明水稻病毒病的发生与土壤带毒无关，可以排除土壤带毒因素，因此，选用往年发生较重的田块从病毒土壤带毒这一角度来说是缺乏依据的；同时，对稻飞虱传播水稻病毒环节分析发现，当前特别是稻飞虱的远距离迁飞规律和稻飞虱降落规律尚不完全清楚，并且多年来的调查发现在水稻病毒病发生严重的这些地区，特别是由迁入性稻飞虱造成的发生规律并不明显，因此，从稻飞虱迁入的环节进行选择田块也缺乏依据。此外，水稻病毒病田间秧田试验地的选择尽可能选择在适当远离公路大道、水塘以及河流边，四周尽可能是水稻田，试验田块也力争要求做到肥力一致、水稻长势一致和田间管理一致。

四、水稻种植时期的选择

水稻种植时期的把握也是非常重要的一个环节，它直接影响到水稻病毒病发病模型。对水稻病毒病发生流行病学数据分析发现特别是在稻飞虱以迁入虫源为主的地区，水稻病毒病的发生往往是中晚稻重于早稻。为了准确把握水稻种植时期，建立成功的水稻病毒病模型，本项目组认为认真调查试验地点及试验周边地区当年早稻或中稻的发病情况，动态跟踪试验地区稻飞虱虫量和带毒率，将会对试验地点的选择有较大的帮助。在发现试验点稻飞虱虫量大和带毒率高的情况时，可以在病毒病发生严重的田块中央或周边取一小块田块作为试验地，进行田间药效试验，这样的试验田块将有助于下一代稻飞虱从试验地旁边的早中稻"成功"迁入试验地，保证试验的成功。

五、试验药剂的选择

迄今为止，水稻病毒病的防治主要还是依赖于"治虫防病"的措施，因此，本项目组认为防治水稻病毒病的最佳试验方案应该是在充分使用好杀虫剂的基础上进行展开。同时，基于当前世界农药创新体系中发现许多结构新颖、生物活性良好、环境绿色友好的新型抗病毒剂、免疫激活剂和植物生长调节剂，为了最大效果地防治水稻病毒病和达到增产的效果，建立包含杀虫剂、抗病毒剂、植物生长调节剂和生物肥料等药剂—肥料的不同组合试验方案，从中探讨一套高效的防治水稻病毒病的防治方法，试验既能有效防治病毒病，又能调控水稻生长，到达增产增收的效果。在杀虫剂使用的选择方面，将重点考虑杀虫剂对稻飞虱的抗药性、杀虫剂对稻飞虱的杀灭特性，这里主要是考虑杀灭速度。对于第一代稻飞虱大量虫量迁入，或者二代稻飞虱带毒率高，虫量大等特点，本项目组认为需要快速控制稻飞虱数量，以免稻飞虱扩散以及造成的病毒扩散，常考虑使用速杀性好的杀虫剂，如毒死蜱、烯啶虫胺、吡虫啉等；在考虑避免稻飞虱传毒方面，常考虑使用吡蚜酮以避免稻飞虱传毒。在抗病毒剂使用方面，需要非常慎重地加以考虑。首先要考虑使用植物病毒剂的成本及收益问题，当前植物病毒剂从机制上可以分为病毒钝化剂、病毒治疗剂和病毒保护剂三大类，在田间应用过程中，并非所有的抗病毒剂都需要使用，往往会根据水稻生长周期、水稻病毒发生的状况等问题综合分析，进一步选用抗病毒剂。对于水稻生长调节剂，当前的一些主要成分为赤霉素、生长素等内源激素，它的使用往往和水稻生长、水稻发生病毒病害的时期以及病害程度密切相关。

六、施药

对于防治水稻病毒病来说，施药的时期特别的关键，制定方案要"因地因时"而异，不能千篇一律。需要根据水稻生长周期、稻飞虱迁入时期、迁入虫量高峰时期以及施药的类型和性质（药剂的持效期、考虑组合间的拮抗和协同、化学性质间有无矛盾之处）等因素进行分析和综合判断，当前特别强调在防治水稻病毒病要在秧田期防治，采用"治秧田、保大田"的措施。但目前对于在秧田期，针对各种病毒病合理的施药次数、施药间隔期、防治效果、防治成本和秧田期水稻种植时间还需要深入探讨。但在近几年的工作发现，秧田期施用杀虫剂1次、2次和3次的对病毒病的防治效果完全不一样；发现施用3次的防治病毒病效果明显好于1次和2次；针对白背飞虱，秧田期从1叶1心期开始使用杀虫剂比2叶1心期使用杀虫剂的效果要好；秧田期使用2次免疫激活剂比1次免疫激活剂的效果要好，但再增加使用免疫激活剂的次数时防治效果增加不明显。同时，施药的整个操作过程中还需要注意药剂的配制的精确性；药剂稀释用水最好使用清水，不宜混浊或有明显的化学污染；施药过程注意防治药剂飘移，可采用塑料薄膜或隔板等器材防止药剂喷施时交叉污染。

七、清水对照处理及小区设置

清水对照处理当前存在两个明显的亟待解决的问题。第一，清水对照处理的摆放位置，按照病虫害田间小区药效试验要求，试验处理小区需要随机摆放。但本项目组发现在水稻病毒病药效试验上，清水对照处理区的摆放位置的不同其病毒发生率也明显不同，发现同一大块试验地中，清水对照处理的病毒病发生率可以在30％～60％之间摆动，其中摆放在整个试验田块边上的清水对照处理，其发生率较重；摆放在试验田块中央的处理小区，发生程度较边缘处理组的发生程度轻，认为发生这种结果的原因可能是药效试验地的稻飞虱由周边田块迁入造成。第二，清水对照是否需要药剂处理，基于农药田间药效试验准则，清水对照处理即是用喷清水代替药剂，但水稻病毒病田间药效试验中，稻田实则上是一个小的生态圈，往往是多种病害、虫害、病毒病、杂草以及有益生物同时存在，如果严格按照清水对照仅喷清水，可能水稻会遭受严重的病虫害危害而试验将无法进行下去；如果用农药进行干预和处理，特别是使用杀虫剂去防治稻飞虱外的其他害虫，是否会带来整个试验稻田生态圈的破坏和其他害虫的再猖獗，这样的结果是否会对试验数据和结果造成影响，这需要进行研究。同时，根据经验，为保证试验顺利进行，在今后的田间试验中应对清水对照的药剂进行规范和统一使用，尽量做到防治药剂的要有针对性，比如：防治稻蓟马的药剂不能对飞虱产生作用；整个试验田块内部小区之间和不同田块间防治其他病虫害的用药力求保证药量均一化和用药一致。此外，水稻病毒病的小区设计尽可能考虑到小区形状为长方形，小区面积不能低于$15m^2$，清水对照尽可能设4个以上的重复，小区地点最好包括整个试验田块四周、试验田块的中央等；各个处理的小区重复最好能与肥力梯度平行，各个小区间最好筑埂防治小区间窜水，同时，保证稻田各个小区获得水源均一。

八、药效调查

当前水稻病毒病药效调查方法主要有两种：第一种方法步骤大致为分蘖盛期

各调查一次各处理水稻病毒病病株，调查方法可为各小区对角线5点取样，每点调查相连 50 丛或 10 丛，记载病株数，计算病株防效；或者平行跳跃法，根据小区面积大小每行间隔 10 丛或 5 丛调查。调查公式为：发病率（%）＝发病株数/调查总株数 100%；防病效果（%）＝（对照区发病率－药剂处理区发病率）/对照区发病率 100%。第二种方法基于病情指数方法进行，是在获得病毒病害分级数据的数据上进行。

比较两种调查方法发现：第一种调查计算方法简便、快速，但对于已经发生病毒病的水稻进行药效试验获得的防效数据偏差较大；第二种调查方法虽然工作量较大，但防效数据较为真实客观。此外，关于水稻病毒病病害分级标准，以前的调查标准是基于调查时期在水稻抽穗期之后调查，调查标准基于水稻植株的高度、穗粒情况等指标进行综合评价后分级。该标准能客观准确评价水稻抗性水平，至今，还沿用此方法进行室内药效和田间药效调查，但在使用过程中，发现该方法同样存在一些缺陷，即：①方法测量指标多、操作过程过于复杂；②调查时期必须在水稻孕穗期之后。因此，要想在田间小区药效试验中，跟踪药剂处理后的效果就不能采用此方法，为了便于动态调查药效，根据水稻病毒病最为重要的指标——矮缩制定了简易的标准，其目的是能动态跟踪药效情况，便于总结出最佳的防治方案和措施。

九、结果

根据上面的分级，可以得出了相应的病情指数和防治效果计算公式。通过我们的方法，发现该公式的使用是基于发现病毒病的病株的基础上，而水稻病毒病在拔节后症状较为明显，因此，如果需要调查药效，在水稻拔节期或拔节之后开始调查比较合适。

第三节
南方水稻黑条矮缩病的发生及防控对策

南方水稻黑条矮缩病是近年新发生的一种水稻病毒病，该病害在 2010 年在我国呈大面积发生，在我国广西、广东、海南、福建、江西、湖南、浙江、湖北、江苏、安徽、贵州、云南、四川等多个省（区）均有不同程度的发生，其中在江西、湖南、贵州等省份某些地区发生较为严重。据我国"南方水稻黑条矮缩病"防控研究小组专家预测，2010 年，我国单就南方水稻黑条矮缩病的发生面积就达 2000 万亩，造成了严重的经济损失。当前，对南方水稻黑条矮缩病认识和防控措施研究均不足，因此，本节就南方水稻黑条矮缩病发生、为害及防控措施进行探讨。

一、病害基本情况

1. 发病原因

南方水稻黑条矮缩病的病原为南方水稻黑条矮缩病病毒，属于斐济病毒属，通过病毒亲缘关系的进化树分析发现 SRBSDV 与玉米粗缩病毒（maize dwarf virus，MRDV）亲缘关系较近，而与水稻黑条矮缩病毒的亲缘关系较远[21]，其传播介质主要为白背飞虱，通过传毒机制试验发现白背飞虱一旦获毒，即可终身带毒，但可不经卵传播病毒。白背飞虱的子代若虫获毒必须经过取食带 SRBSDV 的禾本科植物才能获毒[31]。目前研究还表明在灰飞虱体内能检测出 SRBSDV，但是否存在灰飞虱传播 SRBSDV 还需进一步验证。目前研究表明，对于可以感染 SRBSDV 的植物主要有禾本科作物以及禾本科杂草，如水稻、玉米、小麦、薏米、稗草、百草和水莎草等植物。

2. 发病症状

当前南方水稻黑条矮缩病的对水稻为害的症状研究比较清楚。从水稻症状上看，典型的症状有：①在水稻基部出现与水稻伸展方向一致的白色蜡状条状突起，手摸有粗糙感。白色蜡状物质后期可逐渐变为褐色条状物；②水稻早期感染 SRBSDV，特别是在秧田期感染；③1 心叶期左右，可在拔节后期出现高节位分枝。此外，SRBSDV 感染水稻也可出现与水稻黑条矮缩病相似的症状特征，如根系变化：感染后期，水稻根系变短、根系变少；植株高度变化：秧苗早期感染植株，在水稻后期显示出植株矮缩，感染越早，矮缩越明显；叶片变化：叶片卷曲，感染 SRBSDV 后的叶片基枕部和边缘在伸展方向出现皱褶；孕穗和抽穗变化：总体表现为穗少、不抽穗和秕谷等，具体发生严重程度与发生感染时的水稻栽培时期、水稻品种的抗（耐）特性以及田间管理状况等相关，症状如图 5-1 所示。

3. 发病特点及原因分析

从发生年份上分析，南方水稻黑条矮缩病的首先发现是在 2001 年，发现地是在广东省阳江市阳西县的水稻上，发生程度呈零星分布，小范围发生，其原因与当时白背飞虱虫量及带毒率相关[2]。2001～2008 年，南方水稻黑条矮缩病在我国广东等地区一直呈较小程度的发生；2009 年，其发生程度明显加重，在我国福建、广西、海南、江西、湖南等地均有发生；2010 年，南方水稻黑条矮缩病在我国呈大发生态势，在广东、广西、海南、福建、江西、湖南、贵州、四川、云南、湖北、浙江、安徽等多个省份均有发生和为害，据不完全和保守统计，发生面积超过 2000 万亩，其原因与多种因素密切相关，主要因素有：2009～2010 年冬春气温偏高，致使白背飞虱虫源越冬地增加，越冬虫量基数加大，导致翌年虫量大幅增加。从栽插时期上分析，中稻和晚稻发生程度明显重于

图 5-1　南方水稻黑条矮缩病症状

A—水稻基部白色蜡状条形突起，手摸有粗糙感，沿水稻伸展方向形成；

B—白色蜡状突起在水稻生长后期变为的褐色蜡状突起；

C—在水稻感染 SRBSDV 后的水稻心叶变卷曲，水稻抽穗变少；

D—水稻在秧田期感染 SRBSDV 后，在拔节后表现为水稻出现高节位分枝；

E—水稻感染 SRBSDV 的根系变化，左部为健康水稻的根系，右部为感 SRBSDV

　　的水稻根系变化，可看出水稻整个根系变少，根系变短，颜色变为褐色。

早稻。田间调查分析发现第 1 代白背飞虱在早稻上大量繁殖致使虫量增加，如果感染时期在早稻抽穗后期，SRBSDV 致使早稻的症状不明显或为害并不严重，但带毒白背飞虱可在中稻上扩散；在早稻与中稻或晚稻的套种的种植地区，在早稻上繁殖的白背飞虱极易从早稻上转移至中稻或晚稻的秧田，致使中稻或晚稻在秧田时期大面积感染。从栽插方式分析，集中连片育秧方式比分散育秧方式的南方水稻黑条矮缩病为害要轻，其原因与白背飞虱在集中连片育秧田块中感染几率得到稀释；从移栽田与直播田块分析发现，移栽田发生程度重于直播田，其原因为移栽田在秧田期秧苗密集，极易导致白背飞虱在稻苗间大量繁殖。其次，秧苗在移栽过程中的损伤对病毒侵染或加重病毒增殖有重要的作用。从田间管理分析，采用"治虫防病"方针，综合使用物理防控措施，如防虫网、诱虫灯技术，采用新型高效杀虫剂，替代传统老化品种，在早期杀灭传媒害虫等相关措施，有较好的防控效果。

二、防治对策

1. 加强南方水稻黑条矮缩病流行监测和分布

南方水稻黑条矮缩病的早期监测和流行规律的研究有助于基层农技人员及早组织进行生产上的防控，做到针对性更强、措施更加具体、生产成本投入更少。目前，对于南方水稻黑条矮缩病的监测预警机制工作开展不足，应加紧开展如下几方面的研究：①白背飞虱虫源越冬地的监测，包括虫量监测、带毒率监测、越冬地气温与虫量增殖代数相关性研究。②第1代白背飞虱迁飞路径，白背飞虱降落地点等。③加强白背飞虱带毒率监测，做好第1代白背飞虱在降落地区域秧田水稻早期带毒率的监测，为做出水稻感染南方水稻黑条矮缩病以及由此带来的产量损失和病毒扩散做出合理的风险评估。

2. 加强"治虫防病"和"共防共治"的方法研究与实施

南方水稻黑条矮缩病为害极其严重，因此，对该病害尽早采取措施对于生产上具有重要的意义。基于当前我国南方水稻黑条矮缩病发生的现状，应加强以下几个方面的研究。①加强白背飞虱杀虫剂的药剂筛选工作。加强杀虫剂对不同虫龄白背飞虱杀灭效果、对白背飞虱产卵量的影响、对白背飞虱幼虫生长发育的影响、对白背飞虱飞行距离的影响、对白背飞虱传毒效率的影响、对白背飞虱抗药性的影响等，同时，研究使用这些杀虫剂后对其他害虫、环境有益生物的影响。此外，加强杀虫剂农药新助剂和新剂型的研究，使得杀虫剂在田间能达到增效、节本、环保等优点。②加强南方水稻黑条矮缩病药剂的筛选工作。我国现有登记的水稻病毒药剂品种尽管多，但实际上有效成分种类较少，常用的有宁南霉素、氨基寡糖素、菇类多糖、盐酸吗啉胍等。因此，为提高抗病毒剂的药效，应加强治疗、保护和钝化作用方式的抗病毒药药剂的筛选和活性研究，使得水稻病毒病药剂能提高水稻抗病性、能抑制病毒在水稻体内的含量，减轻水稻病毒病的症状，减少水稻体内的病毒含量，减轻病毒扩散造成的风险。③加强植物生长调节剂的筛选工作。④加强生物肥料在南方水稻黑条矮缩病防控中的应用。

第四节
南方水稻黑条矮缩病应急防控试验探究

南方水稻黑条矮缩病毒（SRBSDV）是属于斐济病毒科的一种新病毒，其传播介质主要为白背飞虱，主要为害水稻、玉米和禾本科杂草等。研究发现白背飞虱传播南方水稻黑条矮缩病的方式主要通过感染病毒植株感染。目前所有证据还不支持白背飞虱可经卵传播病毒。南方水稻黑条矮缩病毒首先由华南农业大学周国辉教授首先鉴定[22,29]。该病毒在过去几年内仅在广东、海南、广西、福建等地小范围的发生，没有引起足够的重视。2010 年，我国海南、广东、广西、福建、江西、湖南、浙江、贵州等多个省份（自治区）中晚稻大面积发生不同程度的南方水稻黑条矮缩病毒病，部分地方严重到绝收程度。目前该病毒病的有效防控措施还停留在"治虫防病"方面，主要是早期采用杀虫剂杀灭稻飞虱以及阻断传毒对于防控病毒[28,33]；但是在水稻已经感染病毒之后，特别是早期水稻感染，目前还没有有效的防治措施，因此，进行病毒病的应急防控具有重要的意义。为此，制定了一套应急防控措施，探讨不同组合药剂的防治效果，为今后对南方水稻黑条矮缩病应急防控提供技术参考。

一、材料方法

（1）水稻品种　荆两优 10 号，为两系杂交稻，全生育期 136.9d；

（2）播种时间和地点　2010 年 5 月中旬播种，人工移栽，移栽稻苗按随机移栽方式进行，地点为江西省萍乡市芦溪县麻田乡石溪村。本田面积近 3 亩。

二、试验方法

1. 施药前秧田及本田管理情况

2010 年 8 月 1 日前，本田管理由农户自行管理。

2. 处理类型

试验设计思想是考虑整个本田水稻已经在秧田时期大面积均匀感染南方水稻黑条矮缩病，同时，通过对全株水稻调查发现成虫较少，提示白背飞虱成虫已经死亡，而在水稻茎秆和基部存在白背飞虱的虫卵，因此，为了使整个稻田的虫量一致，不至于新长出的幼虫对处理小区以及邻近小区的影响，各个处理组中均使用同一品种和统一剂量的杀虫剂——25％吡蚜·噻虫嗪悬浮剂，同时，为了尽可能让整个田块的肥力和养分均匀，在每个处理中均加入等量的生物肥；此外，为了避免不同处理小区的水稻所含病毒含量不一致，在每个小区均才有一次等量的病毒灵，目的是为了使各个处理小区的病毒含量保持一致。以下是各个处理组药剂应用类型（剂量均为每亩使用量）。

A 处理：0.136％碧护可湿性粉剂，2g；30％毒氟磷可湿性粉剂，66g；25％吡蚜·噻虫嗪悬浮剂，25mL；叶面肥；病毒灵，60mL。

B 处理：0.136％碧护可湿性粉剂，2g；2％宁南霉素水剂，200mL；25％吡蚜·噻虫嗪悬浮剂，25mL；叶面肥；病毒灵水剂，60mL。

C 处理：0.136％碧护可湿性粉剂，2g；3％超敏蛋白 G，10g；25％吡蚜·噻虫嗪悬浮剂，25mL；叶面肥；病毒灵水剂，60mL。

D 处理：25％吡蚜·噻虫嗪悬浮剂，25mL；叶面肥；病毒灵水剂 60mL。该处理所有药剂和肥料在各处理组中均有。

E 处理：30％毒氟磷可湿性粉剂，66g；3％超敏蛋白 G，10g；25％吡蚜·噻虫嗪悬浮剂，25mL；叶面肥；病毒灵水剂，60mL。

F 处理：0.136％碧护可湿性粉剂，2g；3％超敏蛋白 G，10g；25％吡蚜·噻虫嗪悬浮剂，25mL；叶面肥；病毒灵水剂，60mL。

J 处理：3％超敏蛋白 G，10g；2％宁南霉素水剂，200mL；25％吡蚜·噻虫嗪悬浮剂，25mL；叶面肥；病毒灵水剂，60mL。

3. 施药时间和施药次数

共施药 3 次，施药间隔期为 7d，施药时间分别在 8 月 3 日、8 月 10 日和 8 月 17 日。

三、调查方法

拔节后感染南方水稻黑条矮缩病的有一重要病理指标，即植株明显矮化。在即往水稻病毒病发病情况调查研究中，往往在水稻抽穗后进行调查，其判断指标涉及植株高低、穗粒多少和大小等。为尽早对水稻品种抗（耐）病情况进行分析以及便于田间大量样本的调查，对指标[36,37]进行了简化，即测量健康植株和发病植株的高度。

根据调查植株进行各级比例的计算，所有数据经 SPSS 11.5 统计软件进行分析。

采取平行跳跃 5 株，通过对植株高度以及发病情况进行调查，来对不同处理的水稻进行统计，计算发病率、病情指数以及防治效果。计算方法见本章第二节相关部分。

四、结果

2010 年南方水稻矮缩病毒病发生尤其严重，据初步调查分析，江西省以麻田乡最为严重。针对当时种植较晚的田块制定了一个应急防控措施，调查时由于水稻还处于拔节末期，已报道的分级标准尚不能用于本试验调查当中。因此，按照修改后的方法，对水稻进行调查。调查结果如表 5-1 所示，由表 5-1 可知 J 处理的防治效果最好，防治效果为 46.75％，其次为 E 处理，防效为 43.3％，而 B 处理的防治效果最差，防效为 −22.85％。结果表明不同药剂处理对治疗南方水稻黑条矮缩病具有较好的防治效果。

表 5-1　各种处理组对南方水稻黑条矮缩病的防治效果

处理类型	健康植株高度/cm	发病率/%	病情指数	防治效果/%
A	89.03	34.78	16.6	39.9
B	85.13	57.31	33.94	-22.85
C	86.38	55.61	24.85	10.02
D	90.23	45.58	27.62	—
E	87.52	22.5	15.66	43.3
F	89.87	37.05	20.22	26.81
J	89.61	19.7	14.71	46.75

同时，调查了各个处理组水稻的各病情指数及其所占比例，如表 5-2 所示，A 处理和 C 处理 7 级所占比例较少；而 J 处理和 E 处理 7 级比例较高，这一结果与防治效果不太一致，提示进一步进行深入研究。

表 5-2　各处理类型发病植株各级所占比例

处理类型	各级所占比例/%			
	1 级	3 级	5 级	7 级
A	37.50	21.59	27.27	13.64
B	27.59	16.55	26.90	28.97
C	47.71	11.01	28.44	12.84
D	23.30	20.39	27.18	29.13
E	9.52	20.63	36.51	33.33
F	32.53	19.28	22.89	25.30
J	13.21	18.87	28.30	39.62

五、讨论

由于该试验是在拔节期采取的应急防控，同时所有处理均有 25% 吡蚜·噻虫嗪悬浮剂、叶面肥和病毒灵，防治效果会受到一定影响。通过表 5-1 可知，A 处理、E 处理、J 处理防治效果在 40% 左右，防治效果明显高出其他处理类型，推测 30% 毒氟磷可湿性粉剂和 3% 超敏蛋白 G、30% 毒氟磷可湿性粉剂和 0.136% 碧护可湿性粉剂以及 3% 超敏蛋白和 2% 宁南霉素水剂联用效果比较好，而 C 和 F 处理防治效果不到 30%，推测 3% 超敏蛋白 G 和 0.136% 碧护可湿性粉剂联用防效稍差，通过对比 A 处理和 F 处理、E 处理和 F 处理，发现毒氟磷的效果比超敏蛋白更好，超敏蛋白要比碧护的效果更好，表明毒氟磷、超敏蛋白对南方水稻黑条矮缩病毒病有一定疗效[34-49]，但碧护效果不明显。J 处理防治效果最佳，达到 46.75%，是由于超敏蛋白对南方水稻黑条矮缩病毒病有一定治疗效果，同时促进了病株的生长，宁南霉素[40]对病毒起到一定的钝化作用，使得 J

处理发病率最低，防治效果最好。

  B 处理和 C 处理的发病率都要比 CK 要高，B 处理病情指数比 CK 高，可能与孕穗期时开始进行防治有关，或者与秧田期至孕穗期的田间管理有关，由于碧护[41]和宁南霉素分别起到生长调节和钝化的效果，可能导致 B 处理防治效果最差。C 处理的病情指数比 CK 要低，C 和 F 为同一处理，可能因为碧护和超敏蛋白减轻了病毒病的为害程度，但对控制病毒病的传播效果不明显。

第五节
江西省芦溪县麻田乡南方水稻黑条矮缩病爆发的原因分析

  南方水稻黑条矮缩病毒是由华南农业大学周国辉教授首先鉴定并命名的一种水稻病毒，属呼肠孤病毒科（Reoviridae）斐济病毒属（Fijivirus）一个新种[21]。前几年，由该病毒所引起的水稻病毒病仅在广东、海南、福建等地呈小范围发生，没有引起大家足够的重视[29]。2010 年，我国广东、广西、福建、海南、江西、湖南、湖北和贵州等省份（自治区）均有不同程度的南方水稻黑条矮缩病的发生，据农业部全国农业技术推广服务中心报道，早稻、中稻和晚稻发生面积分别约为 150 万亩、590 万亩、1030 万亩，为害情况居历年之最。2010 年 5 月至 10 月期间，对我国浙江、江西、湖南、广东、福建和贵州等省份进行南方水稻黑条矮缩病的实地调查、样品采集和实验室分子鉴定，研究发现江西省萍乡市芦溪县麻田乡南方水稻黑条矮缩病造成为害极为严重和发生特色也极为鲜明。对此，作者对江西省萍乡市芦溪县麻田乡辖区及武功山周边地区进行为期 2 个月的实地调查分析，探讨其发生原因，以期为该地区南方水稻黑条矮缩病防控提供防控技术贮备，为南方水稻黑条矮缩病的防治提供技术参考。

一、研究方法

  1. 调查时间及地点

  2010 年 7～9 月，江西省萍乡市芦溪县麻田乡辖区以及紧邻麻田乡的江西省吉安市部分地区（如安福县）。

  2. 调查方法

  田间症状调查采用周国辉报道方法进行[29]，病害分级采用本课题组制定"七级分级法"进行，室内分子鉴定采用周国辉报道方法进行室内分子鉴定[29]，结果表明该地感染水稻病毒病为南方水稻黑条矮缩病，并且从 CP（coat protein）基因分析发现该基因序列非常保守，与周国辉报道序列完全一致。

二、结果与分析

南方水稻黑条矮缩病爆发的影响因素主要有以下几点。

（1）地域特征　麻田乡境内武功山最高峰海拔为 1918.3m，为江西境内第一高峰，四周山脉平均海波均在 1000m 以上，形成一个巨大的天然屏障。在特殊的气象等因素作用下，外来白背飞虱一旦降落，将很难由此迁出。每年在 5～8 月，该地区白天最高气温在 32～38℃，夜间气温在 20～25℃，夜间最低气温与白背飞虱生存、迁徙等相关性不密切；同时，周边山脉气温随海拔上升气温降低异常明显。而相关研究表明，白背飞虱的种群数量、迁飞特征与当地最低气温、相对湿度密切相关[42]，表明，本地第二代虫源，因周边高山阻挡及急剧降低气温影响而不易迁徙，导致当地虫源集聚，最终形成爆发趋势。同时，通过麻田乡下辖几个自然村南方水稻黑条矮缩病发生情况看，位于武功山主峰下的麻田村和大江边村的发生为害最为严重，其中，麻田村和大江边村绝收面积最大，是麻田乡南方水稻黑条矮缩病的重发区域。此外，笔者还对紧邻芦溪县麻田乡的江西省吉安市安福县（罗霄山脉北段武功山的背面）几个乡镇的灯下白背飞虱的发生情况调查发现，6 月份每日灯下最高虫量也还不到 40 头。因此，证实了江西省萍乡市芦溪县麻田乡白背飞虱大爆发的主要因素为特殊的地域因素。

（2）晚稻种植时间　从晚稻种植时间看，2010 年江西省芦溪县麻田乡种植水稻主要为一季晚稻，播种时间为 5 月中旬，移栽时间在 6 月上旬。通过对芦溪县各监测点的稻飞虱灯下虫量监测发现，每日虫量白背飞虱第 1 个高峰时间在 2010 年 5 月 24 日，灯下虫量为 1376 头；第 2 个高峰时间在 6 月 14 日，灯下虫量达 6464 头；虫量最高峰的时间在 6 月 22 日，灯下虫量达 12288 头。从 5～8 月各月总的虫量看，虫量分别为 2513 头、41242 头、3588 头和 1252 头，月高峰时间在 6 月，达到 4 万头以上。通过与晚稻栽插时间比较分析，虫量高峰期正好与晚稻感病生育期吻合，说明晚稻栽插时间是 2010 年江西省芦溪县麻田乡大发生的主要原因之一。

（3）品种特性　芦溪县麻田乡共种植晚稻品种约 20 余个，主要有中浙优 1 号（三系杂交稻）、中浙优 2838 号（三系杂交稻）、丰两优 3 号、丰两优香 1 号、两优 036、新两优 6 号、杨两优 6 号、两优 1260、糯米、先农 22 号、准两优 527、珞优 8 号、民先富 3020、奥龙优 282、新两优 6380、黄花粘、金优 10 号和荆两优 10 号等品种。其中，主要种植水稻品种为两优系列两系杂交晚稻。经水稻病毒病的病情指数及分级比例调查发现，两优系列的两系杂交稻品种普遍发生严重，如：新两优 6380、先农 22 号、丰两优 3 号和荆两优 10 号等品种 7 级发生率非常高，大部分如果在苗期感染后甚至不能存活（图 5-2）。但这些品种是因为对白背飞虱有抗（耐）性还是对南方水稻黑条矮缩病有抗（耐）性，还有待进

图 5-2 不同品种南方水稻黑条矮缩病的为害情况

A—粗线条所画为先农 22 号的受害情况，失收率达 80％以上，旁边区域为其他水稻品种，
　　南方水稻黑条矮缩病为害相对较轻；

B—箭头所指区域为新两优 98 水稻品种，损失收率达 70％以上，而四周水稻品种为中浙优 1 号和
　　中浙优 2838 号等，为害率相对明显减小；

C—南方水稻黑条矮缩病对晚稻移栽稻田分蘖期水稻为害，箭头所指为水稻严重矮缩；

D—南方水稻黑条矮缩病对二晚稻移栽稻田分蘖期水稻为害，箭头所指为重度感染病毒病水稻，
　　水稻矮缩明显，有的植株已死亡。

一步研究。但笔者的调查结果与白背飞虱喜食杂交稻以及白背飞虱喜在杂交稻上的生存特性的文献报道完全一致。同时，调查结果表明，2010 年芦溪县麻田乡两优系列品种占整个水稻种植区的 60％～70％。因此，品种因素也是导致该辖区大面积爆发成灾的因素之一。

（4）传统的栽插方式　芦溪县麻田乡一直采用秧田育秧移栽的模式，大量研究发现由于育秧田稻苗密度高，带毒飞虱一旦迁入，带毒飞虱极易侵染四周水稻，这样水稻带毒风险将变高。

（5）缺乏对南方水稻黑条矮缩病正确的认识　首先是基层农技人员缺乏对南方水稻黑条矮缩病缺乏正确的认识，表现在"治虫防病"的措施的理解和实施不到位，田间防治没有突出"秧田期狠治一代飞虱，压低虫口数量，控制苗期传毒；普治大田第二代飞虱和第三代飞虱"的思想；杀虫剂选择也不对路，多数地区采用噻嗪酮一管到底，没有发挥速杀性杀虫剂和持效性杀虫剂在"治虱"中的特效；同时，使用杀虫剂药剂品种老化，多数地区一直使用吡虫啉和敌敌畏等品种，对一些高效新品种缺乏认识，如速杀性杀虫剂有氨基甲酸酯类的异丙威和丁硫克百威等，第 2 代烟碱受体杀虫剂的烯啶虫胺，破坏飞虱口器同时阻碍传毒的吡蚜酮等。其次是农户对水稻病毒病的防治意思淡薄，江西省芦溪县麻田乡属于

边远贫困山区，受交通限制，当地农户与外界沟通接触困难，由于经济水平偏低，青壮年大都外出务工，从事农业活动的主体为老人和儿童，人员文化素质相对外界较低，水稻生产也采用传统的"秧田育秧、手工移栽"模式。同时，对水稻病虫害的鉴别和防治缺乏科学常识，很少采用高效低毒农药进行防治。在过去5年中，当地稻飞虱整体发生为害情况并不严重，没有水稻病毒病为害的报道。因此，也缺乏相应的防治经验。2010年，尽管在水稻播种前，植保和农技部门加强对南方水稻黑条矮缩病的防范，并对农民反复进行过宣传教育，但仍未引起农民的足够重视，未能采用药剂拌种、防虫网技术、秧田期规范使用杀虫剂杀灭稻飞虱的措施，到水稻分蘖或拔节后发现，水稻明显矮化，且误认为是水稻品种质量问题，未意识到是病毒病造成的。因此，在一定程度上造成了白背飞虱在迁入地大量繁殖，取食有毒水稻和杂草寄主，最终大量扩散造成大田为害。

三、南方水稻黑条矮缩病爆发因素的特征

1. 稻飞虱和病毒病呈逐年加重的趋势

近年来，全球气候变暖使得白背飞虱可以越冬的地点增多以及越冬虫量基数变大加重了来年南方水稻黑条矮缩病的防控难度，目前的监测发现在越南海防（Hai Phong）和绥和（Tuy Hoa）、广西防城港市和北海市、广东湛江市和阳江市、海南三亚市和海口市等地可能为近年来白背飞虱的越冬地。同时，白背飞虱喜食的水稻品种——杂交稻，而大面积种植杂交稻也为白背飞虱在我国稻区大量繁殖提供了条件[43]；此外，水稻种植中过量使用尿素等含氮肥料也有助于白背飞虱大量增殖，这些因素的叠加使得近年白背飞虱对我国为害呈逐年加重趋势[44]。通过水稻种植模式分析发现，近年来，一年多季水稻和水稻小麦套作的模式使得为害早稻的白背飞虱得以入侵中晚稻田，造成中晚稻田病毒病灾害的大发生，稻麦套作的模式使得白背飞虱可以中间寄主越冬。这些模式均造成了白背飞虱虫量的积累和最后的大爆发。

2. 急剧变化的气候因素

2010年我国气候变化异常明显，上半年3月至4月的持续干旱少雨天气使得水稻播期推迟；至6月中旬开始，我国南方多个省份又遭遇长期持续降雨和连续强降雨过程和水灾，这一时期正好处于白背飞虱虫量大发生的时期，导致无法喷药防治，错过了最佳防治时期。

3. 缺乏有效防控经验和措施

经过近几年的努力，目前，已经对南方水稻黑条矮缩病毒个别基因的结构和功能、传播寄主、传毒特征和白背飞虱侵染循环周期有了较为清楚的认识[29]，但对于白背飞虱迁飞规律、流行规律、早期监测预警机制、爆发成灾因素、南方水稻黑条矮缩病为害风险分析、抗病性品种筛选和抗（耐）性培育等方面的工作

还不足。同时，当前对南方水稻黑条矮缩病防治缺乏有效的防治措施和药剂，植保部门对基层农技人员防治技术培训不足、基层农技人员对该种病害的认识不够以及在面对大面积南方水稻黑条矮缩病发生时，缺乏相应的灾情程度预测和产量损失的研究工作。

四、结论

江西省萍乡市芦溪县麻田乡南方水稻黑条矮缩病的发生是由多种自然因素和社会因素的叠合所造成，并且是在特定的时间的一种表现形式，其发生具备一定的必然性。同时，此次调查结果表明，未来我国南方水稻黑条矮缩病的防控工作，将更加注重水稻抗（耐）品种的筛选、培育和种植模式的调整；合理安排水稻栽插时期，以避开外源白背飞虱迁徙高峰；采用"虫病共防共治、治疗与提高抗性相结合"的方针和"治秧田，保大田；治前期，保后期"的策略，加强秧田管理，合理使用农药和物理防控措施，加强创新药剂在南方水稻黑条矮缩病防治中的应用。

第六节
南方水稻黑条矮缩病品种抗（耐）性初步分析

南方水稻黑条矮缩病是由南方水稻黑条矮缩病毒所引起，该病毒属于斐济科的一种新病毒，由华南农业大学周国辉教授首先鉴定[1]。该病毒在过去几年内仅在广东、海南、广西、福建等地小范围的发生，因此没有引起足够的重视。由于目前对该病毒病缺乏有效预测预报经验和有效的防控措施，因此选用抗（耐）性品种对防治南方水稻黑条矮缩病具有重要的作用[2]。因此，为了对今后南方水稻黑条矮缩病进行有效防治，对江西省多个南方水稻黑条矮缩病为害较重的县份的中（晚）稻水稻品种发生率和病情指数等指标进行分析，总结出每个品种的病情指数等相应的指标，分析了部分晚稻品种的抗（耐）病性的情况。这些数据将为实验室抗病（虫）性分析和今后水稻病毒病防控提供一定的技术参考。

一、材料方法

1. 调查品种

江西省萍乡市芦溪县麻田乡辖区种植品种（中浙优 1 号、中浙优 2838、丰两优 3 号、丰两优香 1 号、两优 036、新两优 6 号、杨两优 6 号、华两优 1206、糯米、先农 22 号、准两优 527、珞优 8 号、民先富 3020、奥龙优 282、新两优

6380、黄花粘、金优10号、荆两优10号，共计18个）；江西省抚州市宜黄县辖区种植品种（川种305、Ⅱ优416、两优6326、川香8号、中优218、宜香725、冈优725、准两优527、中浙优1号、明优98、丰两优4号、欣荣优254，共计12个）。两系品种有丰两优香1号、杨两优6号、丰两优3号、两优036、新两优6号、华两优1206、先农22号、准两优527、奥龙优282、新两优6380、荆两优10号、川种305、两优6326、丰两优4号。三系品种有中浙优1号、中浙优2838、珞优8号、金优10号、Ⅱ优416、川香8号、中优218、宜香725、冈优725、明优98、欣荣优254。

2. 调查地点和调查时间

江西省萍乡市芦溪县麻田乡（石溪村、朱木村、麻田村、熊岭村和大江边村）和抚州市宜黄县（凤冈镇：马停桥村、仙三都村；二都镇：白槎村、二都村、河口村；棠阴镇：河里村、民主村，中港乡：鹿冈村），调查时间均为2010年8月下旬。

3. 种植情况

江西省萍乡市芦溪县麻田乡水稻人工播种，人工移栽，采用人工插秧方式进行种植，播种时间为2010年5月中旬，移栽时间为6月中旬；宜黄地区采取人工机插，播种时间为2010年5月5日至25日，移栽时间为6月5日至25日。

4. 调查方法

拔节后感染南方水稻黑条矮缩病的水稻有一重要病理指标，即植株明显矮化。在既往水稻病毒病发病情况调查研究中，往往在水稻抽穗后进行调查，其判断指标涉及植株高低、穗粒多少和大小等。为尽早对水稻品种抗（耐）病情况进行分析以及便于田间大量样本的调查，对指标[2,3]进行了简化，即测量健康植株和发病植株的高度。以正常植株高度为基准，对分级标准进行了定义：

0级：全株无病；

1级：植株无明显矮化，高度比健株矮20%以内；

3级：植株矮化，高度比健株矮20%～35%；

5级：植株严重矮化，高度比健株矮35%～50%；

7级：植株严重矮缩，高度比健株矮50%以上，或者死亡。

根据调查植株进行各级比例的计算，所有数据经SPSS 11.5（One-way ANOVA）统计软件进行分析。

二、结果

2010年，江西省晚稻南方水稻黑条矮缩病发生情况比较严重，江西省萍乡市芦溪县麻田乡辖区晚稻种植面积636ha，发生病毒病面积达533ha，绝收田块面积约100ha。贵州大学对麻田乡几个村和宜黄县辖区几个村进行南方水稻黑条矮缩病的实际调查，由于调查时间正处于晚稻孕穗期间，采用已报道分级标准约显得不太适合，因此，采用自定的分级标准进行田间调查，如表5-3及图5-3所示，在江西芦溪麻田乡中浙优2838、丰两优3号、两优036、丰两优香1号、新两优6号、杨两优6号、华两优1206、糯米、先农22号、准两优527、珞优8号、民先富3020、金优10号等品种的大多数发病水稻病情指数集中在3级和5级。新两优6380种植田块，由于全部绝收，且植株均高为50cm左右，叶片发黄，几乎无法统计各级病株数。在调查奥龙优282的种植田块，未发现有发病植株，提示该品种可能具有潜在的抗虫或抗病活性，值得进一步进行抗虫性（针对白背飞虱）或抗病性的分析。由于黄花粘产量较低，产量仅在4500kg/ha，但未见植株发病，值得研究其抗虫性或抗病性。发病率低的中浙优1号的1级感病植株所占比例较高，为59%，且没有7级病株，表明该品种可能为抗虫或抗病品种。中浙优2838和民先富3020没有7级病株，但由于其发病率和3级和5级所占比例较高，表明其可能为较感病中等抗虫抗病性品种。先农22号7级病株比例最高，占44%，且1级病株比例为8%，提示该品种易感病，抗虫或抗病能力较差。珞优8号1级比例最低，为7%，提示该品种抗虫抗病性非常差。而丰两优3号等可能为易感病品种，受灾情况严重，发病率大都在50%以上，有些田块甚至产生绝收的现象。据调查，这些绝收田块主要集中在新两优6号、丰两优香1号、先农22号、新两优6380.、荆两优10号等品种，提示这些品种抗虫或抗病性可能非常差。

如图5-4、表5-4所示，在江西省抚州市宜黄县，这12个品种3级所占比例都在40%～60%，5级比例大多数在10%～20%，说明这些品种感病严重。

表5-3　江西省芦溪县麻田乡感病水稻品种各级病情指数所占比例

品种	各级所占比例/%			
	1级	3级	5级	7级
中浙优1号	59	34	7	0
中浙优2838	15	39	46	0
丰两优3号	25	36	36	5
两优036	27	25	37	11
丰两优香1号	17	56	19	8
新两优6号	14	40	35	11
杨两优6号	16	38	38	8
华两优1206	13	35	39	13
糯米	27	48	24	1
先农22号	8	26	22	44
准两优527	27	33	27	13
珞优8号	7	45	41	7
荆两优10号	28	18	28	26
民先富3020	19	51	32	0
金优10号	23	32	32	13

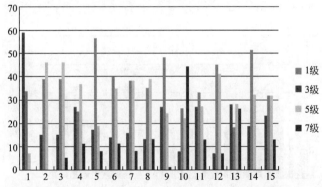

图 5-3　江西省芦溪县麻田乡感病水稻品种各级病情指数所占比例

1～15 号分别为中浙优 1 号、中浙优 2838、丰两优 3 号、两优 036、丰两优香 1 号、新两优 6 号、

杨两优 6 号、华两优 1206、糯米、先农 22 号、淮两优 527、珞优 8 号、

荆两优 10 号、民先富 3020、金优 10 号。

表 5-4　江西省宜黄县凤冈镇、二都镇、棠阴镇和

中港乡感病水稻品种各级病情指数所占比例

品种	各级所占比例/%			
	1 级	3 级	5 级	7 级
川种 305	12	36	36	14
Ⅱ优 416	25	42	23	10
两优 6326	16	48	22	14
川香 8 号	12	30	40	18
中优 218	28	34	28	10
宜香 725	6	38	32	24
冈优 725	16	22	50	16
淮两优 527	0	32	48	20
中浙优 1 号	10	44	26	20
明优 98	6	38	34	22
丰两优 4 号	2	20	46	32
欣荣优 254	30	30	22	18

Ⅱ优 416、中优 218 和欣荣优 254 这三个个品种 1 级所占比例较大，均达到 25％以上，且 7 级病株比例较小，可能这三个品种相对其他 9 个品种要有较好的抗虫抗病性，品种川种 305、川香 8 号、宜香 725、淮两优 527、中浙优 1 号、明优 98 和丰两优 4 号 1 级比例较小，均不超过 10％，提示这些品种抗虫或抗病性能力较差。

三、讨论

水稻育种是一个浩瀚巨大的工程，涉及产量、品质、抗虫性和抗病性。长期以来，由于粮食危机使提高水稻单产成为水稻育种专家科研关注点，相对忽略了水

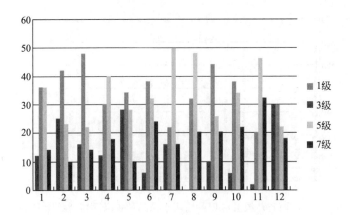

图 5-4　江西省宜黄县风冈镇、二都镇、棠阴镇和中港乡感病
水稻品种各级病情指数所占比例

1~12 号分别为川种 305、Ⅱ 优 416、两优 6326、川香 8 号、中优 218、宜香 725、
冈优 725、准两优 527、中浙优 1 号、明优 98、丰两优 4 号、欣荣优 254

稻抗虫或抗病特性。实际上，水稻抗（耐）性特征在某种程度上也影响到水稻的产量。特别是在 2010 年，水稻病毒病发生面积大、成灾面广、灾情重的状况下，反映出在水稻品种研究领域中缺乏品种对白背飞虱和病毒病抗性评价的环节。

对江西省萍乡市芦溪县麻田乡和抚州市宜黄县风冈镇、二都镇、棠阴镇、中港乡的调查发现，两系品种较三系品种均较易感病，在两系品种中丰两优香 1 号、杨两优 6 号、丰两优 3 号、两优 036、新两优 6 号、华两优 1206、先农 22 号、准两优 527、新两优 6380、荆两优 10 号、川种 305、两优 6326 和丰两优 4 号特别易感病，奥龙优 282 不易感病；三系品种中中浙优 1 号不易感病，中浙优 2838、珞优 8 号、金优 10 号、Ⅱ 优 416、川香 8 号、中优 218、宜香 725、冈优 725、明优 98、欣荣优 254 易感病。总体上三系品种比两系品种具有更强的抗（耐）性能力。综合表 5-3 和表 5-4 的数据，可以发现部分水稻品种存在地域的差异性，如：江西省萍乡市芦溪县麻田乡和江西省抚州市宜黄县两地中浙优 1 号各级所占比例差异很大。通过 2010 年两地 5~8 月气温分析发现这 4 个月的气温差异不甚明显，这种地域差异可能与湿度、气压和土壤肥力等因素相关，还需进一步深入研究。

目前我国抗虫抗病性分析评价研究，主要依靠高校科研院所。通过本次田间病毒病实地调查，建立了基于病情指数调查品种抗虫或抗病性的方法，并获得部分中晚稻品种对南方水稻黑条矮缩病毒病的病情指数及分级标准，这种方法直观、简便，对今后生产具有一定的指导意义，同时也可为室内抗虫或抗病性分析提供参考。

第七节
南方水稻黑条矮缩病防控组合技术

针对近年我国农业遭受严重水稻病毒病（南方水稻黑条矮缩病、水稻条纹叶枯病、黑条矮缩病和水稻齿叶矮缩病等）的为害以及缺乏有效的防控措施，贵州大学在农业部种植业司和农业部农业技术推广服务中心指导下，2009～2010年，贵州大学组织全国水稻病害重发省份植保植检站（局）、广西田园生化股份有限公司等单位，以创新药剂—30％毒氟磷可湿性粉剂、25％吡蚜·噻虫嗪悬浮剂等为核心，综合杀虫剂（25％吡蚜·噻虫嗪悬浮剂、2.2％阿维·吡虫啉乳油、25％吡蚜酮可湿性粉剂、10％烯啶虫胺水剂、10％醚菊酯悬浮剂、25％速灭威可湿性粉剂、25％噻嗪酮可湿性粉剂等）、抗病毒剂（30％毒氟磷可湿性粉剂、2％氨基寡糖素水剂、0.5％香菇多糖水剂、8％宁南霉素水剂、病毒灵和盐酸吗啉胍等）、植物生长调节剂（碧护、复硝酚钠）、叶面肥（华硕989等）、防虫网（40目规格聚丙烯防虫网）和品种技术，在广东、广西、江西、湖南、福建、浙江、江苏、安徽等地进行防控水稻病毒病的研究，现将2年来防控水稻病毒病防控技术进行如下总结（图5-5）。

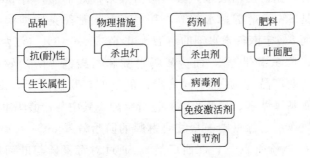

图 5-5　各种防控水稻病毒病的防控措施

一、药效总结

1. 防治稻飞虱的试验

通过不同药剂对白背飞虱的防治试验表明：①不同试验药剂对白背飞虱均有较好的防治效果，其药后7d防效在70％以上；②从对白背飞虱的快速杀灭活性和击倒活性分析，试验发现的烯啶虫胺、噻虫嗪、吡虫啉、速灭威等活性较突出，药后3d的防效在80％以上，而醚菊酯、吡蚜酮、噻嗪酮等的快速击倒活性不突出（江苏丹阳、广东雷州等地）；③从对白背飞虱的持久杀灭作用分析，试验发现的吡蚜酮、噻嗪酮、醚菊酯等活性较突出，药后14d的防效在60％以上，而速灭威、烯啶虫胺等的持久作用活性不突出；④从复配剂型分析发现，采用

25％吡蚜·噻虫嗪悬浮剂、2.2％阿维·吡虫啉乳油等对白背飞虱均有良好的防治活性，但通过多点试验发现25％吡蚜·噻虫嗪悬浮剂药后3d和14d防效均在为70％以上，而2.2％阿维·吡虫啉乳油在药后3d和14d的防效分别在55％和75％左右（江苏丹阳），显示出速效性没有25％吡蚜·噻虫嗪悬浮剂的防治活性好；⑤通过对25％吡蚜·噻虫嗪悬浮剂施药剂量试验发现，25％吡蚜·噻虫嗪悬浮剂在每亩使用量在15mL、25mL和35mL时，其防效有剂量增加效应，药后3d最好防效分别在84％、92％、96％（福建将乐），但从使用经济性上分析，认为田间采用亩用量25mL的剂量比较合理；⑥通过田间杀虫剂使用次数分析发现，秧田1次用药和秧田2次用药的防效不相同，这样的防效还可通过白背飞虱传播病毒病进行间接判断，例如江西芦溪田间试验表明1次用25％吡蚜·噻虫嗪悬浮剂的防效在27％，2次用药的防治效果在54％（江西芦溪），研究组认为秧田期视田间虫量和虫龄而定施用杀虫剂的次数，增加施药次数后防治效果会增加。

2. **防治水稻病毒病的试验**

通过不同药剂对南方水稻黑条矮缩病、水稻条纹叶枯病、水稻黑条矮缩病、水稻齿叶矮缩病等的防治试验表明，30％毒氟磷可湿性粉剂、2％氨基寡糖素水剂、0.5％香菇多糖水剂、8％宁南霉素水剂、病毒灵、盐酸吗啉胍和乙酸铜等对水稻病毒病均有一定的防治效果，其中防治效果最好的品种有30％毒氟磷可湿性粉剂，其次是8％宁南霉素水剂等，其对南方水稻黑条矮缩病的防治效果在45％～65％，而8％宁南霉素水剂的防治效果在25％～45％（江西新建、江西宜黄、江西广昌、广东雷州等），而盐酸吗啉胍和乙酸铜等防治效果较差，只有15％～20％（江西广昌）。通过不同病毒剂的复配，我们发现以毒氟磷为核心，与香菇多糖、氨基寡糖素、盐酸吗啉胍进行组配，其中与盐酸吗啉胍的组配效果最好，具有增效作用（毒氟磷＋盐酸吗啉胍的防治效果50％，单用毒氟磷和盐酸吗啉胍分别为44％和20％，江西广昌）。通过对毒氟磷与叶面肥的组合研究中，我们发现该组合能显著提高毒氟磷对南方水稻黑条矮缩病的防效（组合防效为55％左右，比单用毒氟磷的防效提高10％～20％，江西广昌）。

3. **通过杀虫剂和抗病毒剂的复配使用**

试验结果表明较优组配为25％吡蚜·噻虫嗪悬浮剂和30％毒氟磷可湿性粉剂组配，其防治南方水稻黑条矮缩病的效果在57％～73％（江西新建、江西宜黄、江西广昌、广东雷州等），具有显著增效作用，优于单用杀虫剂和病毒剂。对条纹叶枯病和水稻黑条矮缩病，也显示出增效作用，防效比单用杀虫剂的防效要高出10％～20％（江苏丹阳）和15％（江苏兴化）。

4. **水稻产量分析**

通过毒氟磷在水稻中使用试验表明，30％毒氟磷可湿性粉剂的使用处理的产量明显高于其他处理，产量相对增加20％～30％（江西新建和江西大余和江西芦溪），在应急防控在相对增产50％（江西芦溪），表明毒氟磷作为新型免疫激活机制的药剂，在秧苗期使用时，能促进水稻破谷、芽齐、生根、秧苗期水稻抗病力增加，减少感病几率，最终在产量增加上显示出优势。

5. 水稻品种分析

通过对江西省芦溪县、宜黄县和大余县等地晚稻水稻品种的分析，发现在对南方水稻黑条矮缩病的抗（耐）性程度上，常规稻的抗耐性优于杂交稻，三系杂交稻的抗耐性优于两系杂交稻，同时，我们还对各种水稻品种的田间病害发生的病情指数进行归纳分析，首次获得各个品种的抗耐性程度的数据。因此，结合我国各地水稻种植地的气候和种植习惯，可为今后抗耐品种的选择奠定基础。

二、技术总结

根据2年来的田间实践，我们提出了系列的防控南方水稻黑条矮缩病的防控措施和方案，其防治措施的核心是"治虫防病"，关键是秧田期采用25％吡蚜·噻虫嗪悬浮剂等杀灭传媒害虫白背飞虱；同时，秧苗期可辅助使用30％毒氟磷可湿性粉剂，以提高水稻抗病性和促进水稻健壮，减少病毒感染概率和减少病毒侵染后所造成的为害。在此基础上，根据两年来，在我国各地的防控实践和经验，提出了各种具体的防控措施和方案建议，供各地使用参考。具体如下。

防治方案一：水稻种子采用吡虫啉等杀虫剂和毒氟磷等诱导保护剂浸种或拌种，根据水稻长势在1叶1心或2叶1心用杀虫剂和诱导保护剂1次；3叶1心用杀虫剂1次；送嫁药用杀虫剂和诱导保护性抗病毒剂1次。

防治方案二：在经济较发达地区，针对虫量迁入高峰，秧田可采用防虫网切断稻飞虱入侵秧田的途径，采用送嫁药使用25％吡蚜·噻虫嗪悬浮剂等杀虫剂和30％毒氟磷可湿性粉剂等诱导保护性抗病毒剂1次保护秧苗在返青期受稻飞虱的入侵，如果因为天气原因错过施药，可在分蘖盛期用杀虫剂和诱导保护性抗病毒剂1次。

防治方案三：在虫量较低或者经济欠发达地区，可根据虫量多少，在1叶1心期使用10％烯啶虫胺水剂等速杀性杀虫剂和30％毒氟磷可湿性粉剂等诱导保护剂；2叶1心或3叶1心采用25％吡蚜·噻虫嗪悬浮剂等特效性杀虫剂；另外，根据田间虫量情况考虑使用送嫁药1次或分蘖盛期使用杀虫剂1次，如果稻飞虱带毒率偏高，建议在分蘖期加用病毒保护剂或病毒钝化剂。

同时，根据各地田间实际情况，比如稻飞虱带毒率高或水稻不同生长周期，提出相应的应对方案，比如在虫量大、带毒率高，水稻生长拔节期，加用大剂量的病毒钝化剂，如8％宁南霉素水剂，在稻飞虱大量入侵时期使用，以破坏和钝化病毒，同时，可加用30％毒氟磷可湿性粉剂等诱导保护剂抑制病毒增殖；在虫量大、带毒率高，水稻种植后期加用大剂量的病毒钝化剂和病毒治疗剂，以保障水稻结实和抑制病毒数量，减少扩散风险；在正常施药期间，如遇大量外来飞虱迁入，加打速杀性高效杀虫剂，如烯啶虫胺、毒死蜱、吡虫啉、噻虫嗪等。另外，可辅以杀虫灯和稻田养鸭技术杀灭稻飞虱。

第八节
水稻病毒病防治的理论与实践的思考

近年来，水稻病毒病在我国的发病率不断增加，部分地区呈爆发态势，给水稻生产造成严重的经济损失。我国农业部门和高校科研院所高度重视病毒病的防控，并形成有效的干预措施和方案。但在当前水稻病毒病害发生成灾面广、爆发性强、病毒种类多，加之缺乏有效的抗病毒剂，防控形势十分严峻。有必要综合多学科的前沿知识，结合近年防控工作实践，对水稻病毒病的防治的进行理论与实践的思考，探讨新的防治措施和技术方案，来指导下一步水稻病毒病防治。对水稻病毒病防治的建议概括如下。

一、重视和加强水稻病毒病防控的基础研究

1. 重视水稻生理和病理机制研究

（1）重视水稻激素的研究和应用　水稻感染植物病毒后可产生一系列的生理、生化的变化，表现为形态学的症状改变、阻碍水稻正常生长发育、影响作物产量和品质。植物激素作为水稻体内微量形式存在的小分子化合物，具有信号调控作用，对于调控植物生长发育和环境应答具有重要意义。近年来，在激素研究方面取得重大进展，发现多种重要激素的生理机制与意义，并发现水稻病毒入侵水稻后某些内源激素的变化[1,45~47]。因此，了解水稻病毒感染水稻后所致内源激素的变化，可进一步深刻理解水稻病毒的致病机制，在生产上采用外源激素防治病毒病害提供理论依据。但是，目前对水稻病毒与水稻激素间互作关系研究尚不够深入，还需要明确水稻病毒、内源激素、水稻品种和不同生长周期间的关系。

（2）重视植物免疫系统的研究和开发利用　近年来，在植物学领域另一个重大发现是发现植物也存在类似于高等动物的免疫系统，具有抵抗外来生物入侵和抑制其增殖的能力，同时也陆续发现相关的免疫活性通路、分子构成以及其生物学意义，如与抵御病毒等微生物相关的水杨酸（salicylic acid，SA）信号通路，其核心信号分子为SA；与抵抗害虫入侵有关的茉莉酸（jasmonicacid，JA）信号通路，其核心分子为JA[3,48]。但目前关于信号通路在各种植物中的构成、各种信号通路与信号通路之间的联系、最终的免疫效应分子的作用机制尚不清楚，

这限制了针对这些免疫通路进行病害的防治的实际工作。因此，当前切实需要针对这些通路进行系列的基础研究，为田间病害防治提供理论基础。

（3）重视植物基因沉默系统的研究与应用　漫长的进化史中，植物寄主通过基因沉默机制来抵抗外来生物入侵。目前发现 Ago、Dicer 和 RdRP 等分子为基因沉默的核心分子及其作用机制[49,50]，利用这一机制进行抗病毒防治，具有成本低、持效长、普适性好等优点，将会产生极为显著的抗病毒效果。这一理论已经广泛应用到人类病毒和动物病毒的防治上，当前，应加紧开展这方面的工作。

2. 重视植物重要的转录调控因子的研究与利用

近年来，研究报道关于植物体生命调控的关键因子和一些转录因子在调控植物重要生命活动的同时，还能作用病毒启动子，调控病毒基因复制，深入研究这些因子的结构、调控功能以及作用机制，将为采用生物技术寻找到抗病毒的新的突破[8]。

二、重视和加强植物病毒结构和功能的研究

1. 重视和加强植物病毒基因沉默抑制子的研究和利用

近年来发现植物病毒具有胞间运动、运距离运输、参与致病、病毒组装、病毒核酸复制等功能一些组分，还具有反沉默抑制作用，使得病毒逃避植物寄主的免疫攻击，成功进行复制和增殖。针对病毒反沉默的关键因子进行抗病毒药剂的开发或采用生物技术进行干预，将提供新的抗植物病毒的方法。近年来，已经有报道通过 RNAi 技术干扰水稻矮缩病毒基因沉默子系统，进行水稻矮缩病病的防治[17]。此外，我国科学家也积极采用小分子化合物方法来提高和降低基因沉默抑制效果，并为通过农药小分子来调控植物病毒基因沉默与反沉默提供了思路[51]。

2. 重视和加强植物病毒增殖和复制的关键蛋白的研究

通过病毒核酸化学性质分类，90%的植物病毒属于 RNA 病毒，生命周期中均存在 RNA 逆转录的关键过程，均需要逆转录酶的参与。同时由于当前农药抗病毒剂中几乎没有针对逆转录酶的抑制剂，因此，基于此环节，可借用当前人类研究逆转录酶抑制剂的抗病毒剂的研究方法，甚至可以结构新颖和具有农药成药前景的逆转录酶抑制剂抗病毒制剂为先导模板，进行农药活性的抗病毒药剂的开发[52]。

三、重视与加强针对水稻病毒病防治的创制与应用研究

1. 加强针对水稻病毒病的新药的创制研究

植物病毒病是植物病害中比例最小的一种病害，因其市场等属性，历来不被农药开发的发达国家所重视。例如在欧盟农药数据库和日本农药数据库中就未见

到一个抗病毒农药品种，甚至就连抗病毒农药的分类也未曾设立。但是包括中国在内的东亚国家和东南亚国家是水稻、玉米等粮食病毒病异常严重，这使得植物病毒药剂创制成为了中国的问题。因此，中国近年来特别重视抗病毒剂的开发和应用，并具有一定的工作优势。从创制方面看，近10年，在国家"十五"、"十一五"国家科技支撑计划项目"农药创制工程"、国家973项目"绿色农药1期和2期"和国家自然科学基金等项目的资助下，包括高校科研院所在内的多家农药创制单位进行抗植物病毒药剂的创制，发现系列的抗病毒活性先导、候选药剂和抗病毒药剂，抗病毒先导有 α-氨基膦酸酯类化合物、氰基丙烯酸酯类化合物、吡唑类化合物；候选化合物有娃儿藤碱、多裂孕烷醇、R-4(P)、GU-188等；创制抗病毒剂品种有毒氟磷等，并获得农药登记，进行产业化。可喜的是在创制过程中积累丰富的经验，建立了发现高活性先导的方法、建立了基于靶标的分子筛选模型、发现一批含有抗病毒活性成分的野生植物种类和微生物资源，获得新的抗病毒先导模板，并在国际上发表了系列原创性的、高水平的学术论文，被国内外同行大量的引用[8,18,53]。在抗病毒剂的实际应用方面，中国目前登记抗病毒农药品种多达百种，几乎覆盖了所有的病毒病和农作物对象，并制定相应的农药田间使用技术和规范。

在取得一定成果的同时，也还是发现存在诸多的问题。①在农药创制方面：突出问题是病毒靶标单一，急需针对病毒复制和增殖的多种关键靶标和蛋白进行药物设计与开发；②诱导抗病剂基础研究进展缓慢，急需针对各种病毒及植物寄主的免疫激活通路中关键信号分子进行免疫激活的药剂开发；③加强从野生植物、微生物等资源中发现活性先导模板；④急需利用当前植物分子生物学中最新的成果，如关键调控因子、基因沉默与沉默抑制理论，从全新的视角进行的抗病毒药剂创制与开发；⑤在农药应用方面：目前抗病毒药剂使用方案还存在应用技术较粗放，急需深入研究并制定每种病毒剂且针对每种植物病毒和植物寄主的个性化的施药技术方案。

2. 加强针对水稻病毒病的剂型的创制研究

包括水稻在内的多种单子叶植物存在一个与双子叶植物明显不同的特征，即纤维素和木质素含量高，药剂难以有效渗透进入植物体内；同时，水稻等单子叶植物还存在叶片窄等特点，药剂的吸附面积比双子叶的吸附面积小。因此，针对这两个特征，从农药助剂的角度，进行吸附能力强、渗透能力高以及药剂耐雨水冲刷能力强的助剂研发，这将极大提高抗病毒药剂的防治效果。

3. 针对水稻个性化的抗病毒剂的应用

与经济作物烟草相比，水稻等粮食作物还存在两个明显特征，第一是以结实为作物收获的标准，第二是生长周期长。因此，必须切实考虑水稻在整个生长周期中最终能影响结实的每一个关键环节，进行药剂的防治，在病毒剂选用方面，在水稻病毒未侵染之前，可选用抗病毒免疫激活剂以提高水稻抗性，在水稻感染初期，选用病毒钝化剂抑制病毒复制和扩散；在病毒感染水稻后，选用病毒治疗剂和抗病毒诱导剂。当前病毒剂作用机制研究尚不完全清楚，但仅从当前研究报道和农药产品介绍看，诱导剂有毒氟磷、氨基寡糖素、超敏蛋白，病毒治疗剂有宁南霉素、病毒唑、乙酸铜，病毒钝化剂有宁南霉素、嘧肽霉素。在使用抗病毒剂的同时，还应考虑水稻生理病理代谢紊乱，使用相关的药剂，如苗期病毒感染造成赤霉素等植物激素代谢紊乱，影响水稻拔节，因此是否可选用植物生长调节剂和辅助激素调控，有助于植物生理状态恢复正常平衡。在水稻结实期间，考虑采用激素调控促进水稻结实。

4. 加强防治水稻病毒病的田间综合防控技术研究

当前在水稻病毒病田间防控存在主要问题为：虽然建立了针对水稻条纹叶枯病毒的快速诊断试剂，但针对南方水稻黑条矮缩病毒等病毒的还缺乏快速诊断试剂和方法，基层不易推广应用；目前尚不明确多种水稻病毒病，如：南方水稻黑条矮缩病毒等多种病毒成灾、扩散等因素；尚不完全明确南方水稻黑条矮缩水稻病毒在各种水稻品种中病毒含量的消长状态；抗病毒药剂在水稻体内的半衰期、药剂的持效期，药剂抑制病毒在低水平上的有效时间。当前在水稻病毒病药剂田间应用技术方面应急需开展如下研究：①首先需开展病毒病的诊断研究。急需开发简易、快速、基层易于推广和早期易于发现的病毒病诊断和筛选试剂盒，并进行基层应用培训；②研究和制定传媒害虫及病毒病的监测预警机制，加强研究水稻稻飞虱和病毒病的爆发成灾的要素、加强稻飞虱、叶蝉等传媒害虫量监测；③防治病毒病中尽可能采用多种药剂的协同作用，如杀虫剂与抗病毒剂的协同；针对病毒靶标抗病毒药剂与诱导植物抗病性药剂的协同；抗病毒药剂与调控水稻生理药剂的协同；抗病毒药剂与增效、持效和环保型助剂的协同；④按照"治虫防病"方针，综合物理措施、生物防控措施等多种防控措施，建立有效的防治方案；⑤应用针对防治每种不同病毒的抗病毒药剂，进行田间病毒病防治的使用技术研究[54,55]。

5. 重视和加强采用生物技术对病毒病的防治的研究

生物技术在抗植物病毒研究中具有重要的意义和作用，当前应加强以下几个方面的研究，①充分利用病毒交叉保护作用，加快寻找水稻病毒病的弱毒株系，通过接种水稻幼苗防止其他强毒株系的侵染；②目前的存在的主要问题在于抗性水稻品种在水稻之间无交叉保护作用。当前应加强种内和种间杂交研究，采用物理、化学及生物等方法诱变进行杂交育种、诱变育种；可充分利用水稻不同种属的抗病基因，进行抗病基因重组，提升水稻品种的抗病基因水平，达到提高抗病性目的；③充分利用转基因生物技术，研究、筛选和克隆一批水稻抗性基因、病毒抗原基因，提升水稻产生抗性。目前的关键问题在于要针对各种具体的水稻病毒进行转基因技术研究。

第九节
小结及建议

一、防治南方水稻黑条矮缩病工作小结

近年来,贵州大学绿色农药与农业生物工程国家重点实验室培育基地在国家973、863、国家自然科学基金、国家十五科技支撑计划"农药创制工程"、国家十一五"农药创制工程"、国家农业科技成果转化项目教育部高校博士基金、贵州省重大科技项目、贵州省农业攻关项目等项目资助下,贵州大学研制系列杀虫剂和抗病毒剂的新品种,如:25%吡蚜·噻虫嗪悬浮剂、2.2%阿维·吡虫啉乳油、30%毒氟磷可湿性粉剂、6%抗病丰水剂、30%病毒硝可湿性粉剂等系列品种,与广西田园生化股份公司等实施合作并获得登记、进行产业化生产。与此同时,还在农业部种植业司植保植检处、农业部全国农业技术推广服务中心病虫害防治处的指导下,在安徽、浙江、江苏、湖南、江西、广东、广西、福建和贵州等地建立防治稻飞虱及病毒病的防控试验示范基地,针对白背飞虱、灰飞虱、褐飞虱以及南方水稻黑条矮缩病、水稻黑条矮缩病、水稻条纹叶枯病等病毒病,以自主创制新药剂品种、市售新药剂品种(包括杀虫剂、抗病毒剂、植物生长调节剂、免疫激活剂)、生物肥料等为研究材料,从水稻品种、播种时期、药剂防治、物理防治等方面进行防治稻飞虱及病毒病的研究探讨,现将其研究结果小结如下:

(1)通过不同杀虫剂防治水稻稻飞虱的试验结果表明:25%吡蚜·噻虫嗪悬浮剂、2.2%阿维·吡虫啉乳油、10%烯啶虫胺水剂、10%醚菊酯微粒剂和25%噻嗪酮可湿性粉剂等杀虫剂对稻飞虱具有较好的防治效果,其中针对白背飞虱,几种杀虫剂品种的防治效果都比较理想;对不同龄期的稻飞虱药效结果发现:10%烯啶虫胺水剂、2.2%阿维·吡虫啉乳油等对成虫的防治效果较好;25%吡蚜·噻虫嗪悬浮剂、25%噻嗪酮可湿性粉剂等对幼虫的防治效果比成虫的防治效果要理想。

(2)通过杀虫剂不同施药次数的防治水稻稻飞虱的试验结果表明:秧田期施药3次防治水稻病毒病的防治效果优于秧田期施药2次或1次的防治水稻病毒病的防治效果。

(3)通过不同抗病毒剂对水稻病毒病防治试验结果表明:30%毒氟磷可湿性粉剂、8%宁南霉素水剂、0.5%香菇多糖水剂、2%氨基寡糖素水剂、3%病毒唑水剂和5%盐酸吗啉胍可溶粉剂等病毒剂对水稻病毒病防治均具有较好的防效。对于水稻病毒病的预防活性:30%毒氟磷可湿性粉剂和2%氨基寡糖素水剂等诱导保护活性较突出;8%宁南霉素水剂和0.5%香菇多糖水剂对病毒的钝化作用

较理想；含有病毒唑和盐酸吗啉胍有效成分的抗病毒剂的治疗活性较理想。

（4）在抗病毒剂与杀虫剂联用方面，研究发现抗病毒剂与杀虫剂联用对防治南方水稻黑条矮缩病和水稻条纹叶枯病等水稻病毒病具有较好的增效作用，比单用杀虫剂或抗病毒剂防治水稻病毒病的防治效果要理想。

（5）通过对自主创新药剂—毒氟磷在水稻病虫害防治方面的研究发现，30％毒氟磷可湿性粉剂的使用能显著提高水稻的抗病能力，使得水稻健壮，减少感染病毒病和其他真菌性病害的几率，降低水稻因病虫害为害导致的减产程度，在产量和品质上表现出一定的优势。因此，该药剂值得进一步研究和推广。

综上所述，基于两年来的工作和研究结果，首先从药剂使用的角度，提出如下的防治南方水稻黑条矮缩病等水稻病毒病的防控技术措施和方案。

（1）根据各地水稻种植区域特点提出如下防治南方水稻黑条矮缩病的方案①首先推荐的防治方案是水稻种子采用10％吡虫啉可湿性粉剂等杀虫剂和诱导保护剂浸种或拌种；根据水稻长势在1叶1心或2叶1心用杀虫剂和诱导保护剂1次；3叶1心用杀虫剂1次；送嫁药用杀虫剂和诱导保护性抗病毒剂1次；②在经济较发达地区，可选用方案二，特别是针对虫量高峰时期，秧田采用防虫网；送嫁药用杀虫剂和诱导保护性抗病毒剂1次；如果因为天气原因错过施药，可在分蘖盛期用杀虫剂和诱导保护性抗病毒剂1次；③在虫量较低或者经济欠发达地区，可选用方案三，可根据虫量多少，在1叶1心期使用速杀性杀虫剂和诱导保护剂；2叶1心或3叶1心采用持效性杀虫剂；另外，根据田间虫量情况考虑使用送嫁药1次或分蘖盛期使用杀虫剂1次，如果稻飞虱带毒率偏高，建议在分蘖期加用病毒保护剂或病毒钝化剂。

同时，根据各地田间实际情况，比如稻飞虱带毒率高或水稻不同生长周期，提出相应的应对方案，比如在虫量大、带毒率高，水稻生长处于拔节期，加用大剂量的病毒钝化剂钝化病毒，加用诱导保护剂抑制病毒增殖；在虫量大、带毒率高，水稻种植后期加用大剂量的病毒钝化剂和病毒治疗剂，以保障水稻结实和抑制病毒数量，减少病毒扩散带来的风险；在正常施药期间，如遇大量外来飞虱迁入，可加施速杀性高效杀虫剂，如：烯啶虫胺、毒死蜱、吡虫啉、噻虫嗪等。另外，可辅以诱虫灯诱杀。

（2）从水稻种植时期提出如下的防控南方水稻黑条矮缩病等水稻病毒病的方案 ①对于早稻病毒病的防控，特别加强拔节期后的白背飞虱控制和带毒率监测，大量数据表明：后期感染病毒病的症状虽不明显，但可作为毒源，为中晚稻感染埋下隐患。一旦发现水稻后期感染病毒病，应加强稻飞虱及带毒率的监测，做好早稻田带毒稻飞虱迁入中稻田的防范工作，包括中稻田的田间摆布，早稻田晚期加用杀虫剂和病毒钝化剂（宁南霉素）；②对于中稻田病毒病的防控，应加强白背飞虱迁入高峰时期的监测和预警，采用速杀性杀虫剂快速控制迁入高峰期稻飞虱的虫量，减轻水稻感染几率；同时要提高水稻抗性，促进水稻健壮率；③对于晚稻田病毒病毒的防控，加强秧田早期水稻感染病毒的极早时期监测，及时采取措施干预病毒病发生。采用免疫激活剂提高水稻抗性，减少感染几率。

（3）新的防治水稻病毒病的方针　基于近几年在防治水稻病毒病上的研究成果及工作基础，提出新的防治水稻病毒病的方针："虫病共防共治，防控水稻病害与稳产增产相结合"。提出该方针的研究背景是过去高效的杀虫剂品种普遍面临抗性问题；同时，当前田间虫量过大、带毒率高，"治虫防病"方针不能有效解决病毒病的问题。与此同时，当前植物免疫理论的重大突破使大家认识到植物植株健壮防病对防治水稻病毒病的意义；同时，当前国内外陆续发现了系列新型具有诱导保护活性的新型抗病毒剂，如：毒氟磷、氨基寡糖素、康壮素等，这为采用"虫病共防共治"的措施创造了前提条件。此外，免疫激活剂和保护剂的使用在一定程度上还能防止水稻发生其他病害，这有助于减轻水稻病虫害、保障水稻产量，能将"防控水稻病害与稳产增产"有机地结合。

二、下一步工作的建议

（1）防治南方水稻黑条矮缩病应突出"虫病共防共治"和"治秧田、保大田"的策略，强化"品种、物理措施、生物农药、化学农药等相结合"和"杀虫剂与抗病毒及生长调节剂协同使用相结合"措施，根据稻飞虱农药抗性分析，筛选出系列的稻飞虱防治技术、药剂使用方法；在应用技术方面，如：重点研究和推广 25％吡蚜·噻虫嗪悬浮剂、2.2％阿维·吡虫啉乳油、10％烯啶虫胺水剂等药剂拌种技术；秧田期防治第一代飞虱技术；信诱素辅助防控技术等；在药剂使用方面，针对不同的稻飞虱种类和抗药性分析，筛选 25％吡蚜酮可湿性粉剂、25％吡蚜·噻虫嗪悬浮剂、2.2％阿维·吡虫啉乳油、10％烯啶虫胺水剂等防治白背飞虱系列药剂和优化使用方法；在水稻病毒病防治的技术和药剂方面，如秧田期发生病毒前使用病毒病诱导剂—毒氟磷、病毒灵、氨基寡糖素等，稻飞虱传毒和病毒大量感染时期采用病毒钝化剂大量抑制和破坏病毒的病毒钝化剂—宁南霉素，在病毒感染后采用病毒治疗剂—病毒灵和宁南霉素等药剂的防治措施。

（2）针对水稻"植物免疫新理论"，进行新农药创新研究和应用集成研究：近年来国内外的研究工作以及创制品种毒氟磷（病毒星）研究结果表明了植物免疫将是植物抗病防病的最"阳光"的新手段和新措施，通过该手段进行新农药创新是解决水稻病毒病的重大研究方向。国内外就水稻抗病毒免疫方面取得了较大突破，发现了系列新基因、新靶标，能显著提高免疫抗性、提升植物寄主抗病能力，抑制病毒增殖和转移，这些成果将为创制新农药提供新的思路和启发。应强化基于植物免疫激活机制的创制新品种——毒氟磷（病毒星）应用推广力度，加大应用集成研究及示范工作。

（3）加强南方水稻黑条矮缩病、水稻黑条矮缩病、水稻条纹叶枯病等水稻病毒病的高效新药剂的创制研究和候选药剂应用研究：当前急需针对每种病毒增殖的关键过程（逆转录过程）、病毒基因沉默抑制与反抑制、病毒入侵、脱衣壳和病毒组装等过程，建立基于分子靶标的药物分子设计平台、药物先导与分子靶标化学生物学作用模型，快速获得新的先导，进行新药剂创新研究及候选药剂田间应用技术研究。

（4）加强针对白背飞虱、灰飞虱等稻飞虱进行新作用机制的超高效杀虫剂研究及应用集成：近几年来，高效杀虫剂——吡蚜酮的发现及应用为寻找新颖杀虫机制的杀虫剂提供了启示；本项目组研究人员以蚜虫和稻飞虱等害虫报警信息素EBF和瑞香狼毒素为先导，以嗅觉感受蛋白和化学感受蛋白为靶标，获得了高活性先导及候选杀虫剂。如何利用稻飞虱与病毒这一互作的模型，从抑制病毒增殖、破坏传媒害虫传毒等途径出发，通过新靶标位点的研究获得新型的杀虫杀病毒剂，将是下一步重要的新研究方向。

（5）加强防治南方水稻黑条矮缩病的综合防治技术研究：利用现有的种植方式、播期、水稻品种、农药品种、物理防控措施、病毒病监测预警等措施，进行不同手段措施进行组合研究，优化出防治南方水稻黑条矮缩病、水稻黑条矮缩病和水稻条纹叶枯病等水稻病毒病的防治方案，建立试验示范基地，进行示范推广，是当前极为有效的方法及亟需采取的措施。

（6）加强防治南方水稻黑条矮缩病的应急防控技术研究：水稻病毒病因为其突发性、间歇性和成灾性等特点使得包括南方水稻黑条矮缩病在内的水稻病毒的应急防控显得非常重要和迫切，这项工作也有助于减少水稻产量损失和降低水稻病毒病传播扩散风险。

（7）加强水稻种植过程中的绿色、环保、品质、环境安全的研究：农药残留污染、环境生态破坏和粮食安全等问题已逐渐成为当前粮食生产中最为重要的科学问题之一，如何实现粮食生产中病虫害最大化的有效防治和保障环境安全、食品安全成为下一步重点的问题。本项目组下一步还将重点展开现有药剂安全使用、残留消解动态、药剂代谢归属、药剂对环境生物的影响等方面的研究，最终为制定每种药剂合理的施药剂量、合理的施药间隔时期和合理的收获时期等系列措施，为科学防治水稻病虫害、实现环境友好和保障粮食产品安全提供科学依据。

总之，为逐步解决我国水稻病虫害防治药剂品种与剂型老化、抗药性加剧以及替代传统农药的新药剂、新剂型短缺等实际问题，建议相关部门支持开展水稻病虫害防治新品种和新药剂与应用集成研究，联合农药和植保专家，筛选和发现对水稻主要病虫害具有高效防治活性的候选药剂，开发一批高效、低毒、环保和安全的绿色农药新品种、新剂型，获得农药登记和生产许可；进行创制绿色农药新品种、新剂型产业化工作；对创制绿色农药新品种进行安全性评价，制定新农药残留标准；开展绿色农药新品种室内生物测定、田间小区防治试验及田间应用示范技术集成和推广，筛选出效果好、成本低、残留低、对环境友好、经济效益、社会效益和生态效益显著的重大病害防控应用技术和规范化施用方法，优化集成应用技术并建立安全用药示范区，提高我国水稻重大病虫害的防治水平，保障农业生态环境安全和食品安全。

参 考 文 献

[1] Yamamoto Y, Kamiyan, Morinaka Y, et al. Auxin biosynthesis by the YUCCA genes in rice. Plant Physiology, 2007, 143: 1362-1371.

[2] Fraserr S S, Whenham R J. Plant growth regulators and virus infection: a critical review. Plant Growth Regulation, 1982, (1): 37-59.

[3] Durrant W E, Dong X. Systemic acquired resistance. Annual Review of Phytopathology. 2004, 42: 185-209.

[4] Abel P P, Nelson R S, De B, et al. Delay of disease development in transgenic plants that express the tobacco mosaic virus coat protein gene. Science journal, 1986, 232 (4751): 738-743.

[5] Park S W, Kaimoyo E, Kumar D, et al. Methyl salicylate is a critical mobile signal for plant systemic acquired resistance. Science journal, 2007, 318 (5847): 113-116.

[6] Silverman P, Sesker M, Kanter D, et al. Salicylic acid in rice (biosynthesis, conjugation, and possible role). Plant Physiology, 1995, 108: 633-639.

[7] Wu Z M, Zhang X, He B, et al. A chlorophyll-deficient rice mutant with impaired chlorophyllide esterification in chlorophyll biosynthesis. Plant Physiology, 2007, 145: 29-40.

[8] Dai S H, Wei X P, Alfonsob A A, et al. Transgenic rice plants that overexpress transcription factors RF2a and RF2b are tolerant to rice tungro virus replication and disease. Proceedings of the National Academy of Sciences of the United States of America, 2008, 105 (52): 21012-21016.

[9] Seo P J, Xiang F N, Qiao M, et al. The MYB96 transcription factor mediates abscisic acid signaling during drought stress response in Arabidopsis. Plant Physiology, 2009, 151: 275-289.

[10] Miura K, Agetsuma M, Kitano H, et al. A metastable DWARF$_1$ epigenetic mutant affecting plant stature in rice. Proceedings of the National Academy of Sciences of the United States of America, 2009, 106 (27): 11218-11223.

[11] Vleesschauwer D D, Yang Y N, Cruz C V, et al. Abscisic acid-induced resistance against the brown spot pathogen cochliobolus miyabeanus in rice involves MAP kinase-mediated repression of ethylene signaling. Plant Physiology, 2010, 152: 2036-2052.

[12] 王文娟. 水稻矮缩病毒编码的基因沉默抑制因子的筛选及验证. 北京：首都师范大学硕士学位论文，2007.

[13] 熊如意. 水稻条纹病毒基因的原核表达及 NS3 和 NSvc4 的功能研究. 杭州：浙江大学博士学位论文，2008.

[14] Sire C, Bangratz-reyser M, Fargette D, et al. Genetic diversity and silencing suppression effects of Rice yellow mottle virus and the P1 protein. Virology J, 2008, 5 (55): 1-12.

[15] Pinto Y M, Kok R A, Baulcombe D C. Resistance to rice yellow mottle virus (RYMV) in cultivated

African rice varieties containing RYMV transgenes. Nature Biotechnology，1999，17：702-707.

[16] Missiou A，Kalantidisk，Boufla A，et al. Generation of transgenic potato plants highly resistant to potato virus Y（PVY）through I silencing［J］. Molecular Breeding，2004，14：185-197.

[17] TakumiS，Yoshii M，WEI T Y，et al. Silencing by RNAi of the gene for Pns12，a viroplasm matrix protein of Rice dwarf virus，results in strong resistance of transgenic rice plants to the virus. Plant Biotechnology Journal，2009，7（1）：24-32.

[18] Xi Z，Zhang R Y，Yu Z H，et al. Selective interaction between tylophorine B and bulged DNA. Bioorganic Medicine Chemistry Letter，2005，15（10）：2673-2677.

[19] 司书毅，张月琴. 药物筛选-方法与实践. 北京：化学工业出版社，2007，251-254.

[20] 张开玉，熊如意，周益军等. 灰飞虱体内水稻条纹病毒的检测. 植物保护学报，2008，35（5）：410-414.

[21] 周国辉，温锦君，蔡德江等. 呼肠孤病毒科斐济病毒属一新种：南方水稻黑条矮缩病毒. 科学通报，2008，53（20）：2500-2508.

[22] 章松柏，李大勇，肖冬来等. 水稻黑条矮缩病的发生和病毒检测. 湖北农业科学，2010，49（3）：592-594.

[23] Qian X H，Lee P W，Cao S. China：forward to the green pesticides via a basic research program. J Agric Food Chem，2010，58（5），2613-2623.

[24] 党迎国. 臭椿粗提物对水稻条纹病毒在水稻悬浮细胞中的作用机制. 福州：福建农林大学硕士学位论文，2007.

[25] Li Y M，Wang L H，Li S L，et al. Secopregnane steroids target the subgenomic RNA of alphavirus-like RNA viruses. Proc Natl Acad Sci USA，2007，104（19）：8083-8088.

[26] 沈建国. 张正坤，吴祖建等. 臭椿和鸦胆子抗烟草花叶病毒作用研究. 中国中药杂志，2007，32（1）：27-29.

[27] 谢联辉，林奇英，吴祖建. 中国水稻病毒病的诊断、监测和防治对策. 福建农业大学学报，1994，23（3）：280-285.

[28] 陈卓，宋宝安，郭荣等. 水稻病毒病防治的理论与实践的思考. 中国植物保护学会2010年学术年会，2010.

[29] 周国辉，张曙光，邹寿发等. 水稻新病害南方水稻黑条矮缩病发生特点及危害趋势分析. 植物保护，2010，36（1）：144-146.

[30] 郭荣，周国辉，张曙光. 水稻南方黑条矮缩病发生规律及防控对策初探. 中国植保导刊，2010，30（8）：17-20.

[31] 嵇莉莉，刘学，吴新平. 我国农药登记生测试验标准及评价体系初步确立. 农药科学与管理，2007，28（5）：47-53.

[32] Wang Q，Yang J，Zhou G H，et al. The complete genome sequence of two isolate of southern rice black-streaked dwarf virus，a new member of genus Fijivirus. Phytopathol J.，2010，1-5.

[33] 刘万才，刘宇，郭荣. 南方水稻黑条矮缩病发生现状及防控对策. 中国植保导刊，2010，30（3）：17-18.

[34] 陈卓，郭荣，钟玲等. 芦溪县麻田乡南方水稻黑条矮缩病暴发的原因分析. 贵州农业科学，2010，38（10）：118-120.

[35] 谢联辉，林奇英. 水稻品种对病毒病的抗性研究. 福建农学院学报，1982（2）：15-18.

[36] 汪华. 新型抗病毒剂病毒星作用机理研究. 贵阳：贵州大学，2007.

[37] 宋宝安，杨松，胡德禹等．新型抗病毒剂病毒星的创制研究．华中师范大学学报：自然科学版，2007，41（2）：218-222.

[38] 杨麦生，姬秀枝．超敏蛋白对黄瓜霜霉病和灰霉病的诱抗效果．中国农学通报，2009，25（19）：228-230.

[39] 刘勇，布云虹，李凤芝等．超敏蛋白对烟苗 TMV 抗性和生长的影响．现代农药，2008，7：14-15.

[40] 杜卫民，罗定棋，申莉莉．宁南霉素与醋酸铜混配对烟草普通花叶病的联合作用．现代农业科技，2010（15）：189-190.

[41] 王永存，刘桂芳．浅谈碧护对蔬菜生长的调剂作用．农技服务，2008，25（3）：54-55.

[42] 吕芬，周平，黄新动等．白背飞虱种群数量与气象要素关系的统计分析．自然灾害学报，2008，17（3）：125-129.

[43] 石键波，雷惠质．白背飞虱在杂交稻与常规稻上发生特点的初步观察．植物保护学报，1992，19（3）：236，242.

[44] 徐红星，张珏锋，郑许松等．施氮对白背飞虱在水稻上适应性的影响．中国水稻科学，2009，23（2）：219-222.

[45] Fraser R S S. Biochemistry of virus infected plants. New York：Research Studies Press，1987.

[46] 田国忠，李怀方，裘维蕃．植物激素与植物病害的相互作用．植物生理学通讯，1999，35（3）：177-184.

[47] 吴建国，王萍，谢荔岩等．水稻矮缩病毒对3种内源激素含量及代谢相关基因转录水平的影响．植物病理学报，2010，40（2）：151-158.

[48] Kang B C，Yeam I，Jahn M M. Genetics of plant virus resistance. Annual Review of Phytopathology. 2005，43：581-621.

[49] Ketting，R. F，Fischer S E，Bernstein E，et al. Dicer functions in RNA interference and in synthesis of small RNA involved in developmental timing in C. elegans，Genes Dev，2001，15：2654-2659.

[50] Paul Ahlquist. RNA-dependent RNA polymerases，Viruses，and RNA Silencing. Science，2002，296：1270-1273.

[51] Zhang Q Z，Zhang C H，Xi Z. Enhancement of RNAi by a small molecule antibiotic enoxacin. Cell Research，2008，18（10）：1077-1079.

[52] Witvrouw M，Daelemans D，Pannecouque C. Broad-spectrum antiviral activity and mechanism of antiviral action of the fluoroquinolone derivative K-12. Antiviral Chem. 1998，9：403-411.

[53] Chen Z，Wang X Y，Song B A，et al. Synthesis and antiviral activities of novel chiral cyanoacrylate derivatives with（E）configuration. Bioorganic Medicinal Chemistry，2008，16：3076-3083.

[54] 浙江省农业科学院植保所病毒组．水稻病毒病．北京：农业出版社，1985.

[55] 王华弟．粮食作物病虫害测报与防治．北京：科学出版社，2005.

第六章 创新药剂对水稻病毒病的防控研究示例

第一节
江西省芦溪县防治水稻稻飞虱及南方水稻黑条矮缩病田间试验研究

一、试验目的

为探明毒氟磷等对单季晚稻上白背飞虱及南方水稻黑条矮缩病的防治效果和药剂适宜用量，为南水方稻黑条矮缩病的防控提供技术支持，在江西省芦溪县麻田乡开展了相关的田间小区药效试验。

二、试验设计

1. 试验田概况

试验地分别设在萍乡市芦溪县麻田乡麻田村林乐昌农户稻田、麻田村林梦生农户稻田、麻田村林富昌农户稻田、株木村彭光华农户稻田和石溪村朱连生农户稻田。稻田四周开阔，均是发病严重甚至绝收的二晚稻田。同时，稻田引水方便、平整、肥力中等且均匀。

2. 供试水稻品种

试验品种均是两优杂交品种，为新两优 98、奥龙优 282 和 Y 两优 696，生长周期分别是全生育期 121d、109.8d 和 133.2d。播种时间为 8 月 18 日，移栽时间 9 月 25 日。

3. 试验药剂

（1）25％吡蚜酮·噻虫嗪悬浮剂，贵州大学教育部绿色农药与农业生物工程重点实验室研制；

（2）2.2％阿维菌素·吡虫啉乳油，广西田园生化股份有限公司生产；

（3）10％吡虫啉可湿性粉剂，江苏红太阳公司；

（4）30％毒氟磷可湿性粉剂，广西田园生化股份有限公司生产；

（5）2％宁南霉素水剂，四川金珠公司生产；

（6）3％超敏蛋白颗粒，美国伊甸公司生产；

（7）病毒灵水剂，广西田园生化股份有限公司生产。

三、试验处理

以下剂量均为每亩所用量。

（1）25％吡蚜·噻虫嗪 25mL（缩写为：吡）；

（2）25％吡蚜·噻虫嗪 25mL＋30％毒氟磷（病毒星）66g（缩写为：吡＋毒）；

（3）25％吡蚜·噻虫嗪 25mL＋30％毒氟磷（病毒星）66g＋3％超敏蛋白颗粒 10g（缩写为：吡＋毒＋超）；

（4）25％吡蚜·噻虫嗪 25mL＋2％宁南霉素 240mL（缩写为：吡＋宁）；

（5）25％吡蚜·噻虫嗪 25mL＋2％宁南霉素 240mL＋3％超敏蛋白 10g（缩写为：吡＋宁＋超）；

（6）25％吡蚜·噻虫嗪 25mL＋病毒灵 60mL（缩写为：吡＋病）；

（7）25％吡蚜·噻虫嗪 25mL＋病毒灵 60mL＋3％超敏蛋白 10g（缩写为：吡＋病＋超）；

（8）2.2％阿维·吡虫啉 60mL（缩写为：阿）；

（9）2.2％阿维·吡虫啉 60mL＋30％毒氟磷（病毒星）66g（缩写为：阿＋毒）；

（10）2.2％阿维·吡虫啉 60mL＋30％毒氟磷（病毒星）66g＋3％超敏蛋白 10g（缩写为：阿＋毒＋超）；

（11）2.2％阿维·吡虫啉 60mL＋2％宁南霉素 240mL（缩写为：阿＋宁）；

（12）2.2％阿维·吡虫啉 60mL＋2％宁南霉素 240mL＋3％超敏蛋白 10g（缩写为：阿＋宁＋超）；

（13）2.2％阿维·吡虫啉 60mL＋病毒灵 60mL（缩写为：阿＋病）；

（14）2.2％阿维·吡虫啉 60mL＋病毒灵 60mL＋3％超敏蛋白 10g（缩写为：阿＋病＋超）；

（15）防虫网（缩写为：网）；

（16）防虫网＋10％吡虫啉 10g（缩写为：网＋吡）；

（17）空白对照（喷清水）。

本试验中各处理按各处理后的缩写指代。

四、田间小区布置

1. 麻田村林乐昌农户稻田

共设 28 个处理小区，每个处理小区面积为 15m²，空白对照区每小区面积 10～15m²。试验地小区之间均筑 20cm 宽田埂，防止窜水。小区随机排列。

2. 麻田村林梦生农户稻田

共设 31 个处理小区，每个处理小区面积为 $15m^2$，空白对照区每小区面积 $10\sim15m^2$。试验地小区之间均筑 20cm 宽田埂，防止窜水。小区随机排列小区。

3. 麻田村林富昌农户稻田

共设 35 个处理小区，每个处理小区面积为 $15m^2$，空白对照区每小区面积 $10\sim15m^2$。试验地小区之间均筑 20cm 宽田埂，防止窜水。小区随机排列小区。

4. 株木村彭光华农户稻田

共设 46 个处理，每个处理小区面积为 $15m^2$，空白对照区每小区面积 $10\sim15m^2$。试验地小区之间均筑 20cm 宽田埂，防止窜水。小区随机排列小区。

5. 石溪村朱连生农户稻田

共设 16 个处理小区，每个处理小区面积为 $15m^2$，空白对照区每小区面积 $10\sim15m^2$。试验地小区之间均筑 20cm 宽田埂，防止窜水。小区随机排列小区处理。

五、施药时间及方法

8 月 30 日用第一次药，9 月 12 日用第二次药；1～14 处理针对秧苗立针期施药。按每亩对水 40kg 用手提式喷雾器对准秧苗均匀喷雾。各处理区秧苗于 9 月 22 日移栽到大田，以后病虫害防治等管理同周围大田一致。

六、调查内容

1. 安全性观察

观察试验药剂对水稻生长的影响，有无药害发生。

2. 药效调查

调查时间 10 月 5 日。病毒病分级按照修正分级标准进行，即测量健康植株和发病植株的高度。以正常植株高度为基准，对分级标准进行了定义：

0 级：全株无病；

1 级：植株无明显矮化，高度比健株矮 20% 以内；

3 级：植株矮化，高度比健株矮 20%～35%；

5 级：植株严重矮化，高度比健株矮 35%～50%；

7 级：植株严重矮缩，高度比健株矮 50% 以上，或者死亡。

七、结果与分析

1. 麻田村林乐昌田块防治南方水稻矮缩病药效

结果如表 6-1～表 6-3 所示，关于新两优 98 品种中防治南方水稻黑条矮缩病，最好的药剂处理依次是（均为每亩剂量，本节同）：25% 吡蚜·噻虫嗪悬浮剂

表 6-1　江西省萍乡市芦溪县麻田乡麻村林乐昌田块田新两优 98 品种防治南方黑条矮缩病防治情况（第 2 次药后 25d）

处理	重复	总数/丛	药后病情					病株率/%	平均病株率/%	病情指数	平均病情指数	平均防效/%
			0级	1级	3级	5级	7级					
吡+宁	1	85	83	0	1	1	0	2.4		1.3		
	2	71	68	1	2	0	0	4.2	3.9	1.4	1.7	44.1
	3	58	55	1	1	0	0	5.2		2.2		
吡+毒+超	1	60	58	2	0	0	0	3.3		0.5		
	2	51	46	3	1	0	0	9.8	6.8	3.1	2.2	24.7
	3	82	76	3	1	1	1	7.3		3.1		
网	1	80	71	7	1	1	0	11.3		2.7		
	2	91	84	1	2	3	1	7.7	8.7	4.6	3.7	−24.0
	3	83	77	1	3	1	1	7.2		3.8		
阿+宁	1	75	70	1	2	1	1	6.7		3.6		
	2	69	69	1	2	2	1	5.8	6.6	3.3	3.5	−18.2
	3	68	63	2	2	2	0	7.4		3.6		
阿+病	1	62	59	2	1	0	0	4.8		1.2		
	2	64	59	1	2	2	0	7.8	6.8	3.8	2.5	15.5
	3	78	72	4	0	2	0	7.7		2.6		
阿+毒	1	63	58	0	5	0	0	7.9		3.4		
	2	71	68	1	1	0	0	4.2	5.3	1.8	2.3	22.8
	3	78	75	0	3	0	0	3.8		1.6		
空白对照	1	346	319	13	7	3	4	7.8		3.2		
	2	378	351	16	7	3	1	7.1	7.9	2.2	3.0	0.0
	3	460	420	18	13	4	5	8.7		3.5		

表6-2　江西省萍乡市芦溪县麻田乡麻田村林乐昌田块奥龙优282防治南方黑条矮缩病防治情况（第2次药后25d）

处理	重复	药后病情						病株率/%	平均病株率/%	病情指数	平均病情指数	平均防效/%
		总数/丛	0级	1级	3级	5级	7级					
阿+病+超	1	48	46	2	0	0	0	4.2		0.6		
	2	50	48	2	0	0	0	4.0	4.4	0.6	0.8	69.5
	3	61	58	2	1	0	0	4.9		1.2		
吡	1	62	56	2	3	1	0	9.7		3.7		
	2	63	58	3	0	2	0	7.9	10.6	2.9	3.9	−53.1
	3	56	48	3	4	1	0	14.3		5.1		
吡+病	1	68	63	1	2	2	0	7.4		3.6		
	2	75	71	2	3	0	0	5.3	6.4	1.9	3.0	−16.8
	3	78	73	1	1	3	0	6.4		3.5		
阿+毒+超	1	56	51	4	1	0	1	8.9		1.8		
	2	38	34	3	1	0	0	10.5	9.0	2.3	2.4	5.1
	3	53	49	1	2	1	0	7.5		3.2		
吡+毒	1	60	55	3	1	0	1	8.3		3.1		
	2	59	54	3	2	0	0	8.5	7.9	2.2	2.2	13.4
	3	73	68	4	1	0	0	6.8		1.4		
阿	1	58	56	2	0	0	0	3.4		0.5		
	2	80	77	1	2	0	0	3.8	2.8	1.3	0.8	70.0
	3	77	76	0	1	0	0	1.3		0.6		
空白对照	1	68	63	3	1	1	0	7.4		2.3		
	2	72	65	4	2	1	0	9.7	8.2	3.0	2.6	0.0
	3	66	61	2	3	0	0	7.6		2.4		

表 6-3 江西省萍乡市芦溪县麻田乡麻田村林乐昌田块 Y 两优 696 防治南方黑条矮缩病防治情况（第 2 次药后 25d）

处理	重复	总数/丛	药后病情					病株率/%	平均病株率/%	病情指数	平均病情指数	平均防效/%
			0 级	1 级	3 级	5 级	7 级					
网+吡	1	72	67	5	0	0	0	6.9		1.0		
	2	76	72	3	0	0	1	5.3	6.4	1.9	1.5	56.1
	3	85	79	4	2	0	0	7.1		1.7		
吡+宁+超	1	87	77	7	2	1	0	11.5		3.0		
	2	81	72	3	4	1	1	11.1	9.9	4.8	3.1	9.3
	3	84	78	5	0	1	0	7.1		1.7		
吡+病+超	1	52	49	1	1	1	0	5.8		2.5		
	2	64	59	1	3	1	0	7.8	6.9	3.3	2.5	29.2
	3	56	52	3	1	0	0	7.1		1.5		
阿+宁+超	1	45	43	0	1	1	0	4.4		2.5		
	2	48	44	2	2	0	0	8.3	8.4	2.4	3.1	9.6
	3	64	56	3	4	1	0	12.5		4.5		
空白对照	1	173	162	3	6	1	1	6.4		2.7		
	2	190	174	10	2	4	0	8.4	8.6	2.7	3.5	0.0
	3	280	249	11	9	9	2	11.1		4.9		

25mL＋2％宁南霉素水剂 240mL（吡＋宁）、25％吡蚜·噻虫嗪悬浮剂 25mL＋30％毒氟磷（病毒星）可湿性粉剂 66g＋3％超敏蛋白 G10g（吡＋毒＋超）、2.2％阿维·吡虫啉乳油 60mL＋30％毒氟磷（病毒星）可湿性粉剂 66g（阿＋毒），防治效果分别是 44.1％、24.7％、22.8％，其他处理的防治效果还需要进一步验证。关于奥龙优 282 品种中防治南方水稻黑条矮缩病，最好的药剂处理依次是 2.2％阿维·吡虫啉乳油 60mL（阿）和 2.2％阿维·吡虫啉乳油 60mL＋病毒灵水剂 60mL＋3％超敏蛋白 G10g（阿＋病＋超），防治效果分别是 70.0％、69.5％，其他处理的防治效果还需要进一步验证。关于 Y 两优 696 品种中防治南方水稻黑条矮缩病，最好的药剂处理依次是防虫网＋10％吡虫啉可湿性粉剂 10g（网＋吡）和 25％吡蚜·噻虫嗪悬浮剂 25mL＋3 病毒灵水剂 60mL ＋3％超敏蛋白 G10g（吡＋病＋超），防治效果分别是 56.1％和 29.2％，其他处理的防治效果还需要进一步验证。

2. 麻田村林梦生田块防治南方水稻矮缩病药效

结果如表 6-4，表 6-5 所示，关于新两优 98 品种中防治南方水稻黑条矮缩病，最好的药剂处理依次是 2.2％阿维·吡虫啉乳油 60mL（阿）、2.2％阿维·吡虫啉乳油 60mL＋30％毒氟磷（病毒星）可湿性粉剂 66g（阿＋毒）、25％吡蚜·噻虫嗪悬浮剂 25mL＋30％毒氟磷（病毒星）可湿性粉剂 66g（吡＋毒），其防治效果分别是 61.0％、58.1％和 55.0％，其他处理的防治效果还需要进一步验证。关于奥龙优 282 品种中防治南方水稻黑条矮缩病，最好的药剂处理依次是 2.2％阿维·吡虫啉乳油 60mL＋30％毒氟磷（病毒星）可湿性粉剂 66g（阿＋毒）、2.2％阿维·吡虫啉乳油 60mL（阿）和 25％吡蚜·噻虫嗪悬浮剂 25mL（吡），防治效果分别是 54.6％、42.8％和 31.8％，其他处理的防治效果还需要进一步验证。

3. 麻田村林富昌田块防治南方水稻矮缩病药效

结果如表 6-6～表 6-8 所示，关于新两优 98 品种中防治南方水稻黑条矮缩病，最好的药剂处理依次是 2.2％阿维·吡虫啉乳油 60mL＋2％宁南霉素水剂 240mL＋3％超敏蛋白 G10g（阿＋宁＋超）、防虫网＋吡虫啉拌种（网＋拌）、2.2％阿维·吡虫啉乳油 60mL＋30％毒氟磷（病毒星）可湿性粉剂 66g＋3％超敏蛋白 G10g（阿＋毒＋超），其防治效果分别是 54.5％、48.6％、35.4％，其他处理的防治效果还需要进一步验证。关于奥龙优 282 品种中防治南方水稻黑条矮缩病，最好的药剂处理依次是 25％吡蚜·噻虫嗪悬浮剂 25mL、25％吡蚜·噻虫嗪悬浮剂 25mL＋病毒灵水剂 60mL（吡＋病），防治效果分别是 52.8％和 49.3％，其他处理的防治效果还需要进一步验证。关于 Y 两优 696 品种中防治南方水稻黑条矮缩病，最好的药剂处理依次是 25％吡蚜·噻虫嗪悬浮剂 25mL＋30％毒氟磷（病毒星）可湿性粉剂 66g（吡＋毒）和 25％吡蚜·噻虫嗪悬浮剂 25mL＋2％宁南霉素水剂 240mL（吡＋宁），防治效果分别是 69.5％和 35.2％，其他处理的防治效果还需要进一步验证。

表6-4 江西省萍乡市芦溪县乡麻田村林梦生田块新两优98防治南方黑条矮缩病防治情况（第2次药后25d）

处理	剂量/亩	重复	总数/丛	药后病情					病株率/%	平均病株率/%	病情指数	平均病情指数	平均防效/%
				0级	1级	3级	5级	7级					
阿+病+超	60mL+60mL+10g	1	158	141	8	5	3	1	10.8	8.7	4.1	3.1	23.9
		2	138	126	6	3	2	1	8.7		3.3		
		3	162	151	7	3	1	0	6.8		1.9		
阿	60mL	1	91	85	4	2	0	0	6.6	6.3	1.6	1.6	61
		2	80	76	3	1	0	0	5		1.1		
		3	109	101	2	2	1	0	7.3		2.1		
阿+宁+超	60mL+200mL+10g	1	83	76	5	1	1	0	8.4	10.1	2.2	2.9	29
		2	93	85	4	4	0	0	8.6		2.5		
		3	113	98	8	6	0	1	13.3		3.9		
阿+毒+超	60mL+66g+10g	1	150	138	5	4	3	0	8	8	3	3.5	12.9
		2	125	69	3	6	1	1	7.2		3.1		
		3	135	123	4	6	3	1	8.9		4.4		
吡	25mL	1	125	113	4	4	3	1	9.6	7.4	4.3	2.9	27.6
		2	157	146	6	2	3	0	7		2.5		
		3	144	136	4	3	0	0	5.6		2		
吡+宁	25mL+200mL	1	105	90	8	4	3	0	14.3	13.4	4.8	3.5	14.2
		2	98	85	10	3	0	0	13.3		2.8		
		3	104	91	9	4	0	0	12.5		2.9		
吡+毒	25mL+66g	1	120	109	6	5	0	0	9.2	7.4	2.5	1.8	55
		2	109	102	6	1	0	0	6.4		1.2		
		3	104	97	4	3	0	0	6.7		1.8		
吡+毒+超	25mL+66g+10g	1	91	78	9	4	0	0	14.3	16.1	3.3	3.9	
		2	71	59	9	3	0	0	16.9		3.6		
		3	116	96	12	7	1	0	17.2		4.7		
阿+病	60mL+60mL	1	163	143	10	6	3	1	12.3	12.4	4.4	4.4	−9.3
		2	139	117	13	4	4	1	15.8		5.3		
		3	141	128	6	4	2	1	9.2		3.5		
吡+病	25mL+60mL	1	62	57	3	2	0	0	8.1	10.9	2.1	3.5	13.1
		2	65	57	4	4	0	0	12.3		3.5		
		3	98	86	6	2	3	1	12.2		5		
阿+毒	60mL+66g	1	125	120	5	0	0	0	4	5.9	0.6	1.7	58.1
		2	130	123	5	1	1	0	5.4		1.4		
		3	134	123	5	4	1	1	8.2		3.1		
空白对照	—	1	357	319	20	10	7	1	10.6	11	3.7	4	0
		2	337	297	22	12	4	2	11.9		3.9		
		3	348	311	13	15	5	4	10.6		4.6		

表6-5 江西省萍乡市芦溪县麻田乡麻田村林梦生田块奥龙优282防治南方黑条矮缩病防治情况（第2次药后25d）

处理	制剂量/桶水	重复	总数/丛	药后病情					病株率	平均病株率/%	病情指数	平均病情指数	平均防效/%
				0级	1级	3级	5级	7级					
阿+病+超	60mL+60mL+10g	1	150	137	6	5	1	1	8.7	9.8	3.1	3.9	−28.2
		2	121	107	7	5	1	1	11.6		4.6		
		3	141	128	4	3	1	1	9.2		1.7		
阿	60mL	1	69	67	0	2	0	0	2.9	6.3	1.7	1.7	42.8
		2	53	51	0	0	1	0	3.8		0.5		
		3	66	58	5	3	0	0	12.1		3		
阿+宁+超	60mL+200mL+10g	1	107	101	4	2	0	0	5.6	8.6	1.3	2.3	23.7
		2	87	79	5	2	0	0	9.2		3		
		3	101	90	7	4	0	0	10.9		2.7		
吡+宁+超	25mL+200mL+10g	1	226	196	17	10	2	1	13.3	11.3	4	3.8	−23.6
		2	190	69	8	6	4	2	8.4		2.7		
		3	223	196	13	8	4	2	12.1		4.5		
阿+毒+超	60mL+66g+10g	1	170	156	6	5	3	0	8.2	8.3	3	3.3	−7.1
		2	157	145	5	6	1	0	7.6		2.5		
		3	166	151	4	6	4	1	9		4.2		
吡	25mL	1	108	103	3	1	1	0	4.6	5.9	1.5	2.1	31.8
		2	137	126	5	2	3	1	8		3.4		
		3	139	132	5	1	1	0	5		1.3		
吡+宁	25mL+200mL	1	102	96	6	2	0	0	5.9	11.4	1.4	3	1.6
		2	103	88	9	5	1	0	14.6		4		
		3	88	76	8	3	1	0	13.6		3.6		
吡+毒	25mL+66g	1	102	92	6	3	1	0	9.8	12	2.8	3.6	−17.8
		2	80	68	8	2	2	0	15		4.3		
		3	97	86	5	5	1	0	11.3		3.7		
吡+毒+超	25mL+66g+10g	1	94	83	5	5	0	1	11.7	11	3.5	4	−29.7
		2	140	125	4	6	4	1	10.7		5		
		3	170	152	10	6	1	1	10.6		3.4		
阿+毒	60mL+66g	1	120	113	3	4	0	0	5.8	5.5	1.8	1.4	54.6
		2	134	128	5	1	0	0	4.5		0.9		
		3	132	124	5	3	0	0	6.1		1.5		
空白对照	—	1	368	329	19	13	6	1	10.6	10.4	3.7	3	0
		2	349	312	23	13	0	1	10.6		2.8		
		3	375	338	26	8	1	2	9.9		2.6		

表6-6 江西省萍乡市芦溪县麻田乡麻田村林富昌田块新两优98防治南方黑条矮缩病防治情况（第2次药后25d）

处理	重复	药后病情 总数/丛	0级	1级	3级	5级	7级	病株率/%	平均病株率/%	病情指数	平均病情指数	平均防效/%
吡虫啉拌种	1	177	167	6	3	0	1	5.6		1.8		
	2	168	162	4	2	0	0	3.6	5.4	0.9	1.8	48.6
	3	190	177	6	4	2	1	6.8		2.6		
阿＋病	1	163	155	2	3	1	2	4.9		2.6		
	2	174	165	2	3	2	2	5.2	6.1	2.9	3.6	−4.2
	3	158	145	2	3	5	3	8.2		5.2		
吡＋毒＋超	1	115	104	4	5	1	1	9.6		3.9		
	2	109	97	4	4	4	0	11	9.6	4.7	4	−18.8
	3	120	110	4	3	2	1	8.3		3.6		
吡＋宁＋超敏	1	80	72	1	2	3	2	10		6.4		
	2	98	69	5	2	0	1	8.2	8.3	2.6	4.3	−27.1
	3	105	98	2	0	4	1	6.7		3.9		
阿＋宁＋超	1	237	227	3	5	2	0	4.2		1.7		
	2	265	254	5	2	4	0	4.2	4.6	1.7	1.6	54.4
	3	264	250	9	5	0	0	5.3		1.3		
阿＋毒＋超	1	168	153	9	4	2	0	8.9		2.6		
	2	193	182	2	5	4	0	5.7	6.1	2.7	2.2	35.4
	3	198	191	3	3	1	0	3.5		1.2		
空白对照	1	203	184	9	5	5	0	9.4		3.4		
	2	204	192	6	2	1	3	5.9	8.4	2.7	3.4	0
	3	191	172	7	6	6	0	9.9		4.1		

表 6-7　江西省萍乡市芦溪县麻田乡麻田村林富昌田块奥龙优 282 防治南方黑条矮缩病防治情况（第 2 次药后 25d）

处理	重复	总数/丛	药后病情					病株率/%	平均病株率/%	病情指数	平均病情指数	平均防效/%
			0 级	1 级	3 级	5 级	7 级					
吡+病+超	1	103	95	5	2	1	0	7.8	4.8	2.2	1.3	5.7
	2	110	106	3	0	1	0	3.6		1		
	3	105	102	2	1	0	0	2.9		0.7		
吡	1	107	103	2	2	0	0	3.7	2.1	1.1	0.7	52.8
	2	111	109	1	1	0	0	1.8		0.5		
	3	110	109	0	1	0	0	0.9		0.4		
阿+宁	1	54	52	1	0	1	0	3.7	6.2	1.6	1.9	−33.7
	2	58	55	2	1	0	0	5.2		1.2		
	3	62	56	4	1	1	0	9.7		2.8		
吡+宁	1	57	54	3	0	0	0	5.3	6.2	0.8	1.2	10.8
	2	74	69	1	0	0	0	4.3		1.2		
	3	65	59	5	1	0	0	9.2		1.8		
阿+病+超	1	67	65	0	1	1	0	3	3.7	1.7	1.2	13.2
	2	72	69	2	1	0	0	4.2				
	3	77	74	2	1	0	0	3.9		0.9		
吡+病+超	1	83	79	2	1	1	1	4.8	4.2	1.7	1.4	1.9
	2	89	86	2	1	1	0	3.4		1.4		
	3	92	88	3	1	0	0	4.3		0.9		
阿	1	95	92	1	0	1	1	3.2	2.6	2	1.1	19.9
	2	116	113	1	2	0	0	2.6		1.1		
	3	102	100	2	0	0	0	2		0.3		
阿+毒+超	1	84	81	1	1	0	1	3.6	3.3	1.9	1.3	4.5
	2	101	99	1	0	1	0	2		0.8		
	3	90	86	2	2	0	0	4.4		1.3		
吡+病	1	132	128	3	1	0	0	3	3	0.6	0.7	49.3
	2	178	173	4	1	0	0	2.8		0.6		
	3	189	183	3	3	0	0	3.2		0.9		
空白对照	1	89	86	1	2	0	0	3.4	4.3	1.1	1.4	0
	2	87	83	2	1	1	0	4.6		1.6		
	3	81	77	3	0	0	0	4.9		1.4		

表6-8 江西省萍乡市芦溪县麻田乡麻田村林富昌田块 Y 两优 696 防治南方黑条矮缩病防治情况（第 2 次药后 25d）

处理	重复	药后病情						病株率/%	平均病株率/%	病情指数	平均病情指数	平均防效/%
		总数/丛	0级	1级	3级	5级	7级					
吡＋宁	1	94	87	5	1	0	1	7.4	7.2	2.3	2.4	35.2
	2	104	98	4	1	1	0	5.8		1.6		
	3	97	89	3	3	2	0	8.2		3.2		
阿＋宁	1	78	72	3	1	2	0	7.7	7.5	2.9	3.7	0.9
	2	88	82	0	2	3	1	6.8		4.5		
	3	74	68	2	2	2	0	8.1		3.5		
吡	1	118	103	7	4	3	1	12.7	10.5	5	3.8	−3.9
	2	123	109	8	2	3	1	11.4		4.2		
	3	134	124	6	2	2	0	7.5		2.3		
吡＋毒＋超	1	53	51	1	0	0	1	3.8	7.3	2.2	3.8	−2.4
	2	46	42	1	2	1	0	8.7		3.7		
	3	63	57	2	1	1	2	9.5		5.4		
吡＋宁＋超	1	89	80	2	4	2	1	10.1	9.5	5	4.1	−11.5
	2	107	97	3	5	2	0	9.3		3.7		
	3	99	90	3	4	2	0	9.1		3.6		
吡＋毒	1	199	191	6	2	0	1	4	4.3	0.9	1.1	69.5
	2	239	228	6	3	2	0	4.6		1.5		
	3	210	201	6	3	0	0	4.3		1		
阿	1	83	75	4	3	1	0	9.6	7.8	3.1	3.1	16.1
	2	105	96	2	5	1	1	8.6		3.9		
	3	96	91	1	3	1	0	5.2		2.2		
阿＋毒	1	126	107	9	8	1	1	15.1	11.1	5.1	3.7	−0.9
	2	157	142	8	5	1	1	9.6		3.2		
	3	174	159	5	5	1	1	8.6		2.9		
空白对照	1	74	66	3	3	1	1	10.8	10	4.6	3.7	0
	2	90	82	4	2	1	1	8.9		3.5		
	3	78	70	5	2	1	0	10.3		2.9		

表 6-9　江西省萍乡市芦溪县麻田乡株木村彭光华半田块新两优 98 防治南方黑条矮缩病防治情况（第 2 次药后 25d）

处理	施药次数	重复	总数/丛	药后病情					病株率/%	平均病株率/%	病情指数	平均病情指数/%	平均防效/%
				0级	1级	3级	5级	7级					
吡+毒	1	1	40	35	1	2	1	1	12.5	20.8	6.8	9.9	−20.7
		2	54	44	5	1	2	2	18.5		8.5		
		3	48	33	4	6	4	1	31.3		14.6		
	2	1	40	32	5	2	1	0	20	17.4	5.7	6.5	20.8
		2	51	39	5	3	3	1	23.5		10.1		
		3	57	52	2	1	2	0	8.8		3.8		
吡+宁	1	1	62	53	1	4	3	1	14.5	13.5	8.1	7.6	7.2
		2	62	55	2	0	2	3	11.3		7.6		
		3	55	47	2	2	4	0	14.5		7.3		
	2	1	42	36	3	1	1	1	14.3	13.6	6.1	6.8	17.5
		2	57	69	2	4	3	0	15.8		7.3		
		3	47	42	1	1	1	2	10.6		7		
吡+病	1	1	36	31	1	1	2	1	13.9	14.7	8.3	6.9	16.2
		2	50	42	2	3	2	1	16		8		
		3	49	42	4	2	1	0	14.3		4.4		
	2	1	30	27	2	1	0	0	10	11.3	2.4	3.5	57
		2	33	29	2	1	0	0	12.1		4.3		
		3	51	45	3	2	1	0	11.8		3.9		
阿	1	1	26	23	2	1	0	0	11.5	15.2	2.7	5.8	29.7
		2	33	31	1	0	0	1	6.1		3.5		
		3	32	23	4	0	3	0	28.1		11.2		
	2	1	36	30	3	1	2	0	16.7	16.4	6.3	7.2	12.4
		2	24	20	0	2	2	1	16.7		10.7		
		3	25	21	2	2	0	0	16		4.6		
阿+毒	1	1	42	37	2	1	1	0	11.9	12	4.4	3.6	56.4
		2	51	45	4	0	0	1	11.8		3.9		
		3	41	36	4	1	0	0	12.2		2.4		
	2	1	66	61	3	2	0	0	7.6	10.7	1.9	3	63
		2	59	51	5	3	0	0	13.6		3.4		
		3	64	57	3	3	1	0	10.9		3.8		

表 6-10 江西省萍乡市芦溪县麻田乡株木村彭光华田块新两优 98 防治南方黑条矮缩病防治情况（第 2 次药后 25d）

处理	施药次数	重复	总数/丛	药后病情					病株率/%	平均病株率/%	病情指数/%	平均病情指数/%	平均防效/%
				0级	1级	3级	5级	7级					
阿+宁	1	1	40	35	1	2	2	0	12.5	12.4	6.1	5.1	38.1
		2	42	37	3	1	1	0	11.9		3.7		
		3	39	34	2	1	2	0	12.8		5.5		
	2	1	24	22	2	0	0	0	8.3	6.5	1.2	2.3	71.9
		2	22	21	0	1	0	0	4.5		1.9		
		3	30	28	0	0	1	0	6.7		3.8		
阿+毒+超	1	1	44	39	3	1	1	0	11.4	9.6	3.6	3.9	52.8
		2	50	45	1	0	3	1	10		4.9		
		3	53	49	1	2	0	0	7.5		3.2		
	2	1	38	34	2	2	0	0	10.5	14.7	3	7	15.6
		2	32	26	1	2	2	1	18.8		10.7		
		3	34	29	2	1	1	1	14.7		7.1		
阿+宁+超	1	1	61	56	1	1	1	2	8.2	10.6	5.4	4.9	40.4
		2	37	33	2	3	0	0	10.8		3.9		
		3	47	41	2	2	2	0	12.8		5.5		
	2	1	41	36	3	2	0	0	12.2	11.6	3.1	3.5	56.9
		2	37	33	3	0	1	0	10.8		3.1		
		3	42	37	2	2	1	0	11.9		4.4		
阿+病	1	1	32	29	0	0	1	2	9.4	10.9	8.5	4.9	40.4
		2	53	45	5	2	1	0	15.1		4.3		
		3	37	34	2	1	0	0	8.1		1.9		
	2	1	43	31	6	5	1	0	27.9	20.3	8.6	6.8	17.2
		2	47	39	3	3	2	0	17		6.7		
		3	50	42	5	1	2	0	16		5.1		
阿+病+超	1	1	50	46	2	1	1	0	8	9.6	2.9	2.8	66.6
		2	52	48	3	0	0	0	7.7		1.6		
		3	61	53	4	4	0	0	13.1		3.7		
	2	1	42	37	2	2	1	0	11.9	14.8	4.4	6.7	18.5
		2	43	36	2	3	2	0	16.3		7		
		3	49	41	0	6	1	1	16.3		8.7		
空白对照	—	1	180	149	13	9	7	2	17.2	17.4	7.1	8.2	0
		2	183	152	7	12	6	6	16.9		9		
		3	206	169	13	9	10	5	18		8.7		

表 6-11 江西省萍乡市芦溪县麻田乡株木村彭光华田块奥龙优 282 防治南方黑条矮缩病防治情况（第 2 次药后 25d）

处理	施药次数	重复	总数/丛	药后病情					病株率/%	平均病株率/%	病情指数	平均病情指数/%	平均防效/%
				0级	1级	3级	5级	7级					
阿+宁	1	1	40	35	1	2	2	0	12.5	12.4	6.1	5.1	38.1
		2	42	37	3	1	1	0	11.9		3.7		
		3	39	34	2	1	2	0	12.8		5.5		
	2	1	24	22	2	0	0	0	8.3	6.5	1.2	2.3	71.9
		2	22	21	0	0	1	0	4.5		1.9		
		3	30	28	0	1	1	0	6.7		3.8		
阿+毒+超	1	1	44	39	3	1	1	0	11.4	9.6	3.6	3.9	52.8
		2	50	45	0	2	3	0	10		4.9		
		3	53	49	1	2	1	0	7.5		3.2		
	2	1	38	34	2	2	0	0	10.5	14.7	3	7	15.6
		2	32	26	1	2	2	1	18.8		10.7		
		3	34	29	2	1	1	1	14.7		7.1		
阿+宁+超	1	1	61	56	1	1	2	0	8.2	10.6	5.4	4.9	40.4
		2	37	33	2	0	2	0	10.8		3.9		
		3	47	41	2	2	2	0	12.8		5.5		
	2	1	41	36	3	2	0	0	12.2	11.6	3.1	3.5	56.9
		2	37	33	3	0	1	0	10.8		3.1		
		3	42	37	2	2	1	0	11.9		4.4		
阿+病	1	1	32	29	0	0	1	2	9.4	10.9	8.5	4.9	40.4
		2	53	45	5	2	1	0	15.1		4.3		
		3	37	34	2	1	0	0	8.1		1.9		
	2	1	43	31	6	5	1	0	27.9	20.3	8.6	6.8	17.2
		2	47	39	3	3	2	0	17		6.7		
		3	50	42	5	1	2	0	16		5.1		
阿+病+超	1	1	50	46	2	1	1	0	8	9.6	2.9	2.8	66.6
		2	52	48	3	0	1	0	7.7		1.6		
		3	61	53	4	4	0	0	13.1		3.7		
	2	1	42	37	2	1	0	2	11.9	14.8	4.4	6.7	18.5
		2	43	36	2	0	1	4	16.3		7		
		3	49	41	0	6	0	2	16.3		8.7		
空白对照	—	1	180	149	13	9	7	2	17.2	17.4	7.1	8.2	0
		2	183	152	7	12	6	6	16.9		9		
		3	206	169	13	9	10	5	18		8.7		

表 6-12　江西省萍乡市芦溪县麻田乡石溪村朱连生田块奥龙优 282 防治南方黑条矮缩病防治情况（第 2 次药后 25d）

处理	重复	药后病情						病株率/%	平均病株率/%	病情数	平均病情数	平均防效/%
		总数/丛	0级	1级	3级	5级	7级					
吡	1	102	100	0	1	1	0	2	4.6	1.1	2.2	40.6
	2	88	81	1	2	2	2	8		5		
	3	105	101	4	0	0	0	3.8		0.5		
阿+毒+超	1	110	99	7	2	2	0	10	7.6	3	2.5	33.8
	2	102	95	4	2	0	1	6.9		2.4		
	3	116	109	3	3	1	0	6		2.1		
吡+病	1	95	91	2	1	1	0	4.2	7.7	1.5	2.3	37.8
	2	90	81	6	2	1	0	10		2.7		
	3	112	102	6	2	2	0	8.9		2.8		
阿+病	1	58	53	2	1	2	0	8.6	6.3	3.7	3.8	-1.9
	2	74	69	1	0	2	2	6.8		4.8		
	3	82	79	2	0	2	1	3.7		3		
吡+宁	1	76	73	1	0	1	0	3.9	3.9	2.4	2.5	33.1
	2	104	101	1	1	1	0	2.9		1.2		
	3	100	95	0	1	2	2	5		3.9		
阿	1	83	76	2	0	3	2	8.4	6.4	5.3	2.8	25.4
	2	74	70	2	2	0	0	5.4		1.5		
	3	75	71	2	2	0	0	5.3		1.5		
吡+毒	1	120	113	2	2	3	0	5.8	5.7	2.7	2.8	24.3
	2	91	85	2	1	2	1	6.6		3.5		
	3	104	99	2	0	3	0	4.8		2.3		
阿+宁	1	71	68	1	0	1	1	4.2	7.2	2.6	4.3	-13.3
	2	68	60	2	3	3	0	11.8		5.5		
	3	73	69	0	0	2	2	5.5		4.7		

处理	重复	药后病情						病株率/%	平均病株率/%	病情指数	平均病情指数	平均防效/%
		总数/丛	0级	1级	3级	5级	7级					
吡+病+超	1	62	56	1	3	2	0	9.7		4.6		
	2	64	58	1	1	1	3	9.4	8.1	6.7	4.3	-13.8
	3	75	71	3	0	1	0	5.3		1.5		
阿+病+超	1	52	50	1	1	0	0	3.8		1.1		
	2	40	37	3	0	0	0	7.5	5.3	1.1	1.4	63.5
	3	44	42	1	0	0	0	4.5		1.9		
吡+宁+超	1	89	86	0	2	1	0	3.4		1.8		
	2	58	53	0	3	2	0	8.6	5.5	4.7	2.9	22.6
	3	88	84	2	0	1	1	4.5		2.3		
阿+毒	1	63	58	2	2	1	0	7.9		2.9		
	2	58	51	2	3	2	0	12.1	8.4	5.2	3.1	17.9
	3	76	72	3	1	0	0	5.3		1.1		
吡+毒+超	1	63	59	2	1	0	1	6.3		2.7		
	2	61	59	0	1	1	0	3.3	4.3	1.9	1.8	51.1
	3	62	60	0	1	0	0	3.2		0.9		
阿+宁+超	1	65	62	1	0	1	1	4.6		2.9		
	2	70	67	0	1	1	1	4.3	4	3.1	2.7	27.4
	3	63	61	0	1	0	0	3.2		2.3		
空白对照	1	42	34	4	3	1	0	19		6.1		
	2	54	50	2	0	1	1	7.4	10.7	3.7	3.8	0
	3	89	84	3	2	0	0	5.6		1.4		

4. 株木村彭光华田块防治南方水稻矮缩病药效

结果如表 6-9～表 6-11 所示，关于新两优 98 品种中防治南方水稻黑条矮缩病，最好的药剂处理依次是 2.2％阿维·吡虫啉乳油 60mL＋2％宁南霉素水剂 240mL（阿＋宁）、2.2％阿维·吡虫啉乳油 60mL＋病毒灵水剂 60mL＋3％超敏蛋白 G10g（阿＋病＋超）、2.2％阿维·吡虫啉乳油 60mL＋30％毒氟磷（病毒星）可湿性粉剂 66g（阿＋毒）、2.2％阿维·吡虫啉乳油 60mL＋2％宁南霉素水剂 240mL＋3％超敏蛋白 G10g（阿＋宁＋超），其防治效果分别是 71.9％、66.6％、63.0％、56.6％，其他处理的防治效果还需要进一步验证。

5. 石溪村朱连生田块防治南方水稻矮缩病药效

结果如表 6-12 所示，关于新两优 98 品种中防治南方水稻黑条矮缩病，最好的药剂处理依次是 2.2％阿维·吡虫啉乳油 60mL＋病毒灵水剂 60mL ＋3％超敏蛋白 G10g（阿＋病＋超）、25％吡蚜·噻虫嗪悬浮剂 25mL＋30％毒氟磷（病毒星）可湿性粉剂 66g＋3％超敏蛋白 G10g（吡＋毒＋超）和 25％吡蚜·噻虫嗪悬浮剂 25mL（吡），其防治效果分别是 63.5％、51.1％、40.6％，其他处理的防治效果还需要进一步验证。

第二节
江西省新建县防治水稻稻飞虱及南方水稻黑条矮缩病田间试验研究

一、试验目的

25％吡蚜·噻虫嗪悬浮剂和 30％毒氟磷（病毒星）可湿性粉剂是由贵州大学教育部绿色农药与农业生物工程重点实验室研制生产的新型杀虫剂和抗病毒剂，为探明其对稻飞虱（包括：灰飞虱、褐飞虱、白背飞虱）及水稻病毒病（条纹叶枯病毒病、水稻锯齿叶矮缩病毒病、水稻黑条矮缩病毒病及南方水稻黑条矮缩病）的防治效果和药剂适宜用量，为推广应用提供技术支持。

二、试验条件

（1）试验作物　晚稻（品种：国稻三号），7 月 6 日播种。

（2）试验对象　白背飞虱（*Sogatella furcifera* Horvath）及水稻黑条矮缩病毒病。

（3）试验地点　设在新建县石埠镇留田村，晚稻田间稻飞虱为灰飞虱、褐飞虱、白背飞虱；试验田为常年种植水稻的双季稻田，肥力中上，旱涝保收；各小区水肥条件、管理水平一致，小区间作小泥埂隔离。

三、试验设计和安排

1. 供试药剂

(1) 25%吡蚜·噻虫嗪悬浮剂，由贵州大学教育部绿色农药与农业生物工程重点实验室研制；

(2) 30%毒氟磷可湿性粉剂，由贵州大学教育部绿色农药与农业生物工程重点实验室研制；

(3) 25%吡蚜酮可湿性粉剂，由江苏安邦电化有限公司生产；

(4) 8%宁南霉素水剂，由黑龙江强尔生化公司生产。

2. 处理及编号（剂量均为每亩所用量）

(1) 25%吡蚜·噻虫嗪悬浮剂 25mL＋30%毒氟磷可湿性粉剂 66 克；秧田一次，大田二次；

(2) 30%毒氟磷可湿性粉剂 66g；秧田一次，大田二次；

(3) 2%宁南霉素水剂 200mL；秧田一次，大田二次；

(4) 25%吡蚜·噻虫嗪悬浮剂 25mL；秧田一次，大田二次；

(5) 25%吡蚜酮可湿性粉剂 25g；秧田一次，大田二次；

(6) 25%吡蚜·噻虫嗪悬浮剂 25mL；秧田一次，大田二次；

(7) 8%宁南霉素水剂 200mL；秧田二次，大田二次；

(8) 30%毒氟磷可湿性粉剂 66g；秧田二次，大田二次；

(9) 空白对照（喷清水）。

四、小区安排

1. 秧田处理区排列图

见表 6-13 所示。

表 6-13　秧田处理区排列示意图

早稻田	大面积晚稻秧田			早稻田
	7	6	3	
	8	5	2	
	9	4	1	
水泥路				
大面积早稻田				

2. 大田处理区安排

试验选择近年稻飞虱及水稻病毒病发生较重的田块。试验共设 9 个处理，每

175

个处理设 3 次重复，共 27 个小区，每个小区面积 34m²，小区随机排列，各小区间筑小埂防止互相干扰。

五、施药方法

1. 使用方法

按照试验药剂用量，1～5 处理试验于秧田 5 叶期喷药 1 次，本田期于水稻分蘖始盛期及分蘖盛末期各喷药 1 次。5～8 处理于秧田三叶期、五叶期各喷药 1 次，本田期于水稻分蘖始盛期及分蘖盛末期各喷药 1 次。空白对照喷清水。

2. 施药器械

采用山东卫士手动喷雾器，型号：WS-16，工作压力：0.2M～0.4MPa。

3. 施药时间和次数

1～5 处理于 7 月 30 日、8 月 12 日、9 月 2 日施药三次；6～8 处理于 7 月 19 日、7 月 30 日、8 月 12 日、9 月 2 日施药四次。

4. 使用容量

亩用水量 40kg。

5. 防治其他病虫害的药剂资料

试验期间未防治其他病虫害。

六、调查、记录和测量方法

1. 气象及土壤资料

（1）气象资料　施药当天均为高温无雨天气（最高气温大于或等于 35℃）。

（2）土壤资料　土壤为乌黄泥田，肥力中上。

2. 调查方法、时间和次数

（1）调查时间和次数

施药前调查稻飞虱虫口基数，施药后 1d、3d、7d、16d 进行残虫调查；7 月 30 日、8 月 18 日、9 月 24 日进行南方水稻黑条矮缩病调查；及前期稻飞虱虫情观察。

（2）调查方法

稻飞虱调查：每小区对角线 5 点取样，本田每点查 4 丛水稻，每小区查 20 丛水稻，秧田每点查 0.25m²（50cm×50cm），每小区 1.25m²。采用盆拍法。

病毒病调查：分别于施药前、病毒病显症稳定后调查病毒病感病（丛）数，全小区（800 丛）普查。

（3）药效计算方法

① 防虫效果

$$虫口减退率/\% = (药前虫量 - 药后虫量)/药前虫量 \times 100\%$$

$$防治效果/\% = (处理区虫口减退率 - 对照区虫口减退率)/$$

$$(1 - 对照区虫口减退率) \times 100\%$$

② 防病效果

$$发病率/\% = 发病株数/调查总株数 \times 100\%$$

$$防病效果/\% = (对照区发病率 - 药剂处理区发病率)/对照区发病率 \times 100\%$$

3. 对作物的直接影响

在试验中未发现药剂对水稻的页面影响。

七、结果与分析

1. 田间病虫态势

试验田秧田情况：灰飞虱、褐飞虱、白背飞虱均有，以灰飞虱为主；虫态以成虫为主，有少量若虫；秧田田间密度 7 月 14 日：$9 \sim 12$ 只/$1.25m^2$，7 月 19 日（早稻开镰）：$30 \sim 35$ 只/$1.25m^2$，7 月 26 日（收割完毕、个别晚稻开始移栽，8 月 5 日移栽基本结束）：$50 \sim 80$ 只/$1.25m^2$。7 月 30 日施药，8 月 1 日移栽。随着早稻的成熟收割，秧苗的长大，稻飞虱不断迁入，各处理区的虫量均呈快速上升趋势，秧田的防虫效果无法测定。

试验田大田情况：8 月 6 日调查，虫态为成虫，若虫很少，白背飞虱占 90%，百丛虫量 180 只。8 月 12 日调查，虫态以成虫为主，若虫仍较少，褐飞虱占 60%，百丛虫量 240 只。以后成虫以褐飞虱占主导，若虫比例迅速上升。

病毒病在秧田期及大田水稻分蘖前期未表现明显的症状，进入分蘖盛期后逐渐显现。

2. 结果分析

（1）水稻大田期防治稻飞虱效果（剂量均为每亩所用量） 由表 6-14 和表 6-15 所示，1 号处理（25%吡蚜·噻虫嗪悬浮剂 25mL＋30%毒氟磷可湿性粉剂 66g；秧田一次，大田防治二次）、4 号处理（25%吡蚜·噻虫嗪悬浮剂 25mL；秧田一次，大田二次）、5 号处理（25%吡蚜酮可湿性粉剂 25g；秧田一次，大田二次）、6 号处理（25%吡蚜·噻虫嗪悬浮剂 25mL；秧田一次，大田二次）对稻飞虱的防治效果相近，药后 7d 的防效最好，分别为 89.88%、89.80%、88.07%、90.61%；同时残效期较长，能有效地控制稻飞虱的发生，药后 16d 的防效分别为 76.92%、78.37%、77.78%、80.70%。

表 6-14　25%吡蚜·噻虫嗪悬浮剂及 30%毒氟磷可湿性粉剂防治稻飞虱
及南方水稻黑条矮缩病试验大田稻飞虱防治结果统计表 （2010）

处理编号	药剂名称	施药后 1d		施药后 3d		施药后 7d		施药后 16d	
		减退率/%	校正防效/%	减退率/%	校正防效/%	减退率/%	校正防效/%	减退率/%	校正防效/%
1	吡蚜·噻虫嗪/毒氟磷（秧田 1次,大田 2 次）	51.13	52.97	69.9	81.29	75.188	89.88	48.87	76.92
2	毒氟磷（秧田 1 次,大田 2 次）	−4.79	−0.84	−57.5	2.02	−148.6	−1.44	−121.23	0.15
3	宁南霉素（秧田 1 次,大田 2 次）	−13.28	−9.01	−66.4	−3.50	−180.5	−14.43	−145.31	−10.72
4	吡蚜·噻虫嗪（秧田 1 次,大田 2 次）	55.56	57.23	68.1	80.13	75.00	89.80	52.08	78.37
5	吡蚜酮（秧田 1 次,大田 2 次）	38.46	40.78	69.38	70.769	88.07	50.77	77.78	
6	吡蚜·噻虫嗪（秧田 2 次,大田 2 次）	55.92	57.72	71.7	82.41	76.974	90.61	57.24	80.70
7	宁南霉素（秧田 2 次,大田 2 次）	−12.59	−8.34	−65.2	−2.74	−171.9	−10.92	−137.78	−7.32
8	毒氟磷（秧田 2 次,大田 2 次）	−2.52	1.35	−54.1	4.16	−147.8	−1.10	−118.87	1.22
9	空白对照	−3.92	—	−60.8		−145.1		−121.57	—

表 6-15　25%吡蚜·噻虫嗪悬浮剂及 30%毒氟磷可湿性粉剂防治稻飞虱
及南方水稻黑条矮缩病防治调查结果统计 （2010）

农药名称	重复	7 月 30 日 秧田目测	8 月 18 日 大田目测		9 月 24 日 大田目测		
		发病数/丛	发病数/丛	发病丛率/%	发病丛数	发病丛率/%	防治效果/%
吡蚜·噻虫嗪/毒氟磷（秧田 1 次,大田 2 次）	1		0		4		
	2		2		12		
	3		0		2		
	平均	0.00	0.67	0.08	6.00	0.75	64.71
毒氟磷（秧田 1 次,大田 2 次）	1		1		7		
	2		1		9		
	3		2		10		
	平均	0.00	1.33	0.17	8.67	1.08	49.09
宁南霉素（秧田 1 次,大田 2 次）	1		2		17		
	2		0		5		
	3		0		7		
	平均	0.00	0.67	0.08	9.67	1.21	43.14
吡蚜·噻虫嗪（秧田 1 次,大田 2 次）	1		4		15		
	2		1		7		
	3		1		8		
	平均	0.00	1.67	0.21	10.00	1.25	41.08

农药名称	重复	7月30日秧田目测 发病数/丛	8月18日大田目测 发病数/丛	8月18日大田目测 发病丛率/%	9月24日大田目测 发病丛数	9月24日大田目测 发病丛率/%	9月24日大田目测 防治效果/%
吡蚜酮(秧田1次,大田2次)	1		0		5		
	2		2		12		
	3		1		8		
	平均	0.00	1.00	0.13	8.33	1.04	50.98
吡蚜·噻虫嗪(秧田2次,大田2次)	1		0		8		
	2		1		9		
	3		0		5		
	平均	0.00	0.33	0.04	7.33	0.92	56.86
宁南霉素(秧田2次,大田2次)	1		1		8		
	2		0		7		
	3		2		12		
	平均	0.00	1.00	0.13	9.00	1.13	47.06
毒氟磷(秧田2次,大田2次)	1		1		8		
	2		2		13		
	3		3		24		
	平均	0.00	2.00	0.25	15.00	1.88	11.76
空白对照	1		3		9		
	2		10		25		
	3		5		17		
	平均	0.00	6.00	0.75	17.00	2.13	—

2号处理（30%毒氟磷可湿性粉剂66g；秧田一次，大田二次）、3号处理（2%宁南霉素水剂200mL；秧田一次，大田二次）、7号处理（2%宁南霉素水剂200mL；秧田二次，大田二次）、8号处理（30%毒氟磷可湿性粉剂66g；秧田二次，大田二次）对稻飞虱没有防效。

（2）防治南方水稻黑条矮缩病效果　由表6-16所示，各处理均有一定的防效，防治效果依次为：

1号处理（25%吡蚜·噻虫嗪悬浮剂25mL＋30%毒氟磷可湿性粉剂66g；秧田一次，大田防治二次）防效64.71%；

6号处理（25%吡蚜·噻虫嗪悬浮剂25mL；秧田一次，大田二次）防效56.86%；

5号处理（25%吡蚜酮可湿性粉剂25g；秧田一次，大田二次）防效50.98%；

2号处理（30%毒氟磷可湿性粉剂66g；秧田一次，大田二次）防效49.09%；

7号处理（2%宁南霉素水剂200mL；秧田二次，大田二次）防效47.06%；

3号处理（2%宁南霉素水剂200mL；秧田一次，大田二次）防效43.14%；

4号处理（25%吡蚜·噻虫嗪悬浮剂25mL；秧田一次，大田二次）防效41.08%；

表6-16　25%吡蚜·噻虫嗪悬浮剂及30%毒氟磷可湿性粉剂防治稻飞虱及水稻黑条矮缩病试验大田稻飞虱防治调查结果统计表（2010）

农药	重复	药前基数	施药后1d 活虫数	减退率/%	校正防效/%	施药后3d 活虫数	减退率/%	校正防效/%	施药后7d 活虫数	减退率/%	校正防效/%	施药后16d 活虫数	减退率/%	校正防效/%
吡蚜·噻虫嗪/毒氟磷（秧田1次,大田2次）	1	56	22			11			14			25		
	2	37	20			14			8			21		
	3	40	23			15			11			22		
	平均	44.33	21.67	51.13	52.97	13.33	69.9	81.29	11	75.188	89.88	22.67	48.87	76.92
毒氟磷（秧田1次,大田2次）	1	40	52			79			113			97		
	2	57	58			83			128			119		
	3	49	43			68			122			107		
	平均	48.67	51	−4.79	−0.84	76.67	−57.5	2.02	121	−148.6	−1.44	107.67	−121.23	0.15
宁南霉素（秧田1次,大田2次）	1	54	58			86			120			96		
	2	36	45			74			126			110		
	3	38	42			53			113			108		
	平均	42.67	48.33	−13.28	−9.01	71	−66.4	−3.5	119.67	−180.5	−14.43	104.67	−145.31	−10.72
吡蚜·噻虫嗪（秧田1次,大田2次）	1	63	27			16			15			32		
	2	48	16			13			8			19		
	3	33	21			17			13			18		
	平均	48	21.33	55.56	57.23	15.33	68.1	80.13	12	75	89.8	23	52.08	78.37
吡蚜酮（秧田1次,大田2次）	1	56	35			25			16			22		
	2	45	27			19			13			27		
	3	29	18			20			9			15		
	平均	43.33	26.67	38.46	40.78	21.33	50.8	69.38	12.67	70.769	88.07	21.33	50.77	77.78

农药	重复	药前基数	施药后 1d 活虫数	减退率/%	校正防效/%	施药后 3d 活虫数	减退率/%	校正防效/%	施药后 7d 活虫数	减退率/%	校正防效/%	施药后 16d 活虫数	减退率/%	校正防效/%
吡野·噻虫嗪（秧田 2 次，大田 2 次）	1	58	26			13			13			19		
	2	52	19			16			7			21		
	3	42	22			14			15			25		
	平均	50.67	22.33	55.92	57.72	14.33	71.7	82.41	11.67	76.974	90.61	21.67	57.24	80.7
宁南霉素（秧田 2 次，大田 2 次）	1	38	51			74			116			92		
	2	54	55			87			124			121		
	3	43	46			62			127			108		
	平均	45	50.67	-12.59	-8.34	74.33	-65.2	-2.74	122.33	-171.9	-10.92	107	-137.78	-7.32
毒氟磷（秧田 2 次，大田 2 次）	1	43	54			83			125			118		
	2	64	58			92			148			126		
	3	52	51			70			121			104		
	平均	53	54.33	-2.52	1.35	81.67	-54.1	4.16	131.33	-147.8	-1.1	116	-118.87	1.22
空白对照	1	52	56			96			137			118		
	2	58	54			87			116			123		
	3	43	49			63			122			98		
	平均	51	53	-3.92	—	82	-60.8	—	125	-145.1	—	113	-121.57	—

8号处理（30％毒氟磷可湿性粉剂66g；秧田二次，大田二次）防效11.76％。

根据以上试验结果，参试药剂25％吡蚜·噻虫嗪悬浮剂、25％吡蚜酮可湿性粉剂、30％毒氟磷可湿性粉剂、8％宁南霉素水剂在水稻秧苗期和大田前期使用对南方水稻黑条矮缩病具有较好的防效；25％吡蚜·噻虫嗪悬浮剂、25％吡蚜酮可湿性粉剂对稻飞虱的防效明显。对南方水稻黑条矮缩病的防控采取治虫防病的措施，使用杀虫剂和防病毒剂（如25％吡蚜·噻虫嗪悬浮剂加30％毒氟磷可湿性粉剂）效果更好。

（3）产量测定　2010年11月7日，对试验田每个处理小区稻丛行数、总丛数、脱粒重量进行测定，如表6-17所示，表明25％吡蚜·噻虫嗪悬浮剂＋30％毒氟磷可湿性粉剂（秧田1次大田2次）的产量增产效果最为明显，平均每丛脱谷粒重为33.29g，增产率为34.94％，高于其他处理组的产量。试验期间气象资料见表6-18所示。

表6-17　各处理的产量测定数据

处理	2010年11月7日割,11月9日脱粒测重				平均每丛谷重/g	增产率/％
	行数	每行丛数	总丛数	谷重/kg		
吡蚜·噻虫嗪/毒氟磷(秧田1次,大田2次)	69	16	1104	36.75	33.29	34.94
毒氟磷(秧田1次,大田2次)	67	15	1005	30.50	30.35	23.03
宁南霉素(秧田1次,大田2次)	66	16	1056	32.00	30.3	22.84
吡蚜·噻虫嗪(秧田1次,大田2次)	71	16	1136	37.25	32.79	32.93
吡蚜酮(秧田1次,大田2次)	68	16	1088	35.50	32.63	32.27
吡蚜·噻虫嗪(秧田2次,大田2次)	69	16	1104	35.75	32.38	31.27
宁南霉素(秧田2次,大田2次)	68	16	1088	33.00	30.33	22.95
毒氟磷(秧田2次,大田2次)	68	16	1088	32.50	29.87	21.09
空白对照	67	18	1206	29.25	24.67	—

表6-18　试验期间气象资料表（2010）

日期	天气状况	温度/℃	日期	天气状况	温度/℃	日期	天气状况	温度/℃
7月19日	晴	28～36	8月4日	晴	30～39	8月20日	阵雨转多云	26～32
7月20日	晴	28～36	8月5日	晴	30～39	8月21日	多云转晴	26～35
7月21日	晴有雷阵雨	28～37	8月6日	多云	29～36	8月22日	晴	27～36
7月22日	晴天多云	27～35	8月7日	多云	28～35	8月23日	晴转多云	28～35
7月23日	晴	27～35	8月8日	晴	28～35	8月24日	晴转雷阵雨	27～34
7月24日	晴天多云	27～34	8月9日	晴	29～37	8月25日	阴有阵雨	26～32
7月25日	多云	27～35	8月10日	晴	29～37	8月26日	阵雨转雷阵雨	24～29
7月26日	晴天多云	27～35	8月11日	晴	29～38	8月27日	中雨转小雨	22～24
7月27日	晴天多云	27～33	8月12日	晴	30～38	8月28日	阵雨	22～28
7月28日	多云	27～34	8月13日	晴	30～39	8月29日	多云	23～30
7月29日	晴	28～35	8月14日	晴	30～38	8月30日	晴	24～33
7月30日	多云	28～35	8月15日	晴转雷阵雨	30～38	8月31日	晴	26～33
7月31日	多云	28～36	8月16日	晴转雷阵雨	30～36	9月1日	多云	26～32
8月1日	晴	28～37	8月17日	晴天多云	28～35	9月2日	阴	26～31
8月2日	晴	29～38	8月18日	晴	30～36			
8月3日	晴	29～39	8月19日	晴转雷阵雨	29～25			

第三节
江西省宜黄县防治南方水稻黑条矮缩病田间试验研究

一、试验目的

25％吡蚜·噻虫嗪悬浮剂和 30％毒氟磷（病毒星）可湿性粉剂是由贵州大学教育部绿色农药与农业生物工程重点实验室研制的新型杀虫剂和抗病毒剂，为探明其对白背飞虱及南方水稻黑条矮缩病毒病的防治效果和适宜用量，为当地推广应用提供技术支持，特进行本试验研究。

二、试验条件

1. 试验作物和防治对象

试验作物：晚稻天优华占。

防治对象：白背飞虱及南方水稻黑条矮缩病。

2. 环境条件

试验安排在宜黄县二都镇二都村二组晚稻田，秧田前作为闲置田，大田前作为烟田，均为黏土，中性略偏酸性，肥力水平较高，小区条件基本一致。7 月 2日播种，秧田亩用壮秧剂 12kg；8 月 1 日抛秧，抛秧前亩用 50％BB 肥 7.5kg，8月 10 亩施 45％BB 肥 5kg。

三、试验设计和安排

1. 试验药剂及处理（均为每亩剂量）

（1）25％吡蚜·噻虫嗪 25mL；

（2）25％吡蚜·噻虫嗪 25mL＋30％毒氟磷 66g；

（3）30％毒氟磷 66g；

（4）2％宁南霉素 200mL（市售）；

（5）空白对照（喷清水）。

2. 小区安排

每个处理设 3 次重复，共 15 个小区，各小区随机区组排列。秧田期每个小区面积为 2m²，大田期每小区面积为 66m²，各小区随机区组排列，小区间需筑小埂防止互相干扰。秧田药剂处理与大田药剂处理一一对应。

3. 试验时间与方法

在秧田期，各处理于一叶一心期喷药 1 次，间隔 7d 后再喷药防治一次，共防治两次；在本田期，各处理在分蘖期喷药 1 次。

4. 施药药械及方法

每亩对水 40kg、空白对照喷清水。

药械：秧田期用药采用 1.5L 手持式压力喷雾壶，大田期处理采用 3WBS-16 型背负式手动喷雾器（直角双喷头，喷孔口径 1.2mm，操作压力 4～6kg/cm²）。

四、调查、记录和测量方法

1. 气象及土壤资料

（1）气象资料 秧田第一次施药（7 月 8 日）当天多云转阴，气温 27～33℃，偏南风，风力 0～1 级，药后 1～3d 晴天多云为主，气温 26～37℃；第二次施药（7 月 12 日）当天晴，东南风 1～2 级，气温 28～34℃，药后除 7 月 14 日阵雨外，药后 1～5d 以天晴或多云为主，气温 26～37℃，药后 5～7d 阵雨，降水量 25～30mm。大田期施药（8 月 11 日）当天晴，气温 29～39℃，西南风 1～2 级，药后 1～6d 天气晴，气温 28～38℃。

（2）土壤资料 黏土，肥力较高，略酸性，田间杂草较少。

2. 调查方法、时间和次数

各处理秧田每小区普查，大田每小区对角线 5 点取样，每点查 20 丛水稻，每小区查 100 丛水稻。稻飞虱用盆拍法，病毒病根据症状目测确定。

（1）杀虫效果 施药前调查白背飞虱基数，施药后 15d 调查各处理白背飞虱成虫、若虫数量，计算防效，防效计算方法参见本章第二节。

（2）防病效果 于 9 月 14 日拔节圆杆期症状明显时进行调查，调查病毒病感病丛数，计算防病效果，防效计算方法参见本章第二节。

3. 对作物的直接影响

未观察到明显不利或有利影响。

4. 对其他生物影响

（1）对其他病虫害的影响 其他病虫害发生较轻，对同期发生的病虫害作用不明显。

（2）对其他非靶标生物的影响 对其他非靶标生物作用不明显。

五、结果与分析

对于杀虫效果，由表 6-19 所示，针对白背飞虱，处理 2（每亩 25％吡蚜·噻虫嗪 25mL＋30％毒氟磷 66g）的防治效果最好，药后 15d 防效为 82.2％，其次是处理 1（25％吡蚜·噻虫嗪 25mL），药后 15d 防效为 76.9％。对于防病效果，由表 6-20 所示，防治南方水稻黑条矮缩病最好的防效是处理 2（25％吡蚜·噻虫嗪 25mL＋30％毒氟磷 66g），圆杆期防效为 70％，其次是处理 1，圆杆期防效为 63.3％。

表 6-19　杀虫效果调查表

处理编号	重复	药前虫量 /头	药后 15 天虫量 /头	虫口减退率 /％	防治效果 /％
1	1	37	26	29.73	111.8
	2	42	39	7.14	2.0
	3	32	15	53.13	116.9
	平均	37	27	30.00	76.9
2	1	30	17	43.33	117.5
	2	36	23	36.11	10.1
	3	52	21	59.62	119.1
	平均	39	20	46.35	82.2
3	1	66	278	−321.21	−32.8
	2	73	217	−197.26	−55.4
	3	86	233	−170.93	44.1
	平均	75	243	−229.80	−14.7
4	1	72	318	−341.67	−41.2
	2	99	284	−186.87	−52.4
	3	75	327	−336.00	−9.6
	平均	82	310	−288.18	−34.4
5	1	84	287	−241.67	—
	2	65	296	−355.38	—
	3	78	317	−306.41	—
	平均	76	300	−301.15	—

表 6-20　防病效果调查

处理编号	重复	发病丛数	总丛数	发病率 /％	防治效果 /％
1	1	3	100	3.0	50.0
	2	1	100	1.0	80.0
	3	2	100	2.0	60.0
	平均		100	2.0	63.3
2	1	3	100	3.0	50.0
	2	1	100	1.0	80.0
	3	1	100	1.0	80.0
	平均		100	1.7	70.0
3	1	6	100	6.0	0.0
	2	1	100	1.0	80.0
	3	2	100	2.0	60.0
	平均		100	3.0	46.7
4	1	1	100	1.0	83.3
	2	2	100	2.0	60.0
	3	3	100	3.0	40.0
	平均		100	2.0	61.1
5	1	6	100	6.0	—
	2	5	100	5.0	—
	3	5	100	5.0	—
	平均		100	5.3	—

第四节
江西省广昌县防治南方水稻黑条矮缩病田间试验研究（一）

一、试验目的

研究毒氟磷对南方水稻黑条矮缩病的防治效果，为毒氟磷的推广和宣传提供全面可靠的资料。试验毒氟磷与不同防病毒病药剂混配后对南方水稻黑条矮缩病的防治效果，并比较其防效差异。

二、材料与方法

1. 防治对象
南方水稻黑条矮缩病。

2. 供试作物
大田中稻，拔节后期，各小区土壤肥力均匀一致，植株长势均匀。

3. 仪器设备
15L背负式手动喷雾器、量杯、移液管、洗耳球等。

4. 试验设计
（1）试验药剂和浓度　见表 6-21 所示。

表 6-21　试验各处理的药剂和浓度

药　　剂	每桶水制剂用量
30%毒氟磷+0.5%氨基寡糖素	15g+15mL
30%毒氟磷+0.5%香菇多糖	15g+15mL
30%毒氟磷	30g
20%吗胍·乙酸铜	20g
空白对照	—

注：每个处理每桶水配以 30mL10%烯啶虫胺乳油，每亩地 2 桶水。

（2）小区设计　试验共 5 个处理，每个处理 3 次重复，共 15 个小区。各小区随机排列。

三、施药方法

各小区按相应浓度采用背负式手动喷雾器均匀喷雾，施 2 次药。

四、数据调查与统计分析

1. 调查方法

药前调查所有小区，各小区均有发病，发病较轻较均匀。药后调查，每个小区对角线五点取样，每点调查 20 丛（即每小区共调查 100 丛），记录调查总株数及各级病株数，具体分级标准参见本章第一节。

2. 数据处理方法

病毒病处理参见本章第 1 节，采用 SPSS11.5 统计软件进行。

五、试验时间、地点、天气情况

1. 试验时间

2010 年 7 月 31 至 2010 年 8 月 21 日。

2. 试验地点

江西省抚州市广昌县盱江镇大塘村。

3. 天气情况

第一次施药当天天气为晴，18~30℃；第二次施药当天天气为多云，18~30℃。

4. 其他因素

无。

六、结果与讨论

1. 试验结果

施药前，各小区均有一定的发病，发病较轻较均匀。第二次药后 12 天调查结果，数据见表 6-22，各药剂均有一定的防治作用。30％毒氟磷可湿性粉剂与 0.5％氨基寡糖素水剂的组合和 30％毒氟磷可湿性粉剂与 0.5％香菇多糖水剂的复配剂、30％毒氟磷可湿性粉剂单剂的防效相当，分别为 23.0％、22.1％、22.1％，均高于 20％吗胍·乙酸铜可湿性粉剂的防效。

表 6-22   毒氟磷等药剂防治南方水稻黑条矮缩病田间药效试验结果（第二次药后 12d）

处理	每桶水剂量	重复	总数/丛	病株率/％	平均病株率/％	病情指数	平均病情指数	平均防效/％
30％毒氟磷+0.5％氨基寡糖素	15g+15mL	1	100	9.0	9.0	4.1	4.1	23.0
		2	100	10.0		3.4		
		3	100	8.0		4.9		
30％毒氟磷+0.5％香菇多糖	15g+15mL	1	100	12.0	12.0	4.9	4.2	22.1
		2	100	12.0		4.9		
		3	100	12.0		2.9		

处理	每桶水剂量	重复	总数/丛	病株率/%	平均病株率/%	病情指数	平均病情指数	平均防效/%
30%毒氟磷	30g	1	100	11.0		4.4		
		2	100	12.0	10.7	4.3	4.2	22.1
		3	100	9.0		3.9		
20%吗胍·乙酸铜	20g	1	100	12.0		4.6		
		2	100	11.0	12.7	4.4	4.6	15.0
		3	100	15.0		4.7		
空白对照	0	1	100	15.0		5.6		
		2	100	18.0	15.7	5.7	5.4	0.0
		3	100	14.0		4.9		

2. 讨论

本次试验得出毒氟磷分别与氨基寡糖素和香菇多糖按制剂1∶1的比例混配后的防效不低于毒氟磷单剂的。本试验得出30%毒氟磷可湿性粉剂的防效要高于20%吗胍·乙酸铜可湿性粉剂。以上结论，与之前烟草花叶病试验得出的结论一致。

第五节
江西省广昌县防治南方水稻黑条矮缩病田间试验研究（二）

一、试验目的

毒氟磷等对南方水稻黑条矮缩病的防治效果，为保障水稻生产安全提供技术资料。因此，本试验以毒氟磷与不同防病毒病药剂混配，研究对南方水稻黑条矮缩病的防治效果，为当地防控南方水稻黑条矮缩病提供技术支持。

二、材料与方法

1. 试验材料

（1）防治对象南方水稻黑条矮缩病。

（2）供试作物大田中稻，拔节后期，各小区土壤肥力均匀一致，植株长势均匀。

（3）仪器设备15L背负式手动喷雾器、量杯、移液管、洗耳球等。

2. 试验设计

（1）试验药剂和浓度　见表 6-23 所示。

表 6-23　试验各处理的药剂和浓度

药　剂	每桶水制剂用量
30％毒氟磷	30g
30％毒氟磷＋0.5％氨基寡糖素	15g＋15mL
30％毒氟磷＋20％盐酸吗啉胍	15g＋15g
2％宁南霉素	100mL
20％吗胍·乙酸铜	20g
空白对照	—

注：每个处理每桶水配以 30mL 10％烯啶虫胺乳油，每亩地 2 桶水。

（2）小区设计

试验共 6 个处理，每个处理 3 次重复，共 18 个小区。各小区随机排列。

3. 施药方法

各小区按相应浓度配利药剂，采用背负式手动喷雾器均匀喷雾，施两次药。

4. 数据调查与统计分析

（1）调查方法药前调查所有小区，各小区均有发病，发病较轻较均匀。药后调查，每个小区对角线五点取样，每点调查 20 丛（即每小区共调查 100 丛），记录调查总株数及各级病株数。分级标准参见本章第一节。

（2）数据处理方法病害调查方法参见本章第二节，统计方法参见本章第一节，采用 SPSS 11.5 统计软件进行。

5. 试验时间、地点、天气情况

（1）试验时间 2010 年 8 月 1 日至 2010 年 8 月 21 日。

（2）试验地点江西省抚州市广昌县旴江镇大塘村。

（3）天气状况第一次施药当天天气为晴，18～30℃；第二次施药当天天气为多云，18～30℃。

（4）其他因素　无。

三、结果与讨论

1. 试验结果

施药前，各小区均有一定的发病，发病较轻较均匀。第二次药后 11d 调查结果，数据见表 6-24，各药剂均有一定的防治作用。30％毒氟磷可湿性粉剂、30％毒氟磷可湿性粉剂＋0.5％氨基寡糖素水剂及 30％毒氟磷可湿性粉剂＋20％盐酸吗啉胍可湿性粉剂的防效较好，均达到 44.0％～48.4％，2％宁南霉素水剂和 20％吗胍·乙酸铜可湿性粉剂防效次之，分别为 26.4％、20.9％。

表 6-24 毒氟磷等药剂防治南方水稻黑条矮缩病

田间药效试验结果（第二次药后 11d）

处理	剂量/桶水	重复	总数/丛	病株率/%	平均病株率/%	病情指数	平均病情指数	平均防效/%
30％毒氟磷	30g	1	100	8.0	6.7	2.3	2.4	45.1
		2	100	8.0		2.9		
		3	100	4.0		2.0		
30％毒氟磷＋0.5％氨基寡糖素	15g＋15mL	1	100	9.0	6.3	2.7	2.4	44.0
		2	100	7.0		3.0		
		3	100	3.0		1.6		
30％毒氟磷＋20％盐酸吗啉胍	15g＋15g	1	100	7.0	6.3	1.3	2.2	48.4
		2	100	7.0		3.3		
		3	100	5.0		2.1		
2％宁南霉素	100mL	1	100	9.0	7.7	5.3	3.2	26.4
		2	100	8.0		2.3		
		3	100	6.0		2.0		
20％吗胍·乙酸铜	20g	1	100	6.0	8.0	2.9	3.4	20.9
		2	100	11.0		3.9		
		3	100	7.0		3.6		
空白对照	0	1	100	11.0	11.7	5.3	4.3	0.0
		2	100	12.0		3.7		
		3	100	12.0		4.0		

2. 讨论

本次试验得出毒氟磷单剂及其分别与氨基寡糖素、盐酸吗啉胍混配剂的防效较好，与之前烟草花叶病试验得出的结论一致。本次试验还得出 30％毒氟磷可湿性粉剂与 20％盐酸吗啉胍可湿性粉剂混配后其防效高于各单剂的防效，与之前烟草花叶病试验得出的结论也是一致的。

第六节
江西省广昌县防治南方水稻黑条矮缩病田间试验研究（三）

一、试验目的

研究毒氟磷等对南方水稻黑条矮缩病的防治效果，为保障水稻安全生产提供技术支持。试验针对毒氟磷与不同防病毒病药剂及生长调节剂混配对南方水稻黑条矮缩病的防治效果进行研究。

二、材料与方法

1. 试验材料

（1）防治对象南方水稻黑条矮缩病。

（2）供试作物大田中稻，拔节后期，各小区土壤肥力均匀一致，植株长势均匀。

（3）仪器设备 15L 背负式手动喷雾器、量杯、移液管、洗耳球等。

2. 试验设计

（1）试验药剂和浓度　见表 6-25 所示。

表 6-25　试验各处理的药剂和浓度

药　　剂	每桶水制剂用量
30%毒氟磷＋0.5%氨基寡糖素＋2.85%萘乙酸钠	15g＋15mL＋15mL
30%毒氟磷＋0.5%氨基寡糖素＋5%游龙一号	15g＋15mL＋5mL
30%毒氟磷＋20%盐酸吗啉胍＋1%DA-6	15g＋15g＋50mL
30%毒氟磷＋20%盐酸吗啉胍＋1.8%复硝酚钠	15g＋15g＋10mL
2%宁南霉素	100mL
20%吗胍·乙铜	20g
空白对照	—

注：每个处理每桶水配以 15mL10%烯啶虫胺乳油，每亩地 2 桶水。

（2）小区设计试验共 7 个处理，每个处理 3 次重复，共 21 个小区。各小区随机排列。

3. 施药方法

各小区按相应浓度用背负式手动喷雾器均匀喷雾，施两次药。

4. 数据调查与统计分析

（1）调查方法药前调查所有小区，各小区均有发病，发病较轻较均匀。

药后调查，每个小区对角线五点取样，每点调查 20 丛（即每小区共调查100 丛），记录调查总株数及各级病株数。方法参见本章第一节。

（2）数据处理方法病害调查方法参见本章第二节，统计方法参见本章第 1 节。

5. 试验时间、地点、天气状况

（1）试验时间 2010 年 8 月 8 日至 2010 年 8 月 23 日。

（2）试验地点江西省抚州市广昌县盱江镇大塘村。

（3）天气状况施药当天天气为晴，18～30℃。

三、结果与讨论

1. 试验结果

施药前，各小区均有一定的发病，发病较轻较均匀。药后 15 天调查结果，数据见表 6-26，各药剂均有一定的防治作用。防效较好的是 30%毒氟磷可湿性粉剂＋20％盐酸吗啉胍可湿性粉剂＋1％DA-6 水剂，是 51.4％；其次是 30％毒氟磷可湿性粉剂＋0.5％氨基寡糖素水剂＋5％游龙一号水乳剂，防效为 40.1％；30％毒氟磷可湿性粉剂＋0.5％氨基寡糖素水剂＋2.85％萘乙酸钠水剂、30％毒氟磷可湿性粉剂＋20％盐酸吗啉胍可湿性粉剂＋1.8％复硝酚钠水剂及 2％宁南霉素水剂的防效相当，均在 26.8％～28.2％；20％吗胍·乙酸铜可湿性粉剂的防效较低，是 11.3％。

表 6-26　毒氟磷等药剂防治水稻黑条矮缩病田间药效试验结果（药后 15 d）

处　理	每桶水制剂量	重复	总数/丛	病株率/％	平均病株率/％	病情指数	平均病情指数	平均防效/％
30％毒氟磷＋0.5％氨基寡糖素＋2.85％萘乙酸钠	15g＋15mL＋0.3mL	1	100	10.0		4.9		
		2	100	12.0	10.0	5.7	4.9	28.2
		3	100	8.0		4.0		
30％毒氟磷＋0.5％氨基寡糖素＋5％游龙一号	15g＋25mL＋5mL	1	100	8.0		3.7		
		2	100	7.0	9.0	2.4	4.0	40.1
		3	100	12.0		6.0		
30％毒氟磷＋20％盐酸吗啉胍＋1％DA-6	15g＋15g＋0.5mL	1	100	5.0		2.7		
		2	100	8.0	6.3	3.1	3.3	51.4
		3	100	6.0		4.0		
30％毒氟磷＋20％盐酸吗啉胍＋1.8％复硝酚钠	15g＋15g＋0.5mL	1	100	9.0		3.9		
		2	100	10.0	10.0	4.9	5.0	26.8
		3	100	11.0		6.1		
2％宁南霉素	100mL	1	100	9.0		5.3		
		2	100	9.0	8.7	4.1	4.9	28.2
		3	100	8.0		5.1		
20％吗胍·乙酸铜	20g	1	100	10.0		4.9		
		2	100	11.0	10.0	7.0	6.0	11.3
		3	100	9.0		6.1		
空白对照	0	1	100	12.0		7.7		
		2	100	10.0	11.3	6.0	6.8	0.0
		3	100	12.0		6.6		

2. 讨论

本次试验得出毒氟磷与盐酸吗啉胍及 DA-6（胺鲜脂）混配后防效好，因此有必要考虑加入 DA-6 作为助剂或增效剂。其次是毒氟磷与氨基寡糖素及游龙一号的混配剂防效也明显高于 2％宁南霉素水剂和 20％吗胍·乙酸铜可湿性粉剂。

第七节
江西省广昌县防治南方水稻黑条矮缩病田间试验研究（四）

一、试验目的

验证毒氟磷对晚稻南方水稻黑条矮缩病的防治效果，为毒氟磷在当地的推广和宣传提供全面可靠的资料。毒氟磷与生长调节剂混配后对晚稻南方黑条矮缩病的防治效果。

二、材料与方法

1. 试验材料

（1）防治对象南方水稻黑条矮缩病。

（2）供试作物大田晚稻，分蘖期，各小区土壤肥力均匀一致，植株长势均匀。

（3）仪器设备 15L 背负式手动喷雾器、量杯、移液管、洗耳球等。

2. 试验设计

（1）试验药剂和浓度实验药剂均为 30％毒氟磷可湿性粉剂＋华硕 989（华硕 989 为微量元素叶面肥，中国科学院化学研究所北京新化正隆科技有限公司产品），制剂用量（每桶水）为每 30g 药剂加入 15mL 水，设两个重复，两个空白对照，每个处理每桶水配以 20g10％吡虫·噻嗪酮可湿性粉剂，每亩地 1.5 桶水。

（2）小区设计试验共 4 个处理，每个处理 3 次重复，共 12 个小区。各小区随机排列。

3. 施药方法

各小区按相应浓度配药，采用背负式手动喷雾器均匀喷雾。

4. 数据调查与统计分析

（1）调查方法药前调查所有小区，各小区均有发病，发病较轻较均匀。药后调查，每个小区对角线五点取样，每点调查 20 丛（即每小区共调查 100 丛），记录调查总株数及各级病株数。试验分级标准参见本章第一节。计算防效参见本章第二节。

（2）数据处理方法数据处理，具体可参见本章第一节。

5. 试验时间、地点、天气状况

（1）试验时间 2010 年 8 月 9 日至 2010 年 8 月 20 日。

（2）试验地点江西省抚州市广昌县盱江镇文会村。

（3）天气状况施药当天天气为晴，18～30℃。

三、结果与讨论

1. 试验结果

施药前调查，数据见表 6-27，各小区均有一定的发病，发病较轻较均匀。药后 13d 调查结果，数据见表 6-28，各小区病情均有一定程度的加重，根据加重程度的不同算防效，得出毒氟磷与华硕 989 混配对南方水稻黑条矮缩病毒病有一定的防治效果，两个平行试验得出的防效分别为 27.3%、37.0%。同时，通过目测未见各药剂处理区和空白对照区的水稻长势存在明显差异，也未见有药害存在。

表 6-27　毒氟磷等药剂防治南方水稻黑条矮缩病田间药效试验药前基数

处　　理	每桶水制剂量	重复	总丛数	病株率/%	平均病株率/%	病情指数	平均病情指数
30%毒氟磷＋华硕989	30g+15mL	1	100	12.0		3.43	
		2	100	3.0	7.3	1.00	2.00
		3	100	7.0		1.57	
空白对照1	—	1	100	6.0		3.14	
		2	100	1.0	5.0	0.14	2.05
		3	100	8.0		2.86	
30%毒氟磷＋华硕989	30g+15mL	1	100	3.0		1.57	
		2	100	5.0	3.7	1.57	1.19
		3	100	3.0		0.43	
空白对照2	—	1	100	4.0		1.14	
		2	100	6.0	4.0	1.43	1.24
		3	100	2.0		1.14	

2. 讨论

由表 6-28 所示，本次试验得出毒氟磷与华硕 989 混配对水稻黑条矮缩病有一定的防治作用，防效 27.3%～37.0%。如在本次试验中有对照药剂，则结论会更科学。

表 6-28　毒氟磷等药剂防治南方水稻黑条矮缩病田间药效试验结果（药后 11d）

处　　理	每桶水制剂量	重复	总丛数	病株率/%	平均病株率/%	病情指数/%	平均病情指数	药前平均病情指数	平均防效/%
30%毒氟磷＋华硕989	30g+15mL	1	100	7.0		4.14			
		2	100	4.0	5.3	0.86	2.57	2.00	27.3
		3	100	5.0		2.71			
空白对照1	—	1	100	10.0		6.57			
		2	100	5.0	7.3	1.86	3.62	2.05	0.0
		3	100	7.0		2.43			
30%毒氟磷＋华硕989	30g+15mL	1	100	3.0		1.29			
		2	100	4.0	3.3	2.29	1.62	1.19	39.0
		3	100	3.0		1.29			
空白对照2	—	1	100	8.0		2.86			
		2	100	7.0	6.7	3.57	2.76	1.24	0.0
		3	100	5.0		1.86			

第八节
江西省广昌县防治南方水稻黑条矮缩病田间试验研究（五）

一、试验目的

验证毒氟磷对江西广昌晚稻南方水稻黑条矮缩病的防治效果，为毒氟磷在当地的推广和宣传提供全技术支持。毒氟磷与防病毒病药剂及生长调节剂混配研究对晚稻南方水稻黑条矮缩病的防治效果。

二、材料与方法

1. 试验材料

（1）防治对象南方水稻黑条矮缩病。

（2）供试作物大田晚稻，分蘖期，各小区土壤肥力均匀一致，植株长势均匀。

（3）仪器设备 15L 背负式手动喷雾器、量杯、移液管、洗耳球等。

2. 试验设计

（1）试验药剂和浓度（表 6-29）

表 6-29　试验各处理的药剂和浓度

药　　剂	每桶水制剂量
30%毒氟磷＋20%盐酸吗啉胍＋华硕 989	15g＋15g＋15mL
空白对照 1	—
30%毒氟磷＋20%盐酸吗啉胍＋华硕 989	30g＋15g＋15mL
空白对照 2	—

注：华硕 989 为微量元素叶面肥，中国科学院化学研究所北京新化正隆科技有限公司产品；每个处理每桶水配以 20g 10%吡虫·噻嗪酮可湿性粉剂，每亩地 1.5 桶水。

（2）小区设计试验共 4 个处理，每个处理 3 次重复，共 12 个小区。各小区随机排列。

3. 施药方法

各小区按相应浓度配药，采用背负式手动喷雾器均匀喷雾。

4. 数据调查与统计分析

（1）调查方法药前调查所有小区，各小区均有发病，发病较轻较均匀。药后调查，每个小区对角线五点取样，每点调查 20 丛（即每小区共调查 100 丛），记录调查总株数及各级病株数。调查方法参见本章第二节。

（2）数据处理方法，具体参见本章第一节。

5. 试验时间、地点、天气状况

（1）试验时间 2010 年 08 月 11 日～2010 年 08 月 23 日。

（2）试验地点江西省抚州市广昌县旴江镇大塘村。

（3）天气情况施药当天天气为晴，18～30℃。

三、结果与讨论

1. 试验结果

施药前调查，数据见表 6-30，各小区均有一定的发病，发病较轻较均匀。药后 12d 调查结果，数据见表 6-31，各小区病情均比药前有一定程度的加重，根据加重程度的不同计算防效，得出毒氟磷与盐酸吗啉胍及华硕 989 混配对水稻黑条矮缩病毒病有较好的防治效果，两个平行试验得出的防效分别为 57.1%、59.6%。目测大田所有处理可知药剂处理区和空白对照区的水稻长势没有明显差异。

表 6-30　毒氟磷等药剂防治南方水稻黑条矮缩病田间药效试验药前基数

处　　理	每桶水制剂量	重复	总丛数	病株率/%	平均病株率/%	病情指数	平均病情指数
30%毒氟磷＋20%盐酸吗啉胍＋华硕989	15g+15g+15mL	1	100	1.0	1.7	0.14	0.33
		2	100	2.0		0.29	
		3	100	2.0		0.57	
空白对照1	—	1	100	1.0	1.7	0.14	0.43
		2	100	2.0		0.57	
		3	100	2.0		0.57	
30%毒氟磷＋20%盐酸吗啉胍＋华硕989	15g+15g+15mL	1	100	3.0	3.0	0.43	1.19
		2	100	4.0		1.71	
		3	100	2.0		1.43	
空白对照2	—	1	100	1.0	1.3	0.14	0.38
		2	100	1.0		0.14	
		3	100	2.0		0.86	

表 6-31　毒氟磷等药剂防治南方水稻黑条矮缩病田间药效试验结果（药后 12d）

处　　理	每桶水制剂量	重复	总丛数	病株率/%	平均病株率/%	病情指数/%	平均病情指数	药前平均病情指数	平均防效/%
30%毒氟磷＋20%盐酸吗啉胍＋华硕989	15g+15g+15mL	1	100	2.0	2.0	0.57	0.48	0.33	57.1
		2	100	1.0		0.14			
		3	100	3.0		0.71			
空白对照1	—	1	100	3.0	4.0	1.00	1.43	0.43	0.0
		2	100	3.0		0.71			
		3	100	6.0		2.57			

处 理	每桶水制剂量	重复	总丛数	病株率/%	平均病株率/%	病情指数/%	平均病情指数	药前平均病情指数	平均防效/%
30%毒氟磷+20%盐酸吗啉胍+华硕989	15g+15g+15mL	1	100	6.0		2.29			
		2	100	5.0	5.7	1.86	2.52	1.19	59.6
		3	100	6.0		3.43			
空白对照2	—	1	100	5.0		1.86			
		2	100	6.0	5.3	2.57	2.00	0.38	0.0
		3	100	5.0		1.57			

2. 讨论

本次试验得出毒氟磷与盐酸吗啉胍及华硕989混配对南方水稻黑条矮缩病有较好的防治作用,防效在57.1%～59.6%,比毒氟磷与华硕989混配的防效(27.3%～37.0%)明显要高,说明毒氟磷与盐酸吗啉胍复配表现增效作用,该结论与之前烟草、水稻病毒病试验结论一致。要是在两试验中加入同一对照药剂处理,则结论会更科学。

第九节
江西省大余县防治水稻稻飞虱及南方水稻黑条矮缩病田间试验研究

一、试验目的

为探明25%吡蚜·噻虫嗪悬浮剂和30%毒氟磷(病毒星)可湿性粉剂对白背飞虱及南方水稻黑条矮缩病的防治效果,采用"虫病共防共治"方针,进行杀虫剂及病毒剂的田间防治试验。

二、试验条件

1. 试验对象、作物和品种的选择

试验对象:水稻白背飞虱及南方水稻黑条矮缩病。

水稻品种:德优1254。

2. 环境或设施栽培条件

试验田设在大余县黄龙镇叶墩村李庆祥晚稻田,水稻于7月3日播种,7月24日插秧,土质为沙壤,肥力中等,排灌方便,各小区水肥条件、管理水平一致。

三、试验设计和安排

1. 药剂

（1）试验药剂　25％吡蚜·噻虫嗪悬浮剂，贵州大学教育部绿色农药与农业生物工程国家重点实验室培育基地提供；30％毒氟磷（病毒星）可湿性粉剂，广西田园生化股份有限公司生产提供；8％宁南霉素水剂，黑龙江强尔生化技术开发有限公司；25％吡蚜酮可湿性粉剂，江苏盐城双宁农化有限公司。

（2）药剂用量与编号（6-32）。

表 6-32　供试药剂试验设计

处理编号	药　剂	每亩施用剂量
1	25％吡蚜·噻虫嗪	25mL
2	25％吡蚜·噻虫嗪	35mL
3	25％吡蚜·噻虫嗪＋30％毒氟磷	25mL＋66g
4	25％吡蚜·噻虫嗪＋30％毒氟磷	35mL＋66g
5	30％毒氟磷	66g
6	30％毒氟磷（迁入前）	66g
7	25％吡蚜酮	25g
8	8％宁南霉素	50mL
9	空白对照	—

2. 小区设置

试验共设 9 个处理，重复三次，共 27 个小区，小区采用随机排列，各小区面积均为 40m²，各小区筑田埂覆膜防止相互干扰。

3. 施药方法

（1）使用方法按照试验药剂用量，1～4 处理试验于秧田期喷药 3 次，每次间隔 3d，本田于稻飞虱发生高峰期喷药 1 次。5～8 处理于秧田期喷药 2 次，每次间隔 7d，本田期于稻飞虱发生高峰时期喷药 1 次，空白对照喷清水。

（2）施药器械采用山东卫士手动喷雾器，型号：WS-16，工作压力：0.2M～0.4MPa。

（3）施药时间和次数 1～4 处理于 7 月 12 日、7 月 15 日、7 月 19 日、8 月 31 日施药，水稻分别处于 2 叶 1 心、3 叶 1 心、4 叶 1 心、分蘖盛期，共施四次药，5～8 处理于 7 月 12 日、7 月 19 日、8 月 31 日施药，水稻分别处于 2 叶 1 心、4 叶 1 心、分蘖盛期。

（4）使用容量亩用水量 40kg。

（5）防治其他病虫害的药剂资料试验期间未防治其他病虫害。

四、调查、记录和测量方法

1. 气象及土壤资料

（1）气象资料药后 1 周，平均气温在 25～31℃，9 月 2 日～9 月 3 日中到大雨，具体资料见表 6-33。

（2）土壤资料土壤为沙壤，肥力中等。

表 6-33 试验期间天气情况

日期	温度/℃	天气情况	风向
8.31	25～33	多云	微风
9.1	25～32	多云	偏北风 2～3 级
9.2	23～28	中雨	东北风小于三级
9.3	24～27	大雨	北风 3～4 级
9.4	24～28	阴天多云	偏南风 2～3 级
9.5	24～30	多云	微风
9.6	25～34	多云	偏南风 2～3 级
9.7	24～35	多云	偏南风微微风

2. 调查方法、时间和次数

（1）调查时间和次数施药前调查稻飞虱虫口基数及南方水稻矮缩病病丛率，施药 1d、3d、7d 进行残虫调查和病丛率调查，共计 4 次调查。

（2）调查方法取五点调查法，每点共调查 10 丛稻株，每小区查 50 丛水稻，秧田每点查 $0.25m^2$（50cm×50cm），每小区查 $1.25m^2$。稻飞虱用盆拍法，病毒病根据症状目测确定。

（3）药效计算方法杀虫剂活性参见和病毒病分级调查方法参见本书本章第二节。

3. 对作物的直接影响

在试验中未发现药剂对水稻的影响。

五、结果分析

1. 水稻秧田期

1～4 处理于 7 月 12 日、7 月 15 日、7 月 19 日施药，未发现南方水稻矮缩病病株及稻飞虱，5～8 处理于 7 月 12 日、7 月 19 日施药，未发现南方水稻矮缩病病株及稻飞虱。

2. 水稻本田期防治稻飞虱及南方水稻黑条矮缩病

（1）水稻本田期防治稻飞虱效果 由表 6-34 所示（所用剂量均为每亩所用量），药后 1d，杀虫效果最好的是 25％吡蚜·噻虫嗪悬浮剂 35mL，其他依次是 25％吡蚜酮可湿性粉剂 25g、25％吡蚜·噻虫嗪悬浮剂 25mL＋30％毒氟磷可湿性粉剂 66g、25％吡蚜·噻虫嗪悬浮剂 35mL＋30％毒氟磷可湿性粉剂 66g、25％吡蚜·噻虫嗪悬浮剂 25mL、30％毒氟磷可湿性粉剂 66g（迁入前）、8％宁南霉素水剂 50mL、30％毒氟磷可湿性粉剂 66g；其防效依次为 43.1％、35.9％、29.7％、27.8％、24.6％、9.1％、8.1％、1％。药后 3d 因下雨未调查。药后 7d，杀虫效果最好的是 25％吡蚜酮可湿性粉剂 25g，其他依次是 25％吡蚜·噻虫嗪悬浮剂 35mL、25％吡蚜·噻虫嗪悬浮剂 25mL＋30％毒氟磷可湿性粉剂 66g、25％吡蚜·噻虫嗪悬浮剂 35mL＋30％毒氟磷可湿性粉剂 66g、25％吡蚜·噻虫嗪悬浮剂 25mL、8％宁南霉素水剂 50mL、30％毒氟磷可湿性粉剂 66g（迁入前）、30％毒氟磷可湿性粉剂 66g；其防效依次为 69.3％、68.2％、65.8％、63.9％、61.3％、39.3％、33.6％、25.8％。

表6-34　25％吡·噻虫嗪悬浮剂及30％毒氟磷可湿性粉剂防治稻飞虱及病毒病试验

8月31日调查稻飞虱（调查丛数50）　　　　单位：只/50丛

小区 \ 品种①	25％吡蚜·噻虫嗪 25mL	25％吡蚜·噻虫嗪 35mL	25％吡蚜·噻虫嗪 25mL＋30％毒氟磷 66g	25％吡蚜·噻虫嗪 35mL/亩＋30％毒氟磷 66g	30％毒氟磷 66g	30％毒氟磷 66g（迁入前）	25％吡蚜酮 25g	宁南霉素 50mL	空白对照
一区	16	31	19	25	29	17	23	18	26
二区	20	24	27	20	9	28	19	35	23
三区	17	27	18	24	16	19	25	29	31
合计	53	82	64	69	54	64	67	82	80
平均	17.7	27.3	21.3	23.0	18.0	21.3	22.3	27.3	26.7

9月1日调查稻飞虱（调查丛数50）

小区									
一区	13	18	14	17	24	14	16	18	29
二区	18	15	21	13	19	29	11	37	26
三区	11	16	12	15	13	18	18	24	29
合计	42	49	47	45	56	61	45	79	84
平均	14.0	16.3	15.7	15.0	18.7	20.3	15.0	26.3	28.0

9月7日调查稻飞虱（调查丛数50）

小区									
一区	15	17	12	15	25	11	12	16	58
二区	12	14	16	12	21	39	6	43	35
三区	7	12	8	14	20	20	16	23	39
合计	34	43	36	41	66	70	34	82	132
平均	11.3	14.3	12.0	13.7	22.0	23.3	11.3	27.3	44.0

① 所用剂量均指每亩所需量。

（2）水稻本田期防治南方水稻黑条矮缩病效果　由表 6-35 所示，药后 7d 防治效果依次是 25％吡蚜·噻虫嗪 35mL ＋毒氟磷、25％吡蚜·噻虫嗪 25mL ＋毒氟磷、25％吡蚜·噻虫嗪 35mL、25％吡蚜·噻虫嗪 25mL 和 25％吡蚜酮，防效依次为 63.20％、57.61％、54.31％、48.32％和 43.85％，单用病毒剂对防治南方水稻黑条矮缩病有一定的防治效果，但总体效果 36.12％、27.77％，但发现将病毒剂与杀虫剂组合使用时，防治效果较单独使用杀虫剂或抗病毒剂的效果要好。综上所述，南方水稻黑条矮缩病防控应采取治虫防病的措施，使用杀虫剂和防病毒剂，如 25％吡蚜·噻虫嗪＋毒氟磷、吡蚜酮＋毒氟磷效果更佳。

表6-35　25%吡·噻虫嗪悬浮剂及30%毒氟磷可湿性粉剂防治稻飞虱及病毒病试验

处理类型	区	植株平均高度/cm	各级病株数 1级	3级	5级	7级	调查总株数	各小区病情指数	各小区防治效果/%	平均防治效果/%
空白对照	一区	106.09	23	24	17	15	94	43.27		
	二区	110.63	11	21	16	20	96	43.75		
	三区	114.56	18	11	20	18	96	41.22		
宁南霉素50mL	一区	114.4	14	18	14	11	99	31.05	27.37	
	二区	111.35	22	19	14	11	104	31	27.49	27.77
	三区	109.43	17	7	14	16	103	30.58	28.47	
30%毒氟磷66g	一区	111.29	16	17	11	10	100	27.43	35.84	
	二区	111.72	19	14	17	6	100	26.9	37.08	36.13
	三区	108.17	17	20	10	10	102	27.59	35.46	
30%毒氟磷(迁入)66g	一区	116.21	28	12	17	9	111	27.26	36.23	
	二区	109.07	16	14	14	10	102	27.79	34.99	35.77
	三区	108.22	21	18	13	12	113	27.32	36.1	
25%吡蚜酮25g	一区	110.87	12	11	12	9	100	24	43.86	
	二区	112.97	15	14	15	8	111	24.23	43.32	43.85
	三区	110.54	25	9	14	7	103	23.78	44.37	
25%吡蚜·噻虫嗪25mL	一区	110.1	23	15	11	8	115	22.24	47.99	
	二区	111.59	26	12	9	8	108	21.59	49.5	48.31
	三区	111.75	19	10	11	9	106	22.46	47.46	
25%吡蚜·噻虫嗪35mL	一区	113.2	20	16	11	5	113	19.94	53.36	
	二区	109.39	15	14	13	3	107	19.1	55.32	54.32
	三区	109.34	16	15	9	5	103	19.55	54.27	
25%吡蚜·噻虫嗪25mL+毒氟磷66g	一区	120.7	27	9	12	3	109	17.69	58.61	
	二区	105.59	19	14	11	4	112	18.35	57.08	57.61
	三区	111.75	19	11	9	3	92	18.32	57.14	
25%吡蚜·噻虫嗪35mL+毒氟磷66g	一区	112.83	19	11	8	2	99	15.3	64.22	
	二区	113.46	15	13	7	4	104	16.09	62.36	63.2
	三区	110.2	20	7	13	1	102	15.81	63.02	

3. 产量测定

2010 年 10 月 19 日，对所有处理小区水稻进行产量测定，首先对每个小区水稻总丛数进行计算，然后，分别对每个小区水稻进行收割、产量现场测定。最后每个小区总丛数计算水稻产量，结果如表 6-36 所示。由表可知，30％毒氟磷可湿性粉剂处理组和 25％吡蚜·噻虫嗪悬浮剂＋30％毒氟磷可湿性粉剂处理组的产量优于其他处理组。

表 6-36　每亩处理情况及产量测定

处　　理	相对增产/％
25％吡蚜·噻虫嗪 25mL	19.17
25％吡蚜·噻虫嗪 35mL	12.73
25％吡蚜·噻虫嗪 25mL ＋30％毒氟磷 66g	18.57
25％吡蚜·噻虫嗪 35mL ＋30％毒氟磷 66g	9.09
30％毒氟磷 66g	29.16
30％毒氟磷 66g（迁入前）	20.76
25％吡蚜酮 25g	12.36
8％宁南霉素 50mL	24.21
空白对照	0.00

第十节
广东省阳西县防治南方水稻黑条矮缩病田间试验研究

一、气象资料

见表 6-37 所示。

表 6-37　试验调查

日期	工序(播种、移植、施肥、用药、灌溉)	降雨	温度/℃	风力	阴晴
7 月 12 日	播种	无	27～33	偏南风 2～3 级	晴
7 月 13 日		无	28～32	偏南风 2～3 级	晴
7 月 14 日		无	28～32	偏南风 2～3 级	晴
7 月 15 日	秧苗淋水	无	28～32	偏南风 2～3 级	晴转多云
7 月 16 日		阵雨	26～32	偏东风 4 级	多云间阴
7 月 17 日		阵雨转大雨	26～30	5 级	阴
7 月 18 日	秧田施第一次农药	无	26～30	偏南风 3～4 级	晴转多云
7 月 19 日		无	26～32	偏南风 2～3 级	晴
7 月 20 日		无	27～33	偏东风 2 级	晴转多云

日期	工序（播种、移植、施肥、用药、灌溉）	降雨	温度/℃	风力	阴晴
7月21日		中阵雨	26～33	偏东风4级	多云间阴
7月22日	"灿都"台风影响	大雨到暴雨	25～30	8～10级	阴
7月23日		阵雨到大雨	25～30	偏南风5～6级	阴
7月24日	秧田施第二次农药	无	28～33	偏南风4～5级	晴转多云
7月25日		无	28～33	偏南风3～4级	晴
7月26日		无	28～32	偏南风2～3级	多云转晴
7月27日		无	26～31	偏南风3级	多云转晴
7月28日	大田犁田	阵雨转大雨	26～31	偏南风3级	多云间阴
7月29日	各小区筑小梗、移栽	阵雨	27～31	偏南风3级	多云
7月30日		无	28～32	偏南风2级	晴
7月31日		无	27～33	偏南风2～3级	多云转晴
8月1日		无	27～33	偏南风2～3级	多云
8月2日	施回青肥、除草剂	阵雨转大雨	27～33	偏南风2～3级	多云转阴
8月3日		小雨转大雨	26～32	偏南风2～3级	阴
8月4日		无	25～31	偏南风2～3级	晴转多云
8月5日		无	26～34	偏西风2级	晴转多云
8月6日		无	26～32	偏东风2级	晴转多云
8月7日		阵雨	25～31	偏东风2～3级	多云转晴
8月8日		阵雨	26～32	偏东风2～3级	多云转晴
8月9日		阵雨	26～30	偏东风3级	多云转晴
8月10日		阵雨	26～32	偏东风2级	多云
8月11日		阵雨	26～32	偏东风2～3级	多云转晴

二、安全性观察

在秧田和本田施药后观察，1～5处理生长情况正常，均没有发现药害。

三、施肥施药管理以及受天气影响简介

（1）7月28日犁田施基肥，亩施有机肥（鸡屎）200kg，16%过磷酸钙25kg，碳铵10kg。施后2h大雨，漫顶。

（2）8月2日施除草剂、回青肥，亩施金稻龙1包（10kg），尿素2.5kg。施后1h大雨，漫过田基。

（3）8月12日追肥，亩施尿素5kg，8月15日施复合肥12.5kg。

（4）8月17日大雨受浸。

（5）8月19日本田施药，按试验设计处理。

（6）8月25日大雨受浸。

（7）8月29日看禾色施肥，亩施氯化钾10kg。

（8）9月24日施药，亩用叶枯唑80g防治水稻白叶枯病，5%阿维菌素50mL防治稻纵卷叶螟。

（9）9 月 30 日开始抽穗，10 月 6 日齐穗。

四、防治效果调查

见表 6-38～表 6-40 所示。防虫效果调查按试验方案进行。由于晚稻南方水稻黑条矮缩病发病率极低，10 月 4 日调查，在 1～5 处理中没有发现病株。

表 6-38　试验调查表

日期	工序（播种、移植、施肥、用药、灌溉）	降雨	温度/℃	风力	阴晴
8 月 12 日	施肥	无	26～32	偏南风 2～3 级	多云转晴
8 月 13 日		阵雨	26～32	偏南风 2～3 级	多云转晴
8 月 14 日		无	27～33	偏南风 2～3 级	多云转晴
8 月 15 日		阵雨转大雨	27～33	偏南风 2～3 级	多云转阴
8 月 16 日		阵雨	26～31	偏南风 2～3 级	多云转晴
8 月 17 日		阵雨转大雨	25～31	偏南风 2～3 级	阴
8 月 18 日		无	25～31	偏南风 2～3 级	多云转晴
8 月 19 日	大田施农药	无	26～33	偏东风 2～3 级	多云转晴
8 月 20 日		阵雨	23～32	偏东风 2～3 级	多云转晴
8 月 21 日		阵雨	25～32	偏东风 2～3 级	多云转晴
8 月 22 日		阵雨	26～32	偏南风 2～3 级	多云
8 月 23 日		无	24～31	偏东风 3 级	多云
8 月 24 日		大雨到暴雨	25～30	偏南风 4 级	阴
8 月 25 日		大雨转阵雨	25～30	偏南风 4 级	阴
8 月 26 日		无	26～31	偏南风 3～4 级	多云转晴
8 月 27 日		无	26～31	东风 2～3 级	多云转晴
8 月 28 日		无	25～31	东风 2～3 级	晴
8 月 29 日	施肥	无	25～31	偏东风 2～3 级	晴
8 月 30 日		无	26～33	偏东风 2 级	多云
8 月 31 日		无	27～35	偏北风 2～3 级	多云
9 月 1 日		无	27～35	偏北风 2～3 级	多云
9 月 2 日		无	26～33	偏北风 2～3 级	多云
9 月 3 日		阵雨	25～32	偏北风 2～3 级	阴
9 月 4 日		阵雨	25～30	偏北风 2～3 级	阴
9 月 5 日		无	26～32	偏北风 2 级	多云
9 月 6 日		无	26～32	偏南风 2～3 级	多云转晴
9 月 7 日		阵雨	26～33	偏南风 2～3 级	多云转阴
9 月 8 日		阵雨	26～33	偏南风 2～3 级	多云转晴
9 月 9 日		无	26～33	偏南风 2～3 级	多云
9 月 10 日		阵雨	25～32	偏西风 2 级	多云
9 月 11 日		阵雨	26～31	偏男风 2～3 级	多云

表 6-39　试验调查

日期	工序（播种、移植、施肥、用药、灌溉）	降雨	温度/℃	风力	阴晴
9 月 12 日		阵雨	24～28	偏南风 2～3 级	多云
9 月 13 日		阵雨	24～30	偏南风 2～3 级	多云
9 月 14 日		阵雨	25～32	东南风 2～3 级	多云
9 月 15 日		无	26～32	东南风 2～3 级	多云转晴
9 月 16 日		无	25～32	偏东风 2～3 级	晴
9 月 17 日		无	25～33	偏南风 2 级	晴
9 月 18 日		无	25～34	偏南风 2～3 级	晴
9 月 19 日		无	26～35	偏西风 2 级	晴
9 月 20 日		无	26～34	偏西风 3 级	晴
9 月 21 日		中雨到大雨	24～29	偏南风 5 级	阴
9 月 22 日		中雨到大雨	24～29	偏南风 3～4 级	阴
9 月 23 日		阵雨	23～28	偏南风 2～3 级	阴转多云
9 月 24 日	施药防白叶枯病、卷叶螟	无	24～29	偏南风 2～3 级	多云转晴
9 月 25 日		无	24～30	轻微东南风	多云转晴
9 月 26 日		无	24～31	偏东风 2～3 级	晴
9 月 27 日		无	24～31	偏东风 2 级	多云转晴
9 月 28 日		无	25～32	偏东风 2～3 级	晴
9 月 29 日		无	24～32	偏东风 2～3 级	晴
9 月 30 日	始穗	无	24～32	偏东风 2～3 级	晴
10 月 1 日		无	24～32	偏东风 2～3 级	晴
10 月 2 日		无	25～31	偏北风 2～3 级	多云转晴
10 月 3 日		无	23～31	偏北风 4 级	多云
10 月 4 日		无	23～30	偏北风 4 级	阴
10 月 5 日		小雨	22～27	东北风 3～4 级	阴
10 月 6 日		无	22～26	东北风 3 级	多云间阴

表 6-40　杀虫防病调查情况

单位：秧田　头/m²，本田　头/50 株

时间	处理 1	处理 2	处理 3	处理 4	处理 5
7 月 24 日（秧田施药前）	0	0	0	0	13
7 月 25 日	0	0	0	0	10
7 月 29 日（移栽前）	0	0	0	0	12
8 月 19 日（本田施药前）	22	30	25	42	163
8 月 20 日	12	17	10	15	152
8 月 23 日	13	20	10	9	260
8 月 26 日	10	14	10	16	300
9 月 18 日	35	28	20	32	615

205

第十一节
广东省雷州市防治南方水稻黑条矮缩病田间试验研究

一、试验目的

针对近年南方水稻黑条矮缩病对广东湛江地区水稻的为害，以贵州大学自主创新药剂—25%吡蚜·噻虫嗪悬浮剂和30%毒氟磷可湿性粉剂等为主体，从"虫病共治"角度进行防控南方水稻黑条矮缩病的防控技术总结，并进行大面积示范推广和农民培训，保障粮食生产。

二、材料与方法

1. 试验材料

（1）试验对象、作物和品种、供试药剂品种详见表6-41。试验作物是水稻，品种为博Ⅱ优15。

表6-41 试验农药及相关信息

农药	生产厂家	有效成分及含量
病毒星	广西田园生化股份有限公司	30%毒氟磷
宁南霉素	黑龙江强尔生化技术开发有限公司	8%宁南霉素
吡蚜·噻虫嗪	贵州大学教育部绿色农药与农业生物工程重点实验室	22.5%吡蚜酮＋2.5%噻虫嗪
醚菊酯	山西绿海农药科技有限公司	10%醚菊酯

（2）作物栽培及环境条件试验安排在2009年晚稻发病较重的雷州市北和镇格内村李妃二责任田上。秧田前作是花生，本田前作是水稻。该田属砖红壤，黏质土，pH值为6.5，单造水稻亩产量450kg。

2. 试验方法

试验设计和安排参照农业部南方水稻黑条矮缩病防控专家协作组制定方案执行，本试验设6个处理，见表6-42。

表6-42 试验设计表

项　　目	试验设计[①]
处理1	8%宁南霉素50mL
处理2	25%吡蚜·噻虫嗪25mL＋30%毒氟磷66g
处理3	10%醚菊酯30g
处理4	30%毒氟磷66g
处理5	25%吡蚜·噻虫嗪25mL
处理6	空白对照，喷清水

① 指每亩所用剂量。

秧田期小区按随机区组法排列，不设重复，共 6 个小区（表 6-43）。本田期小区按随机区组法排列，设 3 次重复，共 18 个小区（表 6-44）。每小区面积为 18m×2.3m＝41.4m^2，小区两头尾设保护 2m 以上的行。小区间筑小田埂，以防小区间窜水；施药时用布条（旧横幅）分隔相邻小区，以防窜药；各小区其他田间管理一致。秧田处理与本田处理稻苗要求一一对应（秧苗对应移栽）。

表 6-43　秧田期小区田间分布

保护区	护行	护行	护行	护行	护行	护行	保护区
	处 1	处 2	处 3	处 4	处 5	空白对照	
	护行	护行	护行	护行	护行	护行	

表 6-44　试验本田期小区田间分布示意图

保护区	护行	护行	护行	护行	护行	护行	护行	护行	护行	护行	护行	护行	护行	护行	保护区
	C K	处 5	处 2	处 3	处 4	处 1	处 3	处 4	处 5	C K	处 2	处 1	处 4	C K	
	处 1	处 3	处 5	处 2											
	护行	护行	护行	护行	护行	护行	护行	护行	护行	护行	护行	护行	护行	护行	

3. 农事活动及田间调查

（1）植期　2010 年 7 月 18 日浸种，7 月 20 日播种育秧，2010 年 8 月 14 日移植，11 月 10 日收割。

（2）施药期　按照试验方案和水稻生育期，各处理的施药期见表 6-45。

表 6-45　试验施药时期表

处理	日期	时期	备注
第 1 次施药	7 月 24 日	秧田，一叶一心期	
第 2 次施药	8 月 12 日	秧田，送嫁药	
第 3 次施药	8 月 25 日	移植后 11d，大田分蘖初期	第 6 代稻飞虱防治适期为 9 月 1 日
第 4 次施药	9 月 29 日	孕穗期	第 7 代稻飞虱防治适期为 9 月 29 日

（3）施肥期及施用量　各处理施肥时间及施用量均一致，全生育期每亩共施尿素 27.5kg，过磷酸钙 25kg，氯化钾 20kg，3 个 15％的复合肥 5kg，N∶P∶K（纯量）为 1∶0.35∶1.55。各期施肥期及施用量见表 6-46。

表 6-46　试验各期亩施肥量汇总　　　　　　　　　　　单位：kg

施肥时间	尿素		过磷酸钙		氯化钾		复合肥				合计		
	量	纯 N	量	纯 P	量	纯 K	量	纯 N	纯 P	纯 K	纯 N	纯 P	纯 K
2010-7-20 （秧田基肥）	10	4.6	—		—		—				4.6	0	0
2010-8-14 （本田基肥）	2.5	1.15	25	4	—		—				1.15	4	0

施肥时间	尿素		过磷酸钙		氯化钾		复合肥				合计		
	量	纯 N	量	纯 P	量	纯 K	量	纯 N	纯 P	纯 K	纯 N	纯 P	纯 K
2010-8-19 （本田攻蘗肥）	12	5.52	—	—	5	2.3	—	—	—	—	5.52	0	5
2010-9-11 （本田孕穗肥）	3	1.38	—	—	15	6.9	5	0.75	0.75	0.75	2.13	0.75	15.75
合计	27.5	12.65	25	4	20	9.2	5	0.75	0.75	0.75	13.4	4.75	20.75

三、结果与讨论

1. 试验结果

（1）产量 "测产小组"11 月 7 日用随机抽样的方式进行了"圆规"测产，每个小区选 3 个点，每个点割一个"圆规"（1m²），现场脱粒、除杂后称湿谷重，取样谷烘湿谷至恒重，计算晒干率，再用 1m² 湿谷重和样本晒干率计算单产。各处理亩产详见表 6-47。

表 6-47　试验各处理产量及差异显著性比较表

处理	干谷亩量/kg				比空白对照增产		产量差异显著性		方差分析
	Ⅰ	Ⅱ	Ⅲ	均	kg	%	5%显著水平	1%极显著水平	
2	311.1	325.3	324.2	320.2	62.4	19.5	a	A	
5	308.6	306.9	312.3	309.3	51.5	16.7	ab	A	处理间 F 值 ＝5.337，区组 间 F 值＝0.258
3	306.1	311.7	296.2	304.6	46.9	15.4	ab	AB	
4	314.9	292.7	290.8	299.4	41.7	13.9	ab	AB	
1	304.2	261.0	266.2	277.1	19.4	7.0	bc	AB	
空白对照	239.0	246.3	288.1	257.8	—	—	c	B	

从表 6-47 中可以看出，处理 2 产量最高，亩干谷产量为 320.2kg，比空白对照的 257.8kg 增产 62.4kg，增产 19.49%。经方差分析，试验处理间产量差异达 1%的极显著水平，用 Duncan 多重比较，处理 2、5、3、4 与处理 1、空白对照产量差异达 5%的显著水平，其中处理 2、5 与空白对照产量差异达 1%的极显著水平，但处理 2、5、3、4 之间的产量差不显著，处理 1、空白对照产量差异也不显著。

（2）产量构成因素 经田间调查和室内烤种，各处理的产量构成因素有较明显的差异（表 6-48），理论产量也存在较明显的差异，且其差异趋势与实产差异趋势基本相符。

表 6-48　试验各处理产量构成因素表

处理	亩有效穗/万穗				千粒重/g			
	Ⅰ	Ⅱ	Ⅲ	均	Ⅰ	Ⅱ	Ⅲ	均
处1	18.0	19.7	13.4	17.1	21.1	19.6	21.8	20.8
处2	15.4	14.3	23.5	17.7	18.2	19.5	19.9	19.2
处3	16.2	12.7	14.8	14.6	21.5	19.3	20.3	20.4
处4	16.0	18.4	16.9	17.1	22.5	21.1	19.2	21.2
处5	19.2	16.8	16.5	17.5	22.0	20.7	17.8	20.2
空白对照	15.5	16.1	11.5	14.4	18.5	17.9	20.9	19.1

处理	穗实粒数/粒				理论亩产/kg			
	Ⅰ	Ⅱ	Ⅲ	均	Ⅰ	Ⅱ	Ⅲ	均
处1	102.1	102.3	110.1	104.9	388.3	396.3	321.6	368.7
处2	133.7	134.9	82.0	116.8	374.5	375.9	384.5	378.3
处3	107.2	172.8	127.8	135.9	372.9	423.3	384.1	393.4
处4	121.5	81.6	113.0	105.4	437.5	329.8	365.9	377.8
处5	87.9	117.6	139.3	114.9	371.2	409.4	409.3	396.6
空白对照	105.7	123.3	154.3	127.7	304.7	355.6	369.7	343.3

（3）南方水稻黑条矮缩病病株率　由表 6-49 所示，在大田分蘖初期的 8 月 29 日、幼穗分化期的 9 月 30 日、乳熟期的 10 月 20 日和收割前的 11 月 7 日先后四次对各小区的南方水稻黑条矮缩病病株进行全区调查，计算各处理的病株数和病丛率。从调查数据可以看出处理 1、4、3、5、6 之间防效差异达不到显著水平（$p<0.01$，$p<0.05$），但它们与处理 2 及空白对照的防效差异均达显著水平（$p<0.05$），各药剂处理与空白对照的防效差异均达显著水平（$p<0.01$）。

表 6-49　各小区南方水稻黑条矮缩病病株率调查表

处理	小区植株总丛数	8 月 29 日		9 月 30 日		11 月 7 日					
		每区病丛均数	病丛率/%	每区病丛均数	病丛率/%	重中Σ			病丛率/%		
						植株总丛数	每区病丛均数	病丛率/%	防效/%	0.05水平	0.01水平
2	1400	4.6	0.33	11.67	0.83	1400	43.7	3.12	73.24	c	B
5	1400	6.9	0.49	24.33	1.74	1400	87.4	6.24	46.48	b	B
3	1400	9.2	0.66	21.67	1.55	1400	89.7	6.41	45.07	b	B
4	1400	9.2	0.66	13.67	0.98	1400	92.0	6.57	43.66	b	B
1	1400	11.5	0.82	15.33	1.10	1400	94.3	6.74	42.25	b	B
空白对照	1400	13.8	0.99	27	1.93	1400	163.3	11.66	—	a	A

注：1. 基本苗 33.81 丛/m²；2. 表中"重"为不抽穗植株，"中"为包颈或成熟期稻叶仍特青绿不转黄。

2. 分析

通过本试验，可以得出如下结论：在田间未出现或刚出现南方水稻黑条矮缩病时按处理 2 的方法使用 25%吡蚜·噻虫嗪 25mL＋30%毒氟磷 66g 防控南方水稻黑条矮缩病可收到理想的防效，并可获得显著的增产效果。其他各处理防效及产量差异情况前述（表 6-50）。

表6-50 2010年晚稻雷州市"25%吡蚜·噻虫嗪悬浮剂及30%毒氟磷可湿性粉剂防治白背飞虱及南方水稻黑条矮缩病试验"产量测定表

处理	南方水稻黑条矮缩病株/(丛/小区)				苗有效穗/万穗				千粒重/g			
	I	II	III	均	I	II	III	均	I	II	III	均
1	48.3	34.5	48.3	43.7	18.04	19.73	13.40	17.06	21.07	19.62	21.79	20.83
2	82.8	103.5	75.9	87.4	15.38	14.27	23.54	17.72	18.22	19.54	19.92	19.22
3	82.8	89.7	96.6	89.7	16.18	12.72	14.8	14.57	21.49	19.26	20.31	20.36
4	48.3	82.8	144.9	92	15.99	18.44	16.87	17.10	22.52	21.92	19.20	21.21
5	110.4	82.8	89.7	94.3	19.2	16.81	16.51	17.51	21.98	20.75	17.79	20.17
空白对照	103.5	213.5	172.5	163.3	15.54	16.09	11.48	14.37	18.55	17.93	20.87	19.11

处理	穗实粒数/粒				理论苗产/kg				苗干产/kg			
	I	II	III	均	I	II	III	均	I	II	III	均
1	102.12	102.35	110.12	104.86	388.3	396.31	321.6	368.737	304.15	261.04	266.21	277.13
2	133.67	134.85	82.014	116.84	374.45	375.93	384.49	378.288	311.08	325.31	324.16	320.18
3	107.23	172.76	127.75	135.92	372.93	423.29	384.06	393.427	306.05	311.72	296.15	304.64
4	121.50	81.58	112.98	105.35	437.45	329.79	365.93	377.725	314.87	292.65	290.78	299.43
5	87.95	117.36	139.38	114.90	371.2	409.42	409.25	396.623	308.63	306.92	312.31	309.29
空白对照	105.73	123.27	154.25	127.75	304.68	355.57	369.66	343.299	238.96	246.26	288.11	257.78

第十二节
江苏省兴化市防治水稻黑条矮缩病田间试验研究

一、试验目的

25％吡蚜·噻虫嗪悬浮剂和30％毒氟磷（病毒星）可湿性粉剂是由贵州大学教育部绿色农药与农业生物工程重点实验室研制生产的新型复配杀虫剂和抗病毒剂，为探明其对灰飞虱及黑条矮缩病的防治效果和适宜用量，为推广应用提供依据。

二、材料与方法

1. 试验材料

25％吡蚜·噻虫嗪悬浮剂、30％毒氟磷（病毒星）可湿性粉剂；25％吡蚜酮可湿性粉剂每亩25g（市售）；8％宁南霉素水剂每亩50mL（市售）。试验作物为淮稻5号，防治对象为水稻灰飞虱、水稻黑条矮缩病。

2. 试验设计

试验共设6个处理（均为每亩剂量）：

(1) 25％吡蚜·噻虫嗪25mL；

(2) 25％吡蚜·噻虫嗪35mL；

(3) 25％吡蚜·噻虫嗪25mL＋30％毒氟磷66g；

(4) 25％吡蚜·噻虫嗪35mL＋30％毒氟磷66g；

(5) 30％毒氟磷66g；

(6) 25％吡蚜酮25g；

(7) 8％宁南霉素50mL；

(8) 空白对照（喷清水）。

试验选择在江西省兴化周庄镇官庄村，该镇水稻黑条矮缩病常年发生相对较重。每个处理设3次重复，共24个小区，每个小区面积16.7m²，小区随机排列，各小区之间筑埂隔开，以防水流窜动。

3. 用药时间与方法

今年该市小麦生育期推迟，导致机插秧偏晚，6月24日机插，于7月8日、11日、14日用药三次。施药时，采取二次稀释法，按亩剂量对水30kg均匀喷雾，施药器械为工农-16型背负式手动喷雾器，喷孔直径1.3mm，喷雾时对准稻株的基部用药，用药时稻田有浅水层，并保水3d。

用药前后天气概况：药前 3d 内有降雨，7 月 5 日至 7 日总降雨量为 11.5mm，用药时天气晴，平均气温 29.3℃。三次用药期间未有明显降雨，天气晴好，平均气温在 31.4℃。

大田用药时，灰飞虱处于低龄若虫高峰期。药后 20d 水稻黑条矮缩病病情稳定。

4. 调查内容与方法

各处理每小区对角线 5 点取样，本田每点查 10 穴水稻，每小区查 50 穴水稻。稻飞虱用盆拍法，用 33cm×45cm 白瓷盆拍查，病毒病根据症状目测确定。

(1) 杀虫效果施药前调查灰飞虱基数，分别于第 3 次施药后 1d、3d、7d 调查各处理灰飞虱数量，计算防效。计算公式参见本章第二节。

(2) 防病效果分别于施药前、病毒病显症稳定后（7 月 30 日）定点各调查一次各处理水稻黑条矮缩病病株，每小区调查 100 株，计算病株防效。

发病率/％＝发病株数/调查总株数×100％

防病效果/％＝(对照区发病率－药剂处理区发病率)/对照区发病率×100％

三、结果与讨论

1. 对灰飞虱防治效果

由表 6-51 所示，连续三次用药后第一天效果，25％吡蚜·噻虫嗪 35mL、25％吡蚜·噻虫嗪 35mL＋30％毒氟磷 66g、25％吡蚜酮 25g 三处理效果相对较好，其次为 25％吡蚜·噻虫嗪 25mL、25％吡蚜·噻虫嗪 25mL＋30％毒氟磷 66g，30％毒氟磷 66g、8％宁南霉素 50mL 两处理对灰飞虱无效。由表 6-52 所示，用药后三天除 30％毒氟磷 66g、8％宁南霉素 50mL 处理外，其他处理效果对灰飞虱均有所提高。由表 6-53 所示，用药后 7d 各处理防效较三天有所下降，但仍较药后一天防效略好。

表 6-51　25％吡蚜·噻虫嗪悬浮剂等药后 1d 对灰飞虱防效

处　理①	小区			百穴平均基数	药后 1 d			药后 1 d百穴虫量	药后 1 d虫口减退率/％	防治效果/％
	50	50	50		50	50	50			
25％吡蚜·噻虫嗪 25mL	158	220	254	421.3	128	120	101	232.7	44.8	59.8
25％吡蚜·噻虫嗪 35mL	185	184	184	368.7	85	70	60	143.3	61.1	71.7
25％吡蚜·噻虫嗪 25mL＋30％毒氟磷 66g	142	204	165	340.7	2	120	145	178.0	47.7	61.9
25％吡蚜·噻虫嗪 35mL＋30％毒氟磷 66g	185	235	198	412.0	85	110	85	186.7	54.7	67.0
25％吡蚜酮 25g	189	198	208	396.7	74	120	80	182.7	53.9	66.4
30％毒氟磷 66g	132	124	207	308.7	180	230	220	420.0	−36.1	0.8
8％宁南霉素 50mL	157	185	204	364.0	245	320	280	563.3	−54.8	−12.8
空白对照	210	185	210	403.3	250	290	290	553.3	−37.2	—

① 表示每亩药剂处理量，下同。

表 6-52 25％吡蚜·噻虫嗪悬浮剂等药后 3d 对灰飞虱防效

处　理	小区			百穴平均基数	药后 3 d			药后 3 d 百穴虫量	药后 3 d 虫口减退率/％	防治效果/％
	50	50	50		50	50	50			
25％吡蚜·噻虫嗪 25mL	158	220	254	421.3	98	65	85	165.3	60.8	73.5
25％吡蚜·噻虫嗪 35mL	185	184	184	368.7	32	21	42	63.3	82.8	88.4
25％吡蚜·噻虫嗪 25mL＋30％毒氟磷 66g	142	204	165	340.7	65	85	62	141.3	58.5	71.9
25％吡蚜·噻虫嗪 35mL＋30％毒氟磷 66g	185	235	198	412.0	30	31	32	62.0	85.0	89.8
25％吡蚜酮 25g	189	198	208	396.7	45	55	62	108.0	72.8	81.6
30％毒氟磷 66g	132	124	207	308.7	245	251	220	477.3	−54.6	−4.6
8％宁南霉素 50mL	157	185	204	364.0	285	280	330	596.7	−63.9	−10.8
空白对照	210	185	210	403.3	260	200	220	596.7	−47.9	—

表 6-53 25％吡蚜·噻虫嗪悬浮剂等药后 3d 对灰飞虱防效

处　理	小区基数			百穴平均基数	药后 7 d			药后 7 d 百穴虫量	药后 7 d 虫口减退率/％	防治效果/％
	50	50	50		50	50	50			
25％吡蚜·噻虫嗪 25mL	158	220	254	421.3	130	102	120	234.7	44.3	68.8
25％吡蚜·噻虫嗪 35mL	185	184	184	368.7	51	48	58	104.7	71.6	84.1
25％吡蚜·噻虫嗪 25mL＋30％毒氟磷 66g	142	204	165	340.7	75	89	90	169.3	50.3	72.2
25％吡蚜·噻虫嗪 35mL＋30％毒氟磷 66g	185	235	198	412.0	48	68	69	123.3	70.1％	83.2
25％吡蚜酮 25g	189	198	208	396.7	68	89	75	154.7	61.0	78.2
30％毒氟磷 66g	132	124	207	308.7	280	320	250	566.7	−83.6	−2.8
8％宁南霉素 50mL	157	185	204	364.0	290	420	300	673.3	−85.0	−3.6
空白对照	210	185	210	403.3	280	380	420	720.0	−78.5	—

2. 对水稻黑条矮缩病的控制效果

由表 6-54 所示，用药后 20d，水稻黑条矮缩病显症基本稳定，各处理防效均较低。最好的处理 25％吡蚜·噻虫嗪 35＋30％毒氟磷 66g 处理防效仅为 36.9％，其次为 25％吡蚜·噻虫嗪 25＋30％毒氟磷 66g、25％吡蚜酮 25g。30％毒氟磷 66g 略有效果，但较差。8％宁南霉素 50mL/亩对水稻黑条矮缩病无效。

表 6-54 25％吡蚜·噻虫嗪等对水稻黑条矮缩病防效

处　理	发病株			药前病株率/％	药后发病率/％			药后病株率/％	防病效果/％
	100	100	100		100	100	100		
25％吡蚜·噻虫嗪 25mL	1	0	0	0.33	2	6	2	3.3	9.9
25％吡蚜·噻虫嗪 35mL	2	0	3	1.67	4	2	3	3.0	18.9
25％吡蚜·噻虫嗪 25mL＋30％毒氟磷 66g	1	0	4	1.67	2	1	5	2.7	27.9
25％吡蚜·噻虫嗪 35mL＋30％毒氟磷 66g	1	0	2	1.00	4	2	2	2.3	36.9
25％吡蚜酮 25g	1	2	0	1.00	2	3	1	2.7	27.9
30％毒氟磷 66g	0	0	0	0.00	4	3	3	3.3	9.9
8％宁南霉素 50mL	1	0	2	1.00	3	2	7	4.0	−8.1
空白对照	2	0	1	1.00	3	5	3	3.7	0.9

四、结论

（1）试验结果表明，25%吡蚜·噻虫嗪 25mL、35mL 对灰飞虱有较好效果，且随着剂量增加效果提高。25%吡蚜·噻虫嗪 25mL 对灰飞虱防效低于对照药剂 25%吡蚜酮 25g。30%毒氟磷 66g、8%宁南霉素 50mL 处理对灰飞虱无效。

（2）各处理对水稻黑条矮缩病防效在 10%～30%，说明对水稻黑条矮缩病控制效果并不明显，其主要原因水稻黑条矮缩病感病期主要是秧苗期。水稻黑条矮缩病与条纹叶枯病不同，灰飞虱并不能经卵传毒，一代灰飞虱（大田期）带毒率较低，因此大田再感病水稻黑条矮缩病较少，虽然对灰飞虱防效较好，但此时对控制水稻黑条矮缩病意义不大，因此，水稻黑条矮缩病防治关键在水稻苗期（秧苗期）。故表现出有些处理虽对灰飞虱效果好，但控制水稻黑条矮缩病并不明显的现象。

（3）30%毒氟磷每亩 66g 对水稻黑条矮缩病有一定钝化作用，但尚不理想。8%宁南霉素 50mL 对水稻黑条矮缩病无效。

第十三节
浙江省嘉兴市防治水稻稻飞虱和病毒病田间试验研究

一、试验目的

25%吡蚜·噻虫嗪悬浮剂和 30%毒氟磷（病毒星）悬浮剂是由贵州大学教育部绿色农药与农业生物工程重点实验室研制生产的新型杀虫剂和抗病毒剂，为探明其对的稻飞虱及水稻病毒病（水稻条纹叶枯病毒病、水稻黑条矮缩病）的防治效果，为推广应用提供依据，2010 年在浙江嘉兴进行了小区药效试验。

二、材料及方法

1. 供试药剂

（1）25%吡蚜·噻虫嗪悬浮剂，贵州大学教育部绿色农药与农业生物工程重点实验室研制；

（2）30%毒氟磷悬浮剂，贵州大学教育部绿色农药与农业生物工程重点实验室研制。

2. 对照药剂

（1）10%吡蚜酮（江苏安邦公司生产）；

（2）8%宁南霉素水剂（黑龙江强尔生物技术开发有限公司生产）。

3. 试验作物及防治对象

试验作物为水稻，防治对象为稻飞虱（包括灰飞虱、白背飞虱、褐飞虱），水稻病毒病（水稻条纹叶枯病、水稻黑条矮缩病）。

4. 试验设计与方法

（1）田间设计试验在浙江省嘉兴市秀洲区王江泾镇北荷村 22 组农户徐福根的单季晚稻上进行，试验设 6 个处理，处理 1、处理 2 的小区面积为 795.7 m²，其余各区为 114m²，随机排列，各处理如表 6-55。

表 6-55　各处药剂处理

药　　剂	有效成分用量/(g/ha)	亩用量
(1) 25%吡蚜·噻虫嗪	93.75	25mL
(2) 25%吡蚜·噻虫嗪＋30%毒氟磷	93.75＋297	25mL＋66g
(3) 30%毒氟磷	297	66g
(4) 25%吡蚜酮	93.75	25mL
(5) 8%宁南霉素	60	50mL
(6) 空白对照	0	0

（2）试验田概况、施药时间及方法试验地为单季晚稻，土壤属半青紫泥，pH6.9，有机质含量 4.3%。试验田于 2010 年 5 月 15 日播种，6 月 13 日移栽。第 1 次施药在 6 月 23 日（移栽后 10d），第 2 次施药在 7 月 1 日（移栽后 17d）。施药方法：采用 PB 16 型手动喷雾器，用水量每亩 40kg，进行均匀喷雾。

（3）药效考查方法　①稻飞虱：施药前考查稻飞虱基数，第 1 次施药后 7d、14d、22d 共 3 次考查稻飞虱防效，调查进采用盆拍法，取样方法为平行直线跳跃法，每小区共调查 25 点，计 50 丛，分别记载灰飞虱、白背飞虱、褐飞虱成虫和若虫数，与对照区比较计算防治效果。②病毒病：在病情稳定期（8 月上旬），采用五点取样法，每点 100 丛，计 500 丛，分别记载水稻条纹叶枯病、水稻黑条矮缩病病丛数和病株数，与对照区比较计算防治效果。

三、试验结果

1. 试验田稻飞虱、病毒病发生基本情况

由于施药时间在移栽后 10d，当时田间病虫数量较少，稻飞虱中仅有少量灰飞虱和刚迁入的白背飞虱成虫，褐飞虱还未迁入；病毒病发生较轻。

2. 对稻飞虱防治效果

（1）灰飞虱　由表 6-56 所示，25%吡蚜·噻虫嗪悬浮剂对灰飞虱具有很高的防治效果，每亩用 25mL 药后 7d 的防效可达 84.4%，与 25%吡蚜酮 25g/亩的82.2%相近；药后 14d 防效上升到 97.71%，也与吡蚜酮相近；药后 22d 的防效仍保持在 91.8%，略高于吡蚜酮的 89.7%。

表 6-56　25%吡蚜·噻虫嗪悬浮剂+30%毒氟磷悬浮剂防治灰飞虱效果

处理	调查丛数	第1次药后7 d (7月1日)				第1次药后14 d (7月8日)				第1次药后22 d (7月16日)			
		成虫	若虫	总计	防效/%	成虫	若虫	总计	防效/%	成虫	若虫	总计	防效/%
25%吡蚜·噻虫嗪25mL	50	2	5	7	84.4	3	0	3	95.71	6	2	8	91.8
25%吡蚜·噻虫嗪25mL+30%毒氟磷66g	50	0	8	8	82.2	1	0	1	98.57	5	7	12	87.6
25%吡蚜酮25g	50	1	7	8	82.2	2	0	2	97.14	7	3	10	89.7
8%宁南霉素50mL	50	13	24	37	17.8	10	48	58	17.14	17	68	85	12.4
30%毒氟磷66g	50	21	23	44	2.2	16	59	75	0.00	21	84	105	0.0
空白对照	50	18	27	45	—	13	57	70	—	19	78	97	—

　　(2)白背飞虱　由表6-57所示,25%吡蚜·噻虫嗪悬浮剂对白背飞虱的防治效果一般,每亩用25mL药后7d的防效为16.7%,药后14d防效上升到46.7%,药后22d的防效为52.91%,且小区间波动大。由于试验期正处于白背飞虱成虫迁入期,虫量较少,因此本试验对白背飞虱防效代表性差,有待于进一步明确。

表 6-57　25%吡蚜·噻虫嗪悬浮剂+30%毒氟磷悬浮剂防治白背飞虱效果

处理	调查丛数	第1次药后7 d (7月1日)				第1次药后14 d (7月8日)				第1次药后22 d (7月16日)			
		成虫	若虫	总计	防效/%	成虫	若虫	总计	防效/%	成虫	若虫	总计	防效/%
25%吡蚜·噻虫嗪25mL	50	5	0	5	16.67	8	0	8	46.67	5	27	32	52.94
25%吡蚜·噻虫嗪25mL+30%毒氟磷66g	50	3	0	3	50.00	10	0	10	33.33	7	14	21	69.12
25%吡蚜酮25g	50	7	0	7	0	7	0	7	53.33	9	28	37	45.59
8%宁南霉素50mL	50	7	0	7	0	14	0	14	6.67	16	83	99	0
30%毒氟磷66g	50	5	0	5	0	12	0	12	20.00	15	62	77	0
空白对照	50	6	0	6	0	15	0	15	0	12	56	68	—

　　(3)褐飞虱　由表6-58所示,试验期间褐飞虱还未开始迁入,虫量较低,因此对褐飞虱防效有待于进一步试验。

表 6-58　25%吡蚜·噻虫嗪悬浮剂+30%毒氟磷悬浮剂防治褐飞虱效果考查

处理	调查丛数	第1次药后7 d (7月1日)				第1次药后14 d (7月8日)				第1次药后22 d (7月16日)			
		成虫	若虫	总计	防效/%	成虫	若虫	总计	防效/%	成虫	若虫	总计	防效/%
25%吡蚜·噻虫25mL	50	0	0	0	—	0	0	0	—	3	0	3	—
25%吡蚜·噻虫嗪25mL+30%毒氟磷66g	50	0	0	0	—	0	0	0	—	0	0	0	—
25%吡蚜酮25g	50	0	0	0	—	0	0	0	—	1	0	1	—
8%宁南霉素50mL	50	0	0	0	—	0	0	0	—	0	0	0	—
30%毒氟磷66g	50	0	0	0	—	0	0	0	—	0	1	1	—
空白对照	50	0	0	0	—	0	0	0	—	2	0	2	—

3. 对水稻病毒病防治效果

（1）水稻条纹叶枯病　由表 6-59 所示，25％吡蚜·噻虫嗪悬浮剂、30％毒氟磷悬浮剂对水稻条纹叶枯病具有一定的效果，在病害稳定期调查，每亩以 25％吡蚜·噻虫嗪悬浮剂 25mL＋30％毒氟磷悬浮剂 66g 为最好，防效为 56.56％；30％毒氟磷悬浮剂 66g 次之，防效为 50.82％，25％吡蚜·噻虫嗪悬浮剂 25mL 的平均株防效为 33.61％，而对照药剂 25％吡蚜酮可湿性粉剂 25g 和 8％宁南霉素水剂 50mL 分别为 41.80％和 46.72％。

表 6-59　25％吡蚜·噻虫嗪悬浮剂＋30％毒氟磷悬浮剂防治条纹叶枯病效果

| 处　理 | 病情稳定期(第 1 次药后 45 d,8 月 7 日调查) | | | | |
| | 调查丛数 | 发病数量 | | 防治效果 | |
		病丛数	病株数	病丛率/%	病株率/%
25％吡蚜·噻虫嗪 25mL	500	13	81	31.58	33.61
25％吡蚜·噻虫嗪 25mL＋30％毒氟磷 66g	500	9	53	52.63	56.56
25％吡蚜酮 25g	500	12	71	36.84	41.80
8％宁南霉素 50mL	500	11	65	42.11	46.72
30％毒氟磷 66g	500	10	60	47.37	50.82
空白对照	500	19	122	—	—

（2）水稻黑条矮缩病　由表 6-60 所示，25％吡蚜·噻虫嗪悬浮剂、30％毒氟磷悬浮剂对水稻黑条矮病具有一定的效果，在病害稳定期调查，以 25％吡蚜·噻虫嗪悬浮剂 25mL＋30％毒氟磷（病毒星）悬浮剂 66g 为最好，防效为 82.69％；30％毒氟磷悬浮剂 66g 为 26.92％，25％吡蚜·噻虫嗪悬浮剂 25mL 的平均株防效为 40.38％，而对照药剂 25％吡蚜酮可湿性粉剂 25g 和 8％宁南霉素水剂 50mL 分别为 9.62％和 40.38％。但由于试验田水稻黑条矮缩病发病太轻，影响试验结果准确性，因此有待于进一步验证。

表 6-60　25％吡蚜·噻虫嗪悬浮剂＋30％毒氟磷悬浮剂防治水稻黑条矮缩病效果考查

| 处　理 | 病情稳定期(第 1 次药后 45 d,8 月 7 日调查) | | | | |
| | 调查丛数 | 发病数量 | | 防治效果 | |
		病丛数	病株数	病丛率/%	病株率/%
25％吡蚜·噻虫嗪 25mL	500	3	31	40.00	40.38
25％吡蚜·噻虫嗪 25mL＋30％毒氟磷 66g	500	1	9	80.00	82.69
25％吡蚜酮 25g	500	5	47	0.00	9.62
8％宁南霉素 50mL	500	3	31	40.00	40.38
30％毒氟磷(病毒星)66g	500	4	38	20.00	26.92
空白对照	500	5	52		

四、结论

（1）25％吡蚜·噻虫嗪悬浮剂对灰飞虱具有很高的防治效果，对水稻条纹叶枯病也具有一定的效果，其防效与 25％吡蚜酮 25g/亩相近，可在生产上推广使用，每亩用量为 25mL。由于受试验条件的限制，对白背飞虱、褐飞虱、黑条矮病的防效不太确定，有待于进一步试验确定。

（2）30％毒氟磷悬浮剂对水稻条纹叶枯病也具有较好的防治效果，其防效略高于宁南霉素，在生产上可推广应用，每亩使用量为 66g，但由于试验田水稻黑条矮缩病发病太轻，其防效有待于进一步试验。

第十四节
江苏省丹阳市防治水稻条纹叶枯
病田间试验研究

一、试验目的

25％吡蚜·噻虫嗪悬浮剂、2.2％阿维·吡虫啉水剂、30％毒氟磷（病毒星）可湿性粉剂是由贵州大学教育部绿色农药与农业生物工程重点实验室研制生产的新型复配杀虫剂和抗病毒剂，为探明其对灰飞虱及水稻条纹叶枯病的防治效果和适宜用量，为推广应用提供依据，2009 年在江苏丹阳开展了田间小区试验。

二、试验设计

1. 试验田概况

试验设在丹阳市后巷镇飞达村，供试水稻品种为镇稻 10 号，5 月 15 日播种落谷，6 月 22 日移栽。

2. 试验处理（药剂量均为每亩所用剂量）

（1）25％吡蚜·噻虫嗪 15mL；

（2）25％吡蚜·噻虫嗪 25mL；

（3）25％吡蚜·噻虫嗪 35mL；

（4）25％吡蚜·噻虫嗪 15mL＋30％毒氟磷（病毒星）66g；

（5）25％吡蚜·噻虫嗪 25mL＋30％毒氟磷（病毒星）66g；

（6）25％吡蚜·噻虫嗪 35mL＋30％毒氟磷（病毒星）66g；

（7）2.2％阿维菌素·吡虫啉 60mL；

（8）25％吡蚜酮 25g；

（9）30％毒氟磷（病毒星）66g；

（10）2％宁南霉素（宁朴）200mL；

（11）空白对照（喷清水）。

共设 11 个处理，3 次重复，计 33 个小区，药剂处理区每小区面积 6.8m²，空白对照区每小区面积 2m²。试验地小区之间均筑 20cm 宽田埂，防止窜水。小区随机排列。

3. 施药时间及方法

处理 1～8 于 5 月 31 日用第一次药，以后每隔 3d 连续用药 3 次，共 4 次药；处理 9、10 于秧苗立针期（即 5 月 31 日）用第一次药，以后每隔 7d 连续喷 2 次，共用 3 次药。按每亩对水 40kg 用手提式喷雾器对准秧苗均匀喷雾。各处理区秧苗于 6 月 22 日移栽到大田后，至 7 月 9 日分蘖期病害显症高峰期未用药防治灰飞虱，以后病虫防治等管理同周围大田一致。

4. 调查内容

（1）安全性观察　观察试验药剂对水稻生长的影响，有无药害发生。

（2）药效调查　杀虫效果调查。施药前调查秧田灰飞虱基数，分别于 6 月 4 日、6 月 12 日、6 月 15 日、6 月 19 日调查记录各处理灰飞虱残留虫口密度。对角线取样调查，每小区查 5 点，每点查 0.11m²，用 33cm×45cm 白瓷盆拍查，记载虫量，折算亩虫量，计算防效。

$$虫口减退率/\% = \frac{药前虫量 - 药后虫量}{药前虫量} \times 100\%$$

$$杀虫效果/\% = \frac{处理区虫口减退率 - 对照区虫口减退率}{100\% - 对照区虫口减退率} \times 100\%$$

防病效果调查　秧苗移栽前 3d 及移栽当天（6 月 19 日、6 月 22 日），移栽到大田后返青分蘖期（7 月 9 日）各调查一次各处理区条纹叶枯病病株。对角线 5 点取样，每点调查相连 50 株，记载病株数，计算病株防效。

三、结果与分析

1. 杀虫效果

6 月 4 日（第一次药后 4d）调查结果表明，处理 6、处理 3 防效最好，均在 71% 左右；其次为处理 5、8、1、2，防效分别为 68.66%、67.94%、66.03% 和 61.42%，再次为处理 7 及处理 4，防效分别为 58.79% 和 54.63%，处理 9、10 防效最低，均低于 50%；6 月 12 日（第 3 次药后 4d）调查，处理 4、5、6 防效上升，其他处理防效均下降，且处理 4、5、6 随 25% 吡蚜酮·噻虫嗪悬浮剂用量的增加防效上升，防效在 62.23%～75.86%，其次为处理 3 及处理 8，防效均在 64% 左右，再次为处理 2、1、7，防效分别为 58.63%、52.41% 和 47.37%，处理 9、10 防效较差，仅 12%；6 月 15 日（第 4 次药后 3d）调查，除处理 10 外，其他处理防效均上升，处理 4、5、6 防效仍为最高，防效达 85.72-90.69%，其次为处理 3 及处理 8，防效均达 80%，再次为处理 1、2 及处理 7，防效分别达 78.19%、77.16%、76.53%，处理 9 防效为 13.39%，处理 10 防效仅 4.99%；6 月 19 日（第 4 次药后 7d，即移栽前 3d）调查，处理 6 防效最好，达 89.5%，其次为处理 3、5、4，防效 85-87%，再次为处理 8 与处理 2，防效均为83％，处理7和处理1，防效均在78％左右，处理9、10防效仍最低，分别为9.42％和21.77％。秧田期试验总体看，在秧田灰飞虱大发生的情况下，对一代灰飞虱成虫杀虫效果，处理6、5、4、3最突出，第4次药后7d能保持90％左右的防效；其次为处理8、2、7、1，第4次药后7d防效达80％左右；处理10、9第3次药后4d防效分别为21.77％、9.42％。

2. 防病效果

（1）秧田期防病效果　由表6-61所示，6月19日（处理1-8第4次药后7d，处理9-10第3次药后4d）调查，处理6与处理5防效最好，分别为78.94％和77.3％，其次为处理8、2、4，防效在72％左右，再次为处理3、7、1，防效在62％～70％，处理9、10防效最低，分别为59.65％和55.49％；移栽前6月22日（处理1-8第4次药后10d，处理9-10第3次药后7d）调查，处理5、6防效最好，均达66％左右，其次为处理4、2、8、1、3、7，防效达60％～65％，处理9、10防效较低，仅30％～33％。

（2）大田期防病效果　由表6-61所示，7月9日水稻分蘖期调查，各处理防效均下降，其中以处理1防效最好，达64.83％，表现较异常；其次为处理6，防效达53.14％；处理3、5、7、8、9防效在40％左右；处理10、4、2防效较差，20％左右。秧田及大田期调查结果表明，各处理药剂对条纹叶枯病的控病效果秧田期优于大田期，总体来看，处理6防效最好，其次为处理5、3、8，处理9在秧田期控病效果不明显，到大田前期防效上升，防效近40％。

（3）安全性观察各试验处理区药后不定期观察，水稻生长正常，未出现药害现象；尤其是用过25％吡蚜酮·噻虫嗪悬浮剂的处理，秧苗叶色嫩绿，叶宽体长，长势明显优于其他处理区。

四、结论

（1）亩用25％吡蚜·噻虫嗪悬浮剂15～35mL及其与毒氟磷混配剂、2.2％阿维·吡虫啉水剂60mL、30％毒氟磷可湿性粉剂66g，对水稻生长无不良影响。

（2）吡蚜·噻虫嗪及其与毒氟磷混配剂、吡蚜酮单剂对秧田灰飞虱成虫均具有较好的控制效果，在灰飞虱大发生年份，秧田第4次药后7d防效均在75％以上，其中以吡蚜·噻虫嗪＋毒氟磷三个处理及吡蚜·噻虫嗪每亩35mL用量处理杀虫效果最好，达90％左右，毒氟磷单用对灰飞虱防效较差。对秧田期条纹叶枯病控制效果，每亩也以吡蚜·噻虫嗪＋毒氟磷三个处理及吡蚜·噻虫嗪35mL用量处理及吡蚜酮单剂较好，大多在70％以上，吡蚜·噻虫嗪35mL＋毒氟磷66g处理防效近80％，移入大田后，分蘖期显症高峰各处理防效有所下降，仍以吡蚜·噻虫嗪35mL＋毒氟磷66g处理防效较好，毒氟磷单剂的防效仍不理想，仅在35％左右。

表 6-61 25%吡蚜·噻虫嗪等药剂防治水稻飞虱及条纹枯病的药效调查表

虫量单位:万头/亩

处理	5月31日 药前虫量	6月4日 残留虫量	6月4日 杀虫效果/%	6月12日 残留虫量	6月12日 杀虫效果/%	6月15日 残留虫量	6月15日 杀虫效果/%	6月19日 残留虫量	6月19日 杀虫效果/%	6月19日 病株率/%	6月19日 防病效果/%	6月22日 病株率/%	6月22日 防病效果/%	7月9日 病株率/%	7月9日 防病效果/%
1	16.362	18.12	66.03	7.878	52.41	2.28	78.19	1.878	78.26	1.88	62.17	7.54	61.06	3.64	64.83
2	16.158	20.322	61.42	6.762	58.63	2.358	77.16	1.482	82.63	1.38	72.26	6.92	64.29	8.18	20.97
3	19.878	18.762	71.05	7.158	64.41	2.562	79.83	1.362	87.02	1.46	70.62	7.63	60.65	5.76	44.35
4	16.44	24.318	54.63	6.282	62.23	1.5	85.72	1.278	85.28	1.38	72.26	6.83	64.74	7.88	23.86
5	20.082	20.52	68.66	5.4	73.42	1.398	89.11	1.482	86.02	1.13	77.30	6.56	66.13	6.06	41.45
6	20.88	19.158	71.85	5.1	75.86	1.242	90.69	1.158	89.50	1.04	78.94	6.67	65.58	4.85	53.14
7	18.402	24.72	58.79	9.798	47.37	2.76	76.53	2.082	78.57	1.58	68.10	7.63	60.65	6.36	38.55
8	17.64	18.438	67.94	6.558	63.25	2.28	79.77	1.602	82.80	1.33	73.14	7.39	61.87	6.36	38.55
9	15.72	29.682	42.08	13.92	12.47	8.7	13.39	7.518	9.42	2	59.65	13.5	30.32	6.36	38.55
10	16.08	27.282	47.96	14.238	12.48	9.762	4.99	6.642	21.77	2.21	55.49	13.04	32.68	7.27	29.76
11	16.902	55.098	—	17.1	—	10.8	—	8.922	—	4.96	—	19.38	—	10.35	—

221

（3）由于秧苗移栽至分蘖期未用药防治，分蘖显症高峰期的病害控制效果较移栽前下降，建议在水稻条纹叶枯病重发区，在水稻返青活棵后对二代灰飞虱若虫要及时防治，以减轻本田期发病程度。

（4）由于各小区面积较小，灰飞虱在相邻小区之间迁移性较大，建议进一步扩大试验示范范围，完善使用技术。

第十五节
安徽省庐江县防治水稻灰飞虱和
水稻条纹叶枯病田间试验研究

一、试验目的

为探明 25％吡蚜·噻虫嗪悬浮剂和 30％毒氟磷可湿性粉剂对水稻灰飞虱和传媒病毒病——水稻条纹叶枯病的防治效果，为大面积推广应用提供科学依据，2009 年，在安徽庐江开展本项试验。

二、试验条件

1. 试验对象、作物和品种

防治对象是水稻灰飞虱和水稻条纹叶枯病（rice stipe virus，RSV），试验作物是水稻，为单季晚稻直播田，2009 年 6 月 17 日播种，品种武运粳 7 号，为感病品种。

2. 环境条件

试验田地势平坦，肥力水平中上等，土层深厚、肥沃、通气和透水性良好，蓄肥、供肥和保肥能力强，排灌条件好，各处理间肥水管理及其他栽培条件一致。施药时天气为晴天。

三、试验设计和安排

1. 药剂

（1）试验药剂 25％吡蚜·噻虫嗪悬浮剂（有效成分为 22.5％吡蚜酮、2.5％噻虫嗪），由教育部绿色农药与农业生物工程重点实验室研制；30％病毒星可湿性粉剂（抗病毒剂，有效成分为 30％毒氟磷），由教育部绿色农药与农业生物工程重点实验室研制。

（2）对照药剂 25％吡蚜酮悬浮剂，由江苏克胜集团股份有限公司生产；8％宁南霉素水剂，由黑龙江强尔生化技术开发有限公司生产。

（3）试验设计本试验共设 6 个处理，为示范试验，共 6 个示范区，每处理面积 100 亩，试验田面积共计 600 亩。

2.施药方法

（1）施药器械和方法用卫士牌 WS-16 型背负式手动喷雾器进行常量喷雾，采用单孔圆锥雾喷头，喷雾器压力 0.2MPa，流量 0.65L/min，每亩对水 30L 均匀细水喷雾。

（2）施药时间和次数于灰飞虱第 2 代成虫迁入为害初期（7 月 1 日，水稻秧苗期）第一次用药，7 月 13 日第二次施药（水稻分蘖期），共用药 2 次。

3.施药容量

每亩试验设：①25％吡蚜·噻虫嗪悬浮剂 25mL＋30％毒氟磷可湿性粉剂 66g；②25％吡蚜·噻虫嗪悬浮剂 25mL；③25％吡蚜酮悬浮剂 20mL；④30％毒氟磷可湿性粉剂 66g；⑤8％宁南霉素水剂 45mL；⑥清水空白对照。

四、试验调查

1.药效调查

（1）调查时间和次数 ①灰飞虱调查：施药前调查灰飞虱虫口基数，第一次施药后 2d、5d、7d、10d 分别调查、记录各小区残留活虫数，计算各处理虫口减退率和校正防效。②水稻条纹叶枯病调查：在每次施药前和第二次施药后 5d、10d、20d、42d 进行调查，分别调查各处理区病株率、病指，计算防效。

（2）调查方法 灰飞虱采用平行跳跃法调查，每处理大区调查 10 个点，每点 0.11m^2（将白瓷盘平放稻株基部，用手从稻株另一面扑打稻丛基部各三次，计算落入盘中的灰飞虱数量）。条纹叶枯病采用从田边到田内直线取样，每处理大区调查 10 个点，每个点调查 0.25 m^2。

2.药效计算方法

虫口减退率/％＝（施药前虫数－施药后虫数）/施药前虫数×100％

校正防治效果/％＝（防治前后处理区虫口减退率－防治前后对照区虫口减退率）/（100％－防治前后对照区虫口减退率）×100％

病株率/％＝病株数/调查总株数×100％

病情指数＝∑（病级×发病叶数）/（调查总株数×9）×100％

相对防效/％＝（对照区病株率或病情指数－药剂处理区病株率或病情指数）/对照区病株率或病情指数×100％

3.其他调查项目

（1）土壤资料试验田质地中壤，pH 值 5.5，有机质含量 1.87％。

（2）对作物的影响施药后20d内观察对水稻生长的影响。

五、结果与分析

1. 对水稻灰飞虱的防治效果

调查结果见表6-62，试验结果表明，25％吡蚜·噻虫嗪悬浮剂对水稻田灰飞虱具用较好的防治效果，且药效快、持效期长。每亩用25％吡蚜·噻虫嗪悬浮剂25mL药后2d校正防效达93.92％，高于25％吡蚜酮悬浮剂20mL的防效。药后5d、7d、10d25％吡蚜·噻虫嗪悬浮剂25mL校正防效分别为98.22％、98.95％、98.09％，与25％吡蚜酮悬浮剂20mL的防效相当。

2. 对水稻条纹叶枯病的防治效果

试验结果表明，每亩剂量25％吡蚜·噻虫嗪悬浮剂25mL＋30％毒氟磷可湿性粉剂66g对水稻条纹叶枯病具有较好的防治效果，第二次施药后5d、10d、20d、42d病株防效分别达95.51％、93.05％、88.05％、88.13％，病指防效分别达96.08％、94.83％、90.51％、92.00％，均高于25％吡蚜·噻虫嗪悬浮剂25mL、25％吡蚜酮悬浮剂20mL处理，显著高于30％毒氟磷可湿性粉剂66g、8％宁南霉素水剂45mL处理。30％毒氟磷可湿性粉剂66g对水稻条纹叶枯病防治效果高于8％宁南霉素水剂45mL处理（表6-63，表6-64）。

3. 对水稻的安全性

施药后20d内观察，所有药剂处理区水稻生长正常，无药害现象发生。

六、结论

（1）本试验结果表明，25％吡蚜·噻虫嗪悬浮剂对水稻田灰飞虱具有较好的防治效果，且药效快、持效期长，药后2d校正防效达93.92％，药后10d校正防效仍达98.09％。

（2）每亩剂量25％吡蚜·噻虫嗪悬浮剂25mL＋30％毒氟磷可湿性粉剂66g对水稻条纹叶枯病具有较好的防治效果，药后42d病指防效仍达92.00％，高于25％吡蚜·噻虫嗪悬浮剂25mL、25％吡蚜酮悬浮剂20mL处理，显著高于30％毒氟磷可湿性粉剂66g、8％宁南霉素水剂45mL处理。

（3）25％吡蚜·噻虫嗪悬浮剂、30％毒氟磷可湿性粉剂对水稻生长安全。在水稻秧苗期、灰飞虱第2代成虫迁入为害初期施药，用药量25％吡蚜·噻虫嗪悬浮剂25mL＋30％毒氟磷可湿性粉剂66g，对水30L用手动喷雾器进行叶面喷雾，施药2次，可有效地防治水稻灰飞虱和条纹叶枯病，值得大面积推广应用（表6-65～表6-69）。

表 6-62 25%吡蚜·噻虫嗪悬浮剂防治灰飞虱田间药效示范试验结果

每亩处理/mL	药前基数/(头/10尺²)①	药后 2d			药后 5d			药后 7d			药后 10d		
		残留虫数/(头/10尺²)	虫口减退率/%	校正防效/%	残留虫数/(头/10尺²)	虫口减退率/%	校正防效/%	残留虫数/(头/10尺²)	虫口减退率/%	校正防效/%	残留虫数/(头/10尺²)	虫口减退率/%	校正防效/%
25%吡蚜·噻虫嗪悬浮剂 25mL	147	11	92.52	93.92	4	97.28	98.22	3	97.96	98.95	6	95.92	98.09
25%吡蚜酮悬浮剂 20g	142	24	83.10	86.26	7	95.07	96.77	4	97.18	98.54	8	94.37	97.37
空白对照	139	171	-23.02	—	212	-52.52	—	269	-93.53	—	297	-113.67	—

① 1尺²＝$\frac{1}{9}$ m²。

表 6-63 25%吡蚜·噻虫嗪悬浮剂、30%毒氟磷可湿性粉剂防治水稻条纹叶枯病结果（1）

处理①	第一次药后 5d			第二次药后 10d		
	病株率/%	病指	病指防效/%	病株率/%	病指	病指防效/%
25%吡蚜·噻虫嗪 25mL＋30%毒氟磷 66g	0.08	0.02	95.51	0.13	0.03	94.83
25%吡蚜·噻虫嗪 25mL	0.17	0.04	90.45	0.19	0.05	91.38
25%吡蚜酮 20mL	0.16	0.04	90.01	0.19	0.06	89.66
30%毒氟磷 66g	0.41	0.10	76.96	0.57	0.17	70.69
8%宁南霉素 45mL	0.68	0.19	61.80	0.78	0.23	60.34
空白对照	1.78	0.51	—	1.87	0.58	—

① 为每亩剂量。

表 6-64 25%吡蚜·噻虫嗪悬浮剂、30%毒氟磷可湿性粉剂防治水稻条纹叶枯病结果（2）

处理①	第二次药后 20d			第二次药后 42d		
	病株率/%	病指	病株防效/%	病株率/%	病指	病株防效/%
25%吡蚜·噻虫嗪 25mL＋30%毒氟磷 66g	0.81	0.30	88.05	0.97	0.36	88.13
25%吡蚜·噻虫嗪 25mL	0.81	0.53	88.05	0.98	0.63	88.00
25%吡蚜酮 20mL	0.92	0.60	86.43	1.01	0.64	87.64
30%毒氟磷 66g	2.44	1.18	64.01	2.89	1.49	64.63
8%宁南霉素 45mL	2.91	1.46	57.08	3.22	1.85	60.59
空白对照	6.78	3.16	—	8.17	4.50	—

① 为每亩剂量。

表 6-65　25％吡蚜·噻虫嗪悬浮剂、30％毒氟磷可湿性粉剂防治水稻
条纹叶枯病原始数据（第二次药后 5d，2009，庐江同大）

处理[①]	调查株数	各级病株数				病株数	病株率/%	病指
		1	2	3	4			
25％吡蚜·噻虫嗪 66mL	1182	1	0	0	0	1	0.08	0.02
25％吡蚜·噻虫嗪 25mL	1193	2	0	0	0	2	0.17	0.04
25％吡蚜酮 20mL	1245	2	0	0	0	2	0.16	0.04
30％毒氟磷 66g	1217	5	0	0	0	5	0.41	0.10
8％宁南霉素 45mL	1175	7	1	0	0	8	0.68	0.19
空白对照	1180	18	3	0	0	21	1.78	0.51

① 均指每亩剂量，表 6-66～表 6-68 同。

表 6-66　25％吡蚜·噻虫嗪悬浮剂、30％毒氟磷可湿性粉剂防治水稻
条纹叶枯病原始数据（第二次药后 10d，2009，庐江同大）

处　理	调查株数	各级病株数				病株数	病株率/%	病指
		1	2	3	4			
25％吡蚜·噻虫嗪 25mL＋30％毒氟磷 66g	1565	2	0	0	0	2	0.13	0.03
25％吡蚜·噻虫嗪 25mL	1571	3	0	0	0	3	0.19	0.05
25％吡蚜酮 20mL	1598	2	1	0	0	3	0.19	0.06
30％毒氟磷 66g	1573	7	2	0	0	9	0.57	0.17
8％宁南霉素 45mL	1542	10	2	0	0	12	0.78	0.23
空白对照	1549	22	7	0	0	29	1.87	0.58

表 6-67　25％吡蚜·噻虫嗪悬浮剂、30％毒氟磷可湿性粉剂防治水稻
条纹叶枯病原始数据（第二次药后 20d，2009，庐江同大）

处　理	调查株数	各级病株数				病株数	病株率/%	病指
		1	2	3	4			
25％吡蚜·噻虫嗪 25mL＋30％毒氟磷 66g	1230	5	5	0	0	10	0.81	0.30
25％吡蚜·噻虫嗪 25mL	1227	0	4	6	0	10	0.81	0.53
25％吡蚜酮 20mL	1299	0	5	7	0	12	0.92	0.60
30％毒氟磷 66g	1269	10	13	8	0	31	2.44	1.18
8％宁南霉素 45mL	1202	11	13	11	0	35	2.91	1.46
空白对照	1210	35	30	10	7	82	6.78	3.16

226

表 6-68　25％吡蚜·噻虫嗪悬浮剂、30％毒氟磷可湿性粉剂防治水稻

条纹叶枯病原始数据（第二次药后 42d，2009，庐江同大）

试验处理	调查株数	各级病株数				病株数	病株率/％	病指
		1	2	3	4			
25％吡蚜·噻虫嗪 25mL＋30％毒氟磷 66g	1031	5	5	0	0	10	0.97	0.36
25％吡蚜·噻虫嗪 25mL	1024	0	4	6	0	10	0.98	0.63
25％吡蚜酮 20mL	1093	0	5	6	0	11	1.01	0.64
30％毒氟磷 66g	1038	8	12	10	0	30	2.89	1.49
8％宁南霉素 45mL	1025	5	13	15	0	33	3.22	1.85
空白对照	1016	21	33	20	9	83	8.17	4.50

表 6-69　试验期间气象资料表

日期（月/日）	温度/℃			平均相对湿度/％	降水量/mm
	平均	最高	最低		
7/1	24.2	29.4	19.0	87	
7/2	26.1	29.7	23.4	81	
7/3	26.2	32.2	21.9	75	
7/4	27.8	32.1	23.0	78	
7/5	28.1	32.2	25.3	77	
7/6	28.2	31.7	26.0	85	0.1
7/7	27.1	33.6	25.7	93	7.7
7/8	29.9	34.8	26.0	79	
7/9	30.6	34.9	26.9	74	
7/10	29.9	35.9	26.3	81	
7/11	30.1	35.3	27.1	81	
7/12	27.6	34.8	24.4	81	0.0
7/13	30.1	35.9	25.4	71	
7/14	29.7	33.4	26.7	79	
7/15	28.5	31.5	26.4	88	37.6
7/16	30.3	34.3	26.7	79	
7/17	32.0	36.3	28.4	71	
7/18	32.8	38.2	28.7	70	
7/19	32.7	37.5	26.9	69	
7/20	31.9	35.0	29.9	64	
7/21	32.0	36.1	28.5	67	
7/22	29.7	33.6	27.3	80	16.3
7/23	27.3	32.5	26.0	91	26.5
7/24	26.2	28.1	24.3	86	10.0
7/25	27.5	31.1	24.2	78	
7/26	27.1	30.9	23.8	76	
7/27	25.2	28.2	21.6	85	16.7
7/28	23.3	25.6	21.5	92	31.6
7/29	24.5	26.8	22.2	90	0.9
7/30	24.0	25.5	21.9	96	119.2
7/31	26.1	29.1	23.3	87	
8/1	26.1	28.4	24.4	90	12.2
8/2	27.0	30.5	25.0	84	0.0

第十六节
福建省将乐县防治水稻稻飞虱及其传媒病毒病田间药效试验研究

一、试验目的

25％吡蚜·噻虫嗪悬浮剂和30％毒氟磷可湿性粉剂是由贵州大学教育部绿色农药与农业生物工程重点实验室研制的新型杀虫剂和抗病毒剂，为探明其对灰飞虱、褐飞虱和白背飞虱及水稻条纹叶枯病、水稻巨齿叶矮缩病和南方水稻黑条矮缩病毒病的防治效果和适宜用量，为推广应用提供依据，2009年，在福建将乐进行本试验研究。

二、试验条件

（1）供试作物及播插期：水稻品种为宜优99，于6月3日播种，7月2日插秧。

（2）防治对象：稻飞虱（褐飞虱、白背飞虱），水稻病毒病（水稻普通矮缩病、南方水稻黑条矮缩病和水稻锯齿叶矮缩病）等。

（3）环境条件：试验田面积3333.35 m²，土壤属性为深底油泥田。

（4）试验地点：将乐县万安镇万安村目黄墩。

三、试验设计与安排

1. 药剂

（1）25％吡蚜·噻虫嗪悬浮剂（22.5％吡蚜酮＋2.5％噻虫嗪）：贵大科技产业股份有限公司提供；

（2）2.2％阿维·吡虫啉乳油：广西田园生化股份有限公司生产；

（3）25％吡蚜酮悬浮剂江苏省农药研究所；

（4）30％病毒星（毒氟磷）可湿性粉剂，贵州大学教育部绿色农药与农业生物工程重点实验室提供；

（5）8％宁南霉素水剂，黑龙江强尔生化技术开发有限公司生产。

2. 药剂处理设计（均为每亩剂量）

处理1：2.2％阿维·吡虫啉60mL；

处理2：25％吡蚜·噻虫嗪悬浮剂15mL；

处理3：25％吡蚜·噻虫嗪悬浮剂25mL；

处理4：25％吡蚜·噻虫嗪悬浮剂35mL；

处理5：对照药剂，25％吡蚜酮悬浮剂20g；

处理 6：25％吡蚜·噻虫嗪悬浮剂 15mL＋30％病毒星可湿性粉剂 66g；

处理 7：25％吡蚜·噻虫嗪悬浮剂 25mL＋30％病毒星可湿性粉剂 66g；

处理 8：25％吡蚜·噻虫嗪悬浮剂 35mL＋30％病毒星可湿性粉剂 66g；

处理 9：30％病毒性可湿性粉剂 66g；

处理 10：8％宁南霉素水剂 45g；

处理 11：喷清水为空白对照。

试验共 11 个处理，3 次重复，按随机排列，供试小区 33 个，每个小区面积约 50m²，各小区之间筑小田埂隔开，并设隔离行。

3. 施药方式

（1）使用方法　杀虫剂于稻田期施药以稻飞虱若虫高峰期时用药防治；抗病毒剂于稻飞虱迁入为害初期喷药，叶面喷雾法，工作压力 0.2 M～0.4MPa。

（2）施药器械　WS-16 型背负式手动喷雾器。

（3）施药时间和次数　7 月 28 日施药，施一次药。

（4）施药药量　亩施药液量为 45kg。

四、试验调查

1. 稻飞虱

（1）调查时间药前（7 月 28 日）调查虫口基数，药后 2d（7 月 30 日）、5d（8 月 2 日）、7d（8 月 4 日）、10d（8 月 7 日）分别调查、记录各小区残留活虫数。

（2）调查方法田间虫量调查，采用平行跳跃法调查 10 个点，每点 2 丛（将白瓷盘平放稻株基部，用手从稻株另一面扑打稻丛基部各三次，计算落入盘中的飞虱数量）。

（3）药效计算方法具体参见本章第一节。

（4）目测对作物及其他非标靶生物的影响。

2. 病毒病（水稻锯齿叶矮缩病、水稻条纹叶枯病和水稻黑条矮缩病）

（1）调查方法　在每次用药前和最后一次施药后 15～20d 进行调查，采用全查法，分别调查病株率，调查水稻条纹叶枯病或水稻黑条矮缩病病丛数、病株数、死苗数。观察水稻生长情况。计算各处理防治效果：

病丛率％＝病丛数/调查总丛数×100％

相对防效％＝对照区发病率－药剂处理区发病率/对照区发病率×100％

（2）对作物的其他影响　观察作物是否有药害产生，有药害时要记录药害的程度，此外也应记录对作物的其他有益影响（如促进成熟，刺激生长等）。

（3）对其他生物的影响　记录对试验区内的野生生物、鱼类或有益昆虫的影响。

五、结果与分析

1. 对稻飞虱的防治效果

由表 6-70 和表 6-71 所示，试验表明：2.2％阿维·吡虫啉 60mL 对稻飞虱

表6-70 25%吡蚜·噻虫嗪悬浮剂等药剂对稻飞虱的防治效果统计表

处理	药前基数 /(头/20丛)	药后2d 活虫数	减退率/%	校正防效/%	药后5d 活虫数	减退率/%	校正防效/%	药后7d 活虫数	减退率/%	校正防效/%	药后10d 活虫数	减退率/%	校正防效/%
2.2%阿维·吡虫啉 60mL	55	1	98.18	98.69	5	90.91	96.76	7	87.27	94.94	16	70.91	85.45
	52	1	98.08	98.94	6	88.46	92.96	11	78.85	86.08	18	65.38	77.81
	36	3	91.67	96.62	6	83.33	93.61	13	63.89	87.82	15	58.33	78.4
				98.08 aA			94.44 aA			89.61aA			80.55aAB
25%吡蚜·噻虫嗪 15mL	39	6	84.62	88.91	20	48.72	81.73	19	51.28	80.64	16	58.97	79.49
	36	11	69.44	83.21	8	77.78	86.45	11	69.44	79.9	14	61.11	75.07
	38	10	73.68	89.32	15	60.53	84.86	19	50	83.13	16	57.89	78.17
				87.14aA			84.35aA			81.22aA			77.58aAB
25%吡蚜·噻虫嗪 25mL	50	3	94	95.67	9	82	93.59	10	80	92.05	18	64	82
	21	4	80.95	89.53	3	85.71	91.29	3	85.71	90.6	7	66.67	78.63
	30	3	90	95.94	6	80	92.33	6	80	93.25	13	56.67	77.53
				93.72 aA			92.40 aA			91.67 aA			79.39aAB
25%吡蚜·噻虫嗪 35mL	42	2	95.24	96.57	8	80.95	93.21	2	95.24	98.11	8	80.95	90.48
	26	3	88.46	93.66	1	96.15	97.65	4	84.62	89.88	7	73.08	82.74
	47	5	89.36	95.68	3	93.62	97.55	11	76.6	92.1	10	78.72	88.97
				95.30 aA			96.14 aA			93.36 aA			89.40aA
25%吡蚜酮 20g	30	11	63.33	73.57	8	73.33	90.5	7	76.67	90.73	6	80	90
	22	9	59.09	77.52	6	72.73	83.37	4	81.82	88.04	4	81.82	88.34
	34	18	47.06	78.52	14	58.82	84.21	11	67.65	89.09	9	73.53	86.27
				76.54aA			86.02baA			89.28 aA			88.21aA

表6-71 25%吡蚜·噻虫嗪悬浮剂等药剂对稻飞虱的防治效果统计

处理	药前基数/(头/20丛)	药后2d 活虫数	减退率/%	校正防效/%	药后5d 活虫数	减退率/%	校正防效/%	药后7d 活虫数	减退率/%	校正防效/%	药后10d 活虫数	减退率/%	校正防效/%
25%吡蚜·噻虫嗪 15mL+30%病毒星66g	33	11	66.67	75.97	18	21.21	80.56	8	45.45	90.37	18	75.76	72.73
	36	13	72.22	80.16	10	72.22	83.06	6	8.33	89.04	13	83.33	76.85
	46	29	36.96	74.42 (76.85aA)	20	45.65	83.32 (82.32aA)	11	58.7	91.93 (90.44aA)	19	76.09	78.58 (76.05aAB)
25%吡蚜·噻虫嗪 25mL+30%病毒星66g	47	1	97.87	98.83	7	85.11	94.69	4	87.23	96.62	12	91.49	87.23
	33	3	90.91	96.31	2	93.94	96.3	9	69.7	82.06	10	72.73	80.57
	39	4	89.74	92.61 (95.92 aA)	7	82.05	93.12 (94.70aA)	5	82.05	95.68 (91.45aA)	11	87.18	85.38 (84.4aAB)
25%吡蚜·噻虫嗪 35mL+30%病毒星66g	20	2	90	95.94	4	50	92.87	2	65	96.03	7	90	82.5
	33	5	69.7	89.08	4	100	92.61	4	72.73	92.03	9	87.88	82.52
	34	5	85.29	91.92 (92.31aA)	3	91.18	96.62 (94.03aA)	2	70.59	98.02 (95.36aA)	10	94.12	84.75 (83.26aAB)
30%病毒星66g	35	34	2.86	-30.93	110	-214.29	23.28	58	-65.71	34.14	23	34.29	67.14
	34	54	-58.82	21.37	58	-70.59	-4.02	54	-58.82	-20.32	15	55.88	-0.27
	21	65	-209.52	2.62 (-2.31 bB)	31	-47.62	3.88 (7.71bB)	76	-261.9	-22.09 (15.15bB)	53	-152.38	-30.86 (12.00bC)
8%宁南霉素45mL	38	55	-44.74	-95.08	53	-39.47	65.96	22	42.11	76.99	8	78.95	89.47
	30	58	-93.33	4.29	49	-63.33	0.41	66	-120	-66.67	16	46.67	-21.21
	26	57	-119.23	31.03 (-19.92bB)	44	-69.23	-10.2 (18.72bB)	50	-92.31	35.13 (-2.76bB)	33	-26.92	34.19 (34.15bBC)
8%空白对照(清水)	31	43	-38.71		87	-180.65		78	-151.61		62	-100	
	50	91	-82		82	-64		76	-52		78	-56	
	28	69	-146.43		73	-160.71		83	-196.43		54	-92.86	

（褐飞虱为主）2d、5d、7d、10d 的防效分别为 98.08%、94.44%、89.61%、80.55%；25%吡蚜·噻虫嗪悬浮剂 15mL、25mL、35mL 对稻飞虱 2d、5d、7d、10d 的防效分别为 87.14%、84.35%、81.22%、77.58%、93.72%、92.40%、91.67%、79.39%、95.30%、96.14%、93.36%、89.40%；25%吡蚜酮 20g 对稻飞虱 2d、5d、7d、10d 的防效分别为 76.54%、86.02%、89.28%、88.21%；25%吡蚜·噻虫嗪悬浮剂 15mL＋30%病毒星可湿性粉剂 66g 对稻飞虱 2d、5d、7d、10d 的防效分别为 76.85%、83.32%、90.44%、76.05%；25%吡蚜·噻虫嗪悬浮剂 25mL＋30%病毒星可湿性粉剂 66g 对稻飞虱 2d、5d、7d、10d 的防效分别为 95.92%、94.7%、91.45%、84.39%；25%吡蚜·噻虫嗪悬浮剂 35mL ＋30%病毒星可湿性粉剂 66g 对稻飞虱 2d、5d、7d、10d 的防效分别为 92.31%、94.03%、95.36%、83.26%；30%病毒星可湿性粉剂 66g 和 8%宁南霉素水剂 45g 对稻飞虱基本没有防效（均为每亩剂量）。

经方差分析，2.2%阿维·吡 60mL、25%吡蚜·噻虫嗪悬浮剂 15mL、25mL、35mL、25%吡蚜酮 20g 对稻飞虱的防效差异不显著，与 30%病毒性可湿性粉剂 66g 和 8%宁南霉素水剂 45g 差异极显著。

2. 对病毒病的防治效果

由表 6-72 所示，2.2%阿维·吡虫啉 60mL、25%吡蚜·噻虫嗪悬浮剂 15mL、25%吡蚜·噻虫嗪悬浮剂 25mL、25%吡蚜·噻虫嗪悬浮剂 35mL、25%吡蚜酮悬浮剂 20g、25%吡蚜·噻虫嗪悬浮剂 15mL＋30%病毒星可湿性粉剂 66g、25%吡蚜·噻虫嗪悬浮剂 25mL＋30%病毒星可湿性粉剂 66g、25%吡蚜·噻虫嗪悬浮剂 35mL＋30%病毒星可湿性粉剂 66g、30%病毒星可湿性粉剂 66g、8%宁南霉素水剂 45g 对病毒病的防治效果分别为 −40.56%、18.9%、24.7%、4.17%、22.78%、15.0%、−8.06%、1.94%、26.94%、−9.44%。经方差分析，各处理间差异不显著。

表 6-72 药剂对病毒病的防治效果统计表

处　　理	调查丛总数	病丛数	发病率/%	相对防效	
	1133	13	1.15	−30.00	
2.2%阿维·吡虫啉 60mL	1133	20	1.77	−150.00	−40.56aA
	1133	5	0.44	58.33	
	1133	6	0.53	40.00	
25%吡蚜·噻虫嗪 15mL	1133	10	0.88	−25.00	18.9aA
	1133	7	0.62	41.67	
	1133	14	1.24	−40.00	
25%吡蚜·噻虫嗪 25mL	1133	5	0.44	37.50	24.7aA
	1133	3	0.26	75.00	

处　　理	调查丛总数	病丛数	发病率%	相对防效	
25%吡蚜·噻虫嗪 35mL	1133	5	0.44	50.00	
	1133	15	1.32	−87.50	4.17aA
	1133	6	0.53	50.00	
25%吡蚜酮 20g	1133	4	0.35	60.00	
	1133	10	0.88	−25.00	22.78 aA
	1133	8	0.71	33.33	
25%吡蚜·噻虫嗪 15mL+30%病毒星 66g	1133	8	0.71	20.00	
	1133	10	0.88	−25.00	15.00aA
	1133	6	0.53	50.00	
25%吡蚜·噻虫嗪 25mL+30%病毒星 66g	1133	12	1.06	−20.00	
	1133	9	0.79	−12.50	−8.06 aA
	1133	11	0.97	8.33	
25%吡蚜·噻虫嗪 35mL+30%病毒星 66g	1133	9	0.79	10.00	
	1133	13	1.15	−62.50	1.94aA
	1133	5	0.44	58.33	
30%病毒星 66g	1133	4	0.35	60.00	
	1133	9	0.79	−12.50	26.94aA
	1133	8	0.71	33.33	
8%宁南霉素 45mL	1133	7	0.62	30.00	
	1133	12	1.06	−50.00	−9.44aA
	1133	13	1.15	−8.33	
空白对照(清水)	1133	10	0.88		
	1133	8	0.71		
	1133	12	1.06		

3. 对水稻及其他生物的影响

整个试验期间水稻生长未出现异常情况，对水稻安全，对天敌影响小。

六、结论

2.2%阿维·吡虫啉 60mL、25%吡蚜·噻虫嗪悬浮剂 15mL、25%吡蚜·噻虫嗪悬浮剂 25mL、25%吡蚜·噻虫嗪悬浮剂 35mL、对照药剂，25%吡蚜酮悬浮剂 20g、25%吡蚜·噻虫嗪悬浮剂 15mL+30%病毒星可湿性粉剂 66g、25%吡蚜·噻虫嗪悬浮剂 25mL+30%病毒星可湿性粉剂 66g、25%吡蚜·噻虫嗪悬浮剂 35mL+30%病毒星可湿性粉剂 66g 对稻飞虱有较好的防治效果。30%病毒性可湿性粉剂 66g、8%宁南霉素水剂 45g 对病毒病的防治效果不理想，可能与 2009 年水稻病毒病（水稻锯齿叶矮缩病、南方水稻黑条矮缩病）和稻飞虱发生较轻有一定的关系。建议继续进行田间试验。试验期间气象资料见表 6-73 所示。

表 6-73　2009 年气象资料　　　　（福建将乐气象局）

		7月						8月			
日期	最高	最低	均温	日照	雨量	日期	最高	最低	均温	日照	雨量
1	29.9	23.7	26.4	0	31.5	1	37.9	24.5	29.9	7.3	
2	24.9	20	22	0	54.4	2	39.2	25.2	30.2	8.9	
3	26.7	19.9	22.5	0	48	3	37.9	24.7	30	8.6	
4	33.1	22.1	26.1	5.5	0.7	4	35.9	25.9	29.6	7.2	0
5	34.3	23.2	27.6	9.5		5	36.2	25.5	29.9	10.1	15.2
6	35.6	23.9	28.4	10.2	1	6	35.7	25.4	28	7.3	4
7	35.5	23.8	29	11.9		7	33.1	25	28.4	3.1	
8	36.9	23.9	29.2	10.5		8	34.7	26.7	30.2	4.1	0
9	37	25.1	30.2	10.8		9	31.3	24.6	26.2	0	10.1
10	38.7	24.1	30.1	10.2		10	27.8	24.2	25.4	0	14.5
11	37.3	25.9	30.5	9.1		11	31.3	24.3	25.9	2.5	3
12	37.7	25	29.6	9.7		12	34.1	24	27.4	5.3	0.5
13	36.8	23.1	27.4	8.6	6.5	13	33.6	24.5	27.8	3.7	0.4
14	28.4	25	26.2	0	4.5	14	35.8	24.5	28.8	9.6	0.7
15	35	23.9	27.8	6.9	1.2	15	36.9	25	28.9	9.8	0.1
16	37.9	24.3	29.1	10.2		16	28.1	23.2	24.7	1.4	13.9
17	36.8	24.3	29.8	10.6		17	34.8	22.5	26.7	6.8	2.3
18	34.7	25.7	30.1	6.5	0	18	36.3	23.7	28.5	9.7	
19	34.3	25.1	30.3	5.9	0	19	37.7	24.7	29.4	9.5	
20	36.1	24.2	29.3	7.4	0	20	37.2	23.2	28.1	8.4	4.9
21	36.8	24.5	29.8	11		21	37.2	22.9	28.1	8.7	0.4
22	37.1	24.8	29.9	10.9		22	37.5	24.8	28.2	8.3	0.1
23	36.4	23.7	29.3	11.3		23	37.1	23.3	28.3	8.8	0.5
24	36.3	25	30.1	9.5		24	36.7	22.8	28.1	7.7	6.2
25	30.4	25.9	27.6	0	4.4	25	37.1	24.4	29.4	11.4	
26	31.1	23.9	27.2	0.9	1.1	26	37.9	23.8	29.2	9.7	
27	35.9	22.9	27.4	8.8	5.9	27	37.8	24.6	28.9	7	
28	35.6	25.3	29.2	6.5		28	38.8	24.5	29.8	8.7	
29	37.5	24.4	29.7	9.7		29	36.1	23.2	28.4	9.5	24.4
30	37.6	26.1	30.4	11.7		30	35.1	23.5	27.9	8.7	0.5
31	38.2	24.1	29.8	9.9		31	32.3	24.1	26.3	3.5	0.3

第十七节
江西省芦溪县防治南方水稻黑条矮缩病应急防控试验研究

一、试验目的

2010 年，江西省南方水稻黑条矮缩病毒病灾情严重，尤其在江西省萍乡市麻田乡特别严重，当时该地区大部分田块植株已经进入拔节期，很多田块病丛率达到 50％以上，甚至有些植株枯死。为了探寻一套应急防控措施，在麻田乡石溪村选取一块发病较重的二晚田，在该田块进行应急防控试验。

二、试验设计

1. 试验田概况

试验田为朱年生农户的二晚田，品种为荆两优 10 号，两系杂交水稻，全生育期为 136.9d，土壤肥力中等，田块总面积近 3 亩，灌溉方便。播种时间为 5 月中旬。实施应急方案时，水稻处于拔节末期，部分植株已经发病。当地 5 至 8 月气温在 25℃～35℃。海拔约为 1000 m。

2. 试验药剂

25％吡蚜·噻虫嗪悬浮剂（有效成分为 22.5％吡蚜酮、2.5％噻虫嗪），30％病毒星可湿性粉剂（抗病毒剂，有效成分为：30％毒氟磷），均由贵州大学绿色农药与农业生物工程国家重点实验室培育基地研制。

病毒灵（抗病毒剂），由广西田园生化有限公司生产。

3％超敏蛋白颗粒（免疫激活剂，有效成分为：3％超敏蛋白），美国伊甸公司生产。

3. 试验处理

由于当时水稻植株处于拔节末期，试验设计思想是考虑整个本田水稻已经在秧田时期大面积均匀感染南方黑条矮缩病，同时，通过对全株水稻调查发现成虫较少，提示白背飞虱已经死亡，而在水稻茎秆和基部存在白背飞虱的虫卵，因此，为了使整个稻田的虫量一致，不至于新长出的幼虫对处理小区以及邻近小区的影响，各个处理组中均使用同一品种和统一剂量的杀虫剂—25％吡蚜·噻虫嗪悬浮剂，同时，为了尽可能让整个田块的肥力和养分均匀，在每个处理中均加入等量的生物肥；此外，为了避免不同处理小区的水稻所含病毒含量不一致，在每个小区均采用一次等量的病毒灵，目的是为了使各个处理小区的病毒含量保持一致（以下均为每亩剂量）。

A 处理：0.136％碧护可湿性粉剂，2g；30％毒氟磷可湿性粉剂，66g；25％吡蚜·噻虫嗪悬浮剂，25mL；叶面肥；病毒灵水剂，60mL。

B 处理：0.136％碧护可湿性粉剂，2g；2％宁南霉素水剂，200mL；25％吡蚜·噻虫嗪悬浮剂，25mL；叶面肥；病毒灵水剂，60mL。

C 处理：0.136％碧护可湿性粉剂，2g；3％超敏蛋白 G，10g；25％吡蚜·噻虫嗪悬浮剂，25mL；叶面肥；病毒灵水剂，60mL。

D 处理：25％吡蚜·噻虫嗪悬浮剂，25mL；叶面肥；病毒灵水剂 60mL。该处理所有药剂和肥料在各处理组中均有。

E 处理：30％毒氟磷可湿性粉剂，66g；3％超敏蛋白 G，10g；25％吡蚜·噻虫嗪悬浮剂，25mL；叶面肥；病毒灵水剂，60mL。

F 处理：0.136%碧护可湿性粉剂，2g；3%超敏蛋白 G，10g；25%吡蚜·噻虫嗪悬浮剂，25mL；叶面肥；病毒灵水剂，60mL。

J 处理：3%超敏蛋白 G，10g；2%宁南霉素水剂，200mL；25%吡蚜·噻虫嗪悬浮剂，25mL；叶面肥；病毒灵水剂，60mL。

所有处理中均含有 25%吡蚜·噻虫嗪悬浮剂、叶面肥、病毒灵，因此选择 D 处理作为空白对照。

4. 施药时间及方法

7 月 31 日前施药为农户正常管理，每个小区处理类型一致，8 月 1 日后按方案进行施药，施药时间为 8 月 3 日，8 月 10 日和 8 月 17 日，用卫士牌 WS-16 型背负式手动喷雾器进行常量喷雾，采用单孔圆锥雾喷头，喷雾器压力 0.2MPa，流量 0.65L/min，每亩对水 40kg 均匀细水喷雾。

5. 调查方法及时间

(1) 调查方法

以植株高度为指标，测量健康植株和发病植株的高度，以正常植株高度为基准，分级标准见本章第一节相关内容。

采取平行跳跃 5 株，通过对植株高度以及发病情况进行调查，来对不同处理的水稻进行统计，计算发病率、病情指数以及防治效果。

(2) 调查时间　8 月 20 日。

三、试验结果

由表 6-74 可知，J 处理的防治效果最好，达到 46.75%，发病率只有 19.7%，而 B 处理的防治效果最差，为 −22.85%，发病率高达 57.31%，7 级病株最多，正常植株高度只有 85.13cm。B 和 C 处理的发病率超过 50%，只有 E 和 J 处理发病率在 20% 左右。每个处理的正常植株高度约为 90cm。

表 6-74　石溪村应急防控试验各处理田间药效调查表

处理类型	健康植株高度/cm	各级植株数				发病率/%	病情指数	防治效果/%
		1 级	3 级	5 级	7 级			
A	89.03	33	19	24	12	34.78	16.60	39.90
B	85.13	40	24	39	42	57.31	33.94	−22.85
C	86.38	52	12	31	14	55.61	24.85	10.02
D	90.23	24	21	28	30	45.58	27.62	—
E	87.52	6	13	23	21	22.50	15.66	43.30
F	89.87	27	16	19	21	37.05	20.22	26.81
J	89.61	7	10	15	21	19.70	14.71	46.75

四、结论

A 处理、E 处理、J 处理发防治效果明显高出其他处理类型，在 40％左右，推测 30％毒氟磷可湿性粉剂和 3％超敏蛋白 G、30％毒氟磷可湿性粉剂和 0.136％碧护可湿性粉剂以及 3％超敏蛋白 G 和 2％宁南霉素水剂联用效果比较好，而 C 和 F 处理防治效果不到 30％，推测 3％超敏蛋白 G 和 0.136％碧护可湿性粉剂联用防效稍差，通过对比 A 处理和 F 处理、E 处理和 F 处理，发现毒氟磷的效果好于超敏蛋白和碧护，碧护效果相对较差，表明毒氟磷和超敏蛋白对南方水稻黑条矮缩病毒病有一定治疗效果，但碧护效果不明显。J 处理防治效果最佳，达到 46.75％，是由于超敏蛋白对南方水稻黑条矮缩病毒病有一定治疗效果，同时促进了病株的生长，宁南霉素对病毒起到一定的钝化 6 作用，使得 J 处理发病率最低，防治效果最好。

通过该试验，发现对于已发病田块，不仅要控制白背飞虱的虫量，也要对已感病植株进行治疗。B 处理和 C 处理的发病率都要比空白对照要高，B 处理病情指数比空白对照高，可能与孕穗期开始进行防治或者秧田期至孕穗期的田间管理有关。由于碧护和宁南霉素分别起到生长调节和钝化的效果，这可能是导致 B 处理防治效果最差的原因。C 处理的病情指数比空白对照要低，C 和 F 为同一处理，可能因为碧护和超敏蛋白减轻了病毒病的为害程度，但对控制虫量以及病毒病的传播效果不明显。

通过对这几个处理分析，今后的病毒病防控可采取病灵灵、毒氟磷等一些抗病毒药物进行治疗，从而减轻发病水稻的病情，减少病毒病造成的损失，间接地提高水稻产量。

彩图1-1 2010年广西壮族自治区三江县南方水稻黑条矮缩病在中稻上的为害

彩图1-2 2010年江西省萍乡市芦溪县麻田乡南方水稻黑条矮缩病在晚稻上的为害

彩图1-3 2010年贵州省荔波县南方水稻黑条矮缩病为害

彩图1-4　2010年福建省中稻南方水稻黑条矮缩病为害

彩图1-5　南方水稻黑条矮缩病秧田晚期或大田早期的为害

彩图1-6　南方水稻黑条矮缩病大田分蘖期为害

彩图1-7 南方水稻黑条矮缩病大田后期为害

彩图1-8 南方水稻黑条矮缩病在水稻各个
时期为害

彩图1-9 南方水稻黑条矮缩病病株叶片颜
色深绿

彩图1-10 南方水稻黑条矮缩病病株根系改变

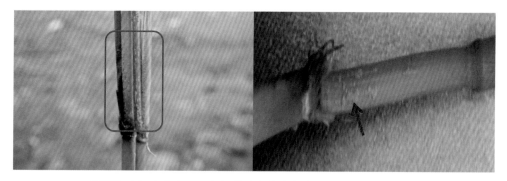

彩图1-11 南方水稻黑条矮缩病病株白色瘤状突起

彩图1-12 南方水稻黑条矮缩病病株由白色瘤状突起变成的黑褐色瘤状突起

彩图1-13 南方水稻黑条矮缩病病株倒生根

彩图1-14　南方水稻黑条矮缩病病株叶片皱折

彩图1-15　南方水稻黑条矮缩病病株矮缩

彩图1-16　南方水稻黑条矮缩病病株心叶或破下叶卷曲

彩图1-17 南方水稻黑条矮缩病病株高节位分枝

彩图1-18 南方水稻黑条矮缩病病株中晚期低节位侧生

彩图1-19 南方水稻黑条矮缩病病株高节位根系呈乳突状生长

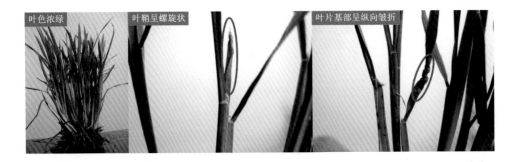

彩图1-20 水稻黑条矮缩病病株典型症状

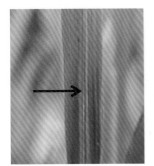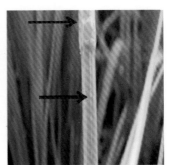

彩图1-21 水稻黑条矮缩病病株特征症状

彩图1-22 水稻巨齿叶矮缩病典型症状

彩图1-23　水稻条纹叶枯病典型症状

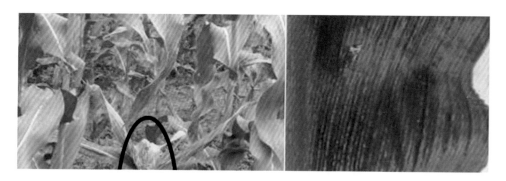

彩图1-24　玉米南方水稻黑条矮缩病

彩图1-25　禾本科杂草染南方水稻黑条矮缩病